Debbie Macomber
Ein Garten voll Glück

Autorin

Debbie Macomber begeistert mit ihren Romanen Millionen Leser*innen weltweit und gehört zu den erfolgreichsten Autorinnen überhaupt. Wenn sie nicht gerade schreibt, strickt sie oder verbringt mit Vorliebe viel Zeit mit ihren Enkelkindern. Sie lebt mit ihrem Mann in Port Orchard, Washington, und im Winter in Florida.

Lesen Sie weitere gefühlvolle Sommerromane von Debbie Macomber:

Das kleine Cottage am Meer
Liebe mit Meerblick
Die Bucht der Wünsche
Liebe mit Aussicht
Unser Sommer am Meer

Debbie Macomber

Ein Garten voll Glück

Roman

Deutsch von Nina Bader

blanvalet

FSC www.fsc.org
MIX
Papier | Fördert gute Waldnutzung
FSC® C014496

Penguin Random House Verlagsgruppe FSC® N001967

Die Originalausgabe erschien 2023 unter dem Titel »Must Love Flowers« bei Ballantine Books, an imprint of Random House, a division of Penguin Random House LLC, New York.

1. Auflage

Redaktion: Angela Kuepper
Umschlaggestaltung: www.buerosued.de
Umschlagmotiv: © living4media / Westermann, Jan-Peter; www.buerosued.de
Satz: KCFG – Medienagentur, Neuss
Druck und Bindung: GGP Media GmbH, Pößneck
LH · Herstellung: sam
Printed in Germany
ISBN: 978-3-7341-1354-3

www.blanvalet.de

Sommer 2023

Liebe Freunde,
nachdem ich *Unser Sommer am Meer* geschrieben hatte, dachte ich wirklich, meine Zeit als Autorin sei vorüber. Nach vierzig erfolgreichen Jahren war es an der Zeit, mich auf meinen Lorbeeren auszuruhen und mich in den Ruhestand zu begeben. Viele von euch haben protestiert: »Das kannst du nicht machen, das kannst du einfach nicht machen.« Andere schrieben mir, gratulierten mir zu meinem Entschluss und dankten mir für all meine Geschichten.

Fairerweise muss ich sagen, dass ich mich vom Gedanken an den Ruhestand schnell verabschiedet habe. Als Erstes erstellte ich eine Liste von all den Projekten, die ich in Angriff nehmen wollte. Gewiss, es war an der Zeit, einen Gang zurückzuschalten, Schränke auszuwischen und Schubladen auszumisten, da jede einzelne sich irgendwie in eine Krimskramsablage verwandelt zu haben schien. Ich freute mich darauf, in meinem Handarbeitszimmer zu werkeln und Ordnung hineinzubringen. Meine Stricknadeln warteten nur darauf, dass ich sie zur Hand nahm. Ich erwog sogar, wieder zu studieren.

Aber vier Monate später war ich gelangweilt, ruhelos

und hatte keinen einzigen Punkt meiner Liste abgearbeitet. Okay, einen Schrank hatte ich ausgeräumt. Wisst ihr, da war diese Geschichte von einer Witwe, die mir keine Ruhe mehr ließ, bis ich mich schließlich an meinen Computer setzte und mich ans Werk machte. Und wisst ihr was? Ich war wieder ich selbst.

Ich hätte nicht vier Monate brauchen sollen, um zu erkennen, dass ich am glücklichsten bin, wenn ich schreibe. Das bedeutet nicht, dass ich zu demselben Veröffentlichungsplan zurückkehre, den ich in den vergangenen Jahren eingehalten habe, aber ich werde auch weiterhin Geschichten erzählen. Der springende Punkt ist dieser: Ich bin zum Schreiben geboren, und es macht mich glücklich.

Eure Unterstützung bedeutet mir alles, und ich danke euch für euer Vertrauen in mich. Euer Feedback war und wird für mich immer die treibende Kraft für meine Storys bleiben.

An dieser Stelle möchte ich dem wundervollen Verlagsteam danken, das hinter mir steht. Ich bin jeden Tag dankbar dafür, dass ihr an mich glaubt. Und ich bin froh um eure Weisheit, wenn es darum geht, ein Buch Gestalt annehmen zu lassen.

Wie ich schon sagte, euer Feedback ist mir immer willkommen. Ihr könnt mich auf allen Plattformen der sozialen Netzwerke erreichen. Wenn ihr es vorzieht, mir zu schreiben, hier die Adresse: P.O. Box 1458, Port Orchard, WA. 98366

Wärmstens,

Debbie

Für all jene Witwen, die sich alleine,
verwirrt und überfordert wiederfinden.
Und Jenny Berry, Janice Alexander, Barbara Johnson.
Für ihre Entschlossenheit, ihre Stärke und ihren Mut.

Erstes Kapitel

Zum dritten Mal in ebenso vielen Minuten blickte Joan Sample auf die Küchenuhr. Sie hatte erwartet, dass sich ihr jüngster Sohn inzwischen gemeldet hätte. Sie hatte Nick zum Dinner eingeladen und sein Lieblingsessen gekocht, obwohl es *ihr* Geburtstag war. Er hatte nicht geantwortet, und sie war nicht sicher, ob er überhaupt kommen würde oder nicht. Der Esszimmertisch war gedeckt, und die Hühnchen-Enchiladas sowie der spanische Reis und das Bohnenpüree wurden im Ofen warmgehalten. Joan mochte Hühnchen-Enchiladas nicht besonders. So weit war es also gekommen – sie musste ihren Sohn bestechen, damit er sie besuchte. Steve, ihr Ältester, hatte eine gute Entschuldigung, da er in der Nähe von Phoenix lebte. Aber er hatte wenigstens angerufen.

Sie ließ sich in ihren Lieblingssessel im Wohnzimmer sinken und griff nach der Fernbedienung. Im Fernsehen kamen die wöchentlichen Sonntagsnachrichten, die sie sich regelmäßig ansah. Großaufnahmen. Nur dass Joan kein Wort von dem hörte, was gesagt wurde, und außerdem interessierte sie sich nicht sonderlich dafür. Es gab ohnehin selten etwas Positives zu berichten.

Der Muttertag lag eine Woche zurück, und ihre Söhne

hatten ihr einen Strauß aus Callas und weißen Rosen sowie eine Schachtel Pralinen geschickt. Wenigstens hatten sie sich daran erinnert, wie sehr sie Blumen liebte. Es war ihr Pech, dass sie nur sieben Tage später Geburtstag hatte. Steve und Nick schienen zu denken, mit den Blumen und den Pralinen ihre Pflicht getan und Muttertag und ihren Geburtstag zugleich abgedeckt zu haben.

Das mangelnde Interesse ihrer Söhne, die ihr gegenüber wenig Liebe oder Anerkennung zeigten, würde ihr nicht so zu schaffen machen, wenn nur Jared noch leben würde. Ihr Mann hatte sie am Muttertag nie vergessen und sich immer bemüht, ihren Geburtstag zu etwas ganz Besonderem zu machen. Auch nach vier Jahren trauerte sie noch um ihn. In dem Moment, als Jared für tot erklärt worden war, war ihre ganze Welt in sich zusammengebrochen.

Sie hatte vor Kurzem gehört, dass der Zahnarzt, der Jareds Praxis gekauft hatte, sehr erfolgreich war. Was sie freuen sollte, weil es ihr bewies, dass Jareds Patienten den Übergang gut bewältigt hatten. Viele waren seit Jahren bei Jared in Behandlung gewesen, und da sie als Empfangsdame und Buchhalterin in seinem Büro gearbeitet hatte, war sie mit vielen von ihnen per Du.

Joan hatte es geliebt, mit ihrem Mann zusammenzuarbeiten. Für manche Paare war es schwierig, rund um die Uhr zusammen zu sein, aber nicht für sie. Sie hatten ein großartiges Team abgegeben, sich immer nahegestanden und waren Seelenverwandte gewesen. Joans Leben war leer ohne Jared. Öde. Sinnlos. Dunkel. Seit er nicht mehr da war, kam es ihr vor, als hätte sie kein Ziel mehr, keinen Antrieb, keinen Grund, morgens das Bett zu verlassen.

Kopfschüttelnd weigerte sich Joan, zuzulassen, dass sie über seinen Verlust in abgrundtiefem Kummer versank, wie es schon so oft der Fall gewesen war. Es war vier Jahre her. Vier lange, qualvolle Jahre. Die Pandemie hatte sich als alles andere als hilfreich erwiesen. Jared war erst sechs Monate tot gewesen, als das gesamte Land in den Lockdown gegangen war. Die erste Zeit hatte Joan sich im Haus verschanzt, aus Angst, sich das Virus einzufangen, und kaum die Tür geöffnet. Während die Wochen verstrichen waren und die Zeit verging, hatte Joan sich in der Isolation häuslich eingerichtet. In einem Kokon zu leben, war angenehm gewesen. Vertraut. Alltäglich.

Als die Beschränkungen gelockert wurden, ging sie nach und nach ein paar Mal pro Woche nach draußen. Nicht für lange Zeit und vorsichtshalber immer mit Maske. Sie erledigte alles, was auf ihrer Liste stand – sie hatte immer eine Liste –, und sie trödelte nicht herum, bevor sie nach Hause zurückeilte, zurück in die Sicherheit … Noch immer bestellte sie, wenn möglich, die meisten Dinge online; etwas, woran sie sich während der Pandemie gewöhnt hatte. In der Abgeschiedenheit zu leben, war die Norm geworden, und sie entdeckte, dass es ihr lieber so war. Das Leben außerhalb ihrer Haustür konnte riskant sein. Etwas, das es zu vermeiden galt.

Tief in Gedanken versunken, erschrak Joan, als ihr

Telefon klingelte. Eine halbe Sekunde lang erkannte sie noch nicht einmal den Klingelton. Dann sprang sie von ihrem Sessel auf, eilte in die Küche zurück und suchte die Theke ab, wo sie, wenn sie sich recht erinnerte, das Telefon zuletzt hingelegt hatte. Sie könnte schwören, dass sie die Hälfte des Tages damit verbrachte, das Gerät zu suchen. Sie würde es ganz abschaffen, wenn dieses Ärgernis nicht hin und wieder notwendig wäre.

Ohne sich die Mühe zu machen, einen Blick auf die Anrufererkennung zu werfen, meldete sie sich nach dem vierten Klingeln. »Hallo.« Nach der hektischen Suche klang ihre Begrüßung atemlos.

»Herzlichen Glückwunsch zum Geburtstag«, ertönte die Singsangstimme ihrer älteren Schwester Emmie.

»Danke«, sagte Joan. Ihre Schwester war zu ihrer größten Mutmacherin geworden. Emmie hatte ihr vor einigen Tagen eine hübsche Karte sowie einen Geschenkgutschein für *The Cutting Edge* geschickt, Joans Lieblingsfriseursalon. Emmie war mit der Inhaberin Charlene Royce befreundet, die jahrelang als Friseurin im *Cutting Edge* gearbeitet hatte, bevor sie den Salon gekauft hatte. Die beiden waren zusammen zur Highschool gegangen.

Emmie war ihr übliches fröhliches Selbst; ihre Stimme klang, als stünde sie kurz davor, herzlich zu lachen. Joan und ihre Schwester standen sich trotz der räumlichen Distanz sehr nah.

»Machst du irgendetwas Besonderes, um deinen Ehrentag zu feiern?«

Joan zuckte als Antwort die Achseln, obwohl ihre

Schwester dies nicht sehen konnte. »Nicht wirklich. Für jemanden in meinem Alter ist das nicht mehr notwendig.«

»Wie alt bist du noch gleich?«, frotzelte Emmie.

Ihre Schwester wusste genau, der wievielte Geburtstag es war. »Vierundfünfzig. Bitte erinnere mich nicht daran.«

»Bei dir klingt es so, als wärst du siebzig.«

Genauso fühlte sie sich auch. »Das werde ich bald genug sein.«

»Aber jetzt noch nicht. Du hast eine ganze Menge Leben vor dir, kleine Schwester«, tadelte Emmie sie. »Was du brauchst, ist eine Änderung deiner Einstellung. Tu zur Abwechslung mal etwas, das Spaß macht. Geh raus und genieß das Leben, atme die frische Luft. Mach einen Spaziergang um den Green Lake. Geh shoppen und leg dir ein neues Outfit zu. Nimm einen Untermieter auf.«

»Einen Untermieter?« Was für eine verrückte Idee. Sie konnte sich nicht vorstellen, was ihre Schwester sich dabei dachte. »Ich werde mich an die Umsetzung machen.«

Emmie steckte voller guter Ideen, von denen Joan in der nächsten Zeit jedoch keine umzusetzen gedachte.

»Ich meine es ernst. Du musst aus deinem Schneckenhaus herauskommen, und der beste Weg, kleine Schwester, besteht darin, etwas für jemand anderen zu tun. Ich verspreche, dass du dich bezüglich des Lebens im Allgemeinen besser fühlen wirst, wenn du eine Möglichkeit findest, anderen Menschen etwas zu geben. Ich habe mit Charlene gesprochen, als ich deinen Gutschein bestellt habe, sie nimmt eine Untermieterin auf und ist schon ganz aufgeregt.«

Joan verdrehte die Augen Richtung Decke. »Das ist nicht dein Ernst.«

»Vielleicht, vielleicht auch nicht. Trotzdem ist es etwas, worüber man nachdenken sollte. Indem du einen Untermieter aufnimmst, würdest du jemandem helfen, und dieser Jemand könnte dir dann helfen. Jared ist seit vier Jahren tot. Es ist Zeit, dass du wieder zu leben beginnst.«

Joan musste nicht extra daran erinnert werden, wie lange es her war, seit sie ihren Mann verloren hatte. Man verbrachte nicht fünfundzwanzig Jahre mit einem Menschen, lebte zusammen, arbeitete zusammen, teilte alles miteinander und kam dann einfach so über den Verlust hinweg, nur weil es Zeit war.

»In mancher Hinsicht kommt es mir so vor, als wäre es erst gestern gewesen.« Selbst jetzt noch gab es Tage, an denen sie Jared einen im Internet entdeckten Witz oder etwas erzählen wollte, das sie gelesen hatte. Sie hatte sich kürzlich dabei ertappt, ihm von einer Idee berichten zu wollen, die ihr bezüglich des Streichens der Küche gekommen war, nur um erkennen zu müssen, dass er fort war. Mehr als nur fort. Er war tot und begraben.

»Ich weiß, wie schwer diese Zeit für dich gewesen ist.« Emmies Stimme wurde weicher. »Ich habe es früher schon vorgeschlagen, und du hast mich immer abgeschmettert, aber Joan, Süße, du solltest erwägen, mit einem Therapeuten zu sprechen.«

Bei nahezu jedem Gespräch mit ihrer Schwester wurde dieses Thema angeschnitten. Jedes Mal blockte Joan sofort ab, weil sie nicht bereit war, mit einem Fremden über den Schmerz in ihrem Herzen zu diskutieren. Es fiel ihr schwer, mit anderen über Jared zu sprechen, ohne dass ihr prompt die Tränen in die Augen schossen. Sie würde sich zu Tode schämen, wenn sie in der Gegenwart eines Fremden zusammenbräche. Es war zu erwarten, dass sie sich in ein emotionales Wrack verwandeln würde, weil sie sich nicht würde beherrschen können.

»Wenn schon kein Therapeut«, fuhr Emmie fort, die offenbar nicht gewillt war, das Thema fallenzulassen, »dann eine Selbsthilfegruppe zur Trauerbewältigung. Ich habe gehört, das kann sehr hilfreich sein.«

»Nein, danke.«

»Joan, denk wenigstens darüber nach. Es kann doch nichts schaden. Du würdest Leute treffen, die in derselben Situation sind wie du, die jemanden verloren haben, den sie so geliebt haben wie du Jared. Du würdest die Unterstützung bekommen, die du brauchst, und einen Weg finden, dich der Zukunft zu stellen.«

Joan schüttelte automatisch den Kopf. »So einfach ist das nicht.«

»Warum nicht?«

»Ich würde weinen, und du weißt, wie sehr ich das hasse.« Sie sah sich selbst in einer Runde sitzen und sich die Augen ausweinen, sodass sie nicht mehr würde sprechen können. Dann würde sie sich die Nase schnäuzen müssen, und wenn sie das täte, würde es wie der Schrei einer Gans klingen. Nein, das kam nicht infrage.

»Du bist dumm. Wenn du einen Gefühlsausbruch hast,

glaubst du nicht, dass die Leute es verstehen würden? Ich vermute, jeder in der Gruppe hat selbst eimerweise Tränen vergossen.«

»Ich werde darüber nachdenken«, bot Joan in der Hoffnung an, es würde ihre Schwester beschwichtigen.

»Wirst du das?«

Joan schloss kurz die Augen. Emmie ließ nicht locker. Ihre Schwester weigerte sich, dieses Thema fallen zu lassen, egal wie unangenehm es für Joan war. »Warum ist dir das so wichtig?«, wollte sie wissen.

»Warum?«, wiederholte Emmie. »Weil du meine Schwester bist und ich mir Sorgen um dich mache, weswegen ich auch glaube, es würde dir helfen, einen Untermieter aufzunehmen, um ins Leben zurückzufinden. Du bist eine richtige Einsiedlerin geworden.«

»Das stimmt nicht. Ich gehe raus … okay, nicht oft, aber ich leide nicht an Platzangst.«

»Wenigstens etwas«, sagte Emmie und wechselte dann endlich das Thema. »Es war nett, mit Charlene zu plaudern … Sie hat *The Cutting Edge* während der Pandemie gekauft, und der Laden läuft gut.« Charlene stylte schon seit Jahren Joans Haare und war auch mit ihr befreundet.

»Ich habe davon gehört«, sagte Joan. Sie war stolz darauf, dass ihre gemeinsame Freundin diesen Schritt gewagt hatte.

»Verrate mir, wann du das letzte Mal bei Charlene warst, um dir die Haare schneiden zu lassen.«

Es war nett von ihrer Schwester, nicht extra zu erwähnen, dass Joan mehr als nur einen Haarschnitt brauchte.

In den letzten Jahren hatten ihre Haare die Farbe von Salz und Pfeffer angenommen, wobei das Grau dominierte. Vielleicht sollte sie in Erwägung ziehen, sie wieder färben zu lassen, so wie sie es früher getan hatte.

»Das ist schon eine Weile her«, gab Joan widerstrebend zu.

»Eine Weile?«

»Okay, zwei Jahre.«

»Wie ich es erwartet habe!« Emmie war noch nie der Typ gewesen, der sich ein »Ich habe es dir ja gleich gesagt« verkniff. »Versprich mir, dass du einen Termin vereinbarst.«

»Versprochen.« Ein Schnitt würde ihr guttun. Ihr Haar war lang und zottelig geworden und musste dringend in Form gebracht werden. Jared hatte sie mit kürzeren Haaren gemocht, und sie hatte sich an den pflegeleichten Stil gewöhnt. Sie brauchte jeden Morgen nur ein paar Minuten zum Kämmen, dann sah sie präsentabel aus, bevor sie ins Büro ging – früher zumindest. Jetzt reichten ihr die Haare bis zur Schulter. Da sie an die Länge nicht gewöhnt war, band sie sie zusammen, weil sie ihr oft ins Gesicht fielen. Diese Frisur ließ sie älter wirken, und das nicht auf eine schmeichelhafte Weise. Der einzige Mensch, den sie an den meisten Tagen sah, war ihr eigenes Spiegelbild, also war es eigentlich egal.

»Ich möchte, dass du mir nach dem Termin ein Foto schickst, damit ich das Ergebnis sehen kann«, verlangte Emmie.

»Mache ich.« Joan hatte fest vor, ihr Versprechen zu

halten. Alles, was sie brauchte, war ein Anreiz, einen Termin mit Charlene zu vereinbaren.

»Wie geht es den Jungs?«, fragte Emmie als Nächstes.

»Gut. Sie haben mir zum Muttertag einen Blumenstrauß geschickt.« Die Pralinen, die sie gleich in die Tiefkühltruhe gesteckt hatte, erwähnte sie nicht. Sie aß selten Süßigkeiten oder hatte welche im Haus. Als Zahnarzt hatte Jared alles missbilligt, was zu Karies führen konnte.

»Was ist mit deinem Geburtstag?«

»Steve hat angerufen. Er war aufgeregt, stell dir vor, er hat die Empfehlung für eine Beförderung bekommen, die er wollte.« Ihr Gespräch war kurz gewesen und lag Joan auf der Seele. Steve hatte mehrmals Zoe erwähnt, eine Frau, mit der er sich traf. Es hatte nach einer ernsthaften Beziehung geklungen, und Joan hatte darauf gewartet, dass ihr Sohn eine Verlobung verkündete. Als sie nach Zoe gefragt hatte, hatte Steve schnell das Thema gewechselt und das Gespräch unter einem Vorwand beendet. Statt zu erzählen, wie kurz der Anruf gewesen war, sagte sie: »Steve ist der neue Direktionsassistent im Verteilcenter.« Ihrem Sohn machte sein Job bei Rick's Sporting Looks Spaß, er war gut darin und rasch aufgestiegen. Mit siebenundzwanzig war er Manager des Centers geworden und hatte innerhalb der nächsten paar Jahre schnell Karriere gemacht. Joan war beeindruckt von Steves Arbeitsmoral. Trotz ihrer Befürchtungen bezüglich seiner Beziehung war sie sowohl auf Steve als auch auf Nick stolz.

»Das ist ja großartig. Trifft er sich noch mit … wie heißt sie doch gleich?«

»Zoe«, half Joan nach.

»Richtig. Sie sind ja inzwischen schon eine ganze Weile zusammen.«

»Ja«, stimmte Joan zu, ohne irgendetwas hinzuzufügen. In mancher Hinsicht fühlten sich die kurzen Gespräche mit Steve wie eine Art Pflichterfüllung an, als wollte ihr Sohn sie wissen lassen, dass er ihren Geburtstag nicht vergessen hatte, aber zu beschäftigt sei, um mehr als ein paar Minuten für sie erübrigen zu können.

»Was treibt denn Nick zurzeit so?«, erkundigte sich Emmie als Nächstes.

»Nick hat immer drei oder vier Eisen im Feuer«, erwiderte Joan. »Er arbeitet an einem großen Bauprojekt mit, einem Apartmentkomplex in Seattle.« Schon als Jugendlicher war Nick am glücklichsten gewesen, wenn er einen Hammer, Nägel und ein Stück Holz in den Händen gehalten hatte. Er war der geborene Tischler.

Jared schien es nie gestört zu haben, dass sich keiner seiner Söhne entschieden hatte, in seine Fußstapfen zu treten und auf dem Gebiet der Medizin tätig zu werden. Steve hatte das College mit einem Diplom in Supply Chain Management abgeschlossen, und Nick war direkt nach der Highschool Tischlerlehrling geworden. Ihr Mann hatte keinen Druck auf die Jungen ausgeübt und sie ihren eigenen Weg gehen lassen. Joan war diejenige gewesen, die gehofft hatte, entweder Steve oder Nick würde eines Tages Jareds Praxis übernehmen, aber das sollte nicht so sein.

Ihr Telefon summte, kündigte eine eingehende Nachricht an.

»Ich glaube, das ist jetzt Nick«, sagte sie. Ihr Herz machte vor Freude darüber, dass er bald zum Dinner vorbeikommen würde, einen Satz. »Wir sprechen später weiter.«

»Vergiss nicht, mir ein Foto zu schicken, wenn Charlene mit deinen Haaren fertig ist.«

»Wird gemacht. Jetzt muss ich mich aber sputen.«

Joan beendete das Gespräch mit Emmie und checkte die Nachricht.

Sie war von Nick, der lieber einen Text schickte, als anzurufen. Es tue ihm leid, dass er nicht zum Dinner kommen könne.

Kein Grund. Keine echte Entschuldigung.

Wieder einmal verbrachte sie wie in den letzten vier Jahren ihren Geburtstag alleine.

Zweites Kapitel

Joan starrte auf den Computerbildschirm, während sie überlegte, welche Buchstaben sie für *Wordle* wählen sollte. So begann sie gewohnheitsmäßig jeden Morgen. Das Wortspiel half ihr, geistig fit zu bleiben, ebenso wie das aus tausend Teilen bestehende Puzzle des Eiffelturms, an dem sie gerade arbeitete. Unglaublich kleine Teilchen lagen auf dem Küchentisch verstreut. Früher einmal hatte sie an diesem Eichenholztisch die Mahlzeiten für ihre Familie serviert. Heutzutage diente er verschiedenen Zwecken, wobei »Familie« zu keinem davon gehörte.

Früher einmal …

Joan schob den Stuhl zurück und ging in die Küche, um sich eine weitere Tasse Kaffee einzuschenken, als sie hörte, wie die Vordertür geöffnet wurde. Einen Augenblick lang rann ein Anflug von Angst ihren Rücken hinunter, bis ihr einfiel, dass der Sicherheitsriegel vorgeschoben war. Wer sich hier Zutritt verschaffen wollte, brauchte einen Schlüssel.

»Mom?«, rief Nick, als erwartete er, dass sie neben der Tür stand und auf seine Ankunft wartete.

»Hier.« Sie kam mit dem Kaffeebecher aus der Küche zu ihm in die Diele. Er stand vor der Treppe, die zu den beiden oberen Schlafzimmern führte. Es waren diese Zimmer gewesen, die Jared zu dem Kauf des Hauses bewogen hatten. Das Hauptschlafzimmer befand sich im Erdgeschoss, weit weg von den Jungen, die vor allem als Teenager dazu geneigt hatten, die ganze Nacht lang aufzubleiben.

Ihr Sohn starrte sie eine Minute lang an, bevor sich seine dunkelbraunen Augen, die denen seines Vaters so glichen, verengten.

Beunruhigt fragte sie: »Alles in Ordnung?«

Eine Vielzahl von Problemen schoss ihr durch den Kopf, gerade so wie ein Felsbrocken, der einen Hang hinunterrollte. Hatte ihr Sohn seinen Job verloren? War er in einen Autounfall verwickelt? Hatte Nick eine besorgniserregende medizinische Diagnose erhalten?

»Yeah, alles bestens«, gab er zurück. Er klang abgelenkt.

»Das ist gut.« Sie seufzte erleichtert. Sie hatte genug eigene Probleme und fühlte sich nicht in der Lage, noch mehr zu verkraften. »Es ist nur so, dass du normalerweise nicht so früh hier auftauchst. Was ist los?« Sie winkte ihm, ihr in die Küche zu folgen, wo sie ihm automatisch einen Kaffee eingoss. Wie sein Vater war Nick koffeinsüchtig.

»Wir fangen heute Morgen später an, wir warten auf eine Inspektion.« Nick setzte sich an den Tisch und starrte das zu drei Vierteln vollendete Puzzle an. Er griff nach einem Teil, betrachtete es und legte es dann an seinen Platz.

Joan hatte Mühe, ihn nicht daran zu hindern. Das war

ihr Puzzle, und sie zog es vor, es selbst zusammenzusetzen. Die Befriedigung, die sie daraus zog, das Gefühl, etwas geleistet zu haben, war der Grund dafür, dass sie sich stundenlang damit beschäftigte. Sie brauchte keine Hilfe, und vor allem wollte sie keine.

»Tut mir leid, dass ich an deinem Geburtstag nicht da war«, verkündete Nick sachlich.

»Du hast mir eine Nachricht geschickt.« Aber er hatte ihr keinen Grund genannt, warum er nicht hatte kommen können. Sie vermutete, dass er sich entschieden hatte, den Tag mit seinen Freunden zu verbringen und sich das Spiel der Seahawks anzuschauen. Die Pfanne mit den Hühnchen-Enchiladas stand unangerührt im Kühlschrank. Bevor er ging, würde sie dafür sorgen, dass er sie mitnahm, sonst würde sie das Essen am Ende in den Müll werfen.

Nick wandte den Blick ab. »Sorry, ich habe gearbeitet.«

»An einem Sonntag?«

»Mom, wir haben bei diesem Projekt einen eng getakteten Zeitplan. Wenn wir mit unserem Teil nicht rechtzeitig fertig werden, dann halten wir die anderen Teams auf. Ich sage dir, diese Elektriker können ziemlich ungemütlich werden, wenn wir nicht fertig sind, sobald sie die Leitungen legen wollen.«

»Ich hoffe, sie bezahlen dir die Überstunden.«

Nick blickte von dem Puzzle auf und grinste jungenhaft. »Yup. Was mich zu dem Grund für meinen Besuch bringt.«

»Oh?«

»Ja. Da ich das Dinner mit dir verpasst habe … Wie wäre es, wenn ich dich zum Essen ausführe?«

Die Einladung überraschte sie freudig. Joan konnte sich nicht erinnern, wann sie das letzte Mal auswärts gegessen hatte. Sie bestellte gelegentlich bei DoorDash und auch bei Uber Eats. Es erschien ihr irrsinnig, das Haus zu verlassen, um allein essen zu gehen. *Früher einmal* … Da war es wieder, es zog sich hartnäckig durch ihr Leben. Sie und Jared hatten einen regelmäßigen Ausgehabend gehabt.

Eine Weile war sie mit Freunden in Verbindung geblieben. Eine Gruppe Schulkameraden vom College hatte sich drei oder vier Mal im Jahr zum Lunch getroffen. Das war seit der Pandemie nicht mehr passiert. Seit dem Lockdown schienen alle getrennte Wege zu gehen.

Nach Jareds plötzlichem Tod infolge eines schweren Hirnaneurysmas war Joan von Familienangehörigen und Freunden mit Mitgefühl und Unterstützung überschüttet worden. Das hatte jedoch schnell aufgehört, und als Covid gekommen war, hatte absolute Funkstille geherrscht. Dabei war es geblieben.

»Na, was sagst du dazu?«, fragte Nick und riss sie so aus ihren Gedanken.

Einen wilden Moment lang rang sie mit sich, hielt es für das Beste, für sicherer, abzulehnen, aber dann änderte sie ihre Meinung. Ein Dinner sollte ihr keine solche Angst einjagen. Sich wieder daran zu gewöhnen, das Haus zu verlassen, war das, was sie brauchte, wenn sie im Leben wieder nach vorne schauen wollte. Emmie würde sich freuen, wenn sie erfuhr, dass Joan sich Mühe gab.

»Äh, sicher. Wo würdest du gerne hingehen?«

»Mom«, erwiderte er grinsend, »es ist dein Geburtstag. Du entscheidest.«

»Du möchtest, dass ich entscheide?« So verrückt es auch für eine Frau war, die ein hektisches Büro geleitet und sich um alles außerhalb der eigentlichen Zahnbehandlungen gekümmert hatte, fand sie es plötzlich schwierig, auch nur die kleinste Entscheidung zu treffen.

»Yup. Ich habe Geld, um es zu verprassen.« Er wirkte sehr zufrieden mit sich. »In jedem Restaurant in der Stadt.«

»Was, wenn ich sage, ich möchte bei *Canlis* essen?« Das legendäre Restaurant in Seattle hatte oft eine Warteliste von mehreren Wochen. Jared und Joan waren an ihrem fünfundzwanzigsten Hochzeitstag zum Dinner dort gewesen und hatten die Erinnerung an diese Mahlzeit wie einen Schatz gehütet. Das Personal des *Canlis* hatte den Abend zu etwas ganz Besonderem gemacht.

Nick zuckte mit keiner Wimper. »Ich bezweifle zwar, dass ich einen Tisch reservieren kann, aber ich werde es versuchen.«

Joan machte es Spaß, ihren Sohn zu necken. »Glaubst du, das *Il Lucano* hat den Lockdown überlebt?« Der im Familienbetrieb geführte Italiener hatte zu ihren und Jareds Lieblingsrestaurants gehört. Joan hatte nirgendwo einen besseren Auberginenauflauf gegessen.

»Ich weiß es nicht.« Nick kramte sein Telefon aus der Tasche, tippte darauf herum und hatte innerhalb einer halben Sekunde die gesuchte Information. Er blickte auf, lächelte und nickte. »Sieht aus, als wären sie noch im

Geschäft, genau wie wir. Ich werde anrufen und für morgen Abend um halb sieben einen Tisch reservieren. Klingt das gut?«

»Perfekt.« Es erstaunte sie, in welche Aufregung diese Einladung sie versetzte. Es war eine Ewigkeit her, seit es etwas Außergewöhnliches gegeben hatte, worauf sie sich hatte freuen können. Dass die Einladung von ihrem Sohn gekommen war, machte sie erst recht zu etwas Besonderem.

»Ich sollte jetzt besser zur Arbeit gehen«, sagte Nick, als er vom Tisch aufstand und seinen leeren Kaffeebecher in die Küchenspüle stellte. »Ich komme morgen um sechs vorbei. Sei dann fertig, okay?«

»Natürlich, und nach dem Dinner kannst du die Enchiladas mit nach Hause nehmen.«

Seine Augen leuchteten auf. »Mein Lieblingsessen. Danke, Mom.« Nick küsste sie auf die Wange, bevor er zur Tür hinausstürmte.

Freudig erregt und zögernd zugleich begab sich Joan schnurstracks zu ihrem Schlafzimmerschrank, um zu überprüfen, was sie zu diesem Anlass anziehen könnte. Als sie an dem Ganzkörperspiegel an der Schranktür vorbeikam, musste sie zwei Mal hinschauen. Kein Wunder, dass ihr Sohn sie so seltsam angesehen hatte. Sie sah verheerend aus. Ihre Haare waren nicht gekämmt, und sie trug alte Jeans, ein vom häufigen Waschen ausgebleichtes Seahawks-Sweatshirt, Slippers und hatte noch nicht einmal Lippenstift aufgelegt. Der Kontrast zu den Tagen, wo sie mit Jared ins Büro gegangen war, traf sogar sie selbst wie ein Schlag. Früher einmal war sie stolz auf ihre äußere Erscheinung gewesen.

Früher einmal galt für viele Dinge, gestand sie sich ein. So viel hatte sich geändert, und zwar nicht zum Guten.

Statt ihr Spiegelbild anzustarren, ließ sie beschämt darüber, sich derart vernachlässigt und nicht auf ihr Äußeres geachtet zu haben, den Kopf hängen. Dies war der dritte Tag in Folge, wo sie dieselbe zerschlissene Jeans und das ausgebleichte Sweatshirt trug.

Abgesehen davon, dass sie auf die Veranda getreten war, um die Post zu holen, war sie seit einer Woche nicht mehr nach draußen gegangen. Früher einmal hatte sie den schönsten Garten in der Straße gehabt, sie war für ihre Liebe zu Blumen bekannt gewesen. Jetzt kam es nur noch selten vor, dass sie Zeit im Freien verbrachte. So viel Verlust, so viel Kummer. Sogar ihr Stolz auf sich selbst war auf der Strecke geblieben. Kein Wunder, dass Nick sie angesehen hatte, als wäre sie eine Fremde. Joan erkannte ja selbst ihr Spiegelbild kaum wieder, geschweige denn die Frau, die aus ihr geworden war.

In diesem Moment fiel ihr das Geburtstagsgeschenk von Emmie wieder ein. Es gab keinen besseren Grund für einen Friseurtermin als eine Verabredung zum Dinner mit ihrem Sohn. Sie zwang sich dazu, sich nicht länger Vorwürfe zu machen, und ging zu der Kommode, auf der sie Emmies Geburtstagskarte abgelegt hatte. Sie öffnete sie, griff nach dem Geschenkgutschein und fühlte sich fast schwindelig. Sie ging aus, und zu diesem Anlass beabsichtigte sie, tipptopp gestylt zu sein, was auch immer das hieß. Als Erstes benötigte sie einen Termin und machte sich auf die Suche nach ihrem Telefon. Sie hatte die Angewohnheit, es überall im Haus herumliegen zu lassen. Es dauerte einige Minuten, bis sie es auf der Badezimmerablage entdeckte.

Als sie danach griff, fiel ihr Blick auf das ungemachte Bett, und sie hielt mitten in der Bewegung inne. Als sie noch gearbeitet hatte, hatte sie nie das Haus verlassen, bevor die Spülmaschine leer geräumt und das Bett gemacht waren. Nie. Irgendwie hatte sie, ohne es überhaupt zu merken, all die kleinen Dinge, die ihr einst wichtig gewesen waren, zusammen mit allem anderen, ihr Aussehen mit eingeschlossen, schleifen lassen.

Entschlossen legte sie das Telefon weg, eilte um das Kingsize-Bett herum, brachte es in Ordnung und legte die Zierkissen auf ihre Plätze. Wochenlang waren sie unbeachtet und vergessen in die Ecke gestopft gewesen. Genauso fühlte sich Joan an den meisten Tagen.

Als sie damit fertig war, hatte sie das Gefühl, eine Kleinigkeit erreicht zu haben. Sie nahm das Telefon und setzte sich auf die Bettkante, während sie in ihrer Kontaktliste nach *Cutting Edge Salon* suchte. Die Frau am Empfang meldete sich, und Joan wurde klar, dass sie sich lächerlich machte. Es war höchst unwahrscheinlich, dass sie so kurzfristig einen Termin bekam. Charlene war gewöhnlich wochenlang im Voraus ausgebucht. Wie dumm von ihr, sich einzubilden, ihre Freundin würde ihren Terminplan in der letzten Minute für sie ändern.

»Hallo«, wiederholte die Frau am Empfang.

»Oh, sorry.« Joan merkte, dass sie nicht geantwortet hatte. »Hier spricht Joan Sample, und ich hätte gern einen Termin bei Charlene für einen Haarschnitt.« Aus einem Impuls heraus beschloss sie, das Grau beizubehalten. Sie hatte sich diese silbernen Strähnen verdient und würde sie nicht verstecken. Es war so, wie es war.

»Charlene hat die nächsten zwei Wochen leider keinen Termin frei. Wann möchten Sie denn kommen?«

Genau das, was Joan erwartet hatte. »Ich dachte mir schon, dass das der Fall sein könnte.«

Anscheinend hatte sie ihre Enttäuschung nicht gut verborgen, denn die Frau fuhr fort: »Wir haben eine neue Angestellte, Bailey. Sie ist sehr gut, und sie hat noch kurzfristig Termine frei, falls Sie einen früheren suchen.«

Wenn sie zwei Wochen auf Charlene wartete, fürchtete Joan, dass sie einen Vorwand finden würde, um sich zu drücken. »Ich nehme nicht an, dass Bailey morgen Nachmittag Zeit hat?« Es war fast mehr, als sie zu hoffen wagte.

»Sie hat gerade heute Morgen eine Absage bekommen. Würde Ihnen drei Uhr passen?«

»Ja, das wäre perfekt.«

»Sehr gut. Ich trage Sie ein. Wir freuen uns, Sie morgen Nachmittag um drei zu sehen, Joan.«

»Danke. Vielen Dank.«

»Gern geschehen«, sagte die freundliche junge Frau, bevor sie das Gespräch beendete.

Joan wäre am liebsten in ihrem Schlafzimmer herumgehüpft. Jetzt würde sie ein für alle Mal diesen Staubwedel, den sie momentan als Frisur bezeichnete, gebändigt bekommen. Genug war genug. Es war nur eine Kleinigkeit, und doch kam es ihr wie ein großer Schritt vor.

Als Nächstes checkte sie ihren Schrank und verbrachte ein paar Minuten damit, Kleiderbügel von einer Seite zur anderen zu schieben, bevor sie sich für eine Seidenbluse mit Blumenmuster und einer schlichten Schleife am Hals entschied. Den dunkelblauen Rock hatte Jared besonders gemocht. Er hatte es nie versäumt, ihr ein Kompliment zu machen, wenn sie ihn trug.

Eine unerwartete Welle der Trauer schlug über ihr zusammen, riss sie mit einem tiefen Gefühl des Verlusts fast mit sich. Die freudige Erregung, die sie gerade eben noch genossen hatte, verflog so schnell, wie sie gekommen war, und ließ sie hohl und leer zurück. Es waren die kleinen Dinge, die sie an ihrem Leben mit Jared am meisten vermisste. Ein getauschtes Lächeln, die Witze, die niemand außer ihnen verstand, sie beide aber in Lachsalven ausbrechen ließen. Seine sanfte Berührung, bevor er jede Nacht das Licht ausknipste, seine liebevollen, anerkennenden Worte. All das war ihr genommen worden, und sie wusste nicht, ob sie sich eine Zukunft vorstellen konnte, von der er kein Teil mehr war.

Jared war die Liebe ihres Lebens. Sie hatten sich auf dem College kennengelernt, und von dem Tag an, an dem sie einander vorgestellt worden waren, hatte es keinen anderen mehr gegeben. Sie waren füreinander bestimmt gewesen. Ohne ihn war alles noch nicht einmal mehr ein halbes Leben. Es war überhaupt kein Leben mehr. Nur eine bloße Existenz.

Joan schluckte das Selbstmitleid hinunter und kehrte in die Küche zurück, entschlossen, nicht zuzulassen, in das schwarze Loch der Trauer zurückzufallen. In ihren Augen brannten Tränen, die sie heftig zurückzwinkerte. Seit Jareds Tod hatte sie Meere von Tränen vergossen und wachte auch jetzt noch oft mit nassen Wangen auf. Sie trug ihren Schmerz mit sich herum wie Bleigewichte um ihr Herz. An manchen Tagen war dieser Schmerz so intensiv, dass sie sich fragte, warum sein Verlust sie nicht umgebracht hatte.

Erst gegen Mittag bekam sie Hunger. Sie schaltete die Lokalnachrichten ein, obwohl sie nicht wusste, warum. Es wurde nur über das Wetter, über Verkehrsprobleme und über Updates bezüglich der wachsenden Verbrechensrate berichtet. Während sie mit halbem Ohr dem Reporter zuhörte, studierte sie das Puzzle und kaute an einem Apfel, den sie in Erdnussbutter stippte. So pflegte Steve, ihr älterer Sohn, seine Äpfel zu essen. Joan musste zugeben, dass es eine gute Art war, Obst und Proteine zu mischen. Der Gedanke an ihren älteren Sohn rief ihr das letzte Gespräch wieder ins Gedächtnis. Es war ihr so vorgekommen, als hätte er nicht schnell genug vom Telefon wegkommen können. Das beunruhigte sie. Zu einer anderen Zeit hätte sie ihn gefragt, was zwischen ihm und Zoe vorgefallen war. Diesmal aber hatte sie es bequemer gefunden, nicht näher darauf einzugehen, und bereute das nun.

Sie hörte den Postboten auf der Veranda, und da sie nichts Besseres zu tun hatte, öffnete sie die Tür und griff nach den wenigen Sendungen im Kasten, der auf der linken Seite der äußeren Tür angebracht war. Die meisten ihrer Rechnungen wurden dieser Tage online bezahlt, und bei allem, was mit der Post kam, handelte es sich hauptsächlich um Werbung. Sie rechnete nicht damit, dass sich sonst noch jemand an ihren Geburtstag erinnert hatte, aber sie kam nicht dagegen an, es sich zu wünschen.

Einen Augenblick später stand sie neben dem Mülleimer in der Küche und warf automatisch den Flyer für den Ausverkauf bei Salesway sowie ein paar Prospekte weg. Eines für einen Whirlpool, ein anderes von einer Firma, die ihre Regenrinne erneuern wollte. Wenn sie anrief und um einen Kostenvoranschlag bat, konnte sie einen Geschenkgutschein von Amazon im Wert von fünfzig Dollar bekommen. Wow.

Der nächste Brief erweckte ihr Interesse. Er kam von der Hauseigentümergemeinschaft und war an sie persönlich adressiert. Joan riss den Umschlag auf und las das Schreiben.

Stöhnend kniff sie die Augen zusammen und wollte mit dem Fuß aufstampfen. Laut dem Vorstand der Gemeinschaft hatte sie gegen Absatz 104 der Hausordnung verstoßen, die sowohl Jared als auch sie unterzeichnet hatten. Ihre Gartenpflege entsprach nicht dem Standard; ihr Garten war ein Schandfleck für die Gemeinde geworden und minderte die Grundstückswerte. Man fand dies äußerst betrüblich, weil sie einst einen so schönen Garten gehabt hatte. Unverzügliches Handeln wurde gefordert.

Man gab ihr vierzehn Tage Zeit, um Abhilfe zu schaffen, bevor eine Geldstrafe verhängt werden würde.

Gartenpflege. Joan verließ so selten das Haus, dass ihr nicht aufgefallen war, wie dringend der Rasen gemäht werden musste. Der momentane Zustand ihrer Blumenbeete deprimierte sie, also vermied sie es, hinzuschauen.

Jared hatte sich immer um die Gartenarbeiten gekümmert, während sie die Blumenbeete bepflanzt hatte. Nick war letzten Sommer ein paar Mal da gewesen, um den Rasen zu mähen, aber nur, wenn sie ihn anrief und um Hilfe bat. Sie wusste, dass Gartenarbeit nicht sein Ding war, und sie hasste es, ihn wieder danach zu fragen. Nick betrachtete es als Strafarbeit und war mitunter unzuverlässig, wie sein kurzer Text zu ihrem Geburtstag bewies. Joan, die das volle Gewicht des Singledaseins spürte, ließ sich in einen Sessel sinken und überlegte, wie dieses Problem am besten zu lösen wäre.

Sie spannte die Kiefermuskeln an und weigerte sich, eine hilflose Frau zu sein, die nach irgendjemandem Ausschau hielt, der ihr Problem für sie löste. Sie hatte einen Collegeabschluss und konnte einen kühlen Kopf bewahren. Sie würde tun, was andere in ihrer Situation taten: Sie würde einen Gartenservice anheuern.

Drittes Kapitel

Maggie Herbert griff nach ihrem Rucksack, als sie leise zu ihrer Schlafzimmertür hinaushuschte. Es galt, das Haus zu verlassen, bevor ihr Vater aufwachte. Sie hatte die Frühschicht bei Starbucks, und morgens herrschte dort immer Hochbetrieb. Was gut war, weil es half, dass die Zeit schneller verging, bevor sie zu ihren Kursen am Seattle Central College aufbrach.

Leanne, die sonst an der Kasse saß, lag mit Grippe flach, was zufällig mit einem Trip mit vier Freunden ans Meer zusammenfiel. Die Managerin hatte Maggie gebeten, einzuspringen, bis Leanne wieder da wäre. Maggie war keine Grippeexpertin, vermutete aber, dass die Krankheit drei Tage dauern würde. Sie war bereit, jede Aufgabe anzunehmen, die man ihr übertrug, solange dies weder ihre nachmittäglichen Kurse an der Schwesternschule noch ihren Lehrplan an der Grundschule beeinträchtigte. Die Abschlussprüfungen standen an, und sie war bis Mitternacht wach geblieben, hatte gelernt und versuchte, mit weniger als vier Stunden Schlaf auszukommen.

Sie musste diese Tests mit einer guten Note bestehen, da sie sich für mehrere Stipendien beworben hatte. In den

Semesterferien würde Maggie in der Lage sein, zusätzliche Stunden zu arbeiten, und der Himmel wusste, dass sie sie brauchte, wenn sie je auf eigenen Füßen stehen wollte.

In diesem Punkt hegte sie echte Hoffnungen, denn sie hatte kürzlich mit Mrs. Royce gesprochen, einer Ladeninhaberin, die per Anzeige eine Untermieterin gesucht hatte. Mrs. Royce' Mann arbeitete außer Landes, und sie wünschte sich Gesellschaft. Die Miete war fair, und Maggie hatte mehrere Empfehlungsschreiben vorgelegt. Das Vorstellungsgespräch war positiv verlaufen, und Mrs. Royce hatte versprochen, sich bei ihr zu melden, sowie sie deren Referenzen überprüft hatte. Sobald sie von Mrs. Royce hörte, war Maggie bereit, umzuziehen. Dieser Zeitpunkt konnte für sie nicht schnell genug kommen.

»Maggie.« Ihr Name ertönte vom Wohnzimmer her, was Maggie verriet, dass ihr Vater sich wieder einmal mitten in einem Alkoholexzess befand. Wahrscheinlich war er den größten Teil der Nacht wach gewesen und hatte getrunken, was dieser Tage die Regel geworden war.

Obwohl es vier Uhr morgens war, saß Roy Herbert zusammengesunken in seinem schäbigen alten Sessel. Er hatte den Kopf zur Seite gedreht, um Maggie anzustarren. Vermutlich würde sie doch nicht unbemerkt entkommen, obgleich sie auf Zehenspitzen von ihrem Schlafzimmer durch die Diele geschlichen war.

Maggies Herz wurde schwer. Sie hatte gehofft, längst weg zu sein, bevor ihr Vater entdeckte, dass sie sich für den Tag verabschiedet hatte. So gut es ging, vermied sie jegliches Zusammentreffen mit ihm. Der Verlust ihrer

Mutter bewirkte zusammen mit seinem zunehmenden Alkoholkonsum, dass er sich oft in einer düsteren Stimmung befand.

»Hast du die Stromrechnung gesehen? Da steht drin, dass wir im Rückstand sind. Sie drohen damit, uns den Strom abzustellen.« Er warf ihr einen flehenden Blick zu. »Kannst du sie für mich bezahlen?«

Maggie unterdrückte ein Stöhnen. Ihr Vater setzte seine Schwerbeschädigtenrente in Alkohol um und erwartete dann von ihr, dass sie alle Lebenshaltungskosten übernahm. Sie arbeitete in Teilzeit und besuchte die Schwesternschule; sie konnte es sich nicht leisten, mehr zu zahlen, als sie es ohnehin schon tat.

Ihr Vater schien nicht zu verstehen oder anzuerkennen, wie hart sie arbeitete, um Geld für ihre weitere Ausbildung beiseitezulegen. Sie hatte ihm bereits Geld für die Stromrechnung gegeben. Offenbar hatte er sich davon Alkohol gekauft. Sie hätte wissen müssen, dass es so kommen würde. Mehr denn je wurde Maggie bewusst, dass sie sich eine andere Unterkunft suchen musste. Wenn sie fort war, würde ihr Dad vielleicht aufhören, sie als ständige Krücke zu benutzen.

»Was ist aus dem Geld geworden, das ich dir schon gegeben habe?«, fragte sie. Dabei gab sie sich Mühe, sich ihre Entmutigung nicht anmerken zu lassen.

Ihr Vater zuckte die Achseln. »Al und ich …«

»Ihr habt es im *Half Pint* ausgegeben, nicht wahr?« Sie tat ihr Bestes, um nicht anklagend zu klingen. Das mangelhafte Verantwortungsgefühl ihres Vaters war zu einer ständigen Quelle der Frustration geworden. Er verließ sich in jeder Hinsicht blind auf sie. Es war zu viel, zumal er, so weit sie es beurteilen konnte, keinerlei Anstrengung unternahm, etwas daran zu ändern.

»Mach mir keine Vorwürfe«, murmelte Roy. »Ich tue, was ich kann. Du hast ja keine Ahnung, was für Schmerzen ich habe.«

Nach einer Rückenverletzung, die er sich bei einem Unfall auf der Baustelle zugezogen hatte und die verhinderte, dass er je wieder arbeiten konnte, bezog Roy schon seit Jahren eine staatliche Schwerbeschädigtenrente. Der Tod ihrer Mutter war der einzige Vorwand gewesen, den er gebraucht hatte, um mit dem Trinken anzufangen. Bier helfe ihm, den Tag durchzustehen, behauptete er und schien nicht zu erkennen, dass seine Abhängigkeit ihn bereits zum Alkoholiker machte. Maggie hatte mehrfach versucht, ihn dazu zu bringen, sich den Anonymen Alkoholikern anzuschließen. Sie hätte genauso gut gegen eine Wand reden können. Roy beharrte darauf, seine Trinkgewohnheiten unter Kontrolle zu haben; er könne jederzeit aufhören, wenn er wolle.

»Du musst diese Rechnung bezahlen, Mags, oder die Stadtwerke machen ihre Drohung wahr.«

»Ich habe dir schon alles gegeben, was ich hatte.« Sie bemerkte das leere Sixpack Bud Light, das zusammen mit ein paar leeren Whiskyflaschen neben seinem Sessel stand.

»Dad, wie konntest du so verantwortungslos sein? Wenn sie uns den Strom abstellen, ist das deine Schuld.«

Trotz ihres geringen Einkommens sollten sie nicht solche Geldprobleme haben. Das Haus hatten sie von ihrer Mutter geerbt, und es war nicht mit einer Hypothek belastet. Roy, Maggie und ihre Mutter waren nach dem Tod ihrer Großmutter hier eingezogen. Maggie war zehn gewesen, und dies war das erste Zuhause gewesen, das sie je gehabt hatte. Davor hatte die Familie in wechselnden kleinen Apartments gelebt. Seit dem Antritt des Erbes hatte Roy bezüglich der Instandhaltung wenig getan. Es regnete seit einer Weile durch das Dach, und in etlichen Teilen des Hauses machten sich Wasserschäden bemerkbar.

»Dad«, versuchte Maggie es noch einmal. »Du kannst mit dem Trinken nicht so weitermachen. Es bringt dich um. Ich kann nicht hier wohnen und zusehen, wie du dein Leben in Alkohol ertränkst. Ich will ausziehen, und du solltest wissen, dass ich eine andere Unterkunft suche.«

Das weckte die Aufmerksamkeit ihres Vaters. Er setzte sich auf und funkelte sie an. »Du würdest mich verlassen?«

»Ja. Ich kann es nicht ertragen, mit anzusehen, was du dir mit deiner ununterbrochenen Trinkerei antust. Du sagst immer, du kannst jederzeit aufhören, aber du tust es nicht, und ich kann nicht immer hinter dir herräumen. Du hast ein Problem.« Obwohl sie es nicht aussprach, hatte Maggie das Gefühl, dass der Umstand, dass sie zu Hause wohnte, seinem Lebenswandel noch Vorschub leistete. Er verließ sich blind auf sie, und diese Last war zu schwer für sie geworden.

»Das wirst du nicht tun.« Er klang zuversichtlich. »Wir wissen beide, dass du es dir nie leisten könntest, dir bei diesen Mietpreisen ein Apartment zu nehmen. Du wirst hierbleiben müssen, wenn du so versessen darauf bist, dein Geld für eine Ausbildung zu verschwenden, die du überhaupt nicht brauchst.«

»Ich werde Krankenschwester werden«, beharrte Maggie. »Das hätte Mom für mich gewollt, und es kümmert mich nicht, wie viel die Ausbildung kostet.«

Er schüttelte nur den Kopf und musterte sie spöttisch.

Maggie bemühte sich, ihn zu ignorieren. Sowie sie etwas von Mrs. Royce hörte, würde sie ausziehen. Hinsichtlich der Kosten für ein Apartment hatte ihr Vater recht. Als finanziell hart kämpfende Collegestudentin konnte sie sich die Miete nicht leisten, selbst wenn sie sich ein Apartment mit drei anderen teilte. Die Mietpreise in Seattle waren exorbitant.

»Du wirst mich nicht verlassen«, beharrte Roy. »Ich bin alles, was du hast.«

»Da irrst du dich, Dad. Ich habe vor, auszuziehen, sobald ich etwas Bezahlbares finde.«

Er kicherte höhnisch, als glaubte er ihr nicht. »Nein, das wirst du nicht. Du brauchst mich genauso sehr wie ich dich.«

Maggie hatte das alles schon früher gehört und bemühte sich, seine Worte auszublenden. »Ich muss zur Arbeit.«

Maggie ging zur Vordertür. Sie weigerte sich, sich von ihm den Tag verderben zu lassen; sie ließ seine negative Einstellung von sich abperlen wie eine Ente das Wasser von ihrem Gefieder. Es war nicht ihr Vater, der da sprach, sondern der Alkohol.

»Wag es nicht, jetzt einfach zu gehen, Mädchen. Ich rede mit dir. Wir könnten es uns leisten, die Rechnungen zu bezahlen, wenn du die Schule aufgeben und Vollzeit arbeiten würdest.«

Der Drang, empört zu widersprechen, war so groß, dass Maggie die Zähne zusammenbeißen musste, bis sie schmerzten. Ihr war bewusst, dass ihr Dad nicht klar denken konnte, und sie versuchte, sich von seinen Worten nicht entmutigen zu lassen, aber es war schwer.

»Ich werde Krankenschwester werden. Das ist es, was ich mir für meine Zukunft vorstelle, und das lasse ich mir von dir nicht kaputtmachen.« Trotz ihres Versuchs, ihn nicht an sich heranzulassen, glichen Maggies Worte Neun-Millimeter-Geschossen, von denen jedes sein Ziel traf.

»Komm schon, Mags, lass uns nicht streiten. Ich höre auf zu trinken, ich verspreche es.«

Auch das hatte Maggie schon oft gehört.

»Ich muss gehen, oder ich komme zu spät zur Arbeit.«

»Okay, aber würdest du mir etwas zum Dinner mitbringen, wenn du mit deinen Kursen fertig bist? Ich könnte einen Whopper vertragen.«

»Ich werde sehen, was ich tun kann.« Wahrscheinlich würde es das Einzige sein, was er den ganzen Tag aß.

Da ihr Vater sie aufgehalten hatte, blieben Maggie, als sie bei Starbucks ankam, nur wenige Minuten Zeit. Sie versuchte, einen klaren Kopf zu bekommen; war entschlossen, mit einer positiven Einstellung das Beste aus ihrem Tag zu machen.

Sie nahm ihren Platz an der Kasse ein. Etliche der Morgengäste waren Stammkunden, die sie inzwischen beim Namen kannte. Diszipliniert, wie sie war, hatte Maggie gelernt, zu lächeln, egal, wie sehr ihr Vater sie aus der Fassung gebracht hatte. Zum ersten Mal seit dem Tod ihrer Mutter hegte Maggie die Hoffnung, ihm entkommen zu können.

»Guten Morgen«, grüßte sie, als sie automatisch nach einem Becher griff, um Bestellung und Name daraufzukritzeln.

Sein Helm wies ihn als Bauarbeiter aus und als jemanden, den Maggie nicht sofort erkannte. Ein Stück die Straße hinunter wurde ein großer Apartmentkomplex errichtet, und sie vermutete, dass er zu dem Team gehörte, das momentan an dem Projekt arbeitete.

»Morgen«, murmelte er, als sein Blick zu der Speisekarte an der Wand hinter ihr wanderte. Während er die Auswahl studierte, konnte sie nicht umhin, seine dunkelbraunen Augen zu bemerken, die sie an ihre Lieblingsschokoladenbrownies erinnerten. Ihre Mutter hatte sie jedes Jahr statt einer Torte zu ihrem Geburtstag gebacken, weil Maggie sie so gern aß. Außerdem hatte sie die Brownies leichter mit ihren Freunden teilen können.

Dieser Mann sah zudem nicht schlecht aus, und sie schätzte, dass er verheiratet war. Er trug keinen Ehering, aber das taten wegen der Verletzungsgefahr nur wenige in diesem Beruf. Selbst wenn er noch zu haben wäre, war es nicht so, als hätte Maggie Zeit für eine Beziehung gehabt. Eines Tages wäre das jedoch ganz schön.

»Ich nehme einen doppelten Espresso, einen Bagel mit Rahmkäse, und gib mir eine Scheibe von dem Zitronenkuchen.« Er wandte den Blick lange genug von der Speisekarte ab, um in ihre Richtung zu lächeln. Jawohl, dieser Mann war ein Charmebolzen, und er wusste es.

»Geht klar«, gab sie zurück, ohne auf sein träges Grinsen zu achten. Sie gab ihm die Rechnung, die er bar bezahlte und der er fünf Dollar Trinkgeld hinzufügte. »Dein Name?«, fragte sie, bereit, ihn auf den Becher zu schreiben, um ihn Ashley zu geben, die die Bestellung ausführte. »Einstein«, antwortete sein Freund für ihn.

Das war eindeutig ein Spitzname. »Danke, Einstein. Deine Bestellung ist gleich fertig.«

Der Mann hinter ihm arbeitete anscheinend mit ihm zusammen. »Ein paar von uns gehen nach der Schicht noch ein paar Bier trinken. Kommst du mit?«, wandte er sich an seinen Freund.

»Deine Bestellung?«, fragte Maggie, die die Schlange nicht aufhalten wollte.

»Oh, sorry.« Er blickte zu der Tafel hoch. »Ein Sandwich mit doppelt geräuchertem Schinken, Cheddar und Ei und einen Frappuccino, bitte.«

Als sie die Bestellung eintippte, hörte sie Einstein erwidern: »Heute Abend kann ich nicht. Ich lade meine Mutter zum Dinner ein.«

»Deine Mutter?« Der andere lachte. »Mann, bist du so wild auf ein Date, dass du schon mit deiner eigenen Mutter ausgehen musst?« Er schien diese Vorstellung äußerst erheiternd zu finden.

»Haha, sehr witzig. Glaub mir, das ist nicht meine Idee von einem lustigen Abend. Seit mein Dad gestorben ist, steckt sie in diesem emotionalen Tief, als würde eine dunkle Wolke über ihrem Kopf hängen. Es ist schwer, das zu ignorieren.«

»Mann, das klingt nicht gut.«

Maggie gab ihm die Rechnung und fragte nach seinem Namen. Kurt. Er zog seine Kreditkarte über das Gerät.

»Ich weiß, ich sollte sie öfter besuchen, aber jedes Mal, wenn ich das tue, bin ich anschließend total deprimiert.«

»Warum gehst du dann mit ihr aus?«

Die zwei bewegten sich in der Schlange weiter, und ein weiterer Gast, ein Stammkunde, trat an die Theke. Während Maggie seine Bestellung entgegennahm, konnte sie nicht umhin, das Gespräch der beiden Männer von eben mit anzuhören.

»Ich habe sie an ihrem Geburtstag geghostet«, fuhr Einstein fort.

Dieser Typ hatte seine Mutter an ihrem Ehrentag hängen lassen. Das sagte alles.

»Du hast deine Mutter an ihrem Geburtstag ignoriert? Nicht cool, Mann.«

»Ich weiß, aber ich hatte eine gute Entschuldigung. Wir haben am Sonntag gearbeitet, schon vergessen?« Ashley reichte Einstein seine Bestellung. Er nahm sie entgegen und wartete zusammen mit seinem Freund weiter.

Kurt lehnte sich gegen die Theke. »O Mann, das war

nervig. Ich hasse es, am Sonntag zu arbeiten, aber die Bezahlung war gut.«

»Wirklich gut«, stimmte Einstein zu.

»Schade, dass du es heute Abend nicht schaffst.«

»Yeah, tut mir auch leid. Glaub mir, ich wäre viel lieber mit dir und dem Rest der Mannschaft im *Duke*.«

Ashley reichte Kurt seine Bestellung, und die Männer gingen zur Tür hinaus. Maggie blickte ihnen lange genug hinterher, um sie in einen großen Truck steigen zu sehen, der wahrscheinlich der Grund dafür war, dass sie nicht den Drive-in genommen hatten.

Während sie weiterhin Bestellungen entgegennahm, spähte Maggie gelegentlich zum Parkplatz hinüber, wo Einstein und Kurt geparkt hatten. Einstein graute davor, Zeit mit seiner Mutter zu verbringen, während Maggie alles dafür geben würde, auch nur zehn Minuten mit ihrer zu haben.

Der Tod ihrer Mutter lag fast fünf Jahre zurück. Kein Tag verging, ohne dass Maggie an sie dachte und sie vermisste. Elaine Herbert war wegen eines Routine-Eingriffs ins Krankenhaus gegangen und hatte sich eine Infektion zugezogen, gegen die Antibiotika nicht zu helfen schienen. Während sie ihre Mutter gepflegt hatte, hatte Maggie beschlossen, Krankenschwester zu werden. Die Infektion hatte zu einer Blutvergiftung geführt, und sie war innerhalb weniger Tage gestorben, weil sie nicht die Kraft gehabt hatte, noch länger zu kämpfen.

Seit dem Tod ihrer Mutter kam es Maggie so vor, als läge ihre gesamte Welt in Scherben. Ihr Vater hatte immer mehr getrunken und war zum Alkoholiker geworden. Am Morgen gab es als Erstes Bier statt Kaffee. Sein Verfall hatte sich bis zu einem Punkt gesteigert, wo Maggie es kaum noch mit ansehen konnte. Traurigerweise brachte Alkohol das Schlimmste in ihm zum Vorschein.

In seinen Augen konnte Maggie nichts richtigmachen. Da ihre Mutter tot war, erwartete er von ihr, zu kochen, zu putzen und einen ausreichenden Alkoholvorrat im Haus zu haben, damit er sich ins Vergessen trinken konnte. Oh, wie sie ihre Mutter vermisste.

Am Ende ihrer Schicht holte Maggie ihren Rucksack und schickte sich an, zum College zu gehen. Ashley machte zur selben Zeit Schluss.

»Wie ist das Gespräch mit Mrs. Royce gelaufen?«, fragte sie, als sich Maggie ihre Büchertasche über die Schulter hängte.

»Wirklich gut, denke ich. Sie ist einsam. Ihr geht es, glaube ich, mehr darum, jemanden bei sich zu haben, als um das Geld. Sie sagte, sie würde mich heute irgendwann anrufen und mir ihre Entscheidung mitteilen.«

»Ich hoffe für dich, dass alles klappt.«

»Ich auch. Danke, dass du mir davon erzählt hast.« Es war Ashley gewesen, die erwähnt hatte, dass Mrs. Royce eine Untermieterin suchte. Maggie war nach einer besonders unangenehmen Auseinandersetzung mit ihrem Vater einem Zusammenbruch nahe gewesen, und diese Gelegenheit war die Antwort auf ihre Gebete, ausziehen zu können.

»Das war keine große Sache. Mrs. Royce ist eine Freundin von meiner Mutter, und ich habe dich ihr gerne vorgeschlagen.«

»Für mich ist es eine große Sache«, widersprach Maggie.

»Und wie lange musst du noch mit der Schule weitermachen?«, erkundigte sich Ashley.

»Zwei Jahre.« Sowie Maggie im Krankenhaus angestellt wäre, sollte es ihr möglich sein, die Miete für ein Apartment aufzubringen. Das war ohnehin der Plan. Wenn es ihr gefiel, bei Mrs. Royce zu leben, würde sie vielleicht bleiben. Es hing alles davon ab, wie gut die Beziehung funktionierte, denn es wäre für sie beide eine neue Erfahrung.

Maggie wurde bewusst, dass sie den Ereignissen vorgriff. Erst einmal musste sie grünes Licht und die Zusage für das Zimmer bekommen.

Ihr erster Kurs war vorüber, und sie befand sich in Hochstimmung, als sie sah, dass sie eine Voicemail von Mrs. Royce hatte, die sie um einen Rückruf bat.

Maggie war aufgeregt, als sie ins Freie trat und die Taste drückte, die automatisch die Nummer wählte.

»Hallo, spricht da Maggie?«, fragte die Frau. Sie war eine Geschäftsfrau Ende fünfzig, die oft bis spät abends arbeitete und sich Sorgen machte, weil ihre Haustiere jeden Tag so lange eingesperrt waren, seit ihr Mann außer Landes arbeitete. So verliefen ihre Abende einsam, und sie brauchte Hilfe mit ihren Tieren.

»Ja, ich bin es. Es tut mir leid, dass ich Ihren Anruf nicht entgegennehmen konnte. Ich war im Unterricht.«

»Das habe ich mir gedacht«, erwiderte Mrs. Royce und zögerte dann, als widerstrebte es ihr weiterzusprechen. »Hören Sie zu, Maggie, ich fürchte, ich habe schlechte Neuigkeiten.«

»Ja? Ich … ich verstehe nicht, alles klang doch so gut, als wir uns gestern getroffen haben. Ist mit meinen Empfehlungen etwas nicht in Ordnung?« Maggie lief ein Schauder über den Rücken, gleichzeitig schlug ihr Herz bis zum Hals. Sie begriff nicht, was schiefgegangen sein könnte.

»Es hat nichts mit Ihnen zu tun. Ich hatte das Gefühl, Sie würden perfekt passen. Ich habe Ihre Referenzen abgefragt, und jeder hat sich lobend über Sie geäußert. Ich war schon im Begriff, Sie anzurufen, um Ihnen zu sagen, dass Sie das Zimmer haben können, als ich einen Anruf von meinem Bruder bekam. Seine Tochter, meine Nichte, zieht nach Seattle und braucht ein Zimmer. Sie hat eine böse Trennung hinter sich, und Dean meinte, bei mir zu leben würde ihr helfen, diese schwierige Zeit durchzustehen. Es tut mir so leid, Maggie.«

Maggie schluckte ihre Enttäuschung hinunter und straffte die Schultern. »Sie brauchen sich nicht zu entschuldigen. Ich verstehe.«

»Ich werde die Ohren offen halten. Und wenn ich höre, dass jemand eine Untermieterin sucht, gebe ich ihm Ihre Telefonnummer, wenn das für Sie in Ordnung ist.«

»Das wäre sehr nett. Danke, Mrs. Royce.«

»Die Dinge haben eine Art, sich so zu entwickeln, wie

sie sollen«, erwiderte sie freundlich. »Ich weiß, dass Sie jetzt entmutigt sind, aber die richtige Gelegenheit und die richtige Person werden bald auftauchen.«

Das konnte Maggie nur hoffen. Denn sie wusste nicht, wie viel länger sie das Leben mit ihrem Vater noch ertragen konnte.

Viertes Kapitel

Joan saß an ihrem Schreibtisch und las noch einmal den Brief von der Hauseigentümergemeinschaft. Dem Vorsitzenden hatte es offenbar Freude bereitet, sie für den Zustand ihres Gartens zu rügen. Die Erwähnung ihrer verwahrlosten Blumenbeete war ein Schlag unter die Gürtellinie. Nicht genug damit, ihr ihre Versäumnisse unter die Nase zu halten, nein, er hatte ausdrücklich darauf hingewiesen, dass dieser Mangel an Instandhaltung den Wert der Grundstücke der gesamten Gemeinschaft mindere.

Joan verdrehte unwillkürlich die Augen. Der Immobilienmarkt in Seattle boomte. Sie bezweifelte sehr, dass ihr ungemähter Rasen einen potenziellen Käufer vom Erwerb eines Hauses in ihrer Gegend abhalten würde. Trotzdem musste sie Abhilfe schaffen oder eben eine Strafe zahlen.

Dieser Brief hatte Joan den größten Teil der Nacht wachgehalten. Verrückt, wie ein einziger Papierbogen sie dermaßen aus der Fassung bringen konnte, dass sie sich ruhelos von einer Seite auf die andere wälzte und über Stunden hinweg darüber nachgrübelte, wie sie weiter vorgehen sollte. Sie fühlte sich überwältigt, verwirrt und verunsichert.

Irgendetwas stimmte ganz und gar nicht mit ihr. Früher hatte sie die Geschäfte abgewickelt, die Jareds Praxis mit sich gebracht hatte, das Büro geleitet und war mit weitaus bedrohlicheren Situationen fertig geworden. Dass dieser Tadel sie dermaßen aufregte, zeigte ihr deutlich, wie sehr ihr Leben aus den Fugen geraten war, wie weit sie zugelassen hatte, dass ihr Selbstbewusstsein schwand.

Emmie hatte mit ihren Worten ins Schwarze getroffen. Joan hatte sich in einen Kokon eingesponnen und sich bis zu dem Punkt von der Welt zurückgezogen, an dem sie jegliche Einmischung von außen als bedrohlich empfand. In ihrem Haus fühlte sich Joan sicher und geschützt. Geborgen. Nach Jareds Tod brauchte sie diesen Trost. Die Welt vor ihrer Tür war gefährlich. Ein Virus geriet außer Kontrolle. Menschen starben. Nur ein einziger Ort bot ihr Schutz, und das war der hinter der verschlossenen Vordertür ihres Hauses.

Der Brief schien das Fundament zu erschüttern, auf dem sie stand. Es war fast so, als könnte sie spüren, wie der Boden unter ihr wegzubröckeln begann. Sie musste handeln, und je eher sie sich um diese unangenehme Angelegenheit kümmerte, desto eher konnte sie sich wieder in ihre vertraute Umgebung zurückziehen.

Sie saß an ihrem Computer und verschwendete eine gute Stunde mit Wortspielen. Der Aufschub entspannte sie so weit, dass sie bereit war, nach Informationen über lokale Gartenservicefirmen zu suchen. Einige boten zusätzlich Landschaftsgärtnerei sowie wöchentliche, zweiwöchentliche oder monatliche Gartenpflege an. Nachdem sie die Webseiten von vier aufgelisteten Firmen besucht hatte, las sie die Bewertungen. Zwei hatten mehrmals fünf Sterne und lobende Kommentare bekommen.

Sie sah auf die Uhr und kam zu dem Schluss, dass beide Geschäfte inzwischen geöffnet sein sollten. Der erste Anruf ging direkt an die Mailbox.

»Danke, dass Sie sich mit *Harrison Lawn and Landscaping Service* in Verbindung setzen. Ich bin momentan nicht zu erreichen, aber bitte hinterlassen Sie Ihren Namen und Ihre Telefonnummer, dann werde ich Sie so bald wie möglich zurückrufen.« Auf die Begrüßung folgte ein lauter Piepton.

»Äh, hi. Ich bin Joan Sample. Meine Hauseigentümergemeinschaft findet, dass mein Rasen nicht gut in Schuss ist. Wäre es … Könnten Sie mich freundlicherweise zurückrufen? Danke.« Erst als sie auflegte, wurde ihr klar, dass sie ihre Telefonnummer nicht genannt hatte.

Sie wählte erneut, lauschte der Ansage ein zweites Mal und wartete auf den Piepton, bevor sie sagte: »Sorry, ich weiß nicht, was ich mir dabei gedacht habe. Das ist eindeutig das Problem. Ich bin diejenige, die wegen des Briefes angerufen hat, den mir die Hauseigentümergemeinschaft geschickt hat. Sie müssten, wenn es möglich ist, vorbeikommen und mir einen Kostenvoranschlag machen, aber ich habe vergessen, meine Telefonnummer zwecks eines Rückrufs zu hinterlassen. Dumm von mir, richtig? Wenn ich mich nicht bald um die Sache kümmere, brummen die mir eine Geldstrafe auf, und die muss niemand haben, oder? Oh, und wenn Sie den Job wollen, müssen Sie Blumen lieben. Meine Nummer ist 206–876 …«

Piep.

Sie brachte den Satz nicht zu Ende, bevor ihr das Wort abgeschnitten wurde. Sie hatte so lange gefaselt, dass ihr keine Zeit mehr blieb, ihre Kontaktdaten zu hinterlassen.

Wie kam es, dass sie es noch nicht einmal schaffte, eine Voicemail zu hinterlassen, ohne es zu vermasseln? Sie warf das Telefon auf ihren Schreibtisch, schlug beide Hände vors Gesicht und verspürte den starken Drang, zu weinen. Früher einmal war sie kompetent gewesen. Tüchtig. Nicht aus der Ruhe zu bringen. Jetzt konnte sie nicht mal mehr einen Anruf tätigen, ohne sich zum Narren zu machen.

Joan biss sich auf die Unterlippe, während sie darum kämpfte, zu akzeptieren, was für eine Frau aus ihr geworden war. In den letzten paar Jahren hatte ihre Schwester wieder und wieder versucht, ihr die Augen zu öffnen, indem sie eine Therapie vorschlug. Bei ihrem letzten Gespräch hatte sie Joan geraten, einen Untermieter aufzunehmen. Es war Zeit, höchste Zeit, um ehrlich zu sein und sich der Zukunft zu stellen, statt sich hinter geschlossenen Türen zu verstecken. Bei dem bloßen Gedanken begann Joans Herz zu rasen, und sie fühlte sich wie gelähmt, weil sie nicht wusste, wo sie anfangen sollte.

Sie schloss die Augen, atmete tief und gleichmäßig durch und stellte sich vor, sie wäre ein Schmetterling.

Sie wusste, dass es schmerzhaft und oft schwierig war, den Kokon zu verlassen. Es war der Kampf, der den

Schmetterling stark genug machte, sich zu befreien und davonzufliegen.

So beängstigend es auch war, sie musste ernsthaft in Erwägung ziehen, eine Selbsthilfegruppe aufzusuchen. Das war mit Sicherheit eine größere Herausforderung, als sich mit einem Landschaftsgärtner in Verbindung zu setzen. Woher sollte sie überhaupt wissen, wo sie anfangen sollte? Sie musste sich ins Gedächtnis rufen, dass sie eine starke, fähige Frau war oder einmal gewesen war, und sie würde es wieder sein.

Während sie versuchte, den Mut aufzubringen, einen Therapeuten zu finden, kam ihr eine Erinnerung. Es war kurz nach dem Gottesdienst für Jared gewesen. Gennie Davis, eine Freundin vom College, hatte sie angerufen und ihr ihr Beileid ausgesprochen. Gennie hatte zwei Jahre zuvor ihren Mann verloren und eine Therapeutin erwähnt, die ihr geholfen hatte, mit dem Verlust und dem Schmerz umzugehen, der auf Joes Tod gefolgt war. Gennie hatte einige Sitzungen bei der Therapeutin in Anspruch genommen, bevor sie in eine Trauerbewältigungsgruppe gewechselt war.

Im Gegensatz zu Jared war Joe nach jahrelangem Kampf gegen die Krankheit an Krebs gestorben. Jareds Tod war plötzlich erfolgt und ein kompletter Schock gewesen. Joan war kaum Zeit geblieben, hinter dem Rettungswagen ins Krankenhaus zu fahren, nur um dann, als sie dort ankam, zu erfahren, dass ihr Mann für tot erklärt worden war. Die Plötzlichkeit seines Todes hatte sie getroffen wie ein Zusammenstoß mit einem Bulldozer. Es war ein

Schock gewesen. Als sie die Nachricht zuerst gehört hatte, war sie überzeugt gewesen, es müsse sich um einen Fehler handeln, jemand müsse sich geirrt haben. Jared konnte nicht tot sein. Das Ärzteteam sollte doch sicherlich in der Lage sein, etwas zu tun, um ihn zurückzuholen.

Die Erinnerung an diesen furchtbaren Tag ließ Joans Gedanken in ein tiefes, dunkles Loch trudeln. Sie schüttelte sich, um sich in die Gegenwart zurückzubefördern. Wenn sie einen Termin bei einem Therapeuten buchte, würde Joan all das erneut durchleben müssen, und das konnte sie nicht, sie konnte die Qualen dieses Schreckenstages nicht wieder durchleben. Ein Mal hatte gereicht.

Sie würde sich später um einen Therapeuten bemühen, beschloss Joan. Zu einem Zeitpunkt, wenn sie besser imstande wäre, mit diesem Schmerz fertigzuwerden. Sie war nie der Typ gewesen, der Dinge überstürzte. Sie ging methodisch vor. Erst einmal würde sie sich bemühen, ihr Haus öfter zu verlassen. Wenn sie sich wieder mehr wie sie selbst fühlte, würde sie erneut über eine Therapie nachdenken. Es mochte eine Zeit dauern, aber es war wichtig, dass sie mental bereit war, den Schritt zu tun, der ihr helfen würde, nach vorne zu schauen. Diese Zeit war noch nicht gekommen. Noch nicht mal annähernd.

Phil Harrison hörte die Mailbox ab und konnte sich ein Lächeln nicht verkneifen. Die einzige Bedingung, die die Anruferin stellte, war einfach: Er musste Blumen lieben. Sie klang ein wenig gehetzt, als würde dieser Brief von der Hauseigentümergemeinschaft sie zutiefst beunruhigen.

Er saß in seinem Pick-up und wollte gerade zurückrufen, als ein Anruf von seinem Dad kam. Phil hatte den Familienbetrieb vor ein paar Jahren übernommen, als sein Vater beschlossen hatte, sich zur Ruhe zu setzen. Es hatte seinen Dad geschockt, dass Phil eine florierende Anwaltskanzlei aufgeben wollte, um Rasen zu mähen und Blumenbeete zu gießen.

Phil war selbst überrascht gewesen, aber er hatte die Veränderung dringend gebraucht, hatte aus dem Büro und den Gerichtssälen herauskommen müssen. Als Kind hatte er es gehasst, für seinen Vater zu arbeiten, und alles getan, was ihm einfiel, um Gartenarbeit aus dem Weg zu gehen. Dann war der Unfall passiert, und alles hatte sich geändert. Seine gesamte Welt war damals implodiert. Danach verspürte Phil den Drang, zu den Wurzeln zurückzukehren, zu Erde und Natur. Diese Sehnsucht brannte in ihm, und er begann, seinem Vater so zu helfen, wie er es als Jugendlicher nie getan hatte. In der Erde zu graben, Blumen und Bäume zu pflanzen, Farbe und Leben in eine Welt zu bringen, die sich hässlich und dunkel angefühlt hatte, gab ihm seine Kraft zurück. Ungefähr zur selben Zeit erlitt sein Vater einen Herzinfarkt, und die Ärzte rieten ihm, in den Ruhestand zu gehen. Phil wusste, dass die Übernahme des Geschäfts das war, was er wollte und was er brauchte.

Sein Dad war noch im Betrieb tätig, verbrachte aber den größten Teil seiner Zeit mit den Freunden vom Seniorenzentrum. In seiner Freizeit arbeitete er mit Holz und hatte sich zu Phils Überraschung zu einem recht guten Koch entwickelt.

»Hey, Dad.«

»Hey«, erwiderte sein Vater. »Ich hatte einen Anruf von der alten Lady Wilson. Hast du Zeit, sie heute Nachmittag einzuschieben? Ihr Rasen muss gedüngt werden.«

»Ich werde mir die Zeit nehmen, kein Problem.« Mrs. Wilson war eine Freundin seines Vaters vom Seniorenzentrum. Obwohl sein Dad Samantha Wilson als alt bezeichnete, war er nicht jünger als sie.

»Sie scheint sich einzubilden, ich wäre derjenige, der vorbeikommt. Diese Frau könnte nicht aufdringlicher sein, selbst wenn sie es versuchte. Sie findet immer neue Vorwände, um Zeit mit mir zu verbringen. Ich möchte dem nicht auch noch Vorschub leisten.«

»Willst du damit sagen, sie hat etwas für dich übrig? Greif zu, Dad.«

Sein Vater kicherte. »Wenn ich Romantik in meinem Leben will, schaue ich den Hallmark Channel.«

Phil grinste. Sein Dad war wie er selbst ein Ein-Frauen-Mann.

Joan ging ihrem Tagesablauf nach, dabei blickte sie immer wieder auf die Uhr. Ihr Friseurbesuch stand an diesem Nachmittag an, gefolgt von dem Dinner mit Nick. Sie hatte an einem Tag mehr zu tun, als sie sich seit Monaten vorgenommen hatte. Das ermutigte sie und überzeugte sie, dass sie Fortschritte machte.

Sie saß vor ihrem neuesten Puzzle, als ihr Telefon

summte. Da sie dachte, es könnte Nick sein, meldete sie sich, ohne vorher auf das Display zu schauen.

»Hallo.« Wenn es Nick war, um ihr abzusagen, wäre sie nicht übermäßig enttäuscht. Aber den Friseurtermin würde sie einhalten.

»Ist dort Joan Sample?«, fragte ein Mann mit einer tiefen, sonoren Stimme.

»Ja. Wer spricht da?«

»Ich bin Phil Harrison. Sie haben mir früher am Tag eine Nachricht hinterlassen.«

Augenblicklich röteten sich Joans Wangen. »Ich … ich habe meine Nummer nicht korrekt auf Band gesprochen. Wie haben Sie …« Verwirrt ließ sie den Rest ungesagt.

»Ihre Nummer wurde auf meinem Telefon angezeigt.«

»Natürlich.« Wie dumm von ihr, die Anrufererkennung vergessen zu haben.

»Tut mir leid zu hören, dass Sie Ärger mit der Hauseigentümergesellschaft haben.« Er klang aufrichtig. Freundlich.

»Ja, ich fürchte, mein Rasen hat sich in eine Art Dschungel verwandelt.« Sie verschwieg den Zustand ihrer Blumenbeete, weil sie den als persönliches Versagen empfand.

»Ich bin dazu da, um zu helfen.«

»Ich habe noch nie einen Rasenservice beschäftigt. Mein Mann hat sich immer um diese Dinge gekümmert, aber er ist leider vor ein paar Jahren gestorben.« Sie schluckte hart, erholte sich aber rasch. Dieser Mann erweckte Vertrauen, seine Stimme klang tröstend und mitfühlend. »Ich habe einen Rasenmäher. Einen vom Feinsten. Jared hat immer darauf bestanden, nur das Beste zu kaufen.«

»Wir haben unsere eigenen Geräte, aber trotzdem danke. Es tut mir leid, das von Ihrem Mann zu hören. Es ist hart, nicht wahr?«

»Sehr.« Da sie nicht über ihren Kummer sprechen wollte, fügte sie rasch hinzu: »Mein Sohn hat es geschafft, letztes Jahr ein paar Mal zu mähen …« Joan sprach weiter, wohl wissend, dass das keine gute Idee war. Jeder wusste, dass man sich davor hüten sollte, einem Fremden persönliche Informationen zu geben, und sie ließ lauter Details ihres Lebens hervorsprudeln.

»Ich würde gerne vorbeikommen und Ihnen einen Kostenvoranschlag machen, wenn Sie möchten.«

»Ja, bitte, das wäre sehr nett.«

»Haben Sie später heute Nachmittag Zeit?«

»Äh …« Sie hielt sich gerade noch davon ab, zu erwähnen, dass sie nicht zu Hause sein würde. Sie musste einen Einbruch nicht unbedingt herausfordern. »Morgen würde es mir besser passen.«

»Klar. Lassen Sie mich meine Termine checken.« Er schwieg ein paar Sekunden. »Ich habe morgen einiges zu tun, aber ich kann gegen sechs vorbeikommen, wenn das nicht zu spät für Sie ist.«

»Das wäre perfekt.«

»Gut, dann sehen wir uns morgen um sechs. Achtzehnter Mai.«

»Achtzehnter Mai«, wiederholte sie und erinnerte sich dann daran, dass das der Jahrestag des Vulkanausbruchs vom Mount St. Helens war. Sie war damals noch ein Kind gewesen und wusste noch, wie sie zugesehen hatte, wie die Asche vom Himmel fiel. Sie und Emmie hatten sie gesammelt und jahrelang in einem Einmachglas aufbewahrt. Komisch, wie Erinnerungen wie diese plötzlich zurückkehrten.

»Wir sehen uns dann«, sagte Phil Harrison.

»Danke.«

»Gern geschehen.«

Das Gespräch wurde beendet, und Joan überkam ein warmes Gefühl. Phil Harrison klang nach einem wirklich netten Mann. Sie war vorsichtig gewesen und hatte mehr als ein Angebot eingeholt, obwohl sie ihn bereits mochte und hoffte, dass er dem Bild entsprach, das sie sich von ihm machte.

Fünftes Kapitel

Joan erschien zehn Minuten zu früh zu ihrem Friseurtermin. Im Salon herrschte lebhaftes Treiben. Unterhaltungen summten durch den Raum, als Frauen und einige Männer die Plätze belegten und die Stylisten sich an ihren Haaren zu schaffen machten. Joan konnte ein Lächeln nicht unterdrücken. Es war, als hätte es die Pandemie nie gegeben. Das Leben war zur Normalität zurückgekehrt. So lange hatte es sich alles andere als normal angefühlt, dass diese kleine Erinnerung ausreichte, um ihre Lebensgeister zu wecken und sie fast vergessen zu lassen, wie sich die Zeit der Isolation angefühlt hatte.

»Ich bin Joan Sample«, verkündete sie, als sie zu dem Tresen trat, an dem die Empfangsdame saß. »Ich bin ein bisschen zu früh.«

Die junge Frau begrüßte sie mit einem willkommen heißenden Lächeln. Ihr Namensschild wies sie als Jordan aus. »Kein Problem. Nehmen Sie Platz, Bailey wird in ein paar Minuten bei Ihnen sein. Möchten Sie etwas trinken, während Sie warten?«

»Nein, aber trotzdem danke.« Joan wählte einen bequemen Stuhl und registrierte die große Auswahl an Magazinen auf dem Tisch vor ihr. Sie griff nach *People*, blätterte sie geistesabwesend durch und staunte, dass sie keinen einzigen Prominenten erkannte. Sie waren alle so jung.

»Ich kann es kaum glauben, da ist ja Joan!«, entfuhr es Charlene, als sie auf sie zukam. Sie lächelte breit, und ihre Augen funkelten vor Freude. Die Salonchefin war zwar Emmies Klassenkameradin von der Highschool, aber zugleich auch Joans Freundin gewesen. Sie hatten sich hin und wieder getroffen, als Joan noch eine Stammkundin in dem Salon gewesen war. Die beiden waren gemeinsam zum Lunch gegangen, wann immer Charlene vom Laden weggekonnt und Joan die Praxis hatte verlassen können.

Sie erhob sich, um ihre alte Freundin zu begrüßen. Die beiden Frauen umarmten sich kurz. Charlene fasste sie bei den Schultern und lehnte sich zurück, wie um Joan eingehender betrachten zu können. »Abgesehen davon, dass du einen anständigen Haarschnitt brauchst, hast du dich überhaupt nicht verändert.«

Was nicht stimmte. Joan hatte sich in vielerlei Hinsicht verändert. Rein äußerlich mochte sie der alten Joan ähneln, aber innerlich war sie eine völlig andere Frau, eine, die sich selbst kaum wiedererkannte. Eine, die täglich mit sich rang, die darum kämpfte, sich in dieser unvertrauten Welt zurechtzufinden, in die sie katapultiert worden war.

Jordan trat zu ihnen. »Bailey wird sich jetzt um Sie kümmern.«

»Schön, dich zu sehen«, sagte Charlene, als sie an ihren Platz zurückkehrte.

»Ich freue mich auch«, erwiderte Joan, und sie meinte es ernst. Sie hätte nicht so lange warten sollen, um einen Termin zu machen. »Wenn du eine Minute Zeit hast, würde ich gern mit dir über deine Untermieterin reden.«

Ein Ausdruck von Überraschung trat in Charlenes Augen.

»Ja, natürlich. Wenn du bei Bailey fertig bist, können wir ein bisschen plaudern.«

»Ich hoffe, du hinkst dadurch nicht deinem Zeitplan hinterher. Ich meine, ich bin nicht sicher, ob das Thema ›Untermieterin‹ wirklich von Interesse für mich wäre«, gab sie zu, obwohl ihr der Gedanke ein paar Mal durch den Kopf gegangen war, seit ihre Schwester davon gesprochen hatte. Sie sah ihre Söhne nur selten, und einen Mitbewohner im Haus zu haben, würde ihr vielleicht helfen, den Schutzwall zu durchbrechen, den sie um sich herum errichtet hatte. Den Kokon, aus dem sie sich befreien musste, wenn sie wieder fliegen wollte.

Jordan winkte zu der jungen Frau hinüber, die ihr die Haare stylen würde.

»Hallo«, sagte Bailey, als sich Joan auf ihren Platz setzte. Die junge Frau war Anfang zwanzig und hatte ihre schulterlangen Haare zu einem Mittelscheitel gekämmt. Eine Hälfte war hell, fast weißblond, die andere pechschwarz. Sie sah ein bisschen wie ein Schachbrett oder ein Harlekin aus, was Joan ein Lächeln entlockte.

Nachdem sie ihr den Plastikumhang um den Hals gelegt hatte, fuhr Bailey mit den Fingern durch Joans Haare und runzelte kaum merklich die Stirn.

»Es ist eine Weile her, seit ich zuletzt beim Friseur war«, gestand Joan.

»Nun, jetzt sind Sie ja hier, und wir werden dafür sorgen, dass Sie so gut wie neu aussehen, wenn Sie gehen.«

Die beiden tauschten Höflichkeiten aus, als Bailey Joan zu dem Waschbecken führte. Als sie danach wieder auf ihrem Stuhl saß, stellte Bailey ihr ein paar Fragen über die Frisur, die sie früher getragen hatte, und welche sie sich jetzt wünschte.

Joan stellte fest, dass sie es nicht mehr wusste. Sie hatte ihre Haare in den Jahren vor Jareds Tod immer kurz getragen, um sie leicht waschen und kämmen zu können. Jetzt waren sie länger als damals, als sie in der Mittelschule gewesen war. Sie hatte sich an die Länge gewöhnt und trug häufig einen Pferdeschwanz.

Nachdem sie Bailey freie Hand ließ, griff diese nach ihrer Schere und machte sich ans Werk, schnippelte hier und da und bewirkte Wunder. Mittels eines Föhns und einer großen Bürste brachte sie die Frisur in Form und reichte Joan schließlich einen Spiegel, damit sie sich von hinten betrachten konnte. Joan erkannte sich kaum wieder. Sie sah gut aus. Wirklich gut.

Als Bailey fertig war, gab Joan ihr ein größeres Trinkgeld als üblich. Die junge Friseurin hatte es sich verdient. Ihre Augen wurden groß, als sie den Schein sah. »Danke!«

»Sie haben ausgezeichnete Arbeit geleistet.«

»Ich hoffe, Sie kommen wieder.«

»Bestimmt.«

Joan ging zum Empfang und wartete, bis Jordan ein

Telefongespräch beendete. Dann bezahlte sie mit dem Gutschein von Emmie und vereinbarte einen weiteren Termin im nächsten Monat.

Charlene war ungefähr zur selben Zeit mit ihrer Arbeit fertig und wartete, bis Joan bezahlt hatte, bevor sie sie zur Tür brachte. »Du siehst umwerfend aus«, sagte sie anerkennend.

»Bailey hat ein Wunder vollbracht.« Sie zögerte einen Moment und fuhr dann fort: »Emmie sagte letztens etwas davon, dass du eine Untermieterin aufgenommen hättest, und schlug vor, ich solle dasselbe tun. Ich wollte wissen, wie das bei dir funktioniert.«

»Stimmt, ich habe das Emmie gegenüber erwähnt«, bestätigte Charlene. »Nach Evans Auszug war es im Haus so still, ich fand es irgendwie unheimlich. Meine beiden Kinder leben inzwischen in einem anderen Bundesstaat. Eine verwitwete Freundin von mir meinte, ich solle mir doch überlegen, ein Zimmer zu vermieten. Ihre Kinder leben irgendwo im Mittleren Westen, und sie hat ein großes Haus, möchte sich aber nicht verkleinern. Ich habe tatsächlich eine junge Frau gefunden, die ein Zimmer sucht und perfekt zu sein schien. Sie heißt Maggie, ist Schwesternschülerin, arbeitet hart und ist sehr intelligent. Ihren Referenzen zufolge ist sie anständig und ehrlich, und ich würde nichts falsch machen, wenn ich mich entscheiden sollte, ihr ein Zimmer zu vermieten.«

»Das klingt, als wäre sie ideal. Wie läuft es denn?«

Charlene seufzte mit sichtlichem Bedauern. »Ich wollte Maggie das Zimmer anbieten und habe mich schon auf sie gefreut. Aber dann hat mich mein Bruder angerufen. Meine Nichte hat einen Job in Seattle angenommen, sie braucht eine Unterkunft und nach einer schlimmen Trennung auch etwas Zuspruch. Ich bin Shelleys Patentante und konnte mich schlecht weigern. Und zwei Untermieter sind zu viel für mich, vor allem, wenn Shelley in einem emotionalen Tief steckt.«

Joan hörte aufmerksam zu und überlegte im Stillen, ob sie erwägen sollte, Maggie selbst aufzunehmen. Es lag auf der Hand, dass Emmie sie dazu ermutigen würde. Das Wissen, dass Charlene ihre Referenzen bereits überprüft hatte, war ein Bonus. Sie vertraute darauf, dass die clevere Geschäftsinhaberin sich nicht leicht täuschen lassen würde. Je mehr Charlene von Maggie erzählte, desto mehr erwärmte sich Joan für den Gedanken. Vielleicht war es doch keine so schlechte Idee, jemanden bei sich einziehen zu lassen. Joan hatte natürlich schon öfter davon gehört, dass Zimmer vermietet wurden, aber immer angenommen, dass die Vermieter das Geld brauchten. Was bei Charlene ganz sicher nicht der Fall war. Da ihr Mann Evan außer Landes arbeitete, fühlte sie sich einsam. Obwohl Joan sich selbst nie als einsam betrachtet hatte, war sie es. Die Stille, das Fehlen jeglicher Ziele und überhaupt eines Sinns im Leben hatten sie immer tiefer in die Isolation geführt. Je mehr sie über die Idee nachgrübelte, desto besser gefiel sie ihr.

»Maggie erschien mir perfekt«, sagte Charlene soeben. »Ich habe mich schrecklich gefühlt, als ich ihr abgesagt habe.« Charlene sah Joan in die Augen. »Hättest du denn vielleicht Interesse daran, eine Collegestudentin aufzunehmen?«

Joan nickte langsam. »Schon möglich. Ich werde darüber nachdenken.«

»Wunderbar.« Charlene war von der Idee begeistert. »Ich habe Maggies Kontaktdaten und würde dir sehr empfehlen, dich mit ihr in Verbindung zu setzen. Sie klang wirklich nett. Ich hatte den Eindruck, dass es bei ihr zu Hause nicht gut läuft, daher habe ich mich noch schlechter gefühlt, als ich ihr absagen musste.«

Joan musste gründlich darüber nachdenken, bevor sie entschied, was das Beste wäre. »Ich treffe mich heute Abend mit Nick und werde mit ihm darüber sprechen. Es gibt keinen Grund, warum ich nicht eines der Schlafzimmer vermieten sollte.« Da ihre Söhne beide nicht mehr zu Hause lebten, standen ihre Zimmer seit Jahren leer.

»Dann überleg es dir, Joan. Ich glaube, es wäre gut für dich und für diese junge Frau. Du kannst deine Entscheidung ja treffen, nachdem du mit ihr gesprochen hast.«

Joan dachte fieberhaft nach, die Möglichkeiten überschlugen sich in ihrem Kopf. Jemanden im Haus zu haben wäre keine Belastung, sie würde sich über die Gesellschaft freuen. Obwohl das Haus zu ihrem Zufluchtsort geworden war, fühlte es sich kalt und leer an. Es war für eine Familie gedacht gewesen, für mehrere Menschen, nicht für eine einsame, in ihrer grauen Welt versunkene Frau. Aber bevor sie sich entschied, wollte sie hören, was Nick dazu sagte. Am Ende würde die Entscheidung jedoch bei ihr liegen.

Joan sah Charlene an und nickte. »Ja, schick mir ihre Kontaktdaten. Ich werde sie anrufen.«

Charlene strahlte. »Ich halte das für eine großartige Idee.«

Das tat Joan ebenfalls.

Sechstes Kapitel

Als Joan sich für ihr Dinner mit Nick fertig machte, war sie bester Laune. Sie hatte von Charlene die Kontaktdaten der angehenden jungen Krankenschwester bekommen und beabsichtigte, Maggie Herbert schnellstmöglich anzurufen. Sie zog die Bluse und den Rock an, die sie vorher ausgesucht hatte.

Nick kam pünktlich. Er betrat das Haus und fand Joan in der Küche. Als er sie sah, stutzte er. Der Mund blieb ihm einen Moment offen stehen, bevor er seine Fassung wiedergewann und ihn schloss.

»Mom? Wow. Du siehst toll aus.« Er ging einmal um sie herum, dabei lächelte er die ganze Zeit.

»Danke.«

»Deine Frisur gefällt mir.«

Ihre Hand wanderte automatisch zur Seite ihres Kopfes. »Ich habe mir die Haare von einer reizenden jungen Frau schneiden lassen. Dabei habe ich ihr von meinem gut aussehenden Sohn erzählt, aber sie sagte, sie würde schon in einer festen Beziehung leben.«

»Das hast du nicht getan«, stöhnte er.

»Doch. Es ist zu schade, weil ich denke, ihr zwei würdet gut zusammenpassen.«

»Mom.« Nick schüttelte den Kopf. »Du musst nicht versuchen, mich zu verkuppeln.«

»Ich weiß nicht, was heutzutage mit den jungen Leuten los ist«, murmelte sie zu sich selbst. Als sie so alt gewesen war wie Nick, war Joan verheiratet und mit Steve schwanger gewesen. Dem nach zu urteilen, was sie beobachtete, neigten so viele junge Leute dazu, mit dem Heiraten zu warten, bis sie über dreißig waren, und mit dem Gründen einer Familie sogar noch länger.

»Ich weiß deine Fürsorge zu schätzen, ziehe es aber vor, mich selbst um meine Dates zu kümmern«, erwiderte Nick, wenn auch nicht unfreundlich.

»Wie du willst.«

»Bist du so weit?«, fragte er, dabei klimperte er mit den Autoschlüsseln.

Joan griff nach ihrer Handtasche, und Nick führte sie aus dem Haus und die Stufen hinunter. Ihm schien der Zustand des Gartens aufzufallen, denn er blieb draußen vor der Tür stehen. »Wenn ich Samstag nicht arbeiten muss, komme ich vorbei und mähe den Rasen.«

»Danke, aber danke, nein. Ich heuere einen Gärtner an.« Den Brief von der Hauseigentümergesellschaft erwähnte sie nicht, weil sie wusste, dass er ihren Sohn genauso beunruhigen würde wie sie selbst. Sie wollte auch ihren Abend nicht mit etwas Negativem beginnen. Ihre Gedanken wanderten zu dem Gespräch mit dem Mann von der Firma zurück. Er hatte freundlich und hilfsbereit gewirkt. Sie freute sich darauf, ihn zu treffen, und war dankbar, dass er sich nicht darüber lustig gemacht hatte, dass derjenige, den sie einstellte, als Voraussetzung Blumen lieben müsse.

»Du hast einen Gärtner beauftragt? Wann denn das?« Nick wirkte überrascht.

»Ich sollte lieber sagen, ich habe vor, eine Firma für Gartenpflege zu beschäftigen. Morgen bekomme ich einen Kostenvoranschlag von einer Firma und übermorgen einen von einer anderen. Ich werde die Kosten prüfen und den Vertrag gründlich lesen, bevor ich mich entscheide.«

»Gut. Ich wünschte, ich wäre dir eine größere Hilfe gewesen, als ich es war. Ich weiß, Dad hätte gewollt, dass ich für solche Dinge zur Verfügung stehe.« Schuldbewusstsein schwang in seinen Worten mit.

»Unsinn.« Joan legte ihm beruhigend eine Hand auf den Arm. »Du hast dein eigenes Leben.« Schon bald, nachdem sie Jared beerdigt hatte, war ihr bewusst geworden, dass sie sich nicht auf ihre Kinder verlassen sollte. Sie musste lernen, auf eigenen Füßen zu stehen, so schmerzhaft das auch war.

Nick seufzte, als wäre er erleichtert, und führte sie zu seinem Truck. Immer der perfekte Gentleman, öffnete er die Beifahrertür, schloss sie hinter ihr und ging dann um das Fahrzeug herum zur Fahrerseite.

»Ich freue mich auf das *Il Lucano*«, meinte Nick, als er den Motor anließ.

»Wunderbar. Schön zu hören, dass sie den Lockdown überstanden haben.« Dem örtlichen Nachrichtensender hatte Joan entnommen, dass viele Restaurants in der

Gegend nicht das Glück gehabt hatten. Sie war froh, dass ihr Lieblingsrestaurant, in dem sie zu vielen feierlichen Anlässen mit Jared gegessen hatte, noch geöffnet war.

Als sie dort eintrafen und an ihre Plätze geführt wurden, stellte Joan zu ihrer Erleichterung fest, dass sich wenig verändert hatte. Auf den Tischen lagen rot karierte Tischtücher. Eine leere Chiantiflasche diente als Halter für eine Kerze, deren Wachs in kleinen Rinnsalen am Flaschenhals heruntergelaufen war. Traditionelle Atmosphäre und traditionelle italienische Rezepte. Hausmannskost auf italienische Art.

Joan brauchte keinen Blick in die Speisekarte zu werfen, sie bestellte jedes Mal dasselbe, da der Auberginenauflauf mit Parmesan ihr Leibgericht war. Jared hatte das Gemüse nicht gemocht, daher hatte sie es nie zubereitet.

Im Gegensatz zu ihr studierte Nick sorgfältig die Karte, als reizten ihn gleich mehrere Gerichte. Nach einigen Minuten legte er die Karte weg und sagte: »Ich nehme Pasta Bolognese.«

Joan lächelte breit.

»Was ist?« Nick legte den Kopf schief.

»Das war das Lieblingsessen deines Vaters.«

»Wirklich?« Nick schien überrascht und erfreut zugleich zu sein. »Vermutlich fällt der Apfel nicht weit vom Stamm.«

Der Kellner kam, ein junger Mann, den Joan nicht kannte, um ihre Getränkebestellung aufzunehmen. Nick bat um die Weinkarte, und gemeinsam entschieden sie sich für den Sangiovese. Der Kellner entfernte sich, und

Nick lehnte sich zurück, um zu fragen: »Ist das der Wein, den Dad bestellt hätte?«

»Nein, er zog Brunello di Montalcino vor, wenn er ihn finden konnte. Du weißt, dass dein Vater Spaß daran hatte, neue Weine aufzutun.«

Nick zuckte die Achseln. »Ich glaube, Dad hat sich noch mehr für Wein interessiert, nachdem Steve und ich ausgezogen sind.«

Joan stimmte zu, als der Kellner mit der Flasche und zwei Stilgläsern zurückkehrte. Nachdem er den Wein geöffnet und eingeschenkt hatte, war er bereit, ihre weitere Bestellung aufzunehmen. Es dauerte nicht lange, bis ihr Essen gebracht wurde.

Der Auberginenauflauf war so gut, wie Joan ihn in Erinnerung hatte. Der Wein entspannte sie, und zum ersten Mal seit langer Zeit fühlte sie sich wie ihr altes Selbst. »Ich habe eine Idee, zu der ich deine Meinung hören möchte.«

»Klar. Worum geht es denn?«

Ohne groß ins Detail zu gehen, berichtete sie von ihrem kurzen Gespräch mit Charlene an diesem Nachmittag.

Nick hörte aufmerksam zu. »Du erwägst doch nicht ernsthaft, eine Untermieterin aufzunehmen, oder?«

»Das tue ich tatsächlich.« Charlenes Geschichte von der Schwesternschülerin war Joan ans Herz gegangen. Alles, was das arme Mädchen brauchte, waren eine helfende Hand und eine anständige Unterkunft.

Ihr Sohn schüttelte den Kopf. »Ich halte das für keine gute Idee.«

»Warum nicht?« Joan ging nicht in Abwehrhaltung. Sie war nur neugierig, warum Nick so dagegen war.

»Es wäre ein Fehler, eine Fremde ins Haus zu nehmen, Mom.«

»Sie hat ausgezeichnete Referenzen, habe ich gehört. Natürlich habe ich vor, sie selbst zu überprüfen.«

Nick hörte zu und schüttelte dann den Kopf. »Ich möchte keine große Sache daraus machen, Mom. Die Entscheidung liegt bei dir.«

»Aber dir wäre es lieber, ich würde die Finger davon lassen.«

Er nickte. »Du wolltest meine Meinung hören, und du hast sie gehört. Ich bitte dich nur darum, dass du gründlich darüber nachdenkst, bevor du dich entscheidest.«

Sie grübelte über seine Worte nach und seufzte dann. »Ich weiß deinen Rat zu schätzen.«

»Freut mich, dass du mich gefragt hast. Hast du sonst noch was auf dem Herzen?«

Jetzt, wo er es erwähnte, gab es da tatsächlich etwas. »Emmie meint, ich solle mir eine Trauertherapiegruppe suchen.« Das Gespräch mit ihrer Schwester war ihr im Gedächtnis geblieben, obwohl sie nicht erpicht darauf war, ihren Kummer vor einer Gruppe von Fremden auszubreiten. Da ihr Sohn gerne bereit war, ihr zu sagen, was er dachte, konnte sie genauso gut auch bezüglich dieses Punktes seine ehrliche Meinung einholen.

»Tante Emmie hat das gesagt?«, fragte Nick. Der Wein schien auch ihn zu entspannen.

»Emmie hat das Gefühl, dass ich mich nie mit dem

Schmerz über den Verlust deines Vaters auseinandergesetzt habe.«

Nicks Miene wurde ernst. »Ich werde dir die Wahrheit sagen, Mom. Ich halte das für eine gute Idee. Du hast ja nicht nur Dad verloren. Alles hat sich geändert, und das hat dich schwer getroffen.«

Er sagte das so, als wäre ihr nicht bewusst gewesen, was sie alles verloren hatte. Sie senkte den Kopf und stimmte ihm zu. »Das hat es.«

»Ich möchte deine Gefühle nicht verletzen, aber wir wissen beide, dass du dich seit Dads Tod verändert hast. Ich habe öfter, als ich zählen kann, mit dir reden wollen, aber du hast mir gar nicht zugehört.«

»Wann?« Sie war geschockt, dass das möglicherweise zutreffen könnte.

»Ich habe daran gedacht, ein Haus zu kaufen, und dafür die letzten paar Jahre gespart. Da die Immobilienpreise hoch sind, habe ich mich gefragt, ob das der richtige Zeitpunkt ist, und wollte deinen Rat, erinnerst du dich?«

»Vage«, sagte sie und biss sich auf die Unterlippe. »Es tut mir leid.«

»Keine Sorge, Mom, ich habe ohnehin beschlossen, noch ein bisschen zu warten.«

Joan hatte ein schlechtes Gewissen, weil sie ihren Sohn im Stich gelassen hatte. Um ihren Abend nicht zu ruinieren, fragte sie: »Erinnerst du dich an Joe und Gennie Davis?«

»Klar. Ich habe früher mit Sam abgehangen, schon vergessen? Was ist mit ihnen?«

Joan holte tief Luft, bevor sie antwortete. Der Wein hatte ihr die Zunge gelockert, und nach dem, was Nick gesagt hatte, überschlugen sich ihre Gedanken.

»Nach der Beerdigung erzählte sie mir, dass sie nach Joes Tod zu einer Therapeutin gegangen sei, die sie mir wärmstens empfahl. Sie gab mir ihren Namen und ihre Telefonnummer.«

»Du hast nie angerufen, richtig?«

Joan schüttelte den Kopf. »Nein. Ich weiß nicht, was ich damit gemacht habe, und bezweifle, dass ich beides noch wiederfinden könnte.«

»Dann ruf Gennie an. Ich wette, sie würde sich freuen, von dir zu hören.«

Joan zögerte immer noch.

»Mom«, sagte Nick kopfschüttelnd. »Du musst das tun.«

Seine Beharrlichkeit wunderte sie. Ihr Sohn hatte anscheinend klare Ansichten zu dem Thema.

Nick schloss die Augen und seufzte tief. »Mom, du bedeutest mir und Steve alles auf der Welt. Wir lieben dich, aber wir wissen nicht, wie wir dir aus diesem Sumpf am besten heraushelfen können. Ich glaube, es würde dir unendlich guttun, mit einer Therapeutin zu sprechen.«

Er beugte sich vor und dämpfte die Stimme, als wollte er nicht, dass jemand ihr Gespräch mit anhörte. »Die Sache ist die … Es ist manchmal schwierig, mit dir zusammen zu sein. Du bist so traurig, und es macht mich traurig, dich so zu sehen.«

Joans Augen wurden groß, und sie hatte Mühe, zu

akzeptieren, was ihr Sohn sagte. Ihr war nicht klar gewesen, wie sehr ihr Kummer ihre Söhne belastete. Sie war so sehr in ihrem eigenen Elend gefangen und hatte nicht einmal daran gedacht, dass ihre Kinder nicht nur ihren Vater, sondern in vieler Hinsicht auch sie verloren hatten.

»Steve und ich haben uns schon lange Sorgen um dich gemacht und nicht gewusst, was wir tun oder ob wir etwas sagen sollten. Weißt du, wir dachten, dass du nur Zeit brauchst, um über den Verlust von Dad hinwegzukommen, aber es sind jetzt vier Jahre, und du bist heute kaum besser dran als direkt nach seinem Tod.«

Joan öffnete den Mund und schloss ihn wieder. Instinktiv wollte sie erwidern, wie falsch ihre Söhne lagen, doch dann erkannte sie, dass sie recht hatten. Sie fühlte sich in ihrer Trauer gefangen, verloren und dahintreibend.

»Ich mache Fortschritte«, beteuerte sie stattdessen.

»Das hoffe ich, Mom, sowohl für dich als auch für Steve und mich.«

Joan hatte keine Ahnung gehabt, dass sich ihre Söhne ihretwegen so große Sorgen gemacht hatten. »Ich gebe zu, dass ich eine ganze Weile Trübsal geblasen habe.«

»Mom, es ist mehr als eine ganze Weile. Ich bin so froh, dass du versuchst, dich besser um dich zu kümmern.«

Obgleich sich ihre Kehle zuschnürte, sodass sie kaum sprechen konnte, sagte sie: »Du hast recht.«

»Dann erkundigst du dich nach dem Namen dieser Therapeutin?«

»Ja«, versprach sie.

Nick lehnte sich in seinem Stuhl zurück und musterte sie einen langen, angespannten Moment lang. »Alles gut zwischen uns?«, fragte er, als fürchtete er, seine Aufrichtigkeit hätte ihre einst enge Beziehung in Mitleidenschaft gezogen.

»Mehr als gut«, versicherte sie ihm, und obgleich sie die Augen schließen und ihre Wunden lecken wollte, rang sie sich ein Lächeln ab.

Nicks Gesicht spiegelte Erleichterung wider. »Es wäre fantastisch, meine Mom zurückzuhaben«, sagte er.

Es wäre auch für Joan fantastisch.

Siebtes Kapitel

Maggie wusste im wahrsten Sinne des Wortes nicht, wie ihr nächster Schritt aussehen sollte. Sie hatte nach dem ersten Gespräch mit Mrs. Royce so große Hoffnungen gehabt.

Alles hatte sich so positiv angefühlt. Sie musste nach vorne schauen, Grenzen ziehen und Abstand zu ihrem Vater und seiner Trinkerei gewinnen. Das Haus kam ihr nicht mehr wie ihr Heim vor und hatte es seit dem Tod ihrer Mutter nicht mehr getan.

Dad würde nicht in der Lage sein, die Stromrechnung zu bezahlen. Es verstand sich von selbst, dass er seine Schwerbehindertenrente für Bier ausgegeben hatte.

Um dem Unvermeidlichen auszuweichen, blieb Maggie in der Bibliothek, bis sie schloss, lernte für ihre Prüfung und kämpfte gegen die Angst vor einer unsicheren Zukunft an, die sie erfüllte.

Da sie nirgendwo anders hinkonnte, kehrte sie schließlich zum Haus ihres Vaters zurück. Als sie sah, dass der Briefkasten überquoll, nahm Maggie alles heraus und ging schweren Herzens ins Haus. Wie immer saß ihr Vater mit einer Bierflasche in der Hand in seinem schäbigen Sessel und starrte auf den Fernseher.

»Bringst du mir mein Abendessen?«, fragte er.

»Sorry, ich habe es nicht geschafft, etwas zu holen.« Was stimmte, weil sie nach dem Rückruf von Mrs. Royce so entmutigt gewesen war.

»Ich habe aber Hunger.« Roy sah sie mit einem flehenden Blick an.

»Ich auch. Im Schrank sind ein paar Dosen Suppe. Ich werde eine zum Dinner aufwärmen. Außerdem wird es zu teuer, auswärts zu essen.«

»Was ist mit deinem Trinkgeld?«

»Dad, ich musste tanken. Ich habe schon den Ölwechsel aufgeschoben.«

Ihr Vater brummte etwas vor sich hin. Es klang, als hätte sie ihn im Stich gelassen und er sei jetzt schwer enttäuscht von ihr.

Maggie beachtete ihn nicht, während sie die Post durchsah, die zahlreiche Mahnungen enthielt. Sie riss das Schreiben vom Stromanbieter auf und sah, wann der Strom abgestellt werden würde: in zwei Tagen. Die einzige Möglichkeit, das zu verhindern, bestand darin, die volle Rechnung zu bezahlen. Sie waren mehrere Monate im Rückstand, und Maggie konnte unmöglich fast tausend Dollar aufbringen. Es war schwer genug, mit ihrem Vater zu leben, wenn alles funktionierte. Sie konnte sich nicht vorstellen, wie es ohne Strom werden würde.

Maggie wurde klar, dass sie ausziehen musste, selbst wenn sie den Ford Baujahr 1996, den sie von ihrer Mutter geerbt hatte, in eine Schlafstätte umwandeln musste. Als sie in ihr Zimmer ging, klingelte ihr Handy. Sie kannte die Nummer nicht und war nicht in der Stimmung, mit einem Telefonverkäufer zu sprechen.

»Hallo«, meldete sie sich zögernd, weil sie mit einem Werbeanruf rechnete.

Eine kurze Pause folgte. »Spricht dort Maggie Herbert?«

»Ja.«

»Ich hoffe, Sie nehmen es mir nicht übel, dass ich so spät noch anrufe. Ich habe Ihre Kontaktdaten von Charlene Royce. Mein Name ist Joan Sample.«

»Ja?« Als der Name der anderen Frau fiel, machte Maggies Herz einen Satz.

»Ich rufe an, weil Charlene erzählte, Sie würden ein Zimmer zur Miete suchen. Ich habe ein freies Schlafzimmer, und ich dachte, wir könnten uns treffen und über die Möglichkeit sprechen.«

Die bedrückte Stimmung, die seit dem Anruf von Mrs. Royce auf Maggie gelastet hatte, löste sich auf. Sie gab sich Mühe, sich ihre Begeisterung nicht zu sehr anmerken zu lassen. »Das wäre wunderbar … ich würde mich freuen. Wann können wir uns treffen? Ich meine, ich könnte es zu jeder Zeit einrichten, die Ihnen passt.«

»Würde es morgen Nachmittag um zwei gehen? Ich kann Ihnen meine Adresse texten.« Die Frau am anderen Ende der Leitung zögerte, als wären ihr plötzlich Bedenken gekommen. Maggie fürchtete, sie hätte ihre Meinung vielleicht bereits geändert.

»Zwei Uhr wäre perfekt. Danke.«

»Gut … Ich bin kein impulsiver Mensch. Nie gewesen. Heute Abend war ich mit meinem Sohn essen und erwähnte die Möglichkeit, dass Sie bei mir einziehen. Ich will offen sein, er war strikt dagegen. Als ich das Restaurant verließ, dachte ich, dass seine Sorge berechtigt wäre. Ich bin nicht der Typ Frau, der normalerweise eine Fremde in ihr Haus bringen würde.«

»Ihr Sohn ist dagegen?« Die Hoffnung, die in Maggie aufgeflammt war, verblasste rasch und lief Gefahr, ausgelöscht zu werden, bevor sie noch die Chance hatte, hell zu erstrahlen.

»Ja, und ich verstehe auch seine Gründe. Allerdings treffe ich meine eigenen Entscheidungen. Als ich nach dem Dinner wieder zu Hause war, gingen Sie mir nicht mehr aus dem Kopf. Ich verspürte den starken Drang, mich sofort bei Ihnen zu melden, was seltsam klingt, das weiß ich. Ich schwor mir, bis zum nächsten Morgen zu warten, hatte aber immer noch das Bedürfnis, Sie heute Abend anzurufen.« Eine kleine Pause trat ein. Dann fragte Joan: »Sind Sie in Ordnung? Ich weiß, das ist eine merkwürdige Frage, und ich entschuldige mich dafür, so geradeheraus zu sein.«

Unschlüssig, was sie antworten sollte, entschied sich Maggie für Ehrlichkeit. »Ich bin in Ordnung … größtenteils. Die Dinge mit meinem Dad stehen nicht zum Besten.« Sie hatte Angst, zu viel zu sagen. Sie wollte nicht verzweifelt klingen, obwohl sie es war. Die Aussicht, in ihrem Auto leben zu müssen, versetzte sie in Panik. Ihre Möglichkeiten waren begrenzt. Sie konnte ein paar Tage bei Freunden unterkommen, aber das war keine Lösung, jedenfalls nicht auf Dauer.

»Ich hatte das Gefühl, dass das der Fall sein könnte. Ich denke, wir werden einander guttun. Aber ich schweife ab. Ich freue mich, Sie morgen Nachmittag kennenzulernen.«

»Noch einmal danke.«

Maggie legte auf und drückte das Telefon an ihre Brust, als sie einen tiefen Seufzer der Erleichterung ausstieß. Sie hatte all ihre Hoffnung auf Mrs. Royce gesetzt, und sie musste sich mahnen, dass diese neue Möglichkeit vielleicht auch platzen könnte. Sie musste praktisch denken und alles versuchen, um Joan Sample davon zu überzeugen, dass es eine ihrer besten Entscheidungen sein würde, ihr ein Zimmer zu vermieten.

Am nächsten Nachmittag kam Maggie etliche Minuten zu früh zu der Adresse, die Joan ihr getextet hatte. Sie saß in ihrem Auto und bereitete sich mental auf das Treffen vor. Das weiße Haus mit den schwarzen Fensterläden lag in einer gediegenen Umgebung, hatte zwei Stockwerke und eine weitläufige, einladende Veranda. Der Garten benötigte zwar Pflege, aber ansonsten schien es sich um ein neueres, im Kolonialstil errichtetes Haus zu handeln.

Um Punkt zwei klingelte sie und trat zurück, um ihre schweißfeuchten Hände an ihrem Outfit abzuwischen. Sie trug ihren Sonntagsstaat, ein Kleid, das sie sich anlässlich ihres Highschool-Abschlusses gekauft hatte. Es war das letzte Mal gewesen, dass sie sich etwas Neues geleistet hatte, da sich ihre Finanzen auf Talfahrt befanden, seit sie mit der Schule begonnen und ihr Bestes getan hatte, um das Studium und ihren Job unter einen Hut zu bekommen.

Die Tür wurde geöffnet, und eine attraktive Frau stand auf der Schwelle. Maggie hatte angenommen, Joan wäre älter. Das war nicht der Fall. Joan war schlank und sah gut aus, mit dunklen, schokoladenbraunen Augen und dichten Haaren. Sie konnte kaum älter als vierzig, vielleicht fünfundvierzig sein, obgleich ihr Alter schwer zu schätzen war. Ihre Haare wiesen silberne Strähnen auf, daher war sie vielleicht eher Mitte fünfzig.

»Sie müssen Maggie sein.« Joan hielt ihr die Tür auf. »Kommen Sie bitte herein.« Sie führte Maggie an der Halle vorbei durch einen kurzen Flur in die Küche. Maggie bemühte sich, die Atmosphäre in sich aufzunehmen, als sie ihr gehorsam folgte. Alles war ordentlich und sauber. Das Haus wurde tadellos in Ordnung gehalten. Alles schien an seinem Platz zu sein.

»Ich habe heute Morgen Plätzchen gebacken, etwas, das ich schon seit Jahren nicht mehr gemacht habe.« Sie bedeutete Maggie, sich an den Tisch zu setzen. Die Plätzchen dufteten, als wären sie erst vor Kurzem aus dem Ofen gekommen, und der köstliche Geruch nach Zucker und Zimt hing einladend in der Luft. Snickerdoodles, die zu ihrem Lieblingsgebäck gehörten.

»Sie hätten sich keine Umstände machen sollen, Mrs. Sample.«

»Bitte nennen Sie mich Joan.«

»In Ordnung, Joan.« Maggie bemerkte das Puzzle, das einen großen Teil der Tischplatte einnahm.

»Wie ich sehe, mögen Sie Puzzles?«, fragte sie.

Joan nickte, als sie Platz nahm. »Die Herausforderung, sie zusammenzusetzen, hat mich beschäftigt gehalten, nachdem mein Mann gestorben war.«

Die Stimme der anderen Frau zitterte leicht, und Maggie erkannte, dass sie es lieber vermeiden sollte, von ihrem Mann zu sprechen.

»Und natürlich auch während der Pandemie.«

Aus Höflichkeit griff Maggie nach einem Plätzchen. Wenn es lange her war, dass Joan Plätzchen gebacken hatte, dann war es sogar noch länger her, seit Maggie etwas Selbstgebackenes gegessen hatte. Der Herd im Haus hatte nur eine funktionierende Platte, und der Ofen wurde nicht mehr heiß. Was Maggie betraf, war es ein kleines Wunder, dass er sich überhaupt noch benutzen ließ. Morgen würde sich das Thema ohnehin erledigt haben, wenn kein Strom mehr im Haus war.

Joan stellte zwei Tassen Tee ab, ehe sie Maggie gegenüber Platz nahm. Der Duft nach Orangen stieg Maggie in die Nase. Sie wollte sich in das Gefühl von Trost und Zuhause einwickeln wie früher als Kleinkind in ihre Lieblingsdecke.

»Ich habe Ihre Referenzen überprüft«, sagte Joan, bevor sie die Tasse aus chinesischem Porzellan an die Lippen führte und einen Schluck Tee trank.

Maggie hielt den Atem an, während sie darauf wartete, dass Joan weitersprach.

Die fremde Frau bedachte sie mit einem aufmunternden Lächeln. »Jeder hatte nur Gutes über Sie zu sagen.

Ihre Lehrer bezeichnen Sie als ihre Starschülerin, und die Managerin bei Starbucks versicherte mir, dass Sie eine ausgezeichnete Arbeitsmoral haben und ehrlich und zuverlässig sind.«

Maggie entspannte sich ein wenig.

»Ihr Pfarrer hatte viel über Sie und Ihre Mutter zu sagen. Er meinte, ich könne nichts falsch machen, wenn ich Ihnen ein Zimmer vermiete. Er war ein geschwätziger Zeitgenosse und erzählte mir, wie sehr er Sie bewundert und wie sehr Ihre Mutter vermisst wird.«

»Ich war mit einer wundervollen Mutter gesegnet. Sie fehlt mir jeden Tag.«

Joan schien ihre Worte aufzusaugen. »Ich fühle mit Ihnen«, flüsterte sie. »Ich weiß selbst, wie es ist, jemanden zu vermissen.« Dann fuhr sie hastig, aber mit etwas festerer Stimme fort: »Wie Sie sehen, ist das Haus für eine Person zu groß.«

»Sie haben ein schönes Haus, und wenn Sie sich entschließen, mir ein Zimmer zu vermieten, kann ich bei der Hausarbeit und beim Kochen und allem anderen helfen, was anfällt. Ich habe nächste Woche Jahresabschlussprüfungen, aber danach habe ich vor dem nächsten Semester etwas Zeit und kann zur Verfügung stehen.«

»Ich weiß das Angebot zu schätzen, Maggie, aber das wird nicht nötig sein. Ich weiß, dass Sie zwei Jobs und kaum Freizeit haben.«

So weit, so gut. »Haben Sie noch Fragen an mich?«

Joan schüttelte den Kopf. »Sie sind alles, worauf ich gehofft habe.«

Maggies Kehle schnürte sich zu, und sie hatte Mühe, ein Wort hervorzubringen. »Danke.«

»Möchten Sie die Zimmer sehen?«

Maggie wollte nicht von falschen Voraussetzungen ausgehen. »Heißt das … Sie sind bereit, mich hier wohnen zu lassen?«

Joan grinste. »Ich denke, wir werden gut miteinander auskommen.«

Maggie traten unvermittelt die Tränen in die Augen, und sie zwinkerte sie rasch weg.

Joan schien vorzugeben, es nicht zu bemerken. »Die beiden freien Zimmer sind oben. Sie können sich eines aussuchen. Wir werden ein paar Dinge umräumen müssen, damit Sie sich häuslich einrichten können, aber das sollte keine große Mühe machen.«

»Okay.« Das waren die besten Neuigkeiten überhaupt, mehr, als sie gehofft, und mehr, als sie für möglich gehalten hatte.

»Kommen Sie mit«, sagte Joan und ging voraus.

Maggie stieg gehorsam hinter ihr die Stufen hoch. Die beiden Zimmer teilten sich ein Durchgangsbad. Ein einziger Blick in die Räume verriet Maggie, dass sie einst Jungen gehört hatten. Sie waren typisch männlich, mit Highschool-Andenken und Sporttrophäen.

Joan wartete, während Maggie beide Zimmer besichtigte, bevor sie das etwas kleinere wählte.

»Das hier ist perfekt.« Es hatte ein Queensize-Bett, das viel größer war als das, in dem sie momentan schlief. Am besten gefiel ihr der Schreibtisch unter dem Fenster, durch welches das Licht fiel. Im Haus ihres Vaters hatte sie keinen Schreibtisch und balancierte alles auf den Knien, wenn sie gezwungen war, dort zu lernen.

»Das ist Nicks altes Zimmer«, verkündete Joan.

»Ist er der Sohn, der dagegen war, dass Sie eine Untermieterin aufnehmen?«

Joan antwortete mit einem schiefen Grinsen. »Genau der. Mein anderer Sohn lebt in Arizona. Nick wohnt hier in der Gegend.«

»Wird er sich aufregen, wenn er erfährt, dass ich hier bin und in seinem alten Zimmer wohne?«

»Warum sollte er? Wie ich schon sagte, treffe ich meine eigenen Entscheidungen. Er hat seit Jahren nicht mehr in diesem Zimmer geschlafen. Was mich angeht, gehört es Ihnen.«

Maggie wollte keinen schlechten Start mit Joans Sohn. »Vielleicht sollte ich dann lieber das andere Zimmer nehmen.«

»Nein, Sie haben sich bereits entschieden, und ich finde, dieses Zimmer passt zu Ihnen. Wann würden Sie gerne einziehen?«

Wieder stiegen Maggie die Tränen in die Augen. »Wäre heute später am Tag ein Problem?«

»Überhaupt nicht. Holen Sie Ihre Sachen, und wenn Sie zurückkommen, habe ich das Dinner fertig.«

»Ich erwarte nicht, dass Sie für mich kochen«, versicherte Maggie der anderen Frau hastig. Sie war über alle Maßen dankbar dafür, dass Joan eingewilligt hatte, sie als Untermieterin aufzunehmen. Alles andere war weit mehr, als sie sich erhofft oder auch nur erwartet hatte. Sie wollte auch nicht den Eindruck erwecken, als rechnete sie damit, dass Mahlzeiten inbegriffen waren.

»Wir können über diese Details beim Dinner sprechen«, meinte Joan.

»Ich muss wissen, wie viel Miete Sie verlangen.« Das war die letzte Hürde, die Maggie zu nehmen hatte. Wenn die Miete höher war, als sie es sich leisten konnte, wusste sie nicht, was sie tun sollte.

Joan schien darüber nachdenken zu müssen. »Können wir das nicht beim Dinner besprechen?«

Maggie musste sichergehen, dass die andere Frau verstand, dass ihre finanziellen Mittel begrenzt waren. »Ich … ich kann mir nicht viel leisten… Wenn es zu viel ist, wäre es dann möglich, später zu zahlen, wenn ich meinen Abschluss habe und ganztags arbeite?«

»Darüber reden wir nachher. Keine Sorge, Maggie, ich komme mit Ihrem Budget klar.«

Augenblicklich verspürte sie Erleichterung. »Danke, aber ich fühle mich erst wohl, wenn ich weiß, wie viel Sie verlangen.« So glücklich sie auch war, ein Zimmer gefunden zu haben, Maggie musste die Details erfahren, bevor sie ihre Sachen packte.

Joan zuckte die Achseln, als bedeutete die Miete ihr wenig. »Sind dreihundert Dollar im Monat fair?«

»Dreihundert?« Ihr Vater berechnete ihr mehr.

»Das ist doch nicht zu viel, oder?«

Maggie lächelte strahlend. »Es ist mehr als fair. Das kann ich problemlos zahlen.«

»Dann ist es abgemacht. Um sechs heute Abend habe ich noch einen Termin. Ich heuere eine Firma für den Garten an. Das Dinner wird fertig sein, und danach können wir die Einzelheiten besprechen.«

»Perfekt.« Maggie widerstand dem Drang, die andere Frau zu umarmen. »Noch einmal danke.«

»Während Sie weg sind, werde ich in Nicks altem Zimmer ein paar Dinge umräumen.«

»Oh, bitte lassen Sie mich das tun. Ich kann …«

»Unsinn. Verspäten Sie sich nicht zum Dinner.«

»Nein.« Als sie zu ihrem Auto zurückging, kam sich Maggie so vor, als würde sie auf Wolken schweben. Eine Tür hatte sich geschlossen, und eine Glasschiebetür hatte sich geöffnet. Es war toll. Fantastisch. Erst vor einem Tag hatte sie Mühe gehabt, nicht den Mut zu verlieren. In weniger als vierundzwanzig Stunden hatte sich alles geändert. Joan verlangte weniger Miete als Mrs. Royce. Es erschien ihr wie ein Wunder, und vielleicht war es das auch. Sie konnte die Möglichkeit nicht ausschließen, dass ihre Mutter vom Himmel aus nachgeholfen hatte.

Jetzt musste sie nur noch ihren Vater informieren, dass sie auszog.

Und das war offen gestanden eine Aufgabe, vor der Maggie graute, weil sie wusste, wie sehr er sich auf ihre Hilfe bei den anfallenden Rechnungen und seiner täglichen Versorgung mit Bier verließ.

Achtes Kapitel

Joan stand in der Tür, während sie zusah, wie Maggie wegfuhr. Was sie der jungen Frau gesagt hatte, stimmte. Sie handelte selten, wenn überhaupt, impulsiv. Sich mit Maggie in Verbindung zu setzen, war absolut untypisch für sie gewesen.

Bevor sie den Frisiersalon verlassen hatte, waren Charlene einige Andeutungen über Maggies unglückliches Leben zu Hause entschlüpft, was Joan auf der Seele gelegen hatte. Ihr Herz war dem Mädchen zugeflogen. Nun, nachdem sie Maggie persönlich kennengelernt hatte, konnte sie sich nicht vorstellen, der jungen Frau *nicht* zu helfen.

Nach dem Gespräch mit der Managerin von Starbucks war Joan noch beruhigter gewesen. Sie hatte erfahren, dass Maggie pünktlich, freundlich und geduldig im Umgang mit den Kunden war. Die Managerin meinte, sie wünschte, sie hätte ein Dutzend Angestellte wie sie.

Joan hatte auch erfahren, dass Maggie nach ihren Krankenpflegekursen Kinder mit Leseschwäche unterrichtete. Jede Minute ihres Tages war verplant. Alles, was Maggie brauchte, war jemand, der ihr unter die Arme griff.

Jetzt, nachdem sie Maggie kennengelernt hatte, war Joan Charlene und ihrer Schwester dankbar für ihren Vorschlag, eine Untermieterin aufzunehmen.

Joan fiel es schwer, zuzugeben, wie einsam sie war. Es war leicht gewesen, die Stille zu leugnen. Sie war immer schon eher introvertiert gewesen und bevorzugte ruhige Zeiten. Den größten Teil ihres Lebens war sie nachdenklich und methodisch gewesen und hatte selten übereilt oder aus einem Impuls heraus gehandelt.

Nur nicht am gestrigen Abend. Nach dem Gespräch mit Charlene hatte Joan mit aller Macht versucht, Maggie aus ihrem Kopf zu verbannen, aber es war ihr nicht gelungen. Aus Gründen, die sie wahrscheinlich nie verstehen würde, hatte sie den Anruf getätigt.

Ihr Gespräch hatte nicht lange gedauert. Der Zeitpunkt für das Treffen war festgesetzt worden, die darauffolgende Erleichterung hatte sich geradezu unheimlich angefühlt. So albern es auch klang, Joan erkannte mit einer Sicherheit, die sie nicht infrage stellte, dass es ihr bestimmt war, Maggie Herbert zu helfen. Aus irgendeinem Grund hatte Gott Maggie in ihr Leben geschickt.

Nick würde früher oder später herausfinden, was sie getan hatte. Vorerst würde sie die Information aber für sich behalten. Nick kam selten vorbei, und wenn er das tat, während Maggie da war, würde sie die beiden einander vorstellen und dem Schicksal seinen Lauf lassen. Wie sie schon zu Maggie gesagt hatte, traf Joan ihre eigenen Entscheidungen.

Nachdem Maggies alte Rostlaube um die Ecke verschwunden war, schloss Joan die Tür und ging in die Küche zurück. Sie hatte zum Dinner einen kleinen Braten aus der Gefriertruhe geholt. Es war lange her, seit sie für jemand anderen als ihre Familie gekocht hatte. Sie hatte ein Rezept, das Jared besonders gemocht hatte: Schmorbraten nach Mississippi-Art. Da es Jahre her war, seit sie ihn zuletzt zubereitet hatte, zog sie die Küchenschublade auf, in der sie die Notizen aufbewahrte, die ihr wichtig waren. Alles war ordentlich abgeheftet, sie brauchte nicht lange, um zu finden, was sie suchte.

Als sie das getippte Blatt Papier herausnahm, klebte ein kleiner Zettel an der Rückseite. Sie zog ihn ab und sah, dass es sich um einen Namen und eine Telefonnummer handelte. Allerdings nicht um irgendeinen Namen und eine Nummer. Es war die Trauertherapeutin, die Gennie empfohlen hatte, kurz nachdem Jared beerdigt worden war.

Wenn das kein Zeichen von oben war, dann wusste Joan auch nicht, wie eines aussehen sollte.

Sprach man von Zufällen … Sie legte den Zettel auf die Küchentheke und starrte ihn an, während sich ihre Gedanken überschlugen.

Morgen. Sie würde morgen anrufen. Oder besser noch bis Montag warten, um die neue Woche in Angriff zu nehmen. Ihr Bedarf an Veränderungen war erst einmal gedeckt. Sie war so weit gegangen, wie es ihr momentan möglich war.

Ein Anruf bei einem Gartenservice.

Ein Friseurtermin.

Dinner auswärts mit Nick.

Aufnahme einer Untermieterin.

Das waren entschieden mehr Aktivitäten in drei Tagen als in den gesamten vergangenen Jahren.

Irgendetwas, das sie nicht benennen konnte, hatte an ihrem Geburtstag von ihr Besitz ergriffen. Die Leere in ihrem Leben hatte sie schwer getroffen, und Joan begriff, dass sie etwas ändern musste. Sie spürte, dass Gott sie gerade energisch in die richtige Richtung gestoßen hatte, und sie war dem Weg gefolgt. Als Nächstes stand das Treffen mit Phil Harrison wegen ihres Rasens an. Sie freute sich darauf, was wirklich dumm von ihr war. Doch er hatte nett und freundlich geklungen. Sie hatte den Kontakt zu Menschen vermisst. Jetzt zog Maggie bei ihr ein, und Joan war fast schwindelig; sie brannte darauf, diese junge Frau kennenzulernen. Das Wissen, dass sie Maggie half, erfüllte sie mit einem gewissen Stolz. Was sie an etwas erinnerte, das Steve einmal gesagt hatte. Sein Vorschlag, dass sie ehrenamtliche Arbeit leisten solle, war wie aus heiterem Himmel gekommen. Er war überzeugt davon gewesen, das könne ihr helfen. Sie hatte die Idee verworfen, erkannte aber jetzt, dass ihr Sohn recht gehabt hatte. Sie fühlte sich in Bezug auf ihr Leben, ihre Zukunft schon jetzt etwas besser.

Dem Rezept folgend, hatte Joan den Schmortopf vor einer Weile in den Ofen geschoben. Jetzt war es an der Zeit, die Kartoffeln hinzuzufügen. Sie hatte gerade die Schalen in den Müll geworfen, als es an der Tür klingelte. Sie blickte auf die Uhr und sah, dass es fünfzehn Minuten vor ihrem Termin mit Harrison Lawn and Landscaping war. Es störte sie nicht, dass er zu früh kam.

Sie wischte sich die Hand an einem Küchenhandtuch ab und ging zur Vordertür. Aus Gewohnheit spähte sie zuerst durch den Spion. Ein Mann stand auf der anderen Seite. Auf seinem Shirt war sein Name eingestickt: Phil Harrison.

Joan schob den Riegel zurück und öffnete die Tür.

»Joan Sample?«, fragte er.

Sie nickte. Sein Lächeln wärmte ihr Herz. »Und Sie müssen Phil Harrison sein.«

Er nickte gleichfalls. »Ich hoffe, es stört Sie nicht, dass ich ein paar Minuten zu früh dran bin.«

»Überhaupt nicht.« Sie trat ins Freie, sodass sie neben ihm auf der Veranda stand, und registrierte, dass nach einem Regenschauer früher am Tag die Sonne herausgekommen war. Wetterumschwünge im Frühjahr waren im Pazifischen Nordwesten nicht ungewöhnlich.

Joan deutete auf den Garten. »Wie Sie sehen, braucht dieser Garten dringend etwas Pflege.«

»Genau dafür sind wir da«, versicherte Phil ihr, als freute er sich darauf, das Gras zu bezwingen. Er hielt einen Stift und ein Klemmbrett in der Hand.

Phil war ungefähr in ihrem Alter, schätzte Joan, Anfang bis Mitte fünfzig, mit grauen Strähnen im Haar. Durchschnittliche Größe und Aussehen, aber eindeutig attraktiv. In einen Feuerwehrmann-Kalender würde er es wohl nicht schaffen, aber er strahlte Freundlichkeit aus. Selbst so früh im Jahr war er tiefbraun gebrannt, was davon zeugte, dass er viel Zeit im Freien verbrachte. Was ihr sofort auffiel, waren seine Augen, mitfühlend, sanft und durchdringend blau.

»Wir sollten nicht mehr als ein paar Stunden brauchen, um das hier in Ordnung zu bringen. Geht es sowohl um den vorderen als auch um den hinteren Garten?«

»Ja, bitte.«

»Hätten Sie etwas dagegen, wenn ich mich hinten mal umsehe?«

»Natürlich nicht.« Joan machte Anstalten, durch das Haus zu gehen, doch Phil hielt sie zurück.

»Ich bin ziemlich schmutzig.« Er blickte auf seine schlammverkrusteten Stiefel hinunter. »Gibt es ein Seitentor, das ich benutzen kann?«

»Oh Himmel, ja, daran habe ich gar nicht gedacht.« Joan bezweifelte, dass sie das Tor in der ganzen Zeit, die sie hier lebte, auch nur ein Mal geöffnet hatte, und das waren mehr Jahre, als sie zählen wollte.

»Wir treffen uns hinten«, sagte er und verschwand um das Haus herum.

Seinem Vorschlag folgend, ging Joan durch das Haus und zu Phil in den hinteren Garten. Früher einmal hatte sie hier einen kleinen Gemüsegarten angelegt. Nicht viel, Rhabarber auf einer Seite und Tomaten auf der anderen. Die Blumenbeete, die sie einst gehegt und gepflegt hatte, befanden sich vorne vor dem Haus.

Letzten Sommer waren Tomaten gewachsen, ohne dass Joan sich um sie gekümmert hatte. Die Früchte waren klein gewesen, und die Sträucher hatten sich unter der

Last gebogen. Vor Jahren hatte Joan ihre Ernte stolz eingeweckt. Vielleicht würde sie es eines Tages wieder tun.

»Mit dem Rasen werden wir fertig, kein Problem.«

»Gut.« Sie stand mit vor der Brust verschränkten Armen da und schämte sich, weil sie ihren Garten bis zu diesem Punkt hatte verwahrlosen lassen.

»Möchten Sie gleichzeitig auch die Beete gejätet haben?«

»Ja, dieses eine Mal. Ich übernehme das, sobald sie vom Unkraut befreit sind.« Über ihren Garten sollte sie vielleicht nachdenken, selbst wenn es schon etwas spät im Frühjahr war. Sie würde mit gesunden Pflanzen aus dem hiesigen Gartencenter anfangen.

»Blumenbeete vorne und hinten?«

»Ja, bitte.«

»Wenn Sie möchten, kann ich in den Beeten ein paar pflegeleichte Büsche pflanzen, die ein Minimum an Aufmerksamkeit brauchen.«

»Ich weiß das Angebot zu schätzen, aber den Bereich würde ich lieber selbst bepflanzen.« Sie liebte die Callas, die jedes Frühjahr wuchsen. Die Tulpen hatten geblüht, ohne dass sie es wirklich bemerkt hatte. Sie hatte die Zwiebeln vor Jahren nach einem Ausflug nach Skagit County gesetzt, wo der Anblick der blühenden Tulpenfelder ihr den Atem verschlagen hatte. Es deprimierte sie, wie vernachlässigt die Beete wegen des wuchernden Rasens wirkten.

Phil grinste. »Ich vergaß. Wer den Zuschlag bekommt, muss Blumen lieben.«

Bei der Erinnerung stieg Joan die Röte in die Wangen. »Entschuldigen Sie, dass ich das hinzugefügt habe …«

Sein Lächeln wurde breiter. »Sie müssen sich nicht entschuldigen. Ich fand es eher erfrischend. Zufällig mag ich Blumen nämlich auch.«

Joan war für sein Bemühen dankbar, ihr ihre Verlegenheit zu nehmen.

Phil machte sich noch ein paar Notizen auf dem Klemmbrett. Die Frau war eine Überraschung. Er war nicht sicher, was er erwartet hatte, und war erfreut, dass sie jünger war als in seiner Vorstellung. Er erkannte in ihr dieselben Emotionen, die er vor Jahren empfunden hatte – den Schmerz, die Einsamkeit. Und er verspürte augenblicklich Mitgefühl, da er nur zu gut wusste, was ein Verlust in der Seele anrichten konnte.

»Wie lange sind Sie schon Witwe?«, fragte er.

Ihre Augen weiteten sich, als könnte sie sich nicht mehr erinnern, ihren Familienstand erwähnt zu haben.

»Beim ersten Telefongespräch meinten Sie, dass Ihr Mann gestorben ist.«

»Ah ja, das habe ich gesagt, nicht wahr? Es ist jetzt vier Jahre her.« Er wusste noch, wie mitgenommen sie geklungen hatte, als er ihre Nachricht abgehört hatte. Vermutlich hatte sie seit damals wenig Kontakte gehabt. Die covidbedingte Isolation hatte ihren Heilungsprozess nur verkompliziert. Aber er erlaubte sich kein Urteil, da ihm bewusst war, wie lange er selbst gebraucht hatte, um nach vorne zu schauen.

»Wenn Sie sich entscheiden, mich zu beauftragen, verspreche ich Ihnen, dass ich Ihren Garten schnell in Ordnung bringen kann und Ihnen einen fairen Preis berechne.« Er wollte ihr versichern, dass er ehrlich war und einen guten Job machen würde.

Sie nickte, als glaubte sie ihm.

»Ich werde bei der Gärtnerei einen Kostenvoranschlag für die Pflanzen einholen, die Sie wollen, und in einem oder zwei Tagen mit einem Angebot zurückkommen.«

»Könnten Sie mir gleichzeitig auch ein Angebot für eine regelmäßige Pflege machen?«

»Natürlich. Alle zwei Wochen? Oder jede Woche?«

»Erst einmal jede Woche.«

»Sehr gerne.« Er hatte sich Notizen gemacht, während er ihren Garten inspiziert hatte, und wollte gerade gehen, als sie ihn zurückhielt.

»Hätten Sie etwas dagegen, wenn ich Ihnen ein paar Fragen stelle?«, meinte sie, als hätte sie das Gefühl, sie sollte es tun.

Phil hatte nichts dagegen. Er würde ihr gern die Sicherheit geben, die sie brauchte.

»Natürlich. Was möchten Sie denn wissen?« Er ließ das Klemmbrett sinken und sah sie an.

»Wie lange sind Sie schon in diesem Geschäft?«

»Mein Vater hat die Firma in den frühen Siebzigern gegründet. Er ist jetzt weitgehend im Ruhestand. Ich habe vor fünf Jahren übernommen. Ich bin fest an die Firma gebunden und kann Referenzen vorweisen, wenn Sie wollen.«

»Sie haben also immer mit Ihrem Vater zusammengearbeitet?«

»Ehrlich gesagt nein, ich hatte eine andere Karriere, bevor ich beschloss, Landschaftsgärtner zu werden. Komisch, wie es im Leben kommt«, sagte er, ohne näher darauf einzugehen. »Mein Dad brauchte mich, und mir wurde klar, dass für mich der richtige Zeitpunkt für eine Veränderung gekommen war. Aber Harrison Landscaping ist jetzt seit fast fünfzig Jahren im Geschäft.«

»Ich glaube, ich erinnere mich daran, das gelesen zu haben.«

»Tatsache ist, dass ich damit aufgewachsen bin, einen Rasenmäher zu schieben und fast alles zu lernen, was es über die hiesigen Bäume, Büsche und Blumen zu wissen gibt. Ich hätte nie gedacht, dass ich letzten Endes in Dads Fußstapfen treten würde.«

»Warum nicht?«

»Mit sechzehn habe ich mich mehr für Mädchen und Football interessiert. Gartenarbeit war das Letzte, was mir in den Sinn kam. Ich hätte jeden anderen Job dem Rasenmähen vorgezogen. Ich habe Hamburger gebraten, Autos geparkt und Lebensmittel ausgefahren. Alles, was sicherstellte, dass ich nicht für Dad arbeiten musste.«

»Und trotzdem tun Sie es jetzt.«

»Allerdings«, gab er mit einem schiefen Grinsen zu. »Und ich liebe es. Als Teenager konnte ich nicht verstehen, warum Dad seine Arbeit solchen Spaß machte. Es ergab für mich keinen Sinn, dass er Tag für Tag draußen im Regen war und zufrieden lächelnd nach Hause kam.«

»Was hat sich geändert?«, fragte Joan.

Er antwortete nicht gleich, fragte sich, wie viel er preisgeben sollte. Er senkte den Blick, da er nicht wollte, dass sie in seinen Augen las. »Unverhoffte Biegungen auf dem Weg, nehme ich an. Das Leben kann uns manchmal in bestimmte Richtungen stoßen, wissen Sie? Nachdem ich jahrelang Tag für Tag einen Anzug getragen hatte, verspürte ich den unerklärlichen Drang, die Hände in der Erde zu vergraben, zum Grundlegenden zurückzukehren. Sie verstehen das wahrscheinlich besser als die meisten.«

Joan nickte. »Das tue ich.«

Er hatte mehr gesagt als beabsichtigt. Er mochte Joan Sample und verstand ihr Zögern. »Ich komme in einem oder zwei Tagen mit dem Kostenvoranschlag für die Grundpflege und das Jäten der Blumenbeete zurück, dann können Sie mit dem Pflanzen anfangen.«

»Plus die wöchentliche Pflege«, fügte sie hinzu.

»Das rechne ich dazu.« Eigentlich hatte er genug zu tun. Trotzdem hoffte er, den Job zu bekommen. Diese Witwe brauchte Hilfe, und wenn Phil irgendetwas verstand, dann das Gefühl von Verlust und Schmerz.

Neuntes Kapitel

Joan brachte Phil zum Eingangstor und sah zu, wie er zu seinem Truck zurückging, den er am Bordstein geparkt hatte. Er fuhr nicht sofort los, sondern schien noch einmal die Notizen zu überprüfen, die er sich während der Inspektion ihres Grundstücks gemacht hatte.

Ein Gefühl der Unbeschwertheit überkam sie. Es lag nicht an dem Treffen mit Phil oder daran, dass Maggie ins Haus zog, und noch nicht einmal an dem Umstand, dass sie die Kontaktdaten der Therapeutin gefunden hatte, sondern an allem zusammen. Zum ersten Mal seit jenem furchtbaren Tag, an dem sie dem Rettungswagen zum Krankenhaus gefolgt war und gebetet hatte, mit Jared möge alles in Ordnung sein, fühlte sie sich wieder bereit, das Leben zu meistern.

Joan erinnerte sich an ein Zitat, das sie vor Jahren gelesen hatte: *Wenn du durch die Hölle gehst, geh weiter.*

Sie hatte einen Weg heraus aus der Dunkelheit gefunden, die sie zu begraben drohte. Sie war aus der erdrückenden Nacht hinaus in das frühe Tageslicht des Morgens getreten. Jetzt endlich befreit, meinte Joan, wieder atmen zu können.

Sie schickte sich gerade an, ins Haus zu gehen, als

Maggie zurückkam. Sowie sie aus dem Auto stieg, wusste Joan, dass etwas nicht stimmte. Das Gesicht des Mädchens war tränenüberströmt, und ihre Unterlippe zitterte.

Joan eilte durch den Garten auf sie zu. »Was ist denn passiert?«, erkundigte sie sich besorgt.

Maggies bestürzter Blick kreuzte sich mit ihrem, während weiterhin Tränen über ihre Wangen rannen. Sie versuchte vergeblich, sich ein schwaches Lächeln abzuringen, und schniefte. »Ich bin okay … Es war bloß schwieriger, meinen Dad zu verlassen, als ich dachte. Er hat nie geglaubt, dass ich es wirklich tun würde. Als ich anfing, meine Sachen zu packen, wurde er ziemlich aggressiv. Er … hat nicht zugelassen, dass ich irgendetwas mitnehme. Zum Glück hatte ich meinen Laptop bei mir, sonst hätte er den auch noch behalten, aber alle meine Kleider und Toilettenartikel … alles, was mir wichtig ist, ist noch dort.« Mit diesen Worten begann Maggie zu schluchzen.

Joan legte die Arme um sie und fragte sich, wie sie ihr am besten helfen konnte. Ihr erster Gedanke war, die Behörden zu verständigen. Aber sie fürchtete, wenn sie die Polizei rief, würde das die Dinge verkomplizieren, zu mehr bitteren Gefühlen führen und eine noch größere Kluft zwischen Vater und Tochter schaffen. Außerdem, wie lange würde es dauern, bis die Polizisten zu einem Bagatelleinsatz kamen? Unschlüssig, was sie tun sollte, blickte Joan zu Phil hinüber, der immer noch vor ihrem Haus parkte. Sie wusste weder ein noch aus, und Maggie war zu aufgeregt, um klar denken zu können.

Dem Landschaftsgärtner schien die Verzweiflung in

ihren Augen nicht zu entgehen. Er stieg aus dem Truck und fragte: »Ist hier alles in Ordnung?«

»Nein«, erwiderte Joan. »Maggie zieht bei mir ein, und ihr Vater hindert sie daran, ihre Sachen aus dem Haus zu schaffen.«

»Er kann nicht glauben, dass ich tatsächlich ausziehe. Ich sage ihm seit Wochen, dass ich gehe, sobald ich eine Unterkunft gefunden habe. Er weigert sich, mir zu glauben. Er … trinkt«, fügte Maggie zwischen Schluchzern hinzu.

Phil zögerte nicht. »Kommen Sie, ich gehe mit und werde mein Bestes tun, um ihn abzulenken, während Sie zusammenpacken, was Sie brauchen.«

Maggie gab sich keine Mühe, ihre Überraschung zu verbergen. »Das würden Sie tun?«

Phil nickte. »Keine Sorge, ich helfe gern und achte darauf, dass die Dinge nicht aus dem Ruder laufen.«

»Ich komme auch mit«, beharrte Joan.

Maggies tränennasse Augen verrieten ihre Dankbarkeit.

Joan drückte beruhigend ihren Arm. Sie war froh, dass Phil bereit war, aufzupassen, während sie und Maggie die wichtigsten Sachen packten.

Joan fuhr mit Maggie, und Phil folgte in seinem Truck. Als sie Maggies Heim erreichten, registrierte Joan den verwahrlosten Zustand von Haus und Garten. Wenn ihr Rasen ungepflegt war, war dieser hier eine Wildnis. Es sah aus, als hätte es früher einmal Blumenbeete gegeben, aber sie waren schon lange unter dem Unkraut verschwunden, das die Hälfte der Veranda überwucherte. Das Gras, oder was davon noch übrig war, stand fast kniehoch. Die Verandastufen waren auf einer Seite eingebrochen, ein Fenster war kaputt und mit Pappe vernagelt. Kein Wunder, dass Maggie unbedingt hier weggewollt hatte. Das Haus fiel förmlich in sich zusammen.

Zögernd verließ Phil seinen Truck und gesellte sich zu Maggie und Joan, die auf dem Weg vor dem Haus standen. Er blickte sich auf dem baufälligen Besitz um, runzelte die Stirn und sah erst Maggie und dann Joan an.

»Dad ist betrunken«, erklärte Maggie. »Er sitzt wahrscheinlich vor dem Fernseher … Der Strom wird bald abgestellt, weil er die Rechnung nicht bezahlt hat. Er war nicht immer so, aber dann starb meine Mom, und das Trinken war seine Art, damit umzugehen.«

Nach der langen Therapie, die er im Lauf der Jahre gemacht hatte, hoffte Phil zuversichtlich, Maggies Vater zum Reden zu bringen.

»Keine Sorge«, sagte er. »Ich werde mich mit ihm unterhalten, während Sie und Joan einpacken, was Sie brauchen.«

Gemeinsam betraten sie das Haus. Wie Maggie vermutet hatte, saß ihr Vater im Sessel vor dem Fernseher. Als er seine Tochter mit ihm und Joan sah, erhob er sich halb aus dem Sessel, nur um zu stolpern und wieder hineinzufallen.

»Sie können nicht einfach hier reinkommen!«, brüllte er. »Das ist mein Haus. Gehen Sie!«

»Wir bleiben nur ein paar Minuten«, versicherte Phil ihm ruhig. »Nur so lange, dass Maggie holen kann, was sie braucht. Ich bin Phil Harrison. Wie ist Ihr Name?«

»Roy Herbert. Und jetzt gehen Sie. Meine Tochter ist in diesem Haus nicht länger willkommen. Sie hat ihre Entscheidung getroffen. Was mich betrifft – Reisende soll man nicht aufhalten.«

Während Maggies Vater fortfuhr, sich darüber zu beschweren, was für eine undankbare Tochter er großgezogen hatte, gingen Joan und Maggie den Flur hinunter zu Maggies Zimmer.

Phil hörte zu, als Roy weitersprach. »Undankbar, das ist sie, nach allem, was ich für sie getan habe. Und egoistisch. Denkt nur an sich selbst. Sie kümmert sich einen Dreck um mich oder darum, was aus mir wird, wenn sie weg ist.«

Phil ließ ihn reden, ohne ihn zu unterbrechen. Während Roys endloser Tirade bemerkte er, dass Joan und Maggie mit einigen Kartons das Haus verließen.

»Es ist schwer, Kinder gehen zu lassen, nicht wahr?«, sagte Phil, nachdem er überzeugt war, dass die beiden Frauen mit dem Packen von Maggies Sachen fertig waren.

Roy schnaubte und schüttelte den Kopf.

»Für manche, aber nicht für alle von uns. Ich war mit den Nerven am Ende, als meine Tochter aufs College gegangen ist. Ich wollte nicht, dass sie das tut, und gleichzeitig war mir klar, dass sie erwachsen war und ihren eigenen Weg im Leben finden musste.«

Ein paar Sekunden lang sagte Roy nichts. Seine Wut schien verraucht zu sein. »Meine Maggie möchte Krankenschwester werden. Ich kann es mir nicht leisten, sie bezüglich der Kosten für das College zu unterstützen. Sie begreift nicht, dass sie sich völlig übernommen hat. Die Kredite, die sie für ihre Ausbildung aufgenommen hat, wird sie jahrelang zurückzahlen.«

Phil konnte Roys Sorgen verstehen. »Aber Maggie muss trotzdem ihre eigenen Entscheidungen treffen, so wie meine Amanda es musste.«

»Möglich«, grollte Roy. »Ich hätte nie gedacht, dass sie mich im Stich lässt.«

»So kommt es einem vor, nicht wahr?«

Maggies Vater schnaubte. »Hab ihr gesagt, wenn sie geht, ist sie hier nicht mehr erwünscht.«

Phil war nicht überzeugt, dass sich Maggie seine zornigen Worte zu Herzen nehmen würde. »Tut mir leid, das zu hören.«

»Sie ist stur, das ist sie. Hat sie von ihrer Mutter.« Er hielt inne und schluckte die Tränen hinunter. »Ich vermisse diese Frau jeden Tag. Seit sie nicht mehr da ist, erscheint mir nichts mehr richtig.« Er schniefte und wischte sich mit dem Unterarm über die Nase.

Phil, der nur zu gut wusste, was der andere Mann empfinden musste, nickte mitfühlend und sagte: »Sieht aus, als hätte Maggie ihre Sachen gepackt. Wir werden Sie nicht wieder behelligen.«

Roy zuckte geschlagen die Achseln.

»Freut mich, Sie kennengelernt zu haben, Roy.«

Dieser schnaubte. »Wünschte, ich könnte dasselbe behaupten.«

Phil verließ das Haus. Sowohl Joan als auch Maggie standen draußen und schienen auf ihn zu warten.

»Wie ist es gelaufen?«, fragte Maggie mit ängstlich gerunzelter Stirn.

»Gut«, meinte Phil.

»Danke für Ihre Hilfe.«

»Keine Ursache.«

»Ich tue mein Bestes, um ihm zu helfen.« Maggie blickte sich zum Haus um. »Aber ich musste einfach hier weg.«

Phil hielt Maggies Blick stand, ließ sie wissen, dass er sie verstand.

Maggie verschränkte die Arme vor der Brust, wie um den emotionalen Schmerz zu verbergen, den sie jahrelang ertragen hatte.

»Er hat über den Verlust Ihrer Mutter gesprochen.«

Maggie senkte den Blick. »Alles ging bergab, nachdem Mom gestorben war. Er hat sich sehr verändert. Damals hat er das Haus instand gehalten, als Mom ihn dazu ermutigt hat, aber nach ihrem Tod hat er es noch nicht einmal versucht.«

Phil entging Joans Reaktion auf seine Bemerkung nicht. Ihre Augen wurden rund, sie blickte nach unten und verschränkte die Arme, wie um sich zu schützen. Er fragte sich, was sie dachte und ob sie sich mit Roy verglich, der seinen Garten und sein Leben hatte verwahrlosen lassen. Phil wollte ihr sagen, dass sie ganz und gar nicht wie Maggies Vater war, aber er schwieg.

»Meine Mutter hat in unserer Familie alles zusammengehalten«, flüsterte Maggie. »Und als sie fort war, zerfiel das, was richtig und gut war.«

Phil verstand nur zu gut, was Kummer und Schmerz der Seele antun konnten. Er sah erst Maggie und dann Joan an, bevor er sagte: »Ich habe gerne geholfen, aber ich fahre jetzt besser nach Hause.« Das Essen wartete wahrscheinlich schon auf ihn.

»Ich kann Ihnen nicht genug danken«, sagte Maggie ernst.

»Ja, danke«, echote Joan. »Sie sind gekommen, um mir einen Kostenvoranschlag zu machen, und haben weitaus mehr getan.«

Er tat ihren Dank mit einem Achselzucken ab.

Dann ging er zu seinem Truck, drehte sich aber noch einmal um. »Ich habe mein Angebot Montag für Sie fertig.«

»Nicht nötig. Betrachten Sie sich als eingestellt.«

Er nickte, dankbar für die Arbeit und die Möglichkeit, beide Frauen besser kennenzulernen.

Zehntes Kapitel

Auf der Rückfahrt zum Haus wurden Maggie und Joan still.

»Einen Penny für Ihre Gedanken.« Joan spähte zu Maggie hinüber. Ihre eigenen drehten sich um ihre Dankbarkeit für Phils Hilfe. Dass er bereit gewesen war, einzuspringen, obwohl er die Situation nicht hatte einschätzen können. Sie war nicht sicher, was hätte passieren können, wenn Phil Maggies Vater nicht abgelenkt hätte. Was Maggie über die Veränderung erzählte, die nach dem Tod ihrer Mutter mit ihrem Vater vor sich gegangen war, hatte einen Nerv bei ihr getroffen. Auch bei ihr hatte sich alles zugespitzt, und Joan begriff, dass sie ihren Kummer während der letzten vier Jahre wie ein Gepäckstück mit sich herumgeschleppt, ihn jeden Tag hinter sich hergezerrt und sich geweigert hatte, die Last fallen zu lassen.

»Ich helfe Ihnen, die Sachen die Treppe hochzutragen«, erbot sich Joan, als sie das Haus erreichten.

»Bitte, sagen Sie doch Du zu mir. Und was das Helfen angeht … Sie haben schon so viel getan. Ich werde gut alleine fertig.«

Joan war nur zu gern bereit, zu helfen. »Tut mir leid, dass ich noch nicht dazu gekommen bin, Nicks Sachen aus dem Zimmer zu räumen. Ich kümmere mich darum, während du das Auto auslädst.«

»Okay.« Maggie bedankte sich mit einem matten Lächeln. Sie blieb mit einem nachdenklichen Gesichtsausdruck im Auto sitzen.

»Maggie?«

»Ich denke, ich sollte meinen Dad ab und zu besuchen«, murmelte sie. »Nur um zu sehen, wie es ihm geht. Ich weiß nicht, wie er ohne mich zurechtkommen soll.«

»Das ist sehr großzügig von dir.«

Maggies Augen blickten traurig. »Er hat sich darauf verlassen, dass ich mich um ihn kümmere, und ich habe mein Bestes getan. Jetzt, wo ich weg bin, muss er für sich selbst sorgen. Er könnte gelegentlich ein bisschen Ermutigung gebrauchen.«

Es beeindruckte Joan, dass die junge Frau, die so viel durchgemacht hatte, während sie den Tod ihrer Mutter verarbeitet hatte, sich ihrem Vater gegenüber so großmütig und mitfühlend zeigte, vor allem nach der Art, wie er sie behandelt hatte.

»Jetzt verstehe ich«, fuhr Maggie tief in Gedanken versunken fort.

»Du verstehst was?«

»Er wollte nicht, dass ich Krankenschwester werde; sagte immer, es wäre zu teuer, aber tief in meinem Innern glaube ich, er wusste, dass ich weggehen würde, sobald ich mein Examen in der Tasche hätte. Ich denke, er hatte Angst davor, allein zu sein, und jetzt, wo ich ausgezogen bin, ist er genau das.«

Joan drückte Maggies Schulter, zeigte ihr, dass sie verstand. »Deinen Dad zu besuchen, ist keine schlechte Idee.«

Maggie nickte, bevor sie die Tür auf der Fahrerseite öffnete.

Sie waren beide mit Kartons und Maggies Koffer beladen, als sie auf das Haus zugingen. Sowie Joan die Tür aufschloss, schlug ihr der Duft des Bratens im Schmortopf entgegen und erinnerte sie daran, dass das Dinner fertig war. Als sie noch gearbeitet hatte, hatte sie sich auf viele Mahlzeiten aus diesem Topf verlassen. Ihn wieder zu verwenden, entlockte ihr ein Lächeln, als wäre es ein weiteres Zeichen dafür, dass sie, wenn auch langsam, auf dem richtigen Weg war, wieder gesund zu werden.

»Wow, das riecht gut.«

»Sobald wir oben fertig sind, können wir essen.«

Maggie sah sie anerkennend an. »Ich kann mich nicht erinnern, wann ich zum letzten Mal Hausmannskost gegessen habe.«

Was das betraf … das konnte Joan auch nicht.

Während Maggie den Rest ihrer Sachen aus dem Auto holte, trug Joan Nicks Sporttrophäen in Steves altes Zimmer. Er hatte ein paar Poster an der Wand, die sie zusammen mit einigen anderen persönlichen Dingen abnahm. Seine Kommodenschubladen waren größtenteils leer. Sie fand seine Highschool-Jahrbücher und einige Videospiele, die sich leicht in das andere Zimmer schaffen ließen. Alles in allem dauerte das Ganze nur wenige Minuten.

Maggie machte sich sofort daran, sich häuslich einzurichten. Als Erstes stellte sie, wie Joan auffiel, ein Bild von ihr und ihrer Mutter auf. Es musste aufgenommen worden sein, als Maggie sieben oder acht gewesen war.

Sie starrte das Foto der beiden an. Die Ähnlichkeit war nicht zu übersehen. Der Anblick seiner Tochter musste Roy Herbert ständig an die Frau erinnern, die er geliebt und verloren hatte. Sie hätte nie erwartet, Mitgefühl für den Mann zu empfinden, und trotzdem tat sie es. Er war schwach, das stand fest, und sie vermutete, dass der Verlust seiner Frau ihn genauso seelisch verkrüppelt hatte wie Jareds Tod sie selbst. Tief in ihrem Inneren glaubte sie, dass er, sobald er in der Lage war, sich zusammenzureißen, sich wünschen würde, dass seine Tochter ihre Träume verwirklichte.

Als Maggie mit dem Auspacken fertig war, hatte Joan das Dinner auf dem Tisch. Sie räumte das Puzzle weg, das sie in den letzten zwei Wochen zusammengesetzt hatte, denn sie brauchte den Platz für das Geschirr. Weiterhin endlose Stunden mit diesem Spiel zu verbringen, reizte sie nicht mehr.

Als sie sich zum Essen hinsetzten, sagte Maggie: »Ich hoffe, Sie wissen, dass ich nicht erwarte, dass Sie für mich kochen.«

Joan war überzeugt, dass Maggie oft Mahlzeiten ausließ oder etwas auf die Schnelle aß. »Das macht mir nichts. Es liefert mir einen Grund, wieder zu kochen.«

»Das wäre schön.« Ihre Augen leuchteten auf. »Aber fairerweise müsste ich dann mehr Miete zahlen.«

»Nein, bitte, die Miete ist mehr als ausreichend.«

Einen Moment sah es so aus, als wollte Maggie widersprechen. »Okay«, lenkte sie dann ein. »Aber nur, wenn ich im Haus helfen darf.«

»Über all das können wir später sprechen.« Joan reichte ihr die Platte mit dem Braten, damit Maggie sich bedienen konnte.

Sie waren zur Hälfte mit dem Essen fertig, und die Unterhaltung floss ungezwungen dahin. Obwohl sie sich nicht gut kannten, fühlten sie sich in der Gesellschaft der jeweils anderen so wohl, als wären sie schon lange miteinander bekannt, und so schlug Joan vor, dass Maggie sie duzte.

»Was wird dein Sohn sagen, wenn er erfährt, dass du mir das Zimmer vermietet hast? Sein Zimmer.«

Joan grinste, als sie daran dachte, wie Nicks Reaktion wahrscheinlich ausfallen würde. »Zuerst wird er sich wohl aufregen.«

»Tut mir leid. Ich wünschte wirklich, ich hätte das Zimmer deines anderen Sohnes genommen.«

»Unsinn. Nick hat seit Jahren nicht mehr hier gewohnt. Ich habe irgendwann sogar erwogen, dieses Zimmer in einen Handarbeitsbereich oder Ähnliches umzufunktionieren.« Was sie vielleicht eines Tages auch tun würde, wenn sie sich je entschloss, Malen oder Stricken zu lernen. Sie freute sich auf die Zeit, wo sie sich wohl genug fühlte, diese Dinge in Angriff zu nehmen. Kleine Schritte, mahnte sie sich. Eins nach dem anderen.

Über die Zukunft nachzudenken, war auch etwas, das

Joan schon lange nicht mehr getan hatte. Es war ihr sinnlos erschienen, aber jetzt war es ein Gedanke, der ihr gefiel.

Sie beendeten ihre Mahlzeit, und Maggie bestand darauf, das Geschirr zu spülen. Joan ließ ihr ihren Willen. Es war ein kleines Zugeständnis und gab dem Mädchen das Gefühl, einen Beitrag geleistet zu haben, was ja auch zutraf.

»Mein Wecker klingelt früh«, erklärte Maggie, als sie mit dem Abwasch fertig war. »Ich habe die Frühschicht. Ich hoffe, ich wecke dich nicht.«

»Mach dir deswegen keine Gedanken. Falls du mich weckst, schlafe ich gleich wieder ein.« Joan schlief die meisten Nächte nicht sehr gut und war deswegen nicht weiter besorgt.

»Ich unterrichte auch an drei Tagen in der Woche, bis die Schulsommerferien beginnen.«

Joan erinnerte sich daran. »Ich meine, Charlene hätte erwähnt, dass du Kindern beim Lesenlernen hilfst.«

»Es wird nicht gut bezahlt. Die Schulbehörde bietet nur ein kleines Stipendium an, aber es macht mir Spaß, den Zweitklässlern zu helfen. Ich fühle mich gut, wenn ich sehe, dass sie Fortschritte machen.«

»Wie viele Schüler unterrichtest du?«

»Nur zwei. Caleb leidet unter einer leichten Form von Dyslexie, Victoria braucht nur jemanden, der geduldig und liebevoll ist. Sie kommt aus einer einkommensschwachen Familie und ist nicht in die Vorschule gegangen, deswegen hinkte sie den anderen schon hinterher, als sie eingeschult wurde, wie ihr Lehrer sagt.«

»Caleb und Victoria können von Glück sagen, dich zu haben.«

»Ich finde, ich habe Glück. Am letzten Schultag werde ich sie mit etwas Besonderem überraschen.«

Nach dem Abwasch stieg Maggie mit der Entschuldigung, für die Prüfungen nächste Woche lernen zu müssen, die Treppe hinauf.

»Gute Nacht, Joan, und noch mal danke für alles.«

»Gern geschehen. Ich hoffe, du schläfst gut.«

»Das werde ich bestimmt.«

Joan sah Maggie nach, bevor sie in die Küche zurückging. Sie fand den Zettel, den Gennie Davis ihr gegeben hatte, und betrachtete den Namen und die Telefonnummer. Wenn sie aus der Konfrontation mit Maggies Vater eins gelernt hatte, dann, dass sie die Vereinbarung eines Termins nicht aufschieben durfte.

»Tja, Dr. O'Brien, ich hoffe, Sie sind all das, wovon Gennie geschwärmt hat.«

Joan starrte den Zettel so lange an, bis sie die Nummer auswendig kannte. Am kommenden Morgen würde sie als Erstes einen Termin vereinbaren.

Elftes Kapitel

Joan saß in dem großen Empfangsbereich und wartete, dass ihr Name aufgerufen wurde. Sie hatte ihr Gesicht in einer Zeitschrift vergraben, weil sie, so albern es war, Angst hatte, jemand könnte sie erkennen. In Dr. O'Briens Praxis arbeiteten drei weitere Therapeuten, die sich eine Angestellte am Empfang teilten. Joan hatte gleich am Donnerstagmorgen den Termin vereinbart und gedacht, ja, tatsächlich gehofft, sich mental auf diese Begegnung vorbereiten zu können. Aber nein, das wäre zu einfach gewesen. Statt langer Wartezeiten bekam sie bereits einen Termin am späten Montagmorgen.

Von Donnerstag bis Montag waren Joan vier Tage geblieben, um zu grübeln und Ängste zu pflegen. Öfter, als sie zählen konnte, hatte sie mit dem Gedanken gespielt, abzusagen. Als sie mit der Frau am Empfang gesprochen hatte, war sie informiert worden, dass ihr die Sitzung in Rechnung gestellt werden würde, wenn sie den Termin weniger als vierundzwanzig Stunden vorher stornierte. Freitagnachmittag war es zu spät. Das Wochenende lauerte vor ihr wie eine gähnende Bestie.

Irgendetwas stimmte ganz und gar nicht mit ihr. Joan war nie ein impulsiver Mensch gewesen, hatte aber zwei

Mal innerhalb einer Woche gegen ihr Naturell gehandelt. Sie hatte das Gefühl, sich selbst nicht mehr zu kennen.

Als sie früher an diesem Morgen aufgewacht war, hatte sie gespürt, wie Furcht in ihr aufstieg, sich dieser ihr unbekannten Frau stellen und den tiefsten, qualvollsten Schmerz ihres Lebens bloßlegen zu müssen. Bis vor vier Jahren hatte sie nie viel geweint. Jetzt konnte sie schon spüren, wie ihr erneut Tränen in die Augen traten. Ihre Hände zitterten, und ihr war gleichzeitig heiß und kalt. Sie musste hier weg. Es zählte nicht, dass ihr die Leistung berechnet werden würde, das war es wert, um dem Unheil zu entkommen, wenn sie die Chance dazu hätte.

Sie stand auf, entschlossen, schnurstracks zur Tür zu gehen, als die Frau am Empfang ihren Namen rief.

»Mrs. Joan Sample. Dr. O'Brien hat jetzt Zeit für Sie.« Die Frau erhob sich und öffnete die Tür, die zu einem langen Gang führte. »Dr. O'Briens Büro ist die dritte Tür links«, erklärte sie und deutete in die entsprechende Richtung.

»Ah.« Joan erstarrte mitten in der Bewegung. Sie blickte sehnsüchtig zu der einen Tür, die eine Fluchtmöglichkeit verhieß, und der anderen, die vielleicht ihr Leben veränderte. Ihr war bewusst, dass sie eine Entscheidung treffen musste.

Sie drehte sich zu der Tür, die zu Dr. O'Briens Büro führte.

Die Therapeutin erhob sich, als Joan eintrat. Dr. O'Brien war eine noch junge Frau. Viel jünger, als Joan es aufgrund ihres Titels erwartet hatte.

»Willkommen, Joan.« Dr. O'Brien bedeutete ihr, auf dem Sofa Platz zu nehmen. Sie selbst setzte sich in einen Sessel direkt vor ihr, aber nicht so nah, dass sie sich unbehaglich fühlte. Der Raum war hellblau gestrichen, klein und einladend. Mehrere bunte Kissen zierten das Sofa. Die Bilder an den Wänden wirkten beruhigend und vertraut; sie zeigten Landschaften des Pazifischen Nordwestens.

Joan setzte sich und umklammerte ihre Hände. Sie lehnte sich nicht zurück, sondern blieb kerzengerade wie eine Fichte sitzen.

Dr. O'Brien lächelte ermutigend. »Sagen Sie mir, was Sie hierherführt.«

Der Kloß in Joans Kehle fühlte sich an, als hätte er die Größe eines Gänseeis. Sie schluckte mehrere Male, bevor sie sprechen konnte. »Gennie Davis hat mir empfohlen, mit Ihnen zu sprechen.«

Einen Moment lang blieb Dr. O'Briens Gesicht unbewegt, als versuchte sie, sich zu erinnern, wer Gennie Davis war.

»Sie verlor ihren Mann … das liegt jetzt einige Jahre zurück, also erinnern Sie sich vielleicht nicht mehr an sie. Ich könnte mir vorstellen, dass Sie mit vielen Leuten sprechen.«

»Ich erinnere mich an Gennie. Wie geht es ihr?«

»Gut, schätze ich. Ich meine, ich habe schon eine Weile nicht mehr mit ihr geredet.« Eher Jahre, aber das erwähnte Joan nicht.

»Können Sie mir sagen, warum sie denkt, ich könnte Ihnen helfen?«

»Mein … mein Mann ist gestorben.«

»Vor Kurzem?« Ihre Augen blickten mitfühlend.

Joan sah auf ihre Hände hinunter. Es widerstrebte ihr, zuzugeben, wie lange es her war. »Jared starb vor vier Jahren.«

»Ich verstehe. Erzählen Sie mir von Jared.«

In den nächsten Minuten sprach Joan von ihrer liebevollen Beziehung mit ihrem Mann. Nachdem sie die grundlegenden Informationen geliefert hatte – wie sie sich kennengelernt, geheiratet und ihre beiden Söhne großgezogen hatten –, zögerte sie und erzählte dann von dem Aneurysma, das ihn das Leben gekostet hatte.

Als sie geendet hatte, fügte sie hinzu: »Viele Paare, die so viel Zeit miteinander verbracht haben wie Jared und ich, haben am Ende Eheprobleme. Es hat uns Mühe gekostet, unser berufliches Leben von dem zu Hause zu trennen. Irgendwie ist es uns gelungen, und wir haben beide Beziehungen stark erhalten. Wir verstanden uns gut, haben einander ergänzt. Wir haben unsere Söhne mit Liebe großgezogen, und als es Zeit war, sie ihr eigenes Leben leben zu lassen, haben wir uns leicht an ein leeres Nest gewöhnt.«

»Sie haben nie gestritten?«

»Selten.« Und das stimmte. In all den Jahren ihrer Ehe und ihrer beruflichen Zusammenarbeit war es kaum zu Konflikten gekommen, die sich nicht mit Geduld und Liebe hätten lösen lassen.

»Ich kann verstehen, warum Jareds Tod ein so enormer Verlust war.«

Der riesige Kloß in ihrem Hals war wieder da, und einmal mehr war Joan gezwungen, ihn hinunterzuschlucken. Wie schon zuvor zwinkerte sie die Tränen weg. »Es kommt mir vor, als wäre ein Teil von mir mit meinem Mann gestorben.« Die Tränen in ihren Augen trübten ihr Blickfeld.

Dr. O'Brien griff nach einer Schachtel Papiertaschentücher und reichte sie Joan.

»Danke«, flüsterte sie gebrochen.

»Es ist vier Jahre her«, sagte Dr. O'Brien. »Ich kann mir vorstellen, dass Jareds Tod eine große Umstellung für Sie und Ihre Kinder bedeutete.«

Joan nickte.

»Verraten Sie mir, wie Ihnen die gelungen ist?«

Das war ja der Grund für ihren Besuch. Joan hatte sich nicht wirklich damit abgefunden. Sie hatte eine Ausrede und war mehr als bereit, sie zu benutzen. »Nicht lange nach Jareds Tod kam die Pandemie«, sagte sie als Erklärung dafür, wie isoliert ihr Leben geworden war.

»Und Sie vergruben sich wie der Rest der Welt in Ihrem Haus.«

»Ja.« Ein weiteres Nicken, tatsächlich ein Geständnis, ein Eingeständnis von Schuld. »Das Problem ist, ich fing an zu zögern, war mir nicht sicher, in welche Richtung mein Leben nach der Pandemie gehen sollte. Mein Haus wurde sowohl zu meinem Zufluchtsort als auch zu meinem Gefängnis. Ich musste wissen, was ich als Nächstes tun sollte. Ich habe keine Ahnung, wie es von hier weitergehen soll. Ich muss nicht arbeiten, habe aber das Gefühl, dass ich das vielleicht sollte.« Sie beschrieb eine leere Geste mit den Händen. »Ich bin verloren, Dr. O'Brien, und ich hoffe, Sie können mir helfen, meinen Weg zu finden.«

»Und das ist der Grund dafür, dass Sie diesen Termin gemacht haben?«

»Ja. Das, und es gibt noch andere Gründe.«

»Sie sollten wissen, dass ich keine Richtungen vorgebe, Joan. So arbeiten Therapeuten nicht. Meine Rolle besteht darin, Ihnen zu helfen, Ihren eigenen Weg zu finden. Das wird manchmal schmerzhaft und manchmal freudig sein. Es ist nicht leicht, Verhaltensmuster zu durchbrechen, in die wir verfallen, wenn unser natürlicher Instinkt uns rät, an Vertrautem festzuhalten. Sind Sie für diese Veränderungen bereit?«

»Ich bin hier.« Das sollte Antwort genug sein.

Dr. O'Brien lächelte. »Das ist ein wunderbarer Schritt in die richtige Richtung, und ich gratuliere Ihnen dazu. Würden Sie erwägen, sich einer Trauertherapiegruppe anzuschließen?«

Joan schüttelte automatisch den Kopf, wies die Idee nachdrücklich von sich. »Nein.«

Dr. O'Brien, die nach außen hin keinerlei Missbilligung zeigte, fragte: »Können Sie mir sagen, warum Sie sich so heftig gegen die Idee sträuben?«

Joan holte tief Luft, um sich zu beruhigen, und blickte zu Boden. »Die Leute in dieser Gruppe haben alle jemanden verloren, den sie geliebt haben, richtig?«

»Ja, das ist der Grund dafür, dass sie sich dafür entschieden haben, der Gruppe beizutreten.«

»Jeder dort trauert so, wie ich es tue … Ich kann mir ihre Trauer nicht aufbürden, ich kann nicht dasitzen und mir anhören, was sie alles verloren haben, während ich mit meinem eigenen Schmerz kämpfe. Es würde mich vernichten.« Joan konnte sich vorstellen, wie schwer es wäre, die Last des Verlusts anderer zusammen mit ihrem eigenen zu tragen. Dazu war sie nicht stark genug.

»So ist das nicht, Joan. Die Sitzungen sind eine Bestätigung, es geht darum, zu teilen, sich mit geteilten Erfahrungen gegenseitig zu stützen. Viele Teilnehmer haben ihre Trauer verarbeitet und kommen auf der anderen Seite des Tunnels heraus oder sind auf dem Weg dorthin. Sie halten das Andenken an ihre geliebten Menschen in Ehren und werden es immer tun. Wie Sie haben sie in ihrem Schmerz das innere Gleichgewicht verloren, aber den Mut gefunden, sich aufzurichten und weiterzugehen.«

Ein Gruppentreffen war meilenweit von Joans Komfortzone entfernt. »Kann ich nicht einfach weiter zu Ihnen kommen?«

»Natürlich, wenn Sie das wünschen. Ich würde mich freuen, weiter mit Ihnen zu arbeiten. Trotzdem wünschte ich, Sie würden es wenigstens einmal mit der Gruppe versuchen. Wenn Sie danach entscheiden, dass das nichts für Sie ist, dann machen wir beide weiter so wie jetzt. Abgemacht?«

Obwohl sie nur widerstrebend einwilligte, dachte sich Joan, nichts zu verlieren zu haben. »Abgemacht.«

»Wunderbar.«

»Werden Sie auch dabei sein?«, fragte Joan.

»Natürlich.«

»Wie groß ist die Gruppe?«, erkundigte sie sich. Doch obwohl sie eingewilligt hatte, an einer Sitzung teilzunehmen, stand ihr Entschluss bereits fest: Sie war an einer Gruppentherapie nicht interessiert.

»Zurzeit haben wir acht Mitglieder.«

Wenigstens war die Zahl überschaubar. Hoffentlich würde sie sich nicht überwältigt fühlen.

»Wir treffen uns Mittwochabend im Konferenzraum.«

Joan machte sich eine geistige Notiz. »Ich werde den Termin einhalten, aber ich glaube wirklich nicht, dass das etwas für mich ist.«

Dr. O'Brien akzeptierte ihre Worte mit einem Nicken. »Ich weiß Ihre Bereitschaft, es zu versuchen, zu schätzen.« Sie blickte auf die Uhr, gab Joan schweigend zu verstehen, dass die Sitzung beendet war.

Sie stand auf, und Joan tat es ihr nach. Sie schüttelten sich die Hände. »Ich sehe Sie dann am Mittwoch.«

»Mittwoch um sieben«, wiederholte Joan. »Danke.«

»Es war mir ein Vergnügen. Ich weiß, wie schwierig es für Sie war, den Termin zu machen, Joan. Ich bin stolz auf Sie.«

Zum dritten Mal an diesem Morgen stiegen Joan die peinlichen Tränen in die Augen. Sie senkte den Kopf, als sie auf den Ausgang zueilte, und hielt den Blick auf den Boden gerichtet, als sie Richtung Parkplatz floh.

Als sie nach Hause kam, war Joan emotional erschöpft. Die Ärztin hatte recht. Es hatte Mut und Kraft gekostet, den Termin einzuhalten. Trotzdem war es ein Fortschritt in die richtige Richtung. Alles, was sie jetzt tun musste, war, diesen Weg zurück ins Leben, zur Heilung und zur Zukunft weiterzugehen … was auch immer sie bringen mochte.

Als sie sich eine Tasse ihres Lieblingstees gemacht hatte, eine Orangenmischung, ging die Vordertür auf, Maggie kam hereingestürmt und lief die Treppe zu ihrem Zimmer hinauf. Es war die Woche ihrer Prüfungen, und sie hatte fast das gesamte Wochenende in ihrem Zimmer verbracht und gelernt.

Joan traf sie am Fuß der Treppe, als Maggie mit einer Büchertasche wieder herunterkam.

»Alles okay?«

»Ich habe mein Lehrbuch vergessen. Sorry, ich muss mich beeilen, sonst komme ich zu spät zum Unterricht.« Sie rannte zur Tür hinaus.

Joan folgte ihr lächelnd auf die Veranda und rief ihr nach: »Du wirst das großartig machen. Entspann dich.«

Maggie winkte und lächelte, als sie zu ihrem Auto eilte.

Die junge Schwesternschülerin war erst wenige Tage bei Joan, und es schien, als wäre das Haus, das die letzten vier Jahre still und leer gewesen war, zum Leben erwacht. Joan hatte darauf bestanden, dass Maggie am Wochenende mit ihr zu Abend aß, und sie hatten eine lebhafte Diskussion über Bücher geführt, die sie beide gelesen hatten, und über Politik, über die sie sich mit Ausnahme einiger kleinerer Meinungsverschiedenheiten grundsätzlich einig waren. Joan war froh, dass sie miteinander reden konnten, ohne dass ihre unterschiedlichen Meinungen Einfluss darauf hatten, dass sie sich wirklich mochten.

Nachdem sie sich ein Sandwich zum Lunch gemacht hatte, rief Joan ihre Schwester an. Emmie schien erfreut, von ihr zu hören.

»Du hast mich angerufen«, lobte ihre Schwester beifällig. »Statt dass ich mich bei dir melden muss.«

»Weil ich Neuigkeiten habe.« Joan fühlte sich fast schwindelig.

»Gute Neuigkeiten, hoffe ich.«

»Sehr gute.« Joan setzte die nächsten dreißig Minuten lang ihre Schwester über die positiven Veränderungen ins Bild, die sie seit ihrem Geburtstag vorgenommen hatte.

»Oha«, machte Emmie eindeutig überwältigt. »Du hast eine Untermieterin aufgenommen, und du warst bei einer Therapeutin.«

»Yup.«

»Hast du noch etwas anderes in Angriff genommen, seit wir zuletzt miteinander gesprochen haben, wie die Situation der Obdachlosen in Seattle oder den Weltfrieden?«

»Sehr komisch, aber ich habe einen wirklich guten Landschaftsgärtner gefunden … einen mit Herz.« Sie berichtete davon, wie Phil eingesprungen war, um bei der Situation mit Maggie und ihrem Vater zu helfen.

»Sieht er gut aus?«

»Oh, komm schon, Em, er ist verheiratet.« Obwohl er

keine Frau erwähnt hatte, hegte sie diese Vermutung. Bevor er sich verabschiedet hatte, hatte er gesagt, es wäre Zeit, nach Hause zu fahren, weil sein Abendessen auf ihn warten würde.

»Du bist immer noch jung, weißt du. Du kannst leicht wieder heiraten.«

Ihre Schwester hatte recht, Joan war immer noch jung genug, um eine neue Beziehung in Betracht zu ziehen. Die Wahrheit lautete, dass sie nicht den Rest ihres Lebens allein verbringen wollte. Jetzt war jedoch nicht die Zeit, auch nur über Verabredungen nachzudenken. Erst musste ihre Seele heilen, und davon war sie noch weit entfernt.

Sie wollte gerade ihre Gefühle weiter beschreiben, als es an der Tür klingelte. Mit dem Telefon in der Hand ging sie hin, weil sie dachte, es könnte Phil sein. Er war schon einmal zu früh gekommen und sollte binnen Kurzem hier sein.

Nur war es nicht Phil.

Vor der Tür stand ihr Sohn Nick mit einem entzückenden Hundewelpen auf dem Arm.

»Es ist Nick«, sagte sie zu ihrer Schwester. »Ich muss Schluss machen.« Sie öffnete ihrem Sohn die Fliegengittertür.

»Hey, Mom, ich habe dir ein verspätetes Geburtstagsgeschenk gebracht.« Nick hielt ihr den Welpen hin.

»Nick, nein.« Sie schüttelte automatisch den Kopf. Auf keinen Fall wollte sie einen Hund und schon gar keinen Welpen. Sie richteten Unordnung an, hinterließen stinkenden Unrat und kauten an teuren Möbeln und

Schuhen. Sie forderten ständige Aufmerksamkeit und Liebe. Sie hatte weder die Zeit noch die Neigung noch den Wunsch nach einem Hund in ihrem Leben.

»Du kannst ein Geschenk nicht ablehnen«, protestierte Nick.

»Doch, ich kann.«

Nick war ebenso beharrlich. »Du sagtest, du würdest daran denken, eine Untermieterin aufzunehmen, weißt du noch?«

»Ja, nun …«

»Du bist einsam, und dieser Hund ist die perfekte Lösung.«

Joan fuhr fort, den Kopf zu schütteln. »Er ist keine Lösung, er ist ein Ärgernis.«

Ihr Sohn weigerte sich, auf sie zu hören. »Schau ihm in die Augen und sag, dass du nicht hingerissen bist.«

»Ich bin nicht hingerissen«, beharrte sie, während sie es vermied, den Hund anzusehen, der leise winselte.

»Du kannst ihm nicht widerstehen, oder?«, fuhr Nick fort. Er klang eindeutig schadenfroh. »Du denkst vielleicht, du brauchst keinen Hund als Gefährten, aber genau das tust du. Ich bin hier, um dafür zu sorgen, dass du nie mehr Grund hast, einsam zu sein.«

»Ich brauche keinen Hund als Gefährten«, wiederholte sie und fügte dann hinzu: »Weil …« Sie konnte den Satz nicht beenden, da ihr Sohn ihr das Wort abschnitt.

»Später wirst du mir dankbar sein, das verspreche ich dir.«

»Nick«, bat sie erneut. »Nein.«

»Hier, nimm ihn.« Er legte ihr den Hund in die Arme und eilte die vorderen Stufen hinunter.

»Wo willst du hin?«, rief Joan ihm nach; entschlossen, ihrem Sohn den Welpen zurückzugeben.

»Ich habe Futter, eine Box und ein paar Spielzeuge für ihn. Sie sind im Truck. Ich bin gleich wieder da.« Er lief vom Wagen zurück zum Haus und stellte alles in der kleinen Diele ab. »Sorry, Mom, ich muss mich beeilen. Ich habe gerade Mittagspause und muss zurück zur Arbeit. Hab dich lieb.«

»Hat er einen Namen?«, rief sie.

Nick schüttelte den Kopf, als er in seinen Truck kletterte. »Du musst ihm einen geben.«

Toll. Sie blickte auf den kleinen Hund in ihren Armen hinunter, und er sah sie an und leckte ihren Arm.

»Gut, gut«, murmelte sie. »Ich schätze, wir bleiben aneinander hängen.«

Der Welpe blickte zu ihr hoch, und Joan musste ihrem Sohn recht geben. Er war unwiderstehlich.

In diesem Moment pinkelte er, als hätte er viel zu lange damit gewartet und es jetzt nicht mehr zurückhalten können. Die warme Flüssigkeit rann vorne an ihrer Seidenbluse hinunter.

Während sie voller Entsetzen auf das starrte, was der Welpe angerichtet hatte, bog Phil Harrison in seinem Truck um die Ecke und hielt vor dem Haus.

Zwölftes Kapitel

Joan hastete in ihr Schlafzimmer, zog rasch ihre nasse Bluse aus und rieb sich mit einem Waschlappen ab. Der Welpe saß brav zu ihren Füßen, als sie die Bügel in ihrem Kleiderschrank hin und her schob und ein anderes Oberteil suchte. Nachdem sie verschiedene Blusen in Betracht gezogen hatte, wählte sie einen langärmeligen Baumwollpullover.

Phil hatte den Rasenmäher aus dem Truck geholt und hielt inne, als sie auf die vordere Veranda hinaustrat. »Wie ich sehe, sind Sie bereit, mit der Arbeit anzufangen.«

Er grinste. »Der Retter in der Not, wie ich meinen Kunden gerne sage.«

»Ich weiß das zu schätzen. Hören Sie, ich … ich hoffe, Sie haben nichts dagegen, aber ich habe Ihnen etwas gebacken. Ich wollte Ihnen für all Ihre Hilfe mit Maggie und ihrem Vater danken. Ich weiß nicht, was ich mir dabei gedacht habe, Sie da mit hineinzuziehen.« Selbst jetzt noch staunte sie, dass Phil nicht gezögert hatte, sich in eine möglicherweise heikle Situation mit einem für ihn völlig Fremden zu begeben. Sein Verständnis für Roys Benehmen zeugte von tiefem Mitgefühl und Einfühlsamkeit. Seine Frau musste sehr glücklich sein.

»Alles gut, Joan. Ich war froh, da zu sein und helfen zu können.«

Sie hatte nach einem Weg gesucht, ihre Dankbarkeit zu zeigen, und es war ihr ein wenig unangenehm, es zu erwähnen. »Es ist nicht viel, aber sowohl Maggie als auch ich möchten, dass Sie wissen, wie dankbar wir für das sind, was Sie getan haben. Ich hoffe, Sie mögen Bananenbrot.«

Seine Augen weiteten sich anerkennend. »Woher wussten Sie, dass das mein Lieblingsgebäck ist?«

»Das wusste ich nicht.« Sie verbarg ein Lächeln. »Ich hatte nur zufällig ein paar reife Bananen da und dachte, es wäre schade, sie wegzuwerfen.«

»Es ist lange her, seit ich hausgemachtes Bananenbrot gegessen habe. Danke.«

»Wenn Sie fertig sind, schneide ich Ihnen eine Scheibe ab. Hätten Sie gerne eine Tasse Kaffee dazu?«

Seine Augen leuchteten auf. »Das wäre fantastisch.«

Fast gegen ihren Willen registrierte Joan, wie schlank und muskulös Phil war. Wie schon zuvor fiel ihr auf, wie tief gebräunt seine Haut von der Arbeit im Freien war. Tatsächlich wirkte er rein äußerlich nicht wie jemand Besonderes, und doch sah sie ihn trotz ihrer kurzen Bekanntschaft in einem ganz anderen Licht. Sie ging ins Haus zurück, schnitt eine Scheibe von dem Bananenbrot ab und wickelte den Rest ein.

Als das Geräusch des Mähers erstarb, trat Joan mit einem Teller und einer frischen Tasse Kaffee auf die Veranda. Er hatte nicht gesagt, wie er ihn trank, also ließ sie ihn schwarz. Beim Anblick ihres gemähten Rasens war sie überrascht von der deutlichen Verbesserung. »Der Garten sieht großartig aus.«

»Er brauchte nur ein bisschen Pflege.« Phil wischte sich den Schweiß von der Stirn, als er die Stufen hochstieg.

Joan reichte ihm die Scheibe Bananenbrot und den Kaffee. »Ich hoffe, Sie mögen ihn schwarz.«

»Ja«, meinte er zwischen zwei Bissen vom Gebäck. »Hat es weitere Drohungen von den Typen von der Hauseigentümergemeinschaft gegeben?«

»Damit sollte Schluss sein. Ich werde ihnen Bescheid geben, dass ich Sie eingestellt habe, und das sollte ihre Bedenken beschwichtigen.«

»Gut.« Er sagte das eine Wort mit einem Kopfnicken.

Der Welpe jaulte hinter der Fliegengittertür, und Joan holte ihn nach draußen. Sie war immer noch unschlüssig, was sie mit diesem Hund anfangen sollte. »Schauen Sie, was mein Sohn mir diesen Nachmittag vorbeigebracht hat.«

Phils Lächeln wurde breiter, als er den leeren Teller und die Kaffeetasse wegstellte. »Was für ein süßer kleiner Bursche. Haben Sie schon einen Namen für ihn?«

»Nein … ich habe noch nicht einmal angefangen, darüber nachzudenken. Wenn Sie irgendwelche Vorschläge haben, ich bin für alles offen.«

Phil dachte einen Moment nach und schüttelte dann den Kopf. »Kein Grund zur Eile. Er wird seine Persönlichkeit bald genug zeigen. Wenn der richtige Zeitpunkt gekommen ist, finden Sie den perfekten Namen für ihn.« Er hielt inne und fügte dann hinzu: »Amanda hatte einen Hund, als sie klein war. Oh, sie hat dieses dumme Vieh geliebt. Er ist ihr überallhin gefolgt. Sie nannte ihn Cocoa.« Seine Augen wurden traurig. »Cocoa starb, kurz bevor sie zum College ging. Ihn zu verlieren hat Amanda fast das Herz gebrochen.«

»Das tut mir leid.« Joan fühlte sich elend, weil sie traurige Erinnerungen aufgewühlt hatte.

»Dieser Verlust war eine gute Lektion für uns beide. Aber eine schmerzhafte.«

Da er ihr leidtat, richtete sie ihre Aufmerksamkeit auf den Welpen und wechselte das Thema. »Bis er mir seine Persönlichkeit zeigt, werde ich ihn No Name nennen.«

Phil kicherte. »No Name«, wiederholte er und schien das lustig zu finden. Er wartete einen Moment und sagte dann: »Es ist Zeit, dass ich gehe.«

Joan hatte diesen Hund nicht gewollt, hatte nie daran gedacht, sich ein Haustier zuzulegen. No Name aufs Auge gedrückt zu bekommen, war ein Schock, und trotzdem stellte sie fest, dass sie sich für die Idee erwärmte.

Phil gab ihr den Welpen zurück. »Danke für das Bananenbrot.«

»Oh, warten Sie, der Rest ist in der Küche.« Mit dem Welpen auf dem Arm ging sie ins Haus, holte das Brot und reichte es ihm.

»Danke.« Die Wärme in seinen Augen verriet seine Dankbarkeit. »Wir zwei werden es uns schmecken lassen. Ich komme später in der Woche wieder. Können wir dann über die Blumenbeete sprechen? Ich weiß, dass Sie selbst daran arbeiten wollen, aber ich habe ein paar Ideen, die ich Ihnen gerne unterbreiten möchte, wenn Sie wollen.«

»Das klingt gut. Später in der Woche wäre ausgezeichnet.«

Wieder zögerte er. »Bevor ich gehe, wollte ich mich überzeugen, dass mit Maggie alles in Ordnung ist.«

»Das Ganze entwickelt sich gut. Ich hatte vorher noch nie eine Untermieterin, und ehrlich gesagt hatte ich einige Bedenken, jemanden aufzunehmen. Als ich jedoch von ihren häuslichen Lebensumständen hörte, hatte ich das Gefühl, schnell handeln zu müssen. Ich bin froh, dass ich es getan habe. Maggie ist ein Schatz.«

»Nach dem wenigen, was ich von ihr mitbekommen habe, stimme ich dem zu.«

»Maggie hat beschlossen, ab und zu nach ihrem Dad zu sehen, um sicherzugehen, dass er auch ohne sie klarkommt.«

»Allein das sagt viel über Maggie aus, nicht?«

»Oh ja. Ich wollte Sie nicht aufhalten, aber Ihnen noch einmal für Ihre Hilfe danken.«

»Wie ich schon sagte – kein Problem.«

Phil verabschiedete sich, und sie sah ihm nach.

Als sein Truck um die Ecke verschwand, erkannte Joan, dass sie jetzt endlich nach vorne schaute. Kleine Schritte, einen nach dem anderen. Als Jared noch gelebt hatte, hatte sie Ziele gehabt, Tag für Tag mit ihrem Mann gearbeitet. Sie hatte eine feste Routine gehabt. Sie hatte gewusst, wer sie war, und war zufrieden mit den ihr zugeteilten Aufgaben gewesen. Zum ersten Mal stellte sich dieses Gefühl wieder ein.

Der Welpe jaulte, und da sie dachte, er müsste vielleicht sein Geschäft erledigen, setzte sie ihn auf den frisch gemähten Rasen, wo er das Gras roch und herumhoppelte, ja, hoppelte, als würde er auf heißen Kohlen laufen, was sie zum Lachen reizte. Er rannte zu ihr zurück und richtete sich auf, wobei er ihr Bein als Stütze benutzte.

Joan ging zum Haus zurück und schenkte sich einen Kaffee ein, den sie auf die vordere Veranda trug. No Name nahm sie kurzerhand mit. Während die Sonne ihr Gesicht wärmte, saß Joan auf einem der Adirondack-Gartensessel, die Jared im Jahr vor seinem Tod gekauft hatte.

Sie hielt No Name auf dem Schoß, wo der Welpe prompt einschlief. Zum ersten Mal seit langer Zeit empfand Joan eine tiefe Zufriedenheit.

Dreizehntes Kapitel

Maggie checkte für die Frühschicht bei Starbucks ein und griff nach ihrer Schürze. Sie sollte heute wieder an der Kasse sitzen. Der morgendliche Andrang überwältigte sie manchmal, während sie sich bemühte, mit den Bestellungen nachzukommen und die Schlange in Gang zu halten. Sie freute sich darauf, die beiden Männer von dem Baustellenteam wiederzusehen, die regelmäßig hereinschauten, bevor sie mit ihrer Arbeit begannen. Wenn man auf die Unterhaltung der beiden etwas geben durfte, verlief die Fertigstellung des Apartmentkomplexes termingerecht.

Einstein pflegte großzügige Trinkgelder zu geben und hatte ihre Aufmerksamkeit gefesselt. Aufgrund ihrer Arbeit und der Ausbildung hatte Maggie keine Zeit für Beziehungen. Ihr letztes richtiges Date hatte sie in der Highschool gehabt. Was allerdings nicht hieß, dass sie kein Auge für attraktive Männer hatte. Es verwirrte sie, wie sehr dieser Bauarbeiter ihre Fantasie beschäftigte. Sie freute sich darauf, ihn zu sehen, vor allem, wenn sie Gelegenheit hatten, ein paar Worte zu wechseln. Er hatte mit ihr geflirtet, und sie hatte zurückgeflirtet. Der heutige Tag, an dem sie an der Kasse saß, würde ihr vermutlich erneut die Möglichkeit dazu verschaffen. Sie konnte es kaum erwarten.

»Du scheinst ja gute Laune zu haben«, sagte Leanne, als sie die Kopfhörer aufsetzte, um die Bestellungen vom Drive-in entgegenzunehmen.

»Habe ich auch«, räumte Maggie ein. Seit sie bei Joan eingezogen war, ging es bergauf. Das Leben mit Joan ließ sich besser an, als sie je zu hoffen gewagt hatte. Obwohl Maggie noch nicht einmal eine Woche dort wohnte, war Joan rasch zu einer vertrauten Freundin geworden, fast zu einer zweiten Mutter.

»Wie geht es dem Welpen?«, fragte Leanne.

Am Morgen zuvor war Maggie mit verquollenen Augen zur Arbeit gekommen, weil der Hund den größten Teil der Nacht gejammert hatte. Sie wusste, dass Joan bis zum Morgengrauen immer wieder aufgestanden war, um sich um den gestressten Welpen zu kümmern.

»Letzte Nacht war es besser.« Maggie fühlte mit dem niedlichen kleinen Hund. Ohne seine Mutter und seine Geschwister ging es ihm schlecht. Joan zeigte sich unglaublich geduldig mit ihm. Sie hatte nicht um den Hund gebeten und erklärt, er sei ein Geschenk ihres Sohnes. Der Welpe war offenbar Nicks Art, sie zu überzeugen, keine Untermieterin aufzunehmen. Da er nicht wusste, dass sie im Haus wohnte, sollte der Welpe Joan wohl gegen die Einsamkeit helfen.

»Habt ihr schon einen Namen für ihn?«

»Nein. Joan zerbricht sich den Kopf darüber. Vorerst nennen wir ihn No Name.«

»Clever«, stichelte Leanne und verdrehte die Augen.

»Sie wird bald einen finden.« Maggie lächelte bei der Erinnerung daran, wie Joan online die beliebtesten Hundenamen aufgerufen und nicht einen gefunden hatte, der ihr gefiel.

Das Bauarbeiterteam kam kurz vor sechs. Maggie senkte den Blick, als Einstein auf die Theke zukam.

»Morgen.«

Maggie errötete, und Einstein grinste.

»Morgen«, gab sie zurück.

»Du wirkst heute Morgen glücklich.«

Sie lief erneut rot an. »Das liegt daran, dass ich es bin. Was magst du denn nun bestellen?« Er war ein Charmeur. Sie schmolz fast dahin, wenn er lächelte, was er oft tat. »Möchtest du das Übliche?«, fragte sie erneut, als er nicht sofort antwortete.

Dieser Typ ließ ihr Herz eindeutig schneller schlagen, und sein Lächeln war Kryptonit für sie.

»Klar.« Er trat näher zur Kasse.

Sie nahm all ihren Mut zusammen und sagte: »Hast du etwas dagegen, wenn ich dich was frage?« Sie lenkte sich davon ab, ihn anzuschauen, schrieb seine Bestellung auf den Becher und reichte ihn Ashley, die Maggie einen Rippenstoß versetzte. Die gesamte Morgenbelegschaft wusste, dass sie sich zu ihm hingezogen fühlte.

»Überhaupt nicht«, erwiderte er mit einem selbstgefälligen Grinsen, als gefiele ihm ihr Interesse.

»Heißt du wirklich Einstein?«

Er kicherte und verdrehte die Augen.

»Nö, das ist ein Spitzname, weil er so gut beim Quiz ist«, mischte sich sein Freund ein. »Der Kerl ist spitze. Wir sind in einem Team, und er ist unsere Geheimwaffe.«

Einstein hob die Hände, als wartete er auf ihren Applaus, was Maggie laut lachen ließ.

Kurt knuffte seinen Kumpel und beugte sich zur Theke. »Aber er kann ein echter Idiot sein, wenn es darum geht, eine Frau, die ihm gefällt, zu fragen, ob sie mit ihm ausgeht.«

Einstein funkelte seinen Freund böse an.

In dem Bemühen, wieder zum Geschäftlichen zurückzukehren, richtete Maggie ihre Aufmerksamkeit auf Kurt. »Und was möchtest du?«, fragte sie.

»Das Übliche, so wie Einstein hier«, entgegnete Kurt, wie um zu testen, ob sie sich an seine Bestellung ebenso gut erinnerte wie an die seines Freundes. Ihre Gedanken schwirrten wild durcheinander, und sie hatte Mühe, sich zu konzentrieren. Kurt schien andeuten zu wollen, dass Einstein mit ihr ausgehen wollte. Was sie lieber täte, als sie zuzugeben bereit war.

»Hast du wirklich diesen Welpen bei deiner Mutter abgeladen?«, fragte Kurt, als sie in der Schlange vorrückten und auf ihre Bestellung warteten.

»Ich hatte keine andere Wahl. Niemand sonst wollte ihn nehmen, und ich konnte ihn nicht länger den ganzen Tag allein lassen und zu Hause dann lauter Missgeschicke vorfinden.«

»Und sie dachte, das wäre nur ein großzügiges Geschenk?« Kurt schüttelte den Kopf.

Einstein seufzte. »Ich bin gegangen, bevor sie etwas sagen konnte.«

Maggies Blick schoss zu den beiden Männern zurück. Joan hatte erwähnt, dass ihr Sohn Nick im Baugewerbe arbeitete. Sie wusste auch, dass Nick seiner Mutter keine Chance gelassen hatte, den Welpen abzulehnen. Konnte es sein, dass es sich bei Einstein um Nick Sample handelte? Der Atem gefror in ihren Lungen. Konnte es sein, dass dieser Typ, den sie so attraktiv fand, Joans Sohn war? Es schien ein zu großer Zufall, dass er es nicht war. Mit sich überschlagenden Gedanken versuchte sie sich auszumalen, was passieren würde, wenn Einstein Nick Sample war. Er würde fuchsteufelswild werden, sowie er erfuhr, dass sie in seinem alten Zimmer wohnte.

Sie vermied jeden Blickkontakt und konzentrierte sich auf die nächste Frau in der Schlange, die ihre Bestellung aufgab.

Vielleicht sollte sie ihn fragen. Rasch entschied sie sich dagegen. Was für ein Schlamassel. Es war typisch für ihr Glück, dass sie sich zu Joans Sohn hingezogen fühlte – falls Einstein tatsächlich Nick war, woran sie kaum Zweifel hatte. Sie konnte seine Reaktion nur erahnen, wenn er herausfand, wer sie war und wo sie wohnte. Außerdem war dieser Hund nicht das fürsorgliche Geschenk, für das sie ihn gehalten hatte.

Die beiden Männer nahmen ihre Bestellungen entgegen und gingen. Nick war kaum zur Tür hinaus, als er kehrtmachte. Er stellte sich erneut an das Ende der Schlange, als wollte er noch etwas ordern.

Als er auf die Kasse zukam, fragte sie: »Sonst noch etwas?«

»Yeah, hast du Freitagabend schon etwas vor?«

Ihre Augen weiteten sich. Sie hatte Angst, er wollte sie bitten, mit ihm auszugehen. »Ich … tut mir leid, aber ich habe schon Pläne.« Das war nicht gut. Sie hatte befürchtet, dass es dazu kommen könnte. Wenn sie dateten, würde er jedoch herausfinden, dass seine Mutter gegen seine Wünsche gehandelt hatte. Es musste einen besseren Weg geben, ihm das beizubringen, und der lautete auf keinen Fall, mit ihm auszugehen.

»Was ist mit Samstagabend?«

»Äh … da geht es auch nicht. Sorry.«

Ein überraschter Ausdruck trat in seine Augen, und sein lockeres Lächeln verschwand. »Soll das eine Botschaft sein? Gibst du mir zu verstehen, dass du lieber nicht mit mir ausgehen möchtest?«

Sie kniff die Lippen zusammen, weil ihr nichts Besseres einfiel. »Tut mir leid, ich … glaube nicht, dass es eine gute Idee ist, einen Kunden zu daten … Das verstößt gegen die Firmenpolitik.« Sie hatte keine Ahnung, ob das zutraf oder nicht, und hoffte, Einstein würde die Entschuldigung fraglos akzeptieren.

Er fand sich mit der Abfuhr jedoch nicht einfach so ab. »Das ist lächerlich.«

»Es ist das Beste, wenn du mich nicht noch einmal fragst.«

»Wenn es das ist, was du willst.« Er zuckte die Achseln, als wäre es keine große Sache, und wandte sich ab. Maggie schluckte hart und war sich ziemlich sicher, dass sie Einstein schon bald wieder über den Weg laufen würde. Und diese Begegnung würde für sie beide nicht sehr erfreulich sein.

Sowohl Ashley als auch Leanne sandten geschockte Blicke in ihre Richtung, als sie hörten, wie Maggie Nicks Einladung ablehnte. Maggie hielt es für das Beste, keine Erklärungen abzugeben, wenn sie sie mit der Firmenpolitik aufzogen, die sie als Grund angegeben hatte.

Maggie war in Gedanken nicht bei ihrer Chemieprüfung, als sie Freitag zum Seattle Central College ging. Es war ein wichtiges Examen und das letzte für den Tag. Dann und erst dann konnte sie entspannen. Eine Topnote bei dieser Prüfung konnte den Unterschied ausmachen zwischen der Bewilligung eines Stipendiums und der Notwendigkeit, einen Studienkredit zu beantragen. Sie sollte sich auf diesen Test konzentrieren. Stattdessen kreisten ihre Gedanken um Joans Sohn.

Zum Glück bewältigte Maggie, weil sie intensiv gelernt hatte und mit dem Stoff vertraut war, die Prüfung ohne Probleme. Erst als sie fertig war und das Klassenzimmer verließ, kamen ihr Zweifel, und sie hinterfragte unwillkürlich ihre Antworten. Sie wollte es unbedingt schaffen, entschloss sich aber, nicht mehr daran zu denken. Sie hatte ihr Bestes gegeben und musste darauf vertrauen, dass es reichte.

Obwohl ihre Lunchzeit schon vorüber war, gönnte sich Maggie einen Whopper, ihr Lieblings-Fast-Food. Es war zufällig auch das Lieblingsessen ihres Vaters. Sie hatte keinen Kontakt mehr mit ihm gehabt, seit sie ausgezogen war. Er hatte sich gleichfalls nicht bei ihr gemeldet, allerdings hatte sie auch nicht damit gerechnet.

Die Reaktion ihres Vaters lag ihr den ganzen Nachmittag über auf der Seele. Ihr Dad hatte sich nach dem Tod ihrer Mutter ganz auf sie verlassen. Er würde nie offen zugeben, dass er sie brauchte, das wäre ein Zeichen von Schwäche. Für Roy Herbert war Schwäche inakzeptabel.

Obwohl ihr Essensbudget es eigentlich nicht zuließ, bestellte sie einen zweiten Whopper für ihn.

Als sie bei ihrem früheren Zuhause ankam, bescherte ihr der Anblick einen Berg unglücklicher Erinnerungen. Gute fünf Minuten lang saß sie in ihrem Auto und fragte sich, ob dies eine gute Idee war. Inzwischen würde der Strom abgestellt worden sein, und er hatte sicherlich schlechte Laune. Der letzte Mensch, den er würde sehen wollen, wäre vermutlich sie. Fast wider besseres Wissen öffnete sie die Autotür und stieg aus. Obwohl sie den größten Teil ihres Lebens in diesem Haus verbracht hatte, klopfte sie leise an, bevor sie hineinging.

Ihr Vater blickte auf, als sie eintrat. Er saß genau da, wo sie ihn letztes Mal zurückgelassen hatte: in seinem Sessel. Zu ihrer Überraschung lief der Fernseher. Irgendwie hatte er es geschafft, zu verhindern, dass der Strom abgestellt wurde.

»Sieh mal an, wer da ist«, sagte er mit einem zufriedenen Grinsen, als hätte er erwartet, dass sie wieder zu ihm ziehen würde.

»Ich habe dir einen Whopper mitgebracht.« Sie machte ein paar Schritte in den Raum, um ihm die Tüte zu reichen.

»Glaubst du, du kannst mich kaufen, damit ich dir verzeihe?«, fragte er eindeutig hocherfreut. »Dazu braucht es entschieden mehr als einen Hamburger.«

»Daran hege ich keinen Zweifel.« Mit ihm zu streiten, würde keinem von ihnen guttun.

Er riss die Tüte auf und griff nach dem Burger.

»Du hast die Stromrechnung bezahlt?« Woher er das Geld dafür hatte, konnte sie nur erahnen.

Er ignorierte die Frage, während er den Whopper verschlang. Da sie, von dieser Ausnahme abgesehen, nicht länger für seine Mahlzeiten sorgte, fürchtete sie, er würde sich lediglich von Bud light ernähren.

Es sah nicht so aus, als befände er sich in mitteilsamer Stimmung. Sie hatte getan, weswegen sie hergekommen war. Es war ihre gute Tat für diesen Tag. Zeit, dass sie wieder ging.

»Was meinst du, wo du jetzt hinwillst?«, erkundigte er sich mit vollem Mund.

»Ich unterrichte heute Nachmittag. Ich bin nur vorbeigekommen, um zu sehen, wie es dir geht.«

Er tat, als fände er ihre Entschuldigung erheiternd. »Sicher bist du das. Du hast mich einfach mir selbst überlassen, und jetzt hast du ein schlechtes Gewissen. Überraschung, Überraschung. Ich komme sehr gut ohne dich zurecht.«

»Das sehe ich.« Wieder weigerte sie sich, sich in ein Streitgespräch verstricken zu lassen.

»Ich dachte mir schon, dass es nicht lange dauern würde, bis du zur Vernunft kommst.«

»Dad«, sagte sie weich, um seinen Zorn nicht zu wecken. »Ich komme nicht zurück.«

Er runzelte die Stirn.

»Brauchst du noch etwas, bevor ich gehe?«, fragte sie.

Er starrte sie an und schüttelte den Kopf.

»Ich bin froh, dass du Strom hast.«

»Dann geh«, fauchte er und deutete zur Tür, als wüsste sie nicht, wo sie sich befand. »Geh und komm nicht zurück. Ich habe Neuigkeiten für dich. Ich kann mich selbst um mich kümmern.«

»Das sehe ich. Ich bin froh, das zu wissen. Ohne Strom wäre es schlimm für dich.«

Er setzte sich in seinem Sessel etwas gerader auf. »Du hast geglaubt, ich würde ohne dich gar nichts auf die Reihe kriegen. Große Neuigkeit. Ich habe mit den Leuten in der Stadt gesprochen und ein Programm gefunden, das dafür sorgt, dass das Licht weiter brennt.«

Ihr Vater hatte das Problem eigenständig in Angriff genommen. Maggie hätte nicht gedacht, dass er irgendetwas selbst würde lösen können. Dies hier hieß, dass er entweder hatte anrufen oder selbst in die Stadt fahren müssen. Ein Fortschritt.

»Ich bin stolz auf dich, Dad.«

Er schnaubte, als glaubte er ihr nicht. »Das kannst du dir sparen. Ich brauche dich jetzt nicht mehr.«

»Du wirst es hervorragend ohne mich schaffen«, sagte sie. »Ich komme nächste Woche wieder vorbei.«

»Spar dir die Mühe«, rief er ihr hinterher. »Du bist hier nicht willkommen.«

»Okay, dann nicht.« Allmählich verlor sie die Beherrschung.

Sie öffnete die Tür und wollte gerade gehen, als er kaum hörbar sagte: »Wenn du kommst, bring wieder einen Whopper mit.«

Maggie lächelte, als sie zu der Stelle zurückging, wo sie ihr Auto geparkt hatte.

Sobald sie den Unterricht beendet hatte, fuhr sie zu Joan, wobei sie die ganze Zeit hin und her überlegte, ob sie erwähnen sollte, dass sie Nick getroffen hatte. Sie registrierte, wie gut der Rasen aussah, seit Phil Harrison die Pflege übernommen hatte.

Maggie fand Joan in der Küche, wo sie mit dem schlafenden Welpen auf dem Schoß am Tisch saß. Sie blickte auf, als Maggie in den Raum trat. »Ich glaube, No Name verwechselt Tag und Nacht. Er schläft fast den ganzen Tag und jammert die ganze Nacht.«

»Armes Baby«, gurrte Maggie, als sie sanft seinen Kopf streichelte. Bei der Berührung öffnete No Name schläfrig die Augen und hob den Kopf, um sie anzusehen.

»Wenn jemand Mitgefühl verdient, dann ich.« Joan gähnte beim Sprechen. »Ich hatte keine Ahnung, dass ein Welpe so viele Probleme machen kann.«

Maggie zog sich einen Stuhl heran und setzte sich. Ihr Gesicht musste ihre innere Unruhe verraten, denn Joan fragte: »Hast du etwas auf dem Herzen?«

Sie nickte. »Ich glaube, ich habe Nick getroffen.«

»Meinen Nick? Dumme Frage«, meinte sie mit einem Kopfschütteln, als wäre ihr klar geworden, was sie gerade gesagt hatte.

»Ich habe ihn in den letzten Wochen ziemlich oft gesehen, ohne zu wissen, wer er war. Er kommt vor der Arbeit mit seinem Freund Kurt zu Starbucks. Kurt nennt ihn Einstein, daher habe ich die Verbindung nicht hergestellt, bis Kurt erwähnte, dass Einstein seiner Mutter einen Welpen geschenkt hätte.«

»Seine Kollegen nennen ihn Einstein?«

Maggie nickte. »Kurt zufolge kommt das daher, dass sie in einem Quizrateteam sind, und Nick ist ihr Ass im Ärmel.«

Joan musterte sie und runzelte leicht die Stirn. »Nick ist ein Quizfan. Deinem Gesichtsausdruck würde ich entnehmen, dass du keinen allzu guten Eindruck von meinem Sohn hast.«

»Aber das stimmt nicht«, widersprach sie rasch. »Ich mag ihn, aber als er mich bat, mit ihm auszugehen, wusste ich nicht, was ich sagen sollte, und habe zu einer lächerlichen Ausrede gegriffen – dass es gegen die Firmenpolitik verstoßen würde, einen Kunden zu daten.«

»Oh, Maggie, das hättest du doch nicht tun müssen. Nick wird früher oder später ohnehin herausfinden, dass ich eine Untermieterin aufgenommen habe.«

Was Joan sagte, traf zu. Im Nachhinein betrachtet, hätte Maggie mit dieser unangenehmen Situation anders umgehen sollen. Jetzt war es zu spät.

»Dem nach zu urteilen, was Kurt gesagt hat, wollte Nick den Hund an verschiedene andere Leute vermitteln, was aber nicht geklappt hat. Dann hat er wohl beschlossen, dass No Name zu dir kommt.«

Joan lachte. »Das klingt ganz nach meinem Sohn. Als Kind hat er sich oft in Schwierigkeiten gebracht, aus denen er keinen Ausweg fand.«

»Bis zu diesem Punkt mochte ich ihn.«

»Beurteile ihn nicht zu hart, Maggie. Nick hat ein gutes Herz.«

Maggie war nicht sicher, ob sie das glauben sollte.

Vierzehntes Kapitel

»Komm schon, No Name«, drängte Joan, als der Welpe über den vorderen Rasen galoppierte. Sie hätte schwören können, dass er an jedem einzelnen Grashalm schnupperte, bevor er einem Schmetterling hinterherjagte.

»Jetzt ist nicht die Zeit für Spaß und Spiele«, schimpfte Joan. Sie versuchte, streng zu klingen, aber die Mätzchen des Welpen brachten sie zum Lachen. Er war entschlossen, seine neue Welt zu entdecken. »Du sollst dein Geschäft machen, nicht Schmetterlinge jagen.«

No Name wirkte eher wie ein Känguru als wie ein Hund, als er über das Gras sprang, was Joan dazu veranlasste, geschlagen den Kopf zu schütteln. Sie hatte nur begrenzten Erfolg damit, ihn stubenrein zu bekommen, weshalb sie mehr Zeit in ihrem Garten als im Haus verbrachte. Seit Jahren war sie nicht mehr so viel draußen gewesen, und es fühlte sich gut an.

Sie hatte im Internet gelesen, dass die beste Methode, einen Welpen stubenrein zu bekommen, darin bestand, den Kleinen sowohl alle zwei Stunden als auch nach dem Aufwachen und Fressen nach draußen zu bringen. Um auf der sicheren Seite zu sein, hatte Joan einen Wecker auf jede Stunde gestellt. No Name musste den Wink allerdings noch verstehen. Was sie nicht wollte, war, dass er davon ausging, der beste Platz zum Pinkeln sei unter dem Esszimmertisch, wo er sich bereits mehr als einmal verewigt hatte.

Sie würde Geduld und noch mehr Geduld brauchen. Früher oder später würde er, so Gott es wollte, begreifen, warum sie ihn nach draußen gebracht hatte. Sie konnte nur hoffen, dass das bald geschehen würde. Im Moment hatte No Name sich entschieden, mehr Spaß daran zu finden, Schmetterlinge, Bienen und alles andere zu jagen, was seine Aufmerksamkeit erregte.

Obwohl sie beteuert hatte, keinen Hund zu wollen, konnte sie sehen, wie positiv es war, einen zu haben. Nachdem sie vier Jahre lang quasi ein Einsiedlerdasein geführt hatte, erfuhr ihr Leben Veränderungen zum Guten, und sie schienen alle auf einmal zu kommen.

Sie genoss es, dass Maggie bei ihr lebte, und der Welpe hielt sie auf Trab. Zum ersten Mal seit Jahren hatte ihr Leben einen Sinn und Ziele.

Die Schulbushaltestelle lag ein Stück die Straße abwärts, und der große gelbe Bus hielt dort, um die Grundschulkinder aussteigen zu lassen. Es war ein schöner Nachmittag, einer der wenigen sonnigen im Mai.

Joan sah zu, wie die Kids mit auf und ab wippenden Rucksäcken den Bürgersteig entlang nach Hause rannten. Ihre Jungen waren einst mit demselben Bus zur Schule und zurück gefahren und nach Hause gestürmt, weil sie gewusst hatten, dass auf der Küchentheke ein Snack auf sie wartete.

Zwei der Kinder liefen in ihre Richtung und blieben stehen, als sie No Name sahen, der sich auf dem Rücken herumrollte.

»Ist das Ihr Hund?«, fragte der Junge. Er sah aus wie ein Erst- oder Zweitklässler mit rosigen Wangen und einem roten Haarschopf.

»Ja.«

»Wie heißt er denn?«, fragte das Mädchen in seiner Begleitung. Fraglos war sie seine ältere Schwester, vermutlich vierte Klasse, mit denselben roten Haaren und Sommersprossen.

»Ich habe noch keinen Namen für ihn gefunden«, gestand Joan.

»Warum nicht?«

Joan hatte mehrere ausprobiert, aber keiner schien zu dem abenteuerlustigen kleinen Burschen zu passen. »Der richtige war noch nicht dabei.«

»Wie wäre es mit Floyd?«, schlug der Junge vor. Auf seinem Rucksack war sein Name eingestickt. Todd. Seine Schwester besaß den gleichen Rucksack, nur in einer anderen Farbe. Ihr Name war Ellie.

Sie gab ihrem Bruder einen Klaps auf den Arm. »Das ist ein scheußlicher Name.«

»Hast du eine bessere Idee?«

»Ja«, beharrte Ellie in einem rechthaberischen Ton. Da sie die Ältere war, schien sie anzunehmen, dass sie ihm bei Weitem überlegen war.

»Und welche?«, forderte Todd sie heraus.

»Snicklefritz.«

Joan verbarg ein Lächeln.

»Was für ein Name ist das denn?« Todd schüttelte ungläubig den Kopf und blickte Joan nach Unterstützung heischend an. »Ich wette, sie hat ihn einfach erfunden.«

»Das ist ein guter Name«, beharrte Ellie.

»Er ist zwar clever, aber auch ein richtiger Zungenbrecher.« Ellie hatte Fantasie, das musste Joan ihr zugutehalten.

No Name bemerkte die beiden Kinder und jagte auf sie zu, da er sie als sein nächstes Abenteuer betrachtete.

»Er ist so süß.« Ellie kniete sich auf das Gras. »Darf ich ihn halten?« Sie blickte zu Joan hoch, um ihre Erlaubnis einzuholen.

»Natürlich. Aber sei vorsichtig, er ist noch ein Baby.«

»Darf ich ihn auch mal halten?«, fragte Todd.

»Klar. Sobald Ellie fertig ist.«

Beide Kinder setzten sich ins Gras und kuschelten mit dem Welpen. No Name genoss die Aufmerksamkeit und leckte ihnen wiederholt die Hände.

»Ich will auch einen Hund, und Dad hat gesagt, ich kann einen haben, aber erst müssen wir unseren hinteren Garten einzäunen.«

»Ihr könnt No Name jederzeit besuchen, wenn ihr wollt«, bot Joan an.

»Wirklich?« Todds Augen leuchteten auf wie Zwillingsflammen.

Ellie funkelte ihren kleinen Bruder an. »Sie hat gesagt, wir dürfen, Dummerchen.«

»Ich bin kein Dummerchen. Du bist das Dummerchen.«

Ihr Gezanke erinnerte Joan an die Zeit, als ihre eigenen Jungen Kinder gewesen waren. Sie hatten auch ständig aufeinander herumgehackt. Sie konnte sich an eine solche Geschwisterrivalität zwischen ihr und Emmie nicht erinnern, aber Emmie war auch etliche Jahre älter und hatte sich immer um Joan gekümmert. Wenn man es recht bedachte, tat sie das immer noch.

»Wohnen Sie hier?«, wollte Todd wissen. »Weil meine Mom gedacht hat, das Haus würde leer stehen.«

»Ich wohne hier schon lange«, erklärte Joan. Die Nachbarschaft hatte aus jungen Familien bestanden, als Jared und Joan in das Haus gezogen waren. Etliche hatten verkauft und waren weggezogen. Dieser Tage waren die Nachbarn Fremde für sie.

»Wir sind letzten Sommer hierhergezogen«, sagte Ellie. »Dad sagte, er glaubt, Ihr Haus würde vielleicht zum Verkauf stehen.«

»Ich gehe nicht viel raus«, gab Joan zu. Eher nie. Es hatte keinen Grund gegeben, auszugehen, und gewiss nicht während der Pandemie. Seit ihrem Geburtstag hatte sich alles geändert, und sie war froh darüber.

»Warum nennen Sie ihn nicht Oliver?«, fragte Todd.

Joan dachte über diesen Vorschlag nach und schüttelte dann den Kopf. »Für mich sieht er nicht wie ein Oliver aus. Mir wird bestimmt bald ein Name einfallen.« Ihr musste einer einfallen, sonst würde der arme Welpe eine Identitätskrise erleiden.

»Er ist ein Rowdy. Sie könnten ihn so nennen.«

»So nennt Mom mich«, teilte Todd ihr mit.

»Nun, du bist ja auch einer«, stellte Ellie fest.

Eine verhärmt aussehende Frau kam den Bürgersteig entlang, als suchte sie etwas. Das Baby auf ihrer Hüfte umklammerte den Saum ihrer Bluse, als brauchte sie einen Anker. Die Frau blieb stehen, als sie Ellie und Todd auf dem Gras sitzen und Joan dort stehen sah.

»Was macht ihr hier?«, fragte sie ihre Kinder sichtlich frustriert. »Ihr wisst, dass ihr von der Bushaltestelle direkt nach Hause kommen sollt.«

»Mom, sieh mal. Sie hat einen Welpen.« Todd sprang auf, und Ellie tat es ihm nach. No Name richtete den kleinen Körper an Todds Bein auf, als wollte er, dass der Junge ihn zwecks weiterer Kuscheleinheiten erneut hochnahm.

Joan wusste, woher die Kinder ihre roten Haare hatten, obwohl die ihrer Mutter eher kastanienbraun als rot waren. Das Baby auf ihrer Hüfte nuckelte an einem Schnuller. »Ich entschuldige mich, wenn sie Sie belästigt haben.«

»Ganz und gar nicht«, versicherte Joan ihr. »Sie helfen mir, einen Namen für meinen Hund zu finden.«

»Das ist mehr als nett von Ihnen. Ich bin Kylie Pursell, und wie ich sehe, haben Sie Ellie und Todd schon kennengelernt.«

»Joan Sample. Freut mich, Sie kennenzulernen.«

»Ich bringe diese beiden Rangen jetzt besser nach Hause.«

»Bye, Joan«, sagte Ellie, als sie den Garten verließ. »Sagen Sie mir Bescheid, wie Sie No Name nennen wollen.«

»Mache ich«, versprach sie.

Wieder im Haus, setzte Joan No Name in seine Box. Maggie musste jeden Moment zurückkommen. Das Mädchen führte mit Schule und zwei Jobs sicherlich ein anstrengendes Leben. Joan konnte nicht umhin, ihre Entschlossenheit, Erfolg zu haben, zu bewundern. Gestern hatte sie erfahren, dass eines der Stipendien, für die sie sich beworben hatte, an eine Kommilitonin gegangen war. Trotz ihrer Entmutigung hatte sich Maggie für ihre Freundin gefreut. Auf Joans Frage hin hatte Maggie gemeint, es gebe drei weitere verfügbare Stipendien, bei denen sie noch auf eine Nachricht warte. Statt sich deprimiert und unglücklich zu fühlen, sah sie die Dinge positiv. Joan bewunderte die junge Frau für diese Einstellung.

Es war Zeit, darüber nachzudenken, was es zum Dinner geben sollte. Joan griff nach ihrem Lieblingskochbuch, um nach einer Inspiration zu suchen. Da es ein schöner Nachmittag werden sollte, dachte sie an etwas Leichtes. Zu ihren Lieblingssommermahlzeiten hatten immer Suppe und Salat gehört. Sie schlug das Rezept auf, das sie markiert hatte. Hausgemachte Tomatensuppe. Unglaublich, wie einfach das Rezept war.

Sie stellte die Zutaten auf die Küchentheke, als die Vordertür geöffnet wurde.

»Ich bin wieder da«, verkündete Maggie überflüssigerweise. Sie gesellte sich zu Joan in die Küche.

»Wie war dein Tag?«, fragte Joan, als sie den Kessel hervorholte. »Ich hoffe, du magst Tomatensuppe.«

»Tue ich.«

»Käsetoast?«

»Perfekt. Aber du musst nicht …«

»Maggie«, tadelte Joan. »Das hatten wir doch schon. Ich koche gern, und das Essen mit dir zu teilen, liefert mir einen Vorwand, das zu tun, was mir Spaß macht. Ich esse nicht gern allein. Außerdem geben wir ein gutes Team ab. Ich koche, und du putzt hinter mir her.«

»Das ist das Mindeste, was ich tun kann.« Maggie öffnete den Kühlschrank und nahm einen Krug Eistee heraus. »Ist heute Abend deine Gruppensitzung?«

Joan stöhnte innerlich. »Erinnere mich nicht daran.« In einem Moment der Schwäche hatte sie Maggie ihren Widerwillen gegen die Teilnahme an der Trauertherapiesitzung anvertraut. Sie hatte gehofft, Maggie würde sich auf ihre Seite stellen, stattdessen hatte ihre Untermieterin sie ermuntert, das Beste daraus zu machen.

»Es ist nur dieses eine Mal«, erinnerte Maggie sie. »Wenn es dir nicht gefällt, bist du nicht verpflichtet, wiederzukommen. Sind das nicht deine Worte gewesen?«

»Ja«, murmelte Joan, obwohl ihr Entschluss längst feststand.

Maggie nahm ein Glas Eistee und ging zu der Box hinüber, um No Name herauszuholen. Als sie ihn auf ihren Schoß setzte, leckte der Welpe ihren Arm. »Hast du dich schon für einen Namen entschieden?«

»Noch nicht. Ein paar Kids aus der Nachbarschaft kamen vorbei und haben Vorschläge gemacht, aber keiner hat gepasst.«

»Er ist so verdammt niedlich.«

»Weißt du, ich war strikt gegen einen Hund. Ich wollte

ihn nicht, als Nick ihn vorbeibrachte. Ich versuchte ihn dazu zu bewegen, ihn wieder mitzunehmen, aber Nick wollte davon nichts hören. Jetzt bin ich dankbar, dass er es nicht getan hat. Dieser kleine Welpe hat Licht in mein Leben gebracht.«

Maggies Kopf fuhr mit einem Ruck hoch. »Licht«, wiederholte sie langsam und knabberte dann an ihrer Unterlippe, als grübelte sie über eine Idee nach. »Wie wäre es, wenn wir ihn Edison nennen, nach dem Erfinder der Glühbirne?«

Joan hielt inne und stellte die Dose mit pürierten Tomaten auf die Theke, als sie sich umdrehte. »Edison«, wiederholte sie nachdenklich. »Das gefällt mir.« Sie ging zu dem Stuhl hinüber, auf dem Maggie mit dem Welpen auf dem Schoß saß, und legte die Hand auf seinen Kopf. »Hiermit taufe ich dich auf den Namen Edison, Lichtgefährte von Joan Sample.«

»Und von Maggie Herbert«, fügte Maggie hinzu.

Maggie ging in ihr Zimmer hoch, und Joan begann mit dem Dinner. Sie las sich das Suppenrezept noch einmal durch, als das Telefon klingelte. Ein Blick auf das Display verriet ihr, dass es ihr Sohn Steve war.

»Steve«, begrüßte sie ihn, mehr als erfreut, von ihm zu hören.

»Hi, Mom«, erwiderte er. Seine Stimme klang so fröhlich wie immer. »Wollte mich nur erkundigen, wie es dir so geht.«

»Gut, wirklich gut.« Und zum ersten Mal seit langer Zeit meinte Joan es auch so.

»Ich habe mit Nick gesprochen«, sagte Steve. Sein beschwingter Ton änderte sich. »Und er sagte, er hätte dir einen Hund aufgebrummt.«

»Einen Welpen meinst du.« Sie blickte auf Edison hinunter, der an einem Spielzeug nagte, und lächelte. Edison verlangte ihr viel Geduld und Energie ab, aber sie hatte sich sehr schnell in ihn verliebt.

Steve stöhnte gereizt. »Ein Welpe?«

»Es ist in Ordnung. Zuerst war ich nicht begeistert, aber ich habe meine Meinung geändert. Edison bringt Licht in mein Leben.«

»Nick sagte, du wärst einsam, und ein Hund sollte dir helfen.«

»Er hat es gut gemeint. Mach dir keine Gedanken, Steve.«

»Bist du dir da sicher?«

»Nun ja, anfangs nicht, aber jetzt schon. Ich bin glücklich mit dem Welpen. Hast du deswegen angerufen?«

»Yeah, und um dir zu sagen, dass ich in einer Woche oder so wegen mehrerer Konferenzen in Seattle bin.«

Joans Lebensgeister erwachten. Es war entschieden zu lange her, seit sie ihren Sohn zuletzt gesehen hatte. »Wie lange kannst du bleiben? Ich mache dein Zimmer fertig.«

»Mom, hör auf. Es ist ein Zwei-Tage-Trip, und ich werde die ganze Zeit bei den Konferenzen sein.«

»Du kommst aber vorbei, oder?« Wenn er in der Stadt war und keine Zeit fände, sie zu besuchen, wäre sie am Boden zerstört.

»Ich werde mein Bestes tun. Hängt auch davon ab, welche Flüge verfügbar sind. Wenn ich einen am frühen Morgen bekommen kann, dann schaue ich bestimmt vorbei.«

»Was ist nach der Konferenz?«

Steve stieß vernehmlich den Atem aus. »Ich habe versucht, einen späten Rückflug zu organisieren, aber direkt danach haben wir im Lager Inventur. Als mir klar wurde, dass ich in Seattle sein und vielleicht keine Zeit haben werde, meine eigene Mutter zu besuchen, habe ich im September einen Flug für eine Woche gebucht.«

Joans Herz machte vor freudiger Erregung einen Satz. »Oh, Steve, das ist wundervoll. Ich kann es kaum erwarten, Zoe kennenzulernen. Sie wird doch mitkommen?«

»Nein, Mom. Nur ich.«

»Oh.« Joan war enttäuscht. Sie hätte zu gerne gefragt, was sich zwischen den beiden geändert hatte, und zögerte. Das letzte Mal, als sie Zoes Namen erwähnt hatte, hatte Steve schnell das Thema gewechselt. Da sie das Gespräch nicht abbrechen wollte, behielt sie ihre Frage für sich.

Sein Telefon summte und zeigte an, dass er einen weiteren Anruf bekam. »Da muss ich rangehen, Mom. Es ist beruflich. Wir telefonieren bald wieder, okay?«

»Natürlich.« Als er auflegte, seufzte Joan. Das Gespräch war viel zu kurz gewesen. Sie hatte ihrem Sohn von den positiven Veränderungen erzählen wollen, die sie in den letzten paar Wochen eingeleitet hatte, und dass sie eine Untermieterin aufgenommen hatte und zu einer Therapeutin gegangen war, aber sie hatte keine Gelegenheit dazu gehabt.

Doch nächstes Mal sicher.

Allzu bald war es Zeit für Joan, sich auf den Weg zu der Therapiegruppe zu machen. Vor Angst trödelte sie, so lange sie konnte. Sie würde ihr Wort halten, das sie Dr. O'Brien gegeben hatte, und an dieser einen Sitzung teilnehmen, aber das war es dann. Sowie sie ihre Pflicht erfüllt hatte, wollte sie mit dieser Gruppe nichts mehr zu tun haben. Ihr Hauptziel lautete, das Treffen durchzustehen, ohne sich in ein schluchzendes Wrack zu verwandeln.

Der Grund, weshalb sie eine Therapeutin aufgesucht hatte, war, sich aus dem dunklen Loch zu ziehen, in dem sie sich die letzten vier Jahre vergraben hatte. Was sie nicht brauchte, war, andere in derselben Grube zu treffen und die Last ihrer Trauer zusammen mit ihrer eigenen zu spüren. Zum ersten Mal machte sie Fortschritte. Sie wollte nach vorne schauen, nicht zurück, und sie war überzeugt, dass diese Gruppe ihre Bemühungen eher behindern würde, als ihr zu helfen.

»Ich sollte nicht lange wegbleiben«, sagte sie zu Maggie, die sich angewöhnt hatte, am Küchentisch zu lernen. Joan freute sich, dass sie sich entschieden hatte, nicht die ganze Zeit in ihrem Zimmer zu verbringen. Maggie stand noch eine letzte Prüfung bevor. Ihr Plan sehe vor – wie sie Joan erklärt hatte –, in den Sommermonaten so viele Stunden wie möglich zu arbeiten, um für das nächste Studiensemester zu sparen. Sie würde erst in ein paar Tagen wegen eines möglichen Stipendiums Bescheid bekommen. Joan hoffte aufrichtig, dass Maggie die finanzielle Hilfe bekam, die sie brauchte, um ihre Ausbildung fortsetzen zu können. Nach allem, was sie bislang gesehen hatte, glaubte sie, dass Maggie eine ausgezeichnete Krankenschwester werden würde.

Auf dem Parkplatz standen bereits mehrere Fahrzeuge, als Joan darauf einbog. Sie hatte Glück, einen freien Platz zu finden. Sie wartete bis zur letzten Minute im Auto, bevor sie sich in das Büro begab. Dr. O'Brien war im Eingangsbereich und schien auf sie zu warten.

Sie öffnete Joan die Tür. »Ich bin so froh, dass Sie gekommen sind.«

»Ich sagte doch, dass ich das tun würde.«

»Sie hätten leicht eine Ausrede finden können.«

Joan hatte sich einige ausgedacht. Am Ende hatte sie sich jedoch verpflichtet gefühlt, den Termin einzuhalten, selbst wenn sie während der gesamten Sitzung die Zähne zusammenbeißen musste.

»Gibt es noch etwas, was Sie wissen möchten, bevor wir zu der Gruppe gehen?«, fragte Dr. O'Brien.

Joan schüttelte den Kopf, dann überlegte sie es sich anders. »Es sind nur acht Teilnehmer, richtig? Das hatten Sie mir doch gesagt.«

»Ja, und alle acht sind schon im Konferenzraum.«

»Es scheinen viele Autos auf dem Parkplatz zu stehen.«

Dr. O'Brien bestätigte ihre Beobachtung mit einem Nicken. »Einige der Therapeuten empfangen Klienten auch nach der Sprechstunde. Nicht jeder kann tagsüber einen Termin machen.«

Das ergab einen Sinn und beschwichtigte ihre Furcht, sich einem Raum voller Fremder stellen zu müssen.

»Sind Sie sicher, dass Sie nichts über die anderen Gruppenmitglieder wissen wollen, bevor wir hineingehen?«, fragte sie, als sie Joan einen langen Gang entlangführte.

»Da ich vorhabe, nur an einer einzigen Sitzung teilzunehmen, halte ich das nicht für nötig.«

»Wie Sie wollen.« Dr. O'Brien blieb vor der Tür mit dem Schild *Konferenzraum* stehen und stieß sie auf.

Joan betrat den Raum und bemerkte einen Kreis von Klappstühlen. Etliche Gesichter drehten sich zu ihr, aber sie vermied Augenkontakt und hielt den Blick gesenkt.

»Guten Abend«, sagte Dr. O'Brien. »Wir haben heute einen Gast. Begrüßen Sie bitte Joan Sample.«

Ein Stimmenchor antwortete, und Joan blickte zum ersten Mal auf.

Der Atem gefror ihr auf den Lungen.

Dort in der Gruppe saß Phil Harrison, ihr Landschaftsgärtner.

Fünfzehntes Kapitel

Wenn Joan geschockt war, ihn zu sehen, war das nichts im Vergleich zu dem, was Phil empfand. Seine Emotionen sprangen von Bedauern zu Erleichterung und dann zu einem Gefühl des Willkommenheißens. Da er wusste, dass sie Witwe war, hatte Phil schon mit dem Gedanken gespielt, die Trauertherapiegruppe von sich aus zu erwähnen. Aus persönlicher Erfahrung wusste er, dass das Zusammensein mit anderen, die einen schweren Verlust erlitten hatten, Joan helfen würde. Überzeugt, dass die Gruppe sie interessieren würde, hatte er nach Wegen gesucht, das Thema ihr gegenüber zur Sprache zu bringen, doch nie die richtige Gelegenheit gefunden. Dass Joan von sich aus auf die Gruppe gestoßen war, schien ihm ein Segen zu sein, obwohl er fürchtete, seine Anwesenheit könnte ihr Unbehagen einflößen. Er hoffte, dass das nicht der Fall sein würde.

»Ah, gut«, zwitscherte Mary Lou und riss ihn so aus seinen durcheinanderwirbelnden Gedanken. »Noch eine Frau. Herzlich willkommen, Joan.« Mary Lou klopfte auf den freien Stuhl neben sich; sie wollte, dass Joan sich zu ihr setzte.

Joan bedachte sie mit einem schwachen Lächeln und

nahm zu Phils Erleichterung Platz. Er hatte befürchtet, sie könnte sich neben ihn setzen, da der einzige weitere freie Stuhl der neben ihm war. Die Nähe wäre ihm und vermutlich auch ihr unangenehm gewesen.

Seine Gedanken rasten. Er versuchte, sich zu entscheiden, ob er erwähnen sollte, dass sie sich bereits kannten, oder abwarten, bis sie es ansprach. Es war peinlich, beunruhigend und ein bisschen entmutigend zugleich.

»Warum beginnen wir nicht damit, uns Joan vorzustellen?«, schlug Dr. O'Brien vor, dabei deutete sie auf die Gruppenmitglieder.

Doug sprach als Erster. Er hatte vor einigen Jahren seine Frau verloren und im Heilungsprozess einen langen Weg zurückgelegt. Phil war Dougs kürzlich erwachtes Interesse an Mary Lou aufgefallen, obgleich die Frau nichts davon zu bemerken schien. Es konnte aber auch sein, dass sie die Anzeichen richtig gedeutet und beschlossen hatte, Dougs Aufmerksamkeit zu ignorieren.

Sally kam als Nächste. »Ich bin Sally, und Mary Lou hat recht, wir brauchen eine weitere Frau hier, damit ein Gleichgewicht herrscht. Ich bin so froh, dass du da bist.«

Sally war Mitte siebzig und seit letztem Jahr verwitwet. Wie Joan kam sie über den Verlust ihres Mannes schwer hinweg und hatte Probleme damit, sich an die unvertraute Situation des Alleinlebens zu gewöhnen. Sie erzählte, wie schwierig es für sie sei, die Aufgaben zu übernehmen, die sonst immer Sache ihres Mannes gewesen waren. Ihre Kinder waren ihr eine große Hilfe, aber sie begriff, dass sie sich nicht zu sehr auf sie verlassen durfte.

Der Rest der Gruppe stellte sich mit Namen vor. Warren. James. Glenn. Sherry.

Als die Reihe an ihm war, nannte Phil einfach nur seinen Namen und fügte keine weiteren persönlichen Informationen hinzu, wie es ein paar der anderen getan hatten.

»Joan«, sagte Dr. O'Brien jetzt, »möchten Sie uns etwas über sich erzählen?«

Ihr Blick flog zu Phil. Sie sah aus wie ein Reh, das im Scheinwerferlicht eines sich nähernden Fahrzeugs gefangen war.

»Äh …«, begann sie zögernd. »Wie ich schon sagte, ich bin Witwe.«

»Ich auch«, warf Mary Lou ein. »Und Sally ebenfalls.«

Joan schenkte ihr ein schwaches Lächeln. »Jared starb vor vier Jahren, und ich war seitdem größtenteils für mich.« Sie fügte ein paar Einzelheiten hinzu und deutete an, wie der plötzliche Tod ihres Mannes ihr Leben auf den Kopf gestellt hatte.

»Ich weiß genau, wie dir zumute war«, sagte Sally, als Joan verstummte. »Mein Mann hatte einen Herzinfarkt und war tot, bevor der Notarzt da war. Wir hatten eine Kreuzfahrt gebucht und all diese Pläne für Georges Ruhestand geschmiedet, und dann, zack, von einer Sekunde zur anderen war er nicht mehr da. Wir haben Kreuzfahrten geliebt und uns gerne verwöhnen lassen.«

»Aber Sally, erzähl es Joan«, mischte sich Mary Lou ein. »Du hast diese Kreuzfahrt trotzdem gemacht und den Spaß deines Lebens gehabt.«

Sally grinste. »Stimmt. Meine beste Freundin aus der Highschool ist mitgekommen. Am Anfang wollte ich nicht fahren, weil die Reise für George und mich gedacht war. Meine Kinder waren es, die darauf bestanden, dass ich die Reise trotzdem durchzog, und ich bin heilfroh, dass ich es getan habe. In mancher Hinsicht war der Besuch von Spanien und Italien genau das, was ich brauchte. Ich wünschte, ich hätte George an meiner Seite gehabt, aber bei jeder Stätte, die ich besichtigt habe, spürte ich, dass er im Geist bei mir war. Diese Kreuzfahrt und die Gruppe haben mir geholfen, zu erkennen, dass George zwar tot ist, aber ich noch Leben in mir habe.«

Mary Lou sah Joan an. »Auch nach einem schweren Verlust gibt es ein Leben, Joan. Jeder von uns ist hier, weil wir daran arbeiten, einen Weg zurück zum Sinn unseres Lebens zu finden. Das wirst du auch tun. Ich bin froh, dass du dich entschieden hast, dich uns anzuschließen.«

Joan nickte. »Ich fange an, das zu begreifen.«

Dr. O'Brien wirkte sehr zufrieden.

Doug ergriff als Nächster das Wort und berichtete, er sei auf eine Dating-Website gegangen und habe sogar ein Profil erstellt.

»Oh.« Warren spitzte die Ohren. »Hast du jemand Interessanten gefunden?«

Warren war ein jüngeres Mitglied der Gruppe, um die fünfzig, schätzte Phil. Der Altersunterschied zwischen ihnen war nicht allzu groß. Seine Frau war vor einigen Jahren an Krebs gestorben, seine jüngste Tochter war auf dem College, und er hatte erwähnt, ein oder zwei Mal eine Verabredung gehabt zu haben, aber ohne großen Erfolg. Es war klar, dass er interessiert war, jemanden kennenzulernen, doch er war schüchtern und unsicher.

»Niemanden, den ich ernsthaft in Betracht gezogen hätte«, meinte Doug auf Warrens Frage hin. »Aber ich muss sagen, dass es mir ziemliche Angst eingejagt hat, herauszufinden, was diese Frauen interessiert. Wir alle wissen, wie wichtig es heutzutage ist, vorsichtig zu sein. Frauen schauen dein Bild an, und alles, was sie sehen, sind Dollarzeichen.«

Sowohl Mary Lou als auch Sally brachen in Gelächter aus, und Phil bemerkte, dass es Joan schwerfiel, ein Lächeln zu unterdrücken.

»Welche Altersspanne kommt für dich denn infrage?«, erkundigte sich Dr. O'Brien, selbst sichtlich amüsiert.

»Ich dachte an jemanden in den Vierzigern.«

»In den Vierzigern«, spottete James. »Du alter Trottel. Was würde eine Frau in den Vierzigern an dir finden?«

»So alt bin ich nun auch wieder nicht«, widersprach Doug. »Ich finde, ein Altersunterschied von vierundzwanzig Jahren ist nicht so viel. Nicht heutzutage und in diesen Zeiten.«

»Mit anderen Worten, du möchtest eine Frau daten, die jung genug ist, um deine Tochter zu sein?«, fragte Sally.

»Oder Enkelin«, fügte Mary Lou hinzu.

Dougs Gesicht färbte sich rötlich. »Macht euch nur alle über mich lustig. Es ist trotzdem einen Versuch wert.«

Phil beneidete seinen Freund nicht darum, dass er in

die Welt des Datings zurückkehrte. In dieser Lebensphase die richtige Frau zu finden, war schwierig. Zwar wusste er, dass Doug zum Teil scherzte, aber zum Teil meinte er es auch ernst. Er hegte den Verdacht, dass das plötzliche Interesse des älteren Mannes am Dating ein Versuch war, Mary Lou eine eifersüchtige Reaktion zu entlocken. Wenn das Lächeln, das sie zu unterdrücken versuchte, ein Hinweis war, dann war Dougs Plan gescheitert.

Nach einer Stunde neigte sich die Sitzung dem Ende zu. Ihrer Tradition gemäß trafen sich einige Mitglieder danach in einem hiesigen Restaurant auf einen Kaffee und Geplauder. Phil ging oft mit, doch an diesem Abend musste er nach Hause.

Als er seinen Stuhl zusammenklappte und gegen die Wand lehnte, lud Mary Lou Joan ein, die anderen zu begleiten. Ihre Antwort hörte er nicht. Er verließ den Raum, klopfte Doug auf den Rücken und wünschte ihm Glück.

»Gib die Hoffnung nicht auf, die richtige Frau zu finden«, sagte er und sandte seinem Freund auf diese Weise eine subtile Botschaft in Bezug auf Mary Lou.

»Das habe ich nicht vor«, erwiderte Doug mit einem Grunzen.

Als er an Joan vorbeiging, sprach Dr. O'Brien mit ihr. Er wollte sie willkommen heißen und ihr sagen, dass er hoffte, sie würde wiederkommen. Und er wollte sie beruhigen, falls sie Zweifel bezüglich des Umstands hegte, dass sie beide dieselbe Gruppe besuchten. Zu bleiben und zu warten, bis Joan ihr Gespräch mit Dr. O'Brien beendete, wäre jedoch peinlich für sie beide, fand er. Also wandte er sich zum Gehen, fest entschlossen, die Sache klarzustellen, wenn er sie das nächste Mal sah.

Er musste auf seinen Terminplan blicken, um herauszufinden, wann er wieder auf ihrem Grundstück arbeiten würde. Das war wahrscheinlich die beste Zeit für ein Gespräch. Mit diesem Gedanken im Kopf ging er über den Parkplatz zu seinem Auto und fuhr nach Hause.

Sechzehntes Kapitel

Maggie brannte darauf, von Joans Erfahrungen mit der Trauertherapie zu hören, und sie wurde nicht enttäuscht. Von dem Moment an, wo sie zurückkam, konnte Joan nicht aufhören, von der Gruppe und davon zu reden, dass alles ganz anders war, als sie erwartet hatte. Anscheinend war eine der Witwen eine große Motivation für sie gewesen. Joan erwähnte mehrmals Mary Lou und die Tatsache, dass sie ebenfalls ihren Mann verloren hatte. Jeder war sehr offen gewesen und hatte sie willkommen geheißen. Ihre größte Furcht hatte darin bestanden, dass der Kummer der anderen eine zu große Last für sie sei, aber das war ganz und gar nicht der Fall gewesen, wie sie ihr nun versicherte.

An diesem Abend sprach Joan mit Maggie zum ersten Mal darüber, was ihrem Mann zugestoßen war. Bislang hatte Joan Jareds Namen nicht erwähnt. Auf einmal schien sie über ihn und die Auswirkungen seines plötzlichen Todes viel zu sagen zu haben.

»Nachdem ich Jared verloren hatte, war ich verrückt vor Angst«, gab Joan zu. »Ich meine, ich hatte wirklich panische Angst. Da waren die Zahnarztpraxis und all diese Leute, die sich bezüglich ihrer Gesundheit auf Jared verließen und die ich informieren musste. Ich habe Tage damit verbracht, Termine abzusagen und mit den Folgen des unerwarteten Schocks und all dem umzugehen.«

»Was ist aus der Praxis geworden? Hast du sie geschlossen?« Maggie kam nicht gegen ihre Neugier an.

»Nein, ich habe sie verkauft, aber das war nicht leicht. Alles prasselte auf einmal auf mich ein. Ich habe nicht nur getrauert, ich glaube, ich litt unter einem emotionalen Schock. Es fiel mir schwer, auch nur die einfachsten Entscheidungen zu treffen, zum Beispiel, welche Blumen ich für den Gottesdienst für Jared wollte.«

»Wie schrecklich.« Maggie empfand unwillkürlich tiefes Mitgefühl. Es war schwer, sich diese starke Frau außer sich vor Schmerz und Verwirrung vorzustellen. Als ihre Mutter gestorben war, war alles ganz anders gewesen. Elaine Herbert hatte tagelang zwischen Leben und Tod geschwebt, daher war es kein völliger Schock gewesen, die Todesnachricht zu erhalten. Damals dachte Maggie, mental auf das Schlimmste vorbereitet zu sein. Der Verlust traf sie schwer und ihren Vater ebenfalls, obwohl er seinen Schmerz auf andere Weise zeigte – er tröstete sich mit Bier und schlaflosen Nächten. Die letzte Woche im Leben ihrer Mutter hatte Roy Herbert an der Seite seiner Frau ausgeharrt und sie nie allein gelassen. Nach ihrem Tod war er völlig zusammengebrochen und hatte geschluchzt, wie Maggie es noch nie bei ihrem Vater erlebt hatte.

Als Joan vom Verlust ihres Mannes sprach, wühlte das eine Menge Erinnerungen an den Tod ihrer Mutter auf.

Maggie war eine gute Zuhörerin, und sie beide sprachen bis tief in die Nacht hinein, während Joan Maggie ihr Herz ausschüttete.

»Meinst du, du gehst weiter zu den Gruppensitzungen?«, fragte sie, obwohl klar war, dass Joan Gefallen daran gefunden hatte.

»Ja, nur …«

»Nur was?«

»Du errätst nie, wer noch da war«, sagte Joan.

»Du hast recht, das werde ich wahrscheinlich nicht, also erzähl es mir.«

»Phil Harrison.«

»Der Landschaftsgärtner?« Das war eine Überraschung.

»Ich habe gedacht, er sei verheiratet, doch jetzt bin ich mir da nicht mehr so sicher. Er hat nicht gesagt, weshalb er in der Gruppe ist, und ich habe nicht gefragt.«

Maggie beobachtete, wie Joan die Finger verknotete. »Ist es ein Problem für dich, dass er an den Gruppensitzungen teilnimmt?«

»Nicht zwingenderweise, obwohl ich zugeben muss, dass er nicht viel gesagt hat. Wenn überhaupt, glaube ich, war er genauso überrascht, mich dort zu sehen, wie ich ihn.«

»Hast du nach dem Treffen nicht mit ihm geredet?«

»Ich wollte«, räumte Joan ein, »aber ich wurde von Dr. O'Brien abgelenkt, die wissen wollte, wie die Sitzung für mich gelaufen sei. Als wir fertig waren, war Phil schon gegangen.«

Freitagnachmittag war Maggie guter Stimmung. Sie hatte die letzte ihrer Prüfungen abgelegt und war zuversichtlich, gut abgeschnitten zu haben. Der Himmel war grau und bewölkt gewesen, als sie morgens zur Arbeit und dann zum Collegecampus gegangen war. Nach der Prüfung war keine Wolke mehr zu sehen, und die Sonne schien.

Maggie verbrachte den frühen Nachmittag in der Schule mit den beiden Kindern, die sie unterrichtete. Sowohl Caleb als auch Victoria hatten Fortschritte gemacht, seit sie angefangen hatte, mit ihnen an ihrer Leseschwäche zu arbeiten.

»Wir haben nur noch drei Wochen Schule«, erinnerte Caleb sie, als zählte er die Tage sorgfältig. Es fiel ihm schwer, stillzusitzen, und er wippte ständig mit der Rückenlehne seines Stuhls. »Mrs. Patrick hat gesagt, wenn ich gut genug für die dritte Klasse lesen kann, brauche ich nicht in die Sommerschule.«

»Das ist ja toll! Du hast es fast geschafft, Caleb.« Maggie wusste, dass ihn das anspornen würde, die ihm zugewiesenen Hausaufgaben zu erledigen. Caleb nickte grinsend, als wäre das eine beschlossene Sache.

»Das heißt aber nicht, dass du dich nicht mehr anstrengen musst, weißt du?«

Ein Wippen, dann noch eins. »Ich werde mir auch weiter Mühe geben. Versprochen.«

»Gut«, sagte sie mit einem Zwinkern.

Ihre nächste Schülerin war Victoria, ein schüchternes, liebenswertes Mädchen. Maggie vermutete, dass sie zu

Hause kein schönes Leben hatte und wenig Unterstützung von ihrer alleinerziehenden Mutter bekam, wenn es um ihre Schulaufgaben ging. Mit Ermutigung und Lob hatten sich Victorias Lesefähigkeiten stark verbessert.

»Sieh dich doch an«, lobte Maggie das Mädchen, das das Wort »Magazin« ohne Hilfe laut vorgelesen hatte. »Bald wirst du auf Collegeniveau lesen.«

Victoria errötete und lächelte Maggie scheu an.

Maggie waren ihre beiden Schüler ans Herz gewachsen, und sie war stolz darauf, wie hart sie gearbeitet und welche Fortschritte sie erzielt hatten. Sie fühlte sich beschwingt, als sie nach Hause zurückkehrte und währenddessen darüber nachgrübelte, wie sie ihre Schüler am Ende des Schuljahrs belohnen konnte.

Als Maggie bei dem Haus ankam, war es nach vier. Sie fand Phil bei der Arbeit vor, er mähte den Rasen.

»Der Garten sieht fantastisch aus«, sagte Maggie, als sie die wenigen Stufen zur Vordertür hochstieg. Dank seiner Bemühungen war der Unterschied zu früher jetzt schon enorm.

Phil quittierte ihre Worte mit einem leisen Lächeln.

»Wenn Sie Joan sehen, würden Sie ihr sagen, dass ich ein paar Dinge mit ihr besprechen muss, wenn es ihr passt?«

»Sicher.«

In dem Moment, wo Maggie das Haus betrat, stürmte Edison auf sie zu, stellte sich auf die Hinterbeine und bettelte um Aufmerksamkeit.

»Wie geht es meinem Hundchen heute?«, fragte sie,

hob ihn hoch und drückte ihn an ihre Brust. Er war wirklich eine Wonne und strotzte vor Energie.

Joan schob den Kopf um die Küchentür herum. »Wie ist deine Prüfung gelaufen?«

»Prima. Ich habe ein gutes Gefühl.« So wie Maggie für die beiden Kinder, die sie unterrichtete, war Joan für sie zur Mutmacherin geworden, die sie bei ihrer eigenen Arbeit für das College unterstützte. Sie verschwieg, dass sie auch das zweite Stipendium nicht bekommen hatte. Maggie weigerte sich, die Hoffnung aufzugeben. Es bestand immer noch eine Chance, und sie war entschlossen, sich eine positive Einstellung zu bewahren.

»Ich habe nicht einen Moment an dir gezweifelt«, gab Joan ihr Auftrieb. »Nicht nach all den Stunden, die du gelernt hast.«

»Und jetzt habe ich die nächsten Wochen frei. Meine Chefin bei Starbucks hat mir nur zu gerne mehr Stunden gegeben.«

»Das kann ich mir vorstellen. Sie hatte nur lobende Worte für dich, als ich mit ihr gesprochen habe.«

Es war eine Erleichterung für Maggie, zu wissen, dass sie imstande sein würde, etwas für das Herbstsemester zu sparen. »Ist Edison irgendein Missgeschick passiert?«

Joan seufzte und rümpfte die Nase. »Einige sogar, aber er lernt. Geduld ist das Wort des Tages.«

»Ganz sicher.« Maggie ging nach oben, um sich umzuziehen. Da die Sonne herausgekommen war, schlüpfte sie in ein Paar Shorts und ein mit Erdbeeren bedrucktes Sommertop. Es war eines ihrer Lieblingsstücke. Ihre Playlist lief, als sie die Stufen hinunterhüpfte. Dann erinnerte sie sich daran, dass sie Joan gar nicht ausgerichtet hatte, dass Phil sie etwas fragen wollte.

Auf halbem Weg blieb sie abrupt stehen, als die Vordertür sich öffnete und Nick Sample hereinkam. Sein Lächeln gefror. Ihre Blicke trafen sich wie zwei klirrende Schwerter, dann runzelte er die Stirn, und seine Züge verzerrten sich.

»Warum bist du hier?«, wollte er wissen. Edison, der um seine Aufmerksamkeit bettelte, ignorierte er.

Maggie straffte die Schultern. Ihr Herz hämmerte so heftig, dass es sich anfühlte, als wollte es aus ihrer Brust springen. »Ich wohne hier.«

»Was, zum Teufel?« Seine Augen weiteten sich vor Schock.

»Nick?« Joan kam in die Diele.

»Mutter«, gab er zurück, dabei wirkte er nicht allzu erfreut. »Du hast mir nicht erzählt, dass du eine Untermieterin aufgenommen hast.«

»Nein, ich schätze, das habe ich vergessen, als wir das letzte Mal miteinander gesprochen haben. Oh, ich erinnere mich, ich hatte ja gar keine Gelegenheit dazu. Das letzte Mal, als wir uns gesehen haben, hast du mir diesen Welpen mitgebracht. Wenn ich mich recht erinnere, konntest du gar nicht schnell genug wieder wegkommen.« Ihr Tonfall klang zwar munter, aber der Sarkasmus entging Maggie nicht.

»Ich musste zurück zur Arbeit.« Nick hatte den Anstand, zerknirscht zu wirken.

Joan zuckte die Achseln, als wäre das nicht ihre Sache. »Wir hatten doch über einen Untermieter gesprochen, schon vergessen?«

»Und ich sagte, ich hielte das für keine gute Idee.«

»Und ich habe das berücksichtigt und dann meine eigene Entscheidung getroffen«, gab Joan ohne das geringste Zögern zurück.

»Warum hast du an *sie* vermietet?« fragte er, als stünde Maggie nicht neben ihnen und würde das Gespräch mit anhören.

»Was gibt es denn an Maggie auszusetzen?«, wollte Joan wissen. Sie klang perplex, blickte von einem zum anderen.

»Maggie und ich haben eine Meinungsverschiedenheit«, erwiderte Nick, als würde das alles erklären.

»Genauer gesagt hat er mich gebeten, mit ihm auszugehen, und ich habe abgelehnt«, stellte Maggie klar. Sie war wütend darüber, dass er nicht akzeptierte, in welcher Lage sie sich befunden hatte, als er sie um ein Date zum Dinner gebeten hatte.

»Wie es scheint, ist ein einfacher Bauarbeiter nicht gut genug für Miss High and Mighty.«

»Das ist nicht wahr.« Maggie konnte nicht glauben, dass er so etwas Idiotisches sagte. War es das, was er dachte? »Ich … ich habe mir zusammengereimt, dass du Joans Sohn bist, und ich wusste nicht, was ich tun sollte. Selbst du könntest verstehen, wie unangenehm die Situation gewesen wäre.«

»Du hättest etwas sagen sollen«, schoss Nick zurück.

»Ich … ich konnte nicht. Nicht mit einer Schlange Leute hinter dir, die darauf warteten, ihre Bestellung aufzugeben.« Er war hoffentlich klug genug, um zu erkennen, dass ein Geständnis an Ort und Stelle unmöglich gewesen wäre.

»Du hast mich wie einen Deppen dastehen lassen«, erwiderte Nick, anscheinend nicht bereit, ihre Erklärung zu akzeptieren.

»Wenn sich jemand entschuldigen muss«, giftete Maggie zurück, »dann du. Ich habe genau gehört, was Kurt darüber gesagt hat, dass du deine Mutter an ihrem Geburtstag sitzen gelassen und ihr dann einen Welpen aufgezwungen hast.«

»Das reicht.« Joan schob sich zwischen die beiden. »Es tut mir leid, dass ihr einen so schlechten Start hattet.«

Maggie verschränkte die Arme vor der Brust.

Nick musterte Maggie mit schmalen Augen, wie um zu sagen, was er von ihr hielt, und verschränkte dann seinerseits die Arme.

Joan stieß vernehmlich den Atem aus und schien ihre Gedanken zu sammeln. »Für mich sieht es so aus, als hättet ihr euch beide ein vorschnelles Urteil über den anderen gebildet. Das kann alles leicht aus der Welt geschafft werden. Maggie«, sie richtete ihre Aufmerksamkeit auf sie, »Nick ist ein guter Sohn, und obwohl er mich an meinem Geburtstag nicht besuchen konnte, hat er mich später zum Dinner in ein Restaurant eingeladen, das seinem Vater und mir viel bedeutet hat.«

Nick feixte und nickte Maggie zu, wie um zu sagen, er

hätte sich reingewaschen, und sie sollte seine Fürsorglichkeit anerkennen.

»Was ist mit dem Hund?«, fragte Maggie und verkniff es sich, Joan an die schlaflosen Nächte zu erinnern, die der Welpe ihnen beschert hatte, weil er ständig winselte.

Joan blickte ihren Sohn mit verkniffener Miene an. »Nun ja, dieses Geschenk war ein bisschen zu viel und kam ganz bestimmt unerwartet.«

»Ich habe dir den Hund geschenkt, weil du einsam warst«, beharrte Nick.

»Aber Maggie«, wandte sich Joan erneut an sie. »Du musst zugeben, dass Edison eine Freude für uns ist. Ja, die ersten paar Nächte waren eine Tortur, aber wir haben sie überlebt. Wir beide haben diesen Welpen ins Herz geschlossen.«

Diese Wahrheit konnte Maggie nicht leugnen.

»Wie ich schon sagte«, fuhr Joan fort. »Ihr zwei hattet einen schlechten Start. Ich würde euch raten, eure Einstellung bezüglich des jeweils anderen noch mal zu überdenken. Zu erfahren, dass du bei mir wohnst, ist ein Schock für Nick.«

»Das kannst du laut sagen«, murmelte er.

»Ich kenne meinen Sohn, und er ist ein toller Typ.«

Maggie senkte den Blick und rieb die Handflächen gegeneinander. Joan hatte recht. Sie hatte falsch reagiert, als Nick sie gebeten hatte, mit ihm auszugehen, und sie bedauerte es, die Einladung nicht angenommen und ihm nicht schon früher die Wahrheit gesagt zu haben.

»Und was den Hund angeht«, sagte Nick. »Ich habe es

gut gemeint. Edison wurde auf der Baustelle ausgesetzt. Als ich ihn fand, war er dehydriert und fast verhungert. Ich habe ihn mit nach Hause genommen und getan, was ich konnte, um ihn aufzupäppeln. Aber ich arbeite den ganzen Tag und musste ihn in seiner Box lassen. Ich bin jeden Mittag zu meinem Apartment zurückgerast und hatte noch nicht einmal Zeit, selbst etwas zu essen.«

Maggie erinnerte sich daran, dass Kurt das erwähnt hatte.

»Nach ein paar Tagen ging es ihm besser«, fuhr Nick fort, »aber ich hasste es, ihn den ganzen Tag in der Box zu lassen. Meine Mutter war nicht mehr sie selbst, seit mein Dad gestorben ist, und ich hoffte, dieser niedliche kleine Hund würde ihr helfen. Wenn du mich deswegen verurteilen willst, bin ich froh, dass du kein Date mit mir wolltest.«

Unfähig, etwas zu erwidern, wandte Maggie den Blick ab.

»Nick, du solltest eines wissen«, sagte Joan. »Dass Maggie bei mir wohnt, hat sich als Segen erwiesen. Ich hätte es dir früher erzählen sollen, aber ich hatte nichts mehr von dir gehört und dachte, du würdest es früher oder später selbst herausfinden.«

»Ich wünschte, du hättest etwas gesagt.« Nick seufzte. »Aber ich wüsste doch gern, welches Zimmer Maggie genommen hat.«

Joan wechselte einen beruhigenden Blick mit Maggie. »Ich habe ihr die Wahl zwischen beiden Zimmern gelassen, und sie hat sich für deins entschieden.«

»Auf gar keinen Fall …« Nick wandte sich zur Treppe und stürmte hinauf, wobei er zwei Stufen auf einmal nahm. Maggie folgte ihm, und Edison versuchte ihnen hinterherzulaufen, aber seine kurzen Beine ließen das nicht zu. Maggie bückte sich, nahm ihn auf den Arm und schob ihn unter ihr Kinn, während sie Nick folgte.

Sie erreichte den Treppenabsatz, gerade als er die Tür zu ihrem Zimmer öffnete und erstarrte.

»Was ist mit meinem *Coldplay*-Poster passiert?«, wollte er wissen.

»Zusammengerollt und in Steves Zimmer verstaut. Ich glaube, deine Mutter hat es in den Schrank gepackt.« Der Welpe, der hinuntergelassen werden wollte, zappelte in ihren Armen. Sie setzte ihn auf den Teppich, und er hüpfte glücklich in Maggies Zimmer.

Nick hielt den Blick auf den Raum gerichtet. »Und mein Fußball mit dem Autogramm von Russell Wilson?«

»Auch dort, zusammen mit deinen Fußball-Pokalen.«

Mit nach unten gesackten Schultern blieb er vor ihrem Zimmer stehen und wirkte so, als hätte sie ihn persönlich aller wichtigen Dinge aus seiner Kindheit beraubt.

Maggie sog tief den Atem ein und entschied, dass es an ihr war, die Dinge mit ihm zu bereinigen.

»Deine Mutter hat recht. Vielleicht sollten wir noch einmal von vorne anfangen?«, fragte sie hoffnungsvoll.

Nick zögerte, zuckte die Achseln und willigte dann ein. »Stimmt das, was du behauptet hast? Dass deine Firma Dates mit Kunden nicht gerne sieht?«

»Nein … das hatte ich als Ausrede erfunden.«

»Das dachte ich mir.«

Statt über ihre dumme Antwort auf seine Einladung zu diskutieren, sagte sie: »Ich möchte, dass du weißt, wie sehr ich deine Mutter bewundere. Für mich ist sie ein Gottesgeschenk.«

»Ich habe sie nicht so oft besucht, wie ich sollte. Ich weiß, wie einsam sie ohne meinen Dad war, aber ich wusste nicht, wie ich ihr helfen sollte. Ich habe erwogen, wieder nach Hause zu ziehen, und das hätte ich auch getan, wenn sie mich darum gebeten hätte, aber ich hatte Angst, eine Krücke für sie zu werden. Mom muss ihren eigenen Weg finden.«

»Und das tut sie auch.«

Er stimmte ihr mit einem halbherzigen Lächeln zu.

»Ich hoffe, wir können Freunde werden, Nick. Es tut mir leid, dir einen Korb gegeben zu haben. Als du den Welpen erwähntest, habe ich mir zusammengereimt, dass du Joans Sohn bist, und nicht gewusst, was ich tun sollte, weil du ja keine Ahnung hattest, dass ich hier wohne.«

»Ich hätte auch gerne, dass wir Freunde werden«, gab er zu. »Als ich dich hier gesehen habe, wusste ich nicht, was ich denken sollte.«

»Deine Mom ist wundervoll. Ich stehe tief in ihrer Schuld, und ich verspreche dir, mein Bestes zu tun, um eine gute Mieterin zu sein.«

»Das wäre schön.« Er schenkte ihr ein aufrichtiges Lächeln.

Eine Welle der Erleichterung schlug über Maggie zusammen. Zumindest was Joan betraf, waren sie sich einig.

»Komm, wir versprechen deiner Mutter, dass wir uns nicht gegenseitig an die Gurgel gehen werden«, schlug sie vor.

»Okay. Kann ich Edison auf den Arm nehmen?«

»Natürlich.«

Nick klemmte den Welpen in seine Armbeuge. »Wo hat er nur diesen Namen her?«

»Deine Mutter und ich haben ihn uns ausgedacht.« Zwar hatte Maggie den Vorschlag gemacht, aber die Idee war von Joan gekommen.

»Er gefällt mir. Passt zu ihm.«

»Deine Mutter meinte, er hätte Licht in ihr Leben gebracht.«

»Genau darauf habe ich gehofft.« Nick klang sehr zufrieden mit sich.

Joan war in der Küche beschäftigt. Sie drehte sich um, als Maggie und Nick sich zu ihr gesellten. »Habt ihr zwei eure Differenzen beigelegt?«

Maggie schielte zu Nick und stellte fest, dass er sie beobachtete.

»Yeah, alles gut«, erwiderte er, setzte Edison auf den Boden, und der Welpe rannte davon, um an einem Spielzeug herumzukauen.

»Ausgezeichnet. Bleibst du zum Dinner?« Joan sah ihren Sohn an.

»Was kochst du denn?«

»Nick!«, schalt Maggie.

»Was denn?«

»Du solltest dich über alles freuen, was deine Mutter dir vorsetzt.«

Nick schnaubte leise. »Okay, schön. Ich werde mich freuen, selbst wenn es Leber mit Zwiebeln gibt.«

»Gibt es nicht.« Joan schien sich über das Geplänkel zwischen den beiden zu amüsieren. »Bist du aus einem bestimmten Grund vorbeigekommen?« Sie richtete die Frage an ihren Sohn.

»Kann ich nicht meine Mutter besuchen, wann immer ich will?« Er grinste herausfordernd.

»Sicher, aber das kommt selten genug vor, um meine Neugier zu wecken.«

Maggie warf Nick einen wissenden Blick zu, den er ignorierte.

»Ich bin gekommen, um zu sehen, wie du mit dem Welpen klarkommst«, sagte er und fügte hinzu: »Und ob du etwas brauchst.«

»Das ist sehr rücksichtsvoll von dir.« Joan öffnete die Kühlschranktür. »Und da du dir wegen des Dinners solche Gedanken machst, werde ich es dir verraten. Es gibt knusprigen Hähnchensalat mit frischen Tomaten, Oliven und geraspeltem Cheddar.«

»Klingt gut. Übrigens, dein Garten nimmt langsam Gestalt an.«

»Ich habe eine Firma beauftragt, Harrison Landscaping.«

»Es ist ein bisschen früh, um mit dem Dinner anzufangen, oder?«, fragte Maggie.

Als wüsste sie nicht, wie spät es war, blickte Joan auf die Küchenuhr. Normalerweise aßen sie erst nach sechs, und es würde nicht lange dauern, einen Salat zuzubereiten.

Joan runzelte die Stirn. »Es ist früher als sonst. Ich hatte Hunger. Das war schon lange nicht mehr der Fall«, sagte sie und legte den Kopf schief, als hätte die Erkenntnis sie überrascht.

»Das ist gut, Mom. Seit Dads Tod hast du stark abgenommen.«

»Habe ich das?« Es war ihr offenbar nicht aufgefallen. »Hört zu«, sagte Joan. »Warum geht ihr zwei nicht mit Edison Gassi? Wenn ihr zurückkommt, bin ich dabei, das Dinner zuzubereiten.«

Nick sah Maggie an, wartete auf eine Antwort.

»Klar«, sagte sie, obwohl Edison für lange Spaziergänge ein bisschen zu klein war. Sie hatte ihn schon öfter ohne großen Erfolg angeleint. Er hatte jedes Mal den Kopf gedreht und versucht, auf der Leine herumzukauen.

Während Nick die Leine holte, suchte Maggie den Welpen. Sie wollte gerade zur Tür hinausgehen, als ihr wieder einfiel, dass Phil sie gebeten hatte, Joan etwas auszurichten.

Sie blickte zur Vordertür hinaus und sah, dass sein Truck draußen parkte, also war er noch im Garten beschäftigt.

»Joan, das hätte ich fast vergessen. Phil möchte mit dir reden.«

»Hat er gesagt, worüber?«

»Nein.«

»Okay, danke.«

»Bist du so weit?«, fragte Nick, der Edison hinter sich herzog. Maggie konnte sehen, dass es einige Mühe kosten würde, den Welpen an die Leine zu gewöhnen. Als sie auf die Veranda hinaustrat, kam Phil die Stufen hoch.

»Sag Phil, ich bin in einer Minute da«, rief Joan.

»Haben Sie sie gehört?«, fragte Maggie den Landschaftsgärtner.

»Ja. Ich werde einfach hier warten.«

»Sie wird nicht lange brauchen«, fügte Nick hinzu, und Maggie und er machten sich mit Edison auf den Weg.

Der Welpe sträubte sich, sodass sie ihn am Ende mit sich zerrten und bald zu lachen begannen.

Vielleicht konnten sie doch noch Freunde werden, grübelte Maggie. Gute Freunde.

Siebzehntes Kapitel

Joan ging zur Spüle hinüber und wusch sich die Hände, bevor sie sich nach draußen begab, um mit Phil zu sprechen. Während das warme Wasser aus dem Hahn strömte, merkte sie, dass sie nervös war. Während der Gruppensitzung hatte er so wenig gesagt, und sie fürchtete, das habe an ihr gelegen.

Sich dort so unverhofft zu begegnen, hatte sie beide verwirrt. In der Gruppe war Joan von der Art, wie alle sie willkommen geheißen hatten, vollkommen überrascht gewesen. Mary Lou hatte sich bereits bei ihr gemeldet, und sie beide planten, sich zum Lunch zu treffen. Es war so lange her, seit Joan weibliche Gesellschaft genossen hatte, das hieß, bevor Maggie bei ihr eingezogen war. Mary Lou war jedoch gleichaltrig. Joan hatte sofort eine Seelenverwandtschaft mit ihr verspürt.

Während sie sich unnötig heftig die Hände abtrocknete, vermutete Joan, dass Phil mit ihr über die Gruppe sprechen wollte, und insgeheim war sie froh darüber, die Dinge zu klären. Es war besser, darüber zu reden, damit keine Seite sich unbehaglich fühlte.

»Du wolltest mit mir sprechen …?«, fragte sie, als sie zu ihm auf die Veranda kam.

Phil nickte und deutete auf das Blumenbeet. »Ich hatte ein paar Ideen, und da ich ja weiß, wie wichtig dir Blumen sind, wollte ich dir unbedingt einige Vorschläge machen.« Seine Augen zwinkerten, als er sprach.

»Dir macht es Spaß, mich wegen dieser Muss-Blumen-lieben-Bemerkung auf den Arm zu nehmen, stimmt's?«

»Yup.«

Sie freute sich, dass jegliches Unbehagen, das sie in der Gruppe vielleicht bei ihm ausgelöst hatte, verflogen war.

»Ich dachte, blauer Zwergwacholder würde gut passen. Er ist pflegeleicht und eine Freude für die Augen.«

Joan kannte die Pflanze. Dieser Wacholder war ein ausgezeichneter Vorschlag und etwas, von dem Joan sich wünschte, selbst daran gedacht zu haben. Der Busch war insekten- und krankheitsresistent und die perfekte Ergänzung zu dem lavendelfarbenen Rhododendron, den sie einige Jahre zuvor gepflanzt hatte. Rhododendren waren die Blume des Staates Washington. »Die Idee gefällt mir.«

»Wenn du jedoch ein bisschen mehr Farbe möchtest, wie wäre es mit einem Brennenden Busch? Er ist leuchtend rot und winterfest.« Während er sich darüber ausließ, warum er glaubte, der Busch würde in ihrem Garten gedeihen, wurde Joan klar, dass er davor zurückscheute, auf das eigentliche Problem zu sprechen zu kommen.

Sie faltete die Hände. »Das ist auch eine gute Idee. Aber der blaue Zwergwacholder ist mir lieber.«

»Prima. Ich werde einen bestellen.«

»Perfekt.«

Wieder zögerte er, und Joan wusste, dass sie die Initiative ergreifen musste. »Gibt es außer den Pflanzen noch etwas, worüber du sprechen möchtest, Phil?«, fragte sie daher. Die Art, wie er das eigentliche Thema vor sich herschob, amüsierte sie.

Er stieß den Atem aus und zuckte die Achseln. Ihm musste klar sein, dass sie ihn durchschaut hatte. »Die Pflanzen vorzuschlagen war ein guter Vorwand, obwohl ich Blumen wirklich mag. Muss ich ja schließlich«, fügte er grinsend hinzu.

»Stimmt«, bestätigte sie. »Aber ich habe das unbestimmte Gefühl, dass das, worüber wir wirklich reden müssen, die Trauertherapiegruppe ist.«

Seine verkrampften Schultern lockerten sich. »Ja, du hast recht. Ich wollte mich entschuldigen.«

»Dich entschuldigen?« Sie konnte sich nicht vorstellen, wofür.

»Es ist so … Ich wollte dir schon von der Gruppe erzählen, kurz nachdem wir uns kennengelernt hatten, weil ich dachte, sie könnte dir helfen. Ich finde die Unterstützung sehr wichtig, weswegen ich auch nach fünf Jahren noch hingehe. Es tut mir leid, dass ich nichts gesagt habe. Als du dann aus eigenem Antrieb dort erschienen bist, hätte ich mich für mein Zögern in den Allerwertesten treten können. Außerdem war ich mir nicht sicher, ob ich preisgeben sollte, dass ich dich schon kenne, oder nicht.«

»Ich habe dasselbe gedacht. Wir waren beide albern, weißt du? Als du nicht gesagt hast, dass du mich kennst, hielt ich es für das Beste, ebenfalls den Mund zu halten.«

»Das war auch mein Gedanke.« Jetzt grinste er. »Tut mir leid, Joan.«

»Unsinn. Es gibt nichts, wofür du dich entschuldigen müsstest.«

»Danke.« Seine Erleichterung war offensichtlich. »Ich hoffe, du kommst wieder.«

»Das habe ich vor. Ich glaube, wenn ich mich nicht blicken ließe, bekäme ich es außerdem mit Mary Lou zu tun.«

Das entlockte Phil ein Lachen. »Dann sind wir quitt?«, fragte sie.

»Wir sind quitt«, bestätigte er und schenkte ihr ein strahlendes Lächeln.

In diesem Moment kam Todd in den Garten gerannt.

»Kann ich mit Edison spielen?«, fragte er. »Mom sagt, ich darf, wenn du nichts dagegen hast.«

»Es tut mir leid, Todd, aber Edison ist mit meinem Sohn und Maggie spazieren.« Todd hatte Maggie bereits kennengelernt, als er und seine Schwester früher in der Woche vorbeigekommen waren.

Todd ließ enttäuscht den Kopf hängen, erholte sich aber schnell. »Mom hat gesagt, wenn du mir ein Plätzchen anbietest, könnte ich es nehmen.«

Joan hatte vor einigen Tagen einen Schwung Kekse gebacken, da Todd und Ellie so oft herkamen, um mit Edison zu spielen. »Lass mich die Plätzchendose überprüfen.«

Sie ging ins Haus, und als sie zurückkam, sah sie Phil mit dem Jungen reden. Er zeigte ihm Löwenmäulchen, die zusammen mit anderen Blumen auf der Ladefläche seines Trucks standen. Todd machte große Augen, während er förmlich an Phils Lippen hing.

»Joan, Joan, wusstest du, dass Löwenmäulchen sprechen können? Phil hat es mir gezeigt. Es ist wirklich cool.«

Joan reichte ihm ein Plätzchen mit Schokoladensplittern, und Todd lächelte übers ganze Gesicht. »Danke«, sagte der Junge höflich.

»Gern geschehen.« Todds Mundwinkel waren mit Schokolade verschmiert, als er den Leckerbissen rasch verzehrte.

»Weißt du was? Dad zäunt den Hintergarten bald ein, und dann kann ich selbst einen Hund haben«, sagte er mit vollem Mund, zu aufgeregt, um zu schlucken, bevor er die gute Nachricht verkündet hatte.

»Das ist ja toll.« Joan tauschte ein Lächeln mit Phil, der seine Geräte auf der Ladefläche seines Trucks verstaute.

»Hey, was ist mit mir?«, rief Phil. »Bekomme ich kein Plätzchen?«

Joan kicherte und schüttelte den Kopf. »Ich werde sehen, was ich tun kann.« Sie ging ins Haus zurück und brachte eine weitere Ladung Plätzchen für Phil hinaus.

»Du bist eine Frau ganz nach meinem Herzen«, zog Phil sie auf. Er kletterte in seinen Truck und fuhr mit einem unbekümmerten Winken davon.

Joan sah zu, wie er um die Ecke bog und außer Sicht war. Sie war enttäuscht, dass Phil nicht erwähnt hatte, was sein Grund gewesen war, sich der Gruppe anzuschließen. Sie hatte ihn danach fragen wollen und hätte es auch getan, wenn Todd nicht aufgetaucht wäre.

Der Junge ging, kurz nachdem er sein Plätzchen verspeist hatte, weil ein Freund von ihm mit seinem Fahrrad vorbeikam.

Nick und Maggie waren noch nicht von ihrem Spaziergang zurück, was ein gutes Zeichen war. Joan war sicher, dass die zwei sich gut verstehen würden, wenn sie ihre Startschwierigkeiten erst überwunden hatten.

Da sie sich gut fühlte, beschloss Joan, ihre Schwester über die neuesten Entwicklungen in ihrem Leben auf dem Laufenden zu halten.

Sie griff nach dem Telefon und tippte Emmies Nummer ein.

»Hey«, begrüßte ihre Schwester sie auf ihre übliche vergnügte Art.

»Emmie, du wirst nicht glauben, was passiert ist. Ich bin einer Trauertherapiegruppe beigetreten.«

»Oh, Joan.« Ihre Schwester sprach ihren Namen aus, als seufzte sie vor Erleichterung. »Ich habe vier lange Jahre darauf gewartet, dass du dir die Hilfe suchst, die du brauchst. Erzähl mir alles darüber.«

Joan, die normalerweise lange Telefongespräche vermied, redete eine ganze Weile ohne Pause und setzte ihre Schwester über jedes Mitglied der Gruppe ins Bild. Und als Krönung von allem erzählte sie ihr, dass sie kein einziges Mal in Tränen ausgebrochen war und wie sie sich mit Mary Lou angefreundet hatte.

»Das klingt, als wäre die Gruppe wie für dich geschaffen.«

»Lustig ist, dass der Landschaftsgärtner, den ich angeheuert habe, ebenfalls ein Mitglied der Gruppe ist.«

»Tja, das ist eine Überraschung.«

»Das war es allerdings, und für ihn auch. Er ist ein netter Kerl.«

»Das hört sich für mich auch so an. Ich erinnere mich, dass du mir erzählt hast, wie er Maggie geholfen hat, ihre Sachen aus dem Haus ihres Vaters zu holen. Nicht jeder wäre bereit gewesen, sich da einzumischen.«

Joan stimmte ihr zu.

»Er ist also Witwer?«

»Nein, ich glaube, er ist verheiratet. Er hat nicht gesagt, wen er verloren hat. Ich kann nur vermuten, dass es sich um ein nahes Familienmitglied handelt. Ein Kind oder möglicherweise einen Bruder oder eine Schwester.«

»Ich bin so froh, dass du endlich versuchst, deine Trauer zu bewältigen.«

Joan freute sich ebenfalls über die Veränderungen, die sie herbeigeführt hatte.

»Waren irgendwelche annehmbaren Männer in der Gruppe?«, fragte Emmie.

Joan stöhnte innerlich. »Emmie, ich bin noch nicht annähernd für irgendeine Art von Beziehung bereit.«

»Aber mit der Zeit wirst du das sein, oder?«

»Mit der Zeit«, betonte Joan.

Sie unterhielten sich noch ein paar Minuten, und dann kamen Nick und Maggie mit Edison zurück. Joan beobachtete die beiden und lächelte. Wenn sich in diesem Haus irgendeine Romanze anbahnte, dann die, die sich direkt vor ihren Augen abspielte.

»Mom.« Nick kam in die Küche. »Du hast Besuch.«

»Oh.«

»Sie sagte, sie heißt Ellie.«

Joan ging zu Ellie an die Vordertür.

Mit in die Hüften gestemmten Händen fragte Ellie: »Hast du Todd ein Plätzchen gegeben? Mom hat nämlich gesagt, er soll nicht danach fragen.«

Joan hatte Mühe, ein Grinsen zu unterdrücken. »Ja, habe ich. Möchtest du auch eins?«

»Ja«, sagte sie mit einem nachdrücklichen Nicken; zufrieden, dass sie selbst nicht um diese Leckerei betrogen wurde.

»Willst du hereinkommen?«, fragte Joan.

»Okay«, meinte Ellie eifrig.

Joan öffnete die Tür. Dabei wurde ihr klar, dass sie in so kurzer Zeit auch die Tür zu ihrem Herzen geöffnet hatte.

Achtzehntes Kapitel

Vor sich hin summend, trug Joan die Tüten mit Lebensmitteln von ihrem Auto ins Haus. Als sie die Tür öffnete, schnappte sie nach Luft. Edison bellte wie wild, und als sie sah, warum, ließ sie die Tüte fallen. Die Grapefruits rollten heraus und verteilten sich auf dem Küchenfußboden. Edison stellte sich in seiner Box auf die Hinterbeine und lehnte sich in Richtung des Fremden, der in das Haus eingedrungen war, gegen das Gitter.

»Steve«, entfuhr es ihr. »Du hast mir den Schreck meines Lebens eingejagt.«

»Sorry, Mom«, sagte er zerknirscht. Er musste sich selbst ins Haus gelassen haben, sie wusste nur nicht, wie.

Als könnte er ihre Gedanken lesen, beantwortete er die unausgesprochene Frage. »Der in dem Stein versteckte Schlüssel war immer noch da.«

»Natürlich.« Es überraschte sie, dass er sich daran erinnerte, während sie es komplett vergessen hatte.

»Ich habe dir erzählt, dass ich wegen einer Konferenz in die Stadt komme, weißt du noch?«, meinte Steve grinsend. »Mir gefällt übrigens, was du mit dem Garten gemacht hast. Er sieht fantastisch aus.«

Den Zustand des Rasens konnte Joan sich nicht als

Verdienst anrechnen, aber die Blumenbeete nahmen rasch Gestalt an. Sie hatte einjährige Pflanzen gesetzt, und die Farbenpracht hob jedes Mal, wenn sie zur Tür hinaustrat, ihre Stimmung.

»Ich habe doch noch einen frühen Flug erwischt. Die Konferenz beginnt«, er hielt inne und sah auf die Uhr, »erst in ein paar Stunden.«

»Wunderbar.« Da ihr von dem Schock, ihn im Haus vorzufinden, immer noch schwindelig war, musste sie ihre Gedanken ordnen. »Es ist wirklich schön, dich zu sehen.«

»Ich freue mich auch.«

Sie umarmten sich, und dann sammelte Steve die heruntergefallenen Grapefruits auf und legte sie auf die Küchentheke.

Joan war zum ersten Mal in dem von Amazon betriebenen Lebensmittelladen gewesen. Maggie hatte beim Dinner gestern Abend beiläufig davon gesprochen, und Joan, die neugierig geworden war, hatte ihn ausprobieren wollen. Seit der Pandemie hatte sie fast immer alles, was sie brauchte, online bestellt und sich liefern lassen. Aufgrund der Gefahr, sich mit dem Virus anzustecken, war es ihr weder nötig noch klug erschienen, das Risiko einzugehen und einen Laden zu betreten, wenn sie nicht musste.

»Ist das alles?«, fragte Steve.

»Alles?«

»An Lebensmitteln.«

»Oh, sorry, nein, es sind noch ein paar Tüten im Auto.«

»Ich hole sie.« Voller Eifer, ihr zur Hand zu gehen, stürmte er zur Tür hinaus.

Während Steve die Tüten auslud, befreite Joan Edison aus seiner Box. Sie brachte ihn in den hinteren Garten, damit er sein Geschäft verrichtete, was er auch schnell tat. Dann nahm sie ihn wieder mit ins Haus und belohnte ihn mit einem Hundeleckerli.

Steve kam mit den anderen beiden Tüten herein und stellte sie neben die Grapefruits auf die Theke. Joan packte die Lebensmittel sofort aus und legte das, was in den Kühlschrank musste, beiseite.

»Wusstest du«, sagte sie voller Staunen und Begeisterung, »dass du in manchen Läden nicht einmal mehr zur Kasse gehen musst? Was passiert mit unserer Welt? Du legst die Ware in den Wagen, und die Preise werden automatisch berechnet. Unglaublich!«

Edison jagte unter dem Tisch einem Spielzeug hinterher.

»Mom, das gibt es schon eine ganze Weile«, erklärte Steve ihr.

»Für mich war es eine Premiere.« Sie verspürte immer noch ein wenig Ehrfurcht vor dem ganzen Prozess. Lebensmittel einzukaufen war plötzlich eine überwältigende Erfahrung gewesen.

Ihr Sohn grinste, als erheiterte ihn ihre Begeisterung.

»Das ist noch nicht alles. Ich war letztens im Einkaufszentrum und habe mir neue Schuhe gekauft. Der Verkäufer sagte, ich müsste die Kreditkarte nicht in das Gerät stecken. Ich habe sie nur dagegengehalten.« Das war ein weiteres elektronisches Wunder, das Joan völlig überrascht hatte.

Steve half ihr, die Lebensmittel im Kühlschrank zu verstauen. »Mom, du hast seit der Pandemie hinter dem Mond gelebt. Diese Dinge sind nicht neu, es gibt sie schon ewig.« Er sagte es in einem neckenden Tonfall, der seinen Worten den Stachel nahm.

»Du hast recht«, gab sie zu. »Ich kann nicht umhin, mich zu fragen, wie viele andere Neuerungen es gibt, von denen ich nichts weiß.«

»Das wirst du bald genug herausfinden.«

Das würde sie zweifellos. Nachdem die Einkäufe verstaut waren, nahm Steve am Küchentisch Platz.

»Kaffee?«, fragte sie, da ihr einfiel, wie gern ihr ältester Sohn Kaffee trank.

»Immer.« Er entspannte sich sichtlich. Sie wusste, wie sehr Steve in seine Arbeit eingebunden war, deshalb freute sie sich, dass er sich die Zeit genommen hatte, vorbeizuschauen.

Joan machte ihm eine Tasse Kaffee und dann eine für sich, bevor sie sich neben ihren Sohn setzte. Sie nahm sich einen Moment, um ihn zu mustern. Steve war Ende zwanzig und attraktiv. Er sah gut aus, war immer auf seine äußere Erscheinung stolz gewesen. Er trug Anzug und Krawatte, was ihr verriet, dass die Konferenz, von der er gesprochen hatte, wichtig war und wahrscheinlich seine Karriere vorantreiben würde. Er war der größere der beiden Jungen, maß über eins achtzig, hatte breite Schultern und eine schmale Taille. Dem wenigen, was er ihr von seinem Job erzählt hatte, hatte sie entnommen, dass er viele Stunden täglich arbeitete.

»Der Welpe ist wirklich niedlich«, sagte er, beugte sich nach unten und setzte Edison auf seinen Schoß. Der Hund blickte misstrauisch zu ihm hoch und begann dann, an Steves Fingern zu nagen. »Ich war nicht gerade begeistert, als Nick mir von ihm erzählte. Autsch, er hat scharfe Zähne.« Er riss seine Hand weg und schüttelte sie ein paar Mal.

Joan lachte. »Selber schuld, wenn du ihm die Finger hinhältst.«

Steve grinste. »Ich bin froh, dass es trotzdem funktioniert.«

»Das beste Geschenk, das ich seit Jahren bekommen habe.« Joan streckte die Hand aus, um Edisons Kopf zu streicheln.

Steve setzte den Hund wieder auf den Küchenboden. »Du bist viel zu nett. Nick hätte zumindest vorher fragen sollen.«

»Ich bin froh, dass er das nicht getan hat, weil ich mich geweigert hätte. Stattdessen hat er mir keine Wahl gelassen. Es war das Beste, was er tun konnte, weil sich Edison schnell in mein Herz geschlichen hat.« Sie hob den Hund hoch und setzte ihn auf ihren Schoß. Edison leckte ihr sofort zufrieden die Hand, bevor er es sich bequem machte, um ein Schläfchen zu halten.

»Mein Gott, es tut gut, dich zu sehen«, wandte Joan sich an Steve. Das letzte Mal war er beim Weihnachtsfest nach Jareds Beerdigung da gewesen, und kurz danach war das Land abgeriegelt worden. Steve war mit ihr in Verbindung geblieben, aber nicht annähernd so oft, wie Joan es gern gehabt hätte. Sie akzeptierte, dass ihr Sohn sich auf seine Arbeit konzentrierte. Er war immer schon ehrgeizig und verantwortungsvoll gewesen. Wenn sie zwischen den Zeilen las, so wartete er darauf, innerhalb dieses Jahres zum Vertriebslagerleiter befördert zu werden.

»Ich freue mich auch, dich wiederzusehen.« Er schlug die Beine übereinander, trank seinen Kaffee und wirkte über seine Jahre hinaus reif.

»Wie klappt es denn mit dir und der Untermieterin?«

»Bereitet es dir Sorgen, dass ich eine Untermieterin aufgenommen habe?« Bei der Frage klang ihre Stimme gepresst.

»Sorgen?«, wiederholte Steve. »Ganz und gar nicht. Tatsächlich halte ich das für eine gute Idee.«

Das war eine Erleichterung. »Maggie hat mir geholfen, mich mit den Dingen abzufinden.« Sie war der Ansicht, dass das als Erklärung reichte.

»Das ist großartig, Mom.«

»Ich werde bezüglich meines Soziallebens allmählich ein richtiger Schmetterling«, fügte sie hinzu.

»Ein was?« Ein Stirnrunzeln begleitete seine Frage.

»Ein Schmetterling. Weißt du, ich schlüpfe aus meinem Kokon. Das hat Emmie vor Kurzem gesagt. Maggie war mir eine große Stütze. Sie hat mich sogar ermutigt, zu der Trauertherapiegruppe zu gehen, obwohl ich Bedenken hatte.«

»Hast du das getan?«

»Ja, und ich habe auch Einzelsitzungen bei einer Therapeutin. Dr. O'Brien leitet die Therapiegruppe.«

»Du wirst auch weiter hingehen, oder?«

»Das habe ich vor. Die Gruppe trifft sich mittwochs, falls etwas dazwischenkommt, auch mal freitags.« Joan hatte sich mit einer einzigen Sitzung einverstanden erklärt, aber sie würde nur allzu gerne wiederkommen. Mary Lou hatte angerufen, und sie hatten sich auf einen Kaffee getroffen, bevor Joan zu dem Amazon-Laden gegangen war. »Die Gruppe war ganz anders, als ich erwartet hatte. Alle waren sehr nett und haben mir Mut gemacht. Ich … ich habe nicht viel gesagt«, fügte sie hinzu, nannte aber nicht den Grund dafür. »Nächstes Mal werde ich mich nicht so zurückhalten, und ich werde mit den anderen hinterher Kaffee trinken gehen, was die Gruppe regelmäßig tut, wie ich erfahren habe.«

Edison betrachtete Steve und legte den Kopf schief, wie um zu sagen, dass ihr Sohn die Prüfung bestanden habe.

»Keine Sorge, Kleiner, Steve gehört zur Familie.«

Der Welpe schien ihn zu amüsieren. »So, wie er reagiert hat, als ich ins Haus gekommen bin, könnte er einen guten Wachhund abgeben.«

Das würde die Zeit zeigen. »Ich sehe, dass Nick dich über das, was passiert ist, auf dem Laufenden gehalten hat.«

»Wir reden oft miteinander. Und lange Zeit haben sich unsere Gespräche hauptsächlich um dich gedreht.«

»Um mich?«

»Mom, wir haben uns Sorgen gemacht, wir beide. Du bist anscheinend nie über den Verlust von Dad hinweggekommen. Ich weiß, dass das ein harter Schlag war, aber Mom, es ist vier Jahre her. Du hast in diesem schwarzen Loch gesteckt, und wir wussten beide nicht, wie wir dir am besten helfen konnten.«

»Jetzt schaue ich nach vorne.«

»Das sehe ich. Ich muss dir sagen, dass das eine Erleichterung ist. Nick und ich waren unsicher, was wir tun sollten. Wir standen kurz davor, es mit einer Intervention zu versuchen.«

Davon hatte sie natürlich schon gehört. Besorgte Familienangehörige und Freunde konfrontierten einen Menschen, den sie liebten, mit ihren nicht unbeträchtlichen Ängsten. Was Joan beunruhigte, war der Gedanke, was sie vielleicht gesagt hätten und wie sie reagiert hätte.

Am Abend ihres Geburtstagsdinners hatte Nick ihr deutlich gemacht, dass er und Steve keinen Rat wussten, wie sie ihr helfen sollten. Sie erinnerte sich, wie er erwähnt hatte, nicht mit ihr reden oder ihre Meinung einholen zu können, als er erwogen hatte, ein Haus zu kaufen. Ihre Trauer und Unfähigkeit, ihr Leben weiterzuleben, hatten starke Auswirkungen auf die beiden gehabt. In ihrem eigenen Verlust gefangen, hatte sie nicht daran gedacht, dass ihre Söhne sie jetzt mehr brauchten denn je. Sie hatten ihren Vater verloren und litten ebenfalls. Da sie unfähig gewesen war, über den Rand ihres eigenen Schmerzes hinauszublicken, hatte Joan ihre Söhne praktisch ignoriert.

»Es ist nicht mehr von Bedeutung, weil es nicht mehr nötig ist«, sagte Steve, »und ich für meinen Teil bin dankbar dafür. Keiner von uns war sonderlich erpicht darauf, dich offen mit allem zu konfrontieren. Gott sei Dank hat sich das Problem ja von selbst gelöst.«

Steves entschuldigungsheischendem Blick nach zu urteilen, bereute er es, überhaupt etwas gesagt zu haben.

»Du hast dich in den letzten paar Wochen eindeutig zum Positiven verändert«, fuhr Steve fort. »Darauf haben Nick und ich lange gehofft. Ich wünschte, ich hätte öfter hier sein können, um zu helfen, aber ich lebe halt in Arizona. Ich hätte regelmäßig anrufen sollen, und es tut mir leid, dass ich das nicht getan habe, aber es lag hauptsächlich daran, dass ich nicht wusste, was ich sagen sollte oder wie ich dir helfen konnte.«

»Das ist in Ordnung, Schatz. Keine Sorge, ich verstehe das.« Da sie ihn so selten sah, wollte sie nicht, dass ihr Gespräch in Reue wegen der letzten vier Jahre abdriftete. Sie nahm sich zusammen, so gut sie konnte, heftete den Blick auf Edison und hoffte, Steve würde den Schmerz in ihren Augen nicht bemerken. Sie brauchte Zeit, um sich darüber klar zu werden, wie stark sich ihre Traurigkeit auf ihre Söhne ausgewirkt hatte. Dass sie besorgt genug gewesen waren, um über eine Intervention zu sprechen, erschütterte sie zutiefst. Joan hoffte, die Jahre, in denen sie sich zurückgezogen hatte und für Steve und Nick emotional unerreichbar gewesen war, wiedergutmachen zu können. »Und jetzt bring mich in Bezug auf dein Leben auf den neuesten Stand.«

Steve zuckte die Achseln. »Nicht viel.«

»Bist du immer noch mit Zoe zusammen?«, fragte sie,

wohl wissend, dass sie sich auf dünnes Eis begab. Doch sie hoffte, Steve würde ihr anvertrauen, was aus der Beziehung geworden war.

Er zuckte erneut die Achseln, als wäre das keine große Sache. »Off-On.«

Frühere Gespräche hatten den Anschein erweckt, als wären die zwei in einer festen Beziehung. Irgendetwas hatte sich verändert. Der Blick, den er ihr zuwarf, schien zu besagen, dass seine Freundin für ihn ein abgeschlossenes Thema war.

»Wie steht es mit der Arbeit?«

Noch ein halbherziges Heben der Schultern. »Alles gut. Ich reiße nur viele Stunden ab.«

»Sparst du dein Geld?« Jared war immer sehr pedantisch gewesen, wenn es darum gegangen war, seinen Söhnen beizubringen, eine bestimmte Menge von dem zu sparen, was sie verdienten. Er hatte dafür gesorgt, dass sie den Wert eines Dollars kannten. Obwohl sie es sich leisten konnten, jedem ihrer Söhne ein Auto zu kaufen, hatte Jared darauf bestanden, dass Steve und Nick mindestens die Hälfte der Kosten beitrugen.

»Du musst dir wegen mir keine Sorgen machen, Mom.«

»Ich mache mir keine Sorgen«, versicherte sie ihm hastig. »Ich wüsste nur gerne, wie es dir geht, was dir wichtig ist und wie ich für dich da sein kann.«

»Danke, Mom, das bedeutet mir viel. Es war lange nicht leicht, mit dir zu reden, weißt du?«

Erst empfand sie Schuldgefühle, dann Zorn. Das war Jareds Schuld. Er war derjenige, der sie verlassen hatte. Er war es, der seine Gesundheit auf die leichte Schulter genommen hatte, sich zu wenig Freizeit gegönnt und behauptet hatte, sein Terminkalender lasse dies nicht zu, auch wenn Joan beteuert hatte, seinen Zeitplan freier gestalten zu können, und ihn beschworen hatte, dass das wichtig für ihn sei. Der Arzt hatte ein Aneurysma nicht vorhersehen können, aber Jared traf auch Schuld, weil er seine Gesundheit nicht ernst genommen hatte.

»Es tut mir leid, Steve.«

»Mom …«

»Nein, lass mich ausreden. Ich liebe dich, Steve, mehr, als es sich in Worte fassen lässt. Es wird Zeit, dass ich wieder die Mutter werde, an die ihr euch erinnert, eine noch bessere Version meiner selbst. Ich muss die Mutter sein, der ihr eure Sorgen, euren Schmerz und eure Geheimnisse anvertrauen könnt. Die Mutter, die früher da war, um euch einen Rat zu geben, wenn ihr darum gebeten habt. Der Mensch, auf den ihr immer bauen könnt.«

»Uns trifft alle Schuld«, hielt er dagegen. »Ich hätte mehr für dich da sein sollen. Nick auch. Wir wussten nur einfach nicht, wie wir dir am besten helfen konnten. Wie es aussieht, hast du deinen eigenen Weg gefunden. Das ist alles, was Nick und ich uns je für dich gewünscht haben.«

»Danke.« Joan war froh, dass sie dieses Gespräch geführt hatten. Sie hatte so lange alles Unangenehme oder möglicherweise Unangenehme vermieden, dass es sich gut anfühlte, offen zu sprechen. Für sie und anscheinend auch für Steve.

Ihr Sohn sagte lange gar nichts. Dann nickte er, und als

er sprach, schwangen starke Emotionen in seiner Stimme mit. »Können wir mit einer Umarmung anfangen?«

»Das halte ich für eine großartige Idee.«

Sie standen auf und umarmten sich. Joan spürte, dass dies ein echter Wendepunkt in ihrer Beziehung zu ihren Kindern war. Jetzt, wo Jared nicht mehr da war, fühlte es sich anders an, und es sah so aus, als würden sie alle erst jetzt lernen, sich daran zu gewöhnen.

Neunzehntes Kapitel

Am Sonntagmorgen des Memorial-Day-Wochenendes lud Maggie Joan ein, zusammen mit ihr die Kirche zu besuchen. Joan zögerte und schien über die Einladung nachzudenken, bevor sie ablehnte. Ihre Vermieterin sah aus, als brauchte sie ein bisschen Aufmunterung, und Maggie war enttäuscht, dass sie die Einladung nicht angenommen hatte. Zwar war das Wochenende dazu bestimmt, sich an die Menschen zu erinnern, die im Dienst für ihr Land gefallen waren, aber es war auch die Zeit, alle Verstorbenen zu ehren, ob sie nun beim Militär gewesen waren oder nicht. So ergab es einen Sinn, dass Joan an ihren Mann dachte. Sie hatte erwähnt, dass ihr älterer Sohn zu Besuch gekommen sei. Danach wirkte Joan in sich gekehrt und nachdenklich, was Maggie zu der Frage führte, was während dieses Besuches wohl geschehen war.

Maggie besuchte das Grab ihrer Mutter nicht oft, nur ein paar Mal im Jahr. Soweit sie wusste, war ihr Vater nie dort gewesen, kein einziges Mal seit der Beerdigung. Die Grabstätte war ein Symbol für alles, was sie verloren hatten, und seit Elaines Dahinscheiden hatte er es vermieden, sich der Leere in seinem Leben zu stellen. Seit dem Tod ihrer Mutter beging Maggie Feiertage nur selten festlich. Ihr Vater widersetzte sich jeder ihrer Bemühungen, vor allem, wenn es um Thanksgiving oder Weihnachten ging, was verständlich war. Ihre Mutter hatte immer voller Begeisterung gekocht und gebacken. Sie hatte sich alle Mühe gegeben, an den Feiertagen Licht in ihr Leben zu bringen.

»Ich komme ein andermal mit«, sagte Joan, als spürte sie Maggies Enttäuschung.

Als Maggie vom Gottesdienst zurückkam, hatte es angefangen zu regnen. Da sie sich nach einer Woche voller Prüfungen leicht und unbeschwert fühlte, beschloss sie, sich zu verwöhnen und ins Kino zu gehen. Etwas, das sie seit Monaten nicht mehr getan hatte. Leider hatten all ihre Freunde bei Starbucks und von der Schule schon Pläne für das Feiertagswochenende.

Maggie brannte darauf, den neuesten Film mit Tom Cruise zu sehen, aber sie wollte nicht alleine gehen, also bat sie Joan, sie zu begleiten.

»Nein, danke«, erwiderte Joan prompt.

So viel zu dieser Idee. Es begann in Strömen zu gießen, der Himmel war dunkelgrau. Dass es in Seattle an jedem Memorial Day regnete, erweckte ganz den Anschein, als würde auch der Himmel um diejenigen weinen, die gestorben waren. Ihre zweitbeste Möglichkeit war ein Roman, den sie unbedingt hatte lesen wollen. Es kam selten vor, dass sie zum Vergnügen las. Jegliche Freizeit, die ihr vollgestopfter Stundenplan zuließ, war ihrem Studium gewidmet.

Mit dem Buch in der Hand ließ sie sich in einem bequemen Sessel im Wohnzimmer nieder, während Joan mit einem Puzzle beschäftigt war, was sie nicht mehr getan hatte, seit Maggie eingezogen war. Edison lag neben Maggie und schlief, der Gaskamin brannte, und Schatten tanzten an der gegenüberliegenden Wand.

Obwohl Joan Fortschritte gemacht hatte, konnte Maggie sehen, dass ihr etwas schwer auf der Seele lag. Maggie hatte mit sich gerungen, ob sie nachfragen oder so tun sollte, als hätte sie nichts bemerkt. Aber sie hatte es nun mal bemerkt, und es beunruhigte sie. Sie fragte sich unwillkürlich, ob dieser Stimmungsumschwung etwas damit zu tun hatte, dass Joan die Trauertherapiesitzungen besuchte. Maggie wusste, dass sich Joan mit einer anderen Frau aus der Gruppe angefreundet hatte. Die zwei waren kürzlich zusammen zum Lunch gegangen. Danach hatte sich Joans Stimmung merklich gehoben. Erst seit dem Besuch ihres Sohnes war sie still und in sich gekehrt.

Dr. O'Brien hatte Joan ein Arbeitsheft gegeben, und Maggie hatte gesehen, wie sie über den Fragen brütete und ihre Gedanken aufschrieb. An einer Stelle hatte sich Joan über irgendetwas aufgeregt, das sie gelesen hatte, und den Stift auf den Tisch geschleudert, was bewirkt hatte, dass Maggie erschrocken zusammengezuckt war. Joan hatte sich sofort entschuldigt, aber keine Erklärung abgegeben.

»Wolltest du nicht ins Kino?« Joan blickte von ihrem Puzzle auf. Sie hatte es auf einem Kartentisch ausgelegt, eifrig an den Rändern gearbeitet und anscheinend nicht bemerkt, dass sich Maggie im selben Raum aufhielt.

Maggies Hand streichelte sanft Edisons Fell, als sie erklärte: »All meine Freunde haben schon etwas vor, und ich wollte nicht alleine gehen.«

»Ich wette, Nick würde die Chance, dich zu begleiten, mit Kusshand ergreifen.«

»Vielleicht«, stimmte Maggie zu, obwohl sie bezweifelte, dass Joans Sohn Interesse zeigen würde. Sicher, sie hatten Frieden geschlossen, aber ihre Freundschaft war noch neu und zerbrechlich, und sie wollte nichts forcieren.

»Du weißt es nicht, wenn du nicht fragst«, ermutigte Joan sie.

»Ich habe seine Kontaktdaten nicht.« Das stimmte und war ein Weg, Joan, die seine Nummer natürlich hatte, zu verstehen zu geben, dass es ihr widerstrebte, Nick einen Kinobesuch vorzuschlagen. Er könnte einen falschen Eindruck bekommen. Joans Sohn könnte glauben, sie wäre an einer Beziehung interessiert, was sie nicht war. Nun ja, vielleicht war sie das schon, aber wenn diese Beziehung nicht funktionierte, konnte das die Harmonie zwischen ihr und Joan beeinträchtigen.

»Ich werde ihn zum Dinner einladen«, schlug Joan vor, »und dann kannst du ihn fragen.«

»Bitte nicht meinetwegen«, bat Maggie. Sie fürchtete, Nick in Verlegenheit zu bringen, und das würde mehr schaden als nutzen. »Du kannst ihn natürlich zum Dinner einladen, aber bitte erwähne das Kino nicht.«

»Warum nicht? Ich dachte, ihr zwei hättet eure Differenzen beigelegt.«

»Haben wir auch«, meinte Maggie und fuhr fort, ihr

Buch zu lesen, da sie das Thema nicht weiter vertiefen wollte.

Keine dreißig Minuten später schneite Nick unangekündigt herein.

Joan wirkte erfreut, ihren Sohn zu sehen. »Das ist ja eine angenehme Überraschung«, sagte sie, als Nick selbstbewusst ins Wohnzimmer trat.

»Ich überrasche meine Mom gern.« Er küsste Joan auf die Wange, dann richtete sich seine Aufmerksamkeit auf Maggie. »Es ist ein fauler Sonntagnachmittag, und ich dachte, ich schaue mal nach euch und sehe, was ihr zwei so vorhabt.«

Joan zögerte nicht. »Maggie wollte ins Kino gehen, aber keiner ihrer Freunde hat Zeit.«

Nick spitzte die Ohren, als wären das die besten Neuigkeiten, die er seit Wochen gehört hatte. »Ich würde auch gern einen Film sehen. Gehen wir.«

Maggies Lebensgeister hoben sich augenblicklich, obwohl sie nicht übermäßig begeistert erscheinen wollte. »Du musst nicht …«

Er unterbrach sie. »Ich möchte aber. Wann fängt die nächste Vorstellung an?«

»Willst du denn gar nicht wissen, welchen Film ich sehen möchte?« Sein Eifer freute sie und machte sie zugleich misstrauisch. »Es könnte einer sein, der dich nicht interessiert.«

»Mir ist alles recht, solange es kein Mädchenfilm ist.«

»Was ist denn gegen einen Mädchenfilm einzuwenden?«, wollte sie wissen, während sie ihn unverwandt ansah.

»Tja, die sind … weißt du …«

»Ich weiß es nicht, also klär mich freundlicherweise auf.« Maggie beobachtete amüsiert, wie er sich wand. Sie wusste, dass er dabei war, sich sein eigenes Grab zu schaufeln, und es würde ihr einen Heidenspaß machen, zuzuschauen, wie er versuchte, sich aus der Falle zu befreien.

Nick blickte seine Mutter hilfesuchend an, doch Joan ignorierte ihn bewusst.

»Nick?«, fragte Maggie erneut. »Was ist gegen einen Mädchenfilm einzuwenden?«

Da er sah, dass seine Mutter ihm nicht zu Hilfe kommen würde, vergrub er die Hände in den Taschen seiner Jeans und sagte: »Sie sind halt kitschiger Mädchenkram.«

»Mädchenkram«, wiederholte Maggie und ließ ihn mittels ihres Tonfalls wissen, dass sie das lächerlich fand.

Nick seufzte und zuckte die Achseln. »Okay, schön. Wenn du einen Mädchenfilm sehen möchtest, gehe ich mit, aber du bezahlst das Popcorn.«

Maggie lachte. »Abgemacht.« Sie griff nach ihrem Telefon, checkte die Anfangszeiten und erstand die Karten online.

»Was schauen wir uns an?«, fragte Nick.

»Lass dich überraschen. Ich habe die Karten gekauft, also geht das Popcorn auf dich.« Sie wollte nicht, dass Nick dies für ein Date hielt, eher dafür, dass zwei Freunde einen Sonntagnachmittag gemeinsam verbrachten.

»Klingt fair.«

Gut, er verstand ihre Absicht. »Wir haben nicht mehr

viel Zeit, wenn wir es rechtzeitig schaffen wollen«, sagte sie, legte das Buch weg und sprang auf. Edison gähnte und streckte die kurzen Beinchen aus, während er den Rücken krümmte.

»Das ist mein Stichwort, ihn nach draußen zu bringen.« Joan zog den Welpen von dem Sessel weg und ging zur Vordertür hinaus.

Maggie griff nach ihrem Regenmantel und ihrer Tasche, während Nick an der Tür wartete.

Joan stand vor dem Regen geschützt auf den Verandastufen, als Edison rasch sein Geschäft verrichtete.

»Guter Junge«, lobte sie den Welpen und hob den Daumen in Maggies Richtung. »Ein Erfolg«, sagte sie, hob Edison hoch und trug ihn ins Haus zurück.

»Ich fahre«, sagte Nick.

»Okay.« Angesichts der Benzinpreise würde Maggie sich nicht beklagen.

Als sie Popcorn und Getränke holten, lief bereits die Vorschau. Dieser Tom-Cruise-Film hatte hervorragende Kritiken bekommen, und Maggie war gespannt. Sie konnte Nicks Erleichterung darüber sehen, dass es sich nicht um einen Mädchenfilm handelte. Wann sie das letzte Mal gebuttertes Popcorn gegessen hatte, wusste sie nicht mehr. Es war eine seltene Leckerei, und sie hatte vor, jeden Bissen auszukosten.

Der Film war ausgezeichnet. Als sie das Kino verließen, fragte Nick: »Hast du irgendwelche Pläne für den Rest des Tages?«

Da sie Nick nicht den Eindruck vermitteln wollte, darauf aus zu sein, dass sie Zeit mit ihm verbrachte, griff sie zu einer Ausrede. »Ich sollte wahrscheinlich meinen Dad besuchen.«

Er hob die Brauen, als wäre er verwirrt. »Du hast hier in der Gegend Familie?«

»Meinen Dad«, bestätigte sie das Offensichtliche.

»Warum wohnst du denn dann bei meiner Mutter?« Er runzelte missbilligend die Stirn, als wäre diese Neuigkeit eine unangenehme Überraschung für ihn.

»Das ist meine Sache und nicht deine.« Maggie störte sich an seiner Reaktion. Wie konnte er es wagen, anzunehmen, dass sie keine guten Absichten Joan gegenüber hegte?

»Da es sich um meine Mutter handelt, geht es mich sehr wohl etwas an«, entgegnete er herausfordernd. Dabei maß er sie mit einem Blick, in dem tiefes Misstrauen lag.

Maggie erstarrte und verschränkte die Arme vor der Brust. Es kam gar nicht infrage, dass sie sich mit ihm stritt. Alles war bis zu diesem Punkt gut gegangen, doch nun war Nick dabei, einen wirklich schönen Nachmittag zu ruinieren.

»Bring mich bitte nach Hause.«

»Mit Vergnügen«, fauchte er. »Ich frage mich nur, zu welchem. Zu deinem Dad oder zu meiner Mutter?«

Sie gab keine Antwort.

Als Nick sie zu seinem Elternhaus fuhr, war die Atmosphäre im Truck angespannt.

Nick hatte kaum den Motor abgestellt, als Maggie auch

schon ihren Sicherheitsgurt löste, ausstieg und im Haus verschwand.

»Ihr seid früh zurück«, sagte Joan, die aus der Küche trat, als Maggie zurückkam. Ihre Vermieterin wirkte zufrieden mit sich, weil sie Nick und sie für den Nachmittag verkuppelt hatte.

Nick stürmte hinter Maggie zur Tür herein.

Joan blickte von einem zum anderen und schien instinktiv die Spannung zwischen ihnen zu spüren.

»Mom.« Nick funkelte Maggie finster an und richtete seine Aufmerksamkeit dann auf seine Mutter. »Wusstest du, dass Maggie in dieser Gegend noch Familie hat?«

»Ja.« Joan trocknete sich die Hände an einem Frotteetuch ab. »Wieso?«

»Ich möchte wissen, warum sie bei dir wohnt und nicht bei ihrem eigenen Vater.«

»Hast du sie gefragt?«

Er sah Maggie böse an. »Sie sagt, das ginge mich nichts an.«

»Was ja auch stimmt. Das hat nichts mit dir zu tun, Sohn. Ihre Gründe sind meine Sache und nicht deine.«

»Und ob sie meine Sache sind! Du bist meine Mutter, und ohne Dad, der auf dich aufpasst, mache ich mir Sorgen. Ich habe von genug Fällen gehört, wo jemand aus Gutmütigkeit einem anderen hilft und sich das dann fürchterlich rächt.«

»Oh, Nick, du musst dir doch wegen Maggie keine Gedanken machen.«

»Ich würde nie …« Maggie bedauerte prompt, den

Mund aufgemacht zu haben. Sie hatte sich rechtfertigen wollen, erkannte jedoch, dass sie auf verlorenem Posten stand. Die beste Antwort war Schweigen. Die Zeit würde für sie sprechen.

Joan schüttelte den Kopf, ließ ihren Sohn ihre Enttäuschung und ihren Frust spüren. »Ich hoffe, du vertraust meinem Urteilsvermögen, Nick. Maggie hier bei mir zu haben, ist ein Segen. Du liegst mit deiner Meinung falsch.«

»Dann beruhige mich«, sagte Nick. »Warum sollte sie sich dafür entscheiden, bei dir zu leben, statt bei ihrer eigenen Familie? Irgendetwas ist da im Busch, und ich will wissen, was. Wenn Dad noch leben würde, würde er es billigen, dass du eine Fremde in unser Haus aufnimmst?«

Maggie hatte genug gehört. Trotz ihrer Entschlossenheit, den Mund zu halten, brachte sie es nicht länger fertig. »Du bist unmöglich, weißt du das? Absolut unmöglich. Es war eine schlechte Idee, heute mit dir auszugehen, und ich bedaure es. Ein zweites Mal wird es nicht geben.« Mit diesen Worten stieg sie die Treppe zu ihrem Zimmer hoch, das einst seins gewesen war, dann drehte sie sich zu ihm um und fügte hinzu: »Für jemanden, der angeblich clever ist, kannst du unglaublich dumm sein.«

Als sie die letzten Stufen nahm, wünschte sich Maggie von ganzem Herzen, statt seinem Steves Zimmer genommen zu haben. Wütend, wie sie war, beschloss sie, die Zimmer zu tauschen. Joan würde es nicht stören. Schon in einem Raum zu schlafen, der einmal Nicks gewesen war, bereitete ihr mehr Verdruss, als sie brauchen konnte.

Sowie sie die Tür geschlossen hatte, hörte Maggie die Auseinandersetzung zwischen Nick und seiner Mutter nicht mehr, und dafür war sie dankbar. Sie tigerte ein paar Minuten auf und ab, bis ihr Zorn verraucht war.

Gegen sechs Uhr rief Joan Maggie zum Dinner. Das gebutterte, gesalzene Popcorn, das doch so lecker gewesen war, lag ihr dank Nicks Anschuldigungen schwer im Magen. Sie kam nach unten und stellte dankbar fest, dass er fort war.

Joan war damit beschäftigt, Schüsseln aus dem Schrank zu holen.

Maggie hinderte sie daran. »Ich habe keinen Hunger, aber danke.«

Joan musterte sie stirnrunzelnd. Sie hatte zwei Gedecke aufgelegt, und ein Schmorgericht köchelte in einer gusseisernen Kasserolle vor sich hin.

Zu jeder anderen Zeit hätte Maggie die Mahlzeit genossen. Sie war perfekt für einen so trüben Sonntagnachmittag.

»Ich weiß, dass Nick dich aufgeregt hat«, sagte Joan. »Ich entschuldige mich für das, was er gesagt hat. Ich habe selten erlebt, dass er derart voreilige Schlüsse zieht.« Joan schien darüber nachzugrübeln, und nach einem Moment schüttelte sie den Kopf, als könnte sie auch jetzt noch keinen Sinn darin erkennen. »Ehrlich gesagt verstehe ich meinen Sohn nicht.«

»Schon gut«, tat Maggie Joans Entschuldigung ab. Das Problem war Nick, nicht seine Mutter.

Joans Gesicht umwölkte sich. »Du erwägst doch nicht, auszuziehen, oder?«

»Auf gar keinen Fall!« Maggie weigerte sich, Nick diesen Triumph zu gönnen.

Joan nickte und murmelte: »Gutes Mädchen. Lass Nick Zeit, dann kriegt er sich schon wieder ein.«

Es kümmerte Maggie nicht, ob er das tat oder nicht, sie wollte nichts mehr mit ihm zu tun haben.

Da Montag ein Feiertag war und ihr die Hälfte mehr als an gewöhnlichen Tagen bezahlt wurde, beschloss Maggie, eine Acht-Stunden-Schicht zu übernehmen. Sie hatte keine besonderen Pläne und konnte das Geld brauchen. Alle zusätzlichen Einkünfte wanderten automatisch in ihren Ausbildungsfonds.

Starbucks war von dem Moment an, wo sie einstempelte, gerammelt voll. Nach dem Regen am Sonntag hatte die Wettervorhersage für den Nachmittag Sonne verheißen, und jeder im Gebiet von Seattle schien entschlossen zu sein, das auszunutzen.

Maggie war eingeteilt worden, die Bestellungen vom Drive-in aufzunehmen, ein Bereich ihrer Arbeit, der ihr Spaß machte. Sie achtete darauf, jeden mit einem Lächeln zu begrüßen, und wünschte den Gästen nach Ausgabe ihrer Bestellung einen schönen Tag. Die Firmenpolitik von Starbucks sah vor, dass die Angestellten an sämtlichen Plätzen arbeiteten, was sich als gute Praxis erwies. Jeder Posten konnte bei einem Ausfall sofort besetzt werden, und niemand war unersetzlich.

Gegen zehn Uhr lehnte sich Maggie aus dem Fenster,

um Geld entgegenzunehmen und einer Frau in einem blauen Tesla einen geeisten Chai Latte zu reichen, als sie Nicks Truck bemerkte. Er wartete direkt hinter der Frau mit dem Latte auf seine Bestellung.

Dieser Feigling.

Er war nicht wie üblich in das Gebäude gekommen. Stattdessen hatte er seine Bestellung über den Drive-in aufgegeben, als wollte er eine Begegnung mit ihr vermeiden. Dumm gelaufen. Nick Sample musste sich auf eine Überraschung gefasst machen.

Als er heranfuhr, um seinen Americano entgegenzunehmen, konnte er seine Reaktion nicht verbergen. Seine Augen wurden groß, als er Maggie sah, und er wich ihrem Blick aus.

»Das macht vier Dollar fünfundzwanzig«, sagte sie in geschäftsmäßigem Ton ohne jede Freundlichkeit.

Er reichte ihr einen Zehner. »Behalt den Rest.«

Schon früher war er großzügig gewesen, aber nicht in dem Maße. Sie widerstand dem Drang, ihm zu erklären, dass er eine Entschuldigung nicht mit Geld kaufen konnte, wenn es das war, was er vorhatte.

»Danke«, gab sie tonlos zurück, und dann sagte sie, weil ihr selbst nach Großzügigkeit zumute war, die Worte, die sie zu jedem Kunden sagte. »Einen schönen Tag noch.«

Vor Nick Sample lag ein langer Weg, wenn er ihre Gunst zurückgewinnen wollte.

Zwanzigstes Kapitel

Joan hatte mit minimalem Erfolg ihr Bestes getan, um das Feiertagswochenende zu ignorieren. Sie rief Steve in Arizona an, aber das Gespräch blieb kurz. Er war auf dem Weg zur Arbeit. An einem Feiertag, natürlich. Memorial Day. Im Arbeitsheft von Dr. O'Brien hatte die Frage gestanden, wie der ursprüngliche Name dieses Feiertags lautete.

Decoration Day. Der Tag, an dem die Gräber der Gefallenen einst mit Blumen und später mit Flaggen dekoriert wurden.

Joan hatte die Frage verdrängt. Sie schien dieser Tage viel zu verdrängen. Das Arbeitsheft hatte viele Erinnerungen an die Oberfläche geholt, bei denen sie hart darum kämpfte, sie zu vergessen. Sie fürchtete Feiertage, ignorierte sie lieber, als sie alleine durchzustehen. All das, was einmal glückliche Zeiten gewesen waren, erschien ihr jetzt als schmerzliche Mahnung, dass sie alleine war. Die gezielten Fragen des Arbeitshefts zwangen sie jedoch, sich den Ablenkungsmanövern zu stellen, zu denen sie seit Jareds Tod gegriffen hatte, statt sich mit ihrem Schmerz und ihrer Wut auseinanderzusetzen. Während sie die Übungen durchging, stellte sie etliche Male fest, dass ihr

Zorn bis zu einem Punkt anwuchs, an dem sie kaum mehr in der Lage war, ihn zu beherrschen.

Mary Lou hatte erzählt, wie sehr es ihr geholfen hatte, ein Tagebuch zu führen. Joan hatte sich die Worte ihrer neuen Freundin zu Herzen genommen. Nach ihrem Gespräch und Mary Lous Drängen schrieb sie ihre Gedanken auf. Ihr wurde klar, dass sie wenigstens die ersten sechs Monate nach Jareds Tod wie betäubt, vergesslich und verwirrt gewesen war. Jegliche Emotion hatte sie in sich verschlossen und so gut sie konnte ignoriert, statt sich der Realität zu stellen, weil der Schmerz so scharf gewesen war, dass ihr das Atmen schwergefallen war. In diesem Prozess hatte sie unabsichtlich die wichtigsten Beziehungen in ihrem Leben aus den Augen verloren: die zu ihren Söhnen. Und irgendwie auch die zu Emmie, obwohl ihre Schwester es ihr nicht leicht gemacht hatte, sie zu ignorieren.

Joans Fähigkeit, sich zu konzentrieren, hatte nachgelassen, ein Grund dafür, dass sie begonnen hatte, Puzzles zusammenzusetzen und ein Sudoku-Heft nach dem anderen durchzuackern. Sie waren lange Zeit eine wundervolle Ablenkung gewesen. Vor Kurzem hatte sie jedoch das Interesse an beidem verloren, und sie wusste auch, warum. Zum ersten Mal seit vier Jahren blickte sie dem Schmerz ins Gesicht und lief nicht davon.

Die Flut von Emotionen war überwältigend, aber sie weigerte sich, davor zurückzuweichen. Von jetzt an würde sie entschlossen nach vorne schauen, statt in die Erinnerungsfalle zu tappen.

Einmal mehr spürte sie den Stachel der Wut; spürte, wie er monströse Ausmaße annahm. Sie war wütend auf Jared wegen seiner nachlässigen Einstellung zu seiner Gesundheit. Eine Zeit lang hatte sie sich die Schuld gegeben; gedacht, sie hätte darauf bestehen sollen, dass er sich jährlich durchchecken ließ. Sie hatte ihn daran erinnert, einen Termin machen wollen, aber er hatte immer Ausreden vorgebracht. Zwei Mal, so fiel ihr ein, hatte er starke Kopfschmerzen erwähnt, ein Warnzeichen, das er lieber ignoriert hatte. Statt zum Arzt zu gehen, hatte er behauptet, er hätte zu viel zu tun, um sich von seiner Praxis freizumachen.

Die Wut brodelte in ihr, bis sie ihr vorkam wie ein Vulkan kurz vor dem Ausbruch. Vier lange Jahre hatte Joan alles, was ihrem Mann gehört hatte, genauso belassen, wie es war. Seine Sachen blieben im Kleiderschrank. Seine persönliche Habe – Golfschläger, Werkzeuge … – war noch dort, wo er sie zurückgelassen hatte. Im Nachhinein akzeptierte sie, dass das ihre Art war, sich an ihn zu klammern, als könnte sie ihn wieder zum Leben erwecken, weil sie ihn so dringend brauchte. Wie traurig, wie lächerlich. Wie falsch. Sie hatte sich um vier Jahre betrogen. Vier Jahre, in denen sie den Boden für ein neues, eigenes Leben hätte bereiten können.

Joan hielt nicht länger an Jared fest. Sie wollte alles von ihm loswerden.

Jetzt warf sie ihren Stift neben das Heft auf den Tisch und lief wie von Furien gehetzt in ihr gemeinsames Zimmer. Edison, der die Dringlichkeit des Augenblicks spürte, folgte ihr laut bellend. Sie trat in den begehbaren Kleiderschrank, den sie sich geteilt hatten, schlang die Arme um Jareds Frackhemden, nahm zehn auf einmal und warf sie dann auf den Boden. Unfähig, ihre Wut zu zügeln, trampelte sie darauf herum. Damit fuhr sie fort, bis all seine Kleidungsstücke aus dem Schrank in einem riesigen Haufen auf dem Boden lagen.

Ihre Schultern bebten vor Anstrengung. Erschöpft trat sie zu dem großen Bett, das sie einst miteinander geteilt hatten, und sank auf den Rand der Matratze, bis sich ihre Atemzüge beruhigten und ihr Herzschlag sich normalisierte. Tränen traten ihr in die Augen, und sie wischte sie hastig weg, verärgert darüber, dass sie so schwach war, dem Gefühl nachzugeben. Edison saß zu ihren Füßen, und sie hob ihn hoch und barg seinen Kopf unter ihrem Kinn, weil sie seine Wärme und seinen Trost brauchte. Der Welpe leckte ihr die Nässe vom Gesicht, als würde er ihre Bedürfnisse verstehen.

»Ich habe meine letzten Tränen um dich vergossen, Jared Sample.« So, nun hatte sie es laut gesagt und meinte es auch so.

Sowie sich ihre Wut abgekühlt hatte, sackten Joans Schultern nach unten, und sie empfand wieder den Drang zu weinen. Sie hatte eine gewaltige Unordnung angerichtet, um die sie sich früher oder später kümmern musste.

Sie entschied sich für später.

Da Maggie bei der Arbeit war, fühlte sich das Haus leer an. Es hatte zwei Tage lang pausenlos geregnet, und jetzt schien die Sonne. Joan hatte dem Feiertag so gut wie keine Beachtung geschenkt. Weil sie mit den schmerzlichen Gefühlen innerhalb der Trauergruppe, dem Führen des Tagebuchs und dem Lesen des Arbeitshefts beschäftigt gewesen war, hatte sie nichts getan, um Jareds Grab zu verschönern. Nachdem sie ihre heftige Wut an seinen Kleidungsstücken ausgelassen hatte, empfand sie das Bedürfnis, ihren Mann zu besuchen und ihren Frust loszuwerden. Ihn ein für alle Mal loszulassen.

Von Zielstrebigkeit erfüllt, schnitt sie ein paar Zweige vom lilafarben blühenden Rhododendron im Hintergarten ab. Während sie dort war, blickte sie zu den beiden Azaleenbüschen hinüber, die sie vor Kurzem gepflanzt hatte. Sie liebte es, wieder in ihrem Garten zu arbeiten, Pflanzen zu setzen und Unkraut zu jäten. So einfache Aufgaben, die sie wieder zu sich selbst zurückgeführt und ihrer Seele Nahrung geliefert hatten.

Zurück im Haus, arrangierte sie die Rhododendronzweige in einer Vase und machte sich dann auf den Weg zum Friedhof.

Ihr letzter Besuch hier lag schon eine Weile zurück. Mehr als ein Jahr. Es erübrigte sich zu sagen, dass sie ihn nicht vergessen hatte. Doch es fiel ihr schwer, den Mann, der hier lag, mit demjenigen in Einklang zu bringen, mit dem sie ihr Leben geteilt hatte, und den Friedhof zu besuchen, bestätigte eine Realität, der sie sich bislang nicht hatte stellen wollen.

Sie brauchte ein paar Minuten, um seine Grabstätte zu finden. An seinem Grabstein bemerkte sie einen halb verwelkten Strauß. Steve. Er hatte seinen Vater nicht vergessen, als er wegen der Konferenz in Seattle gewesen war.

»Jared«, flüsterte sie. Es fühlte sich immer eigenartig an, zu einem Stein zu sprechen. Nicht, dass sie eine Antwort erwarten würde. »Ich bin so wütend auf dich. Ich möchte dir die Schuld an allem geben, obwohl ich weiß, es war nicht deine Schuld, dass du gestorben bist. Jetzt bin ich allein, und es gefällt mir nicht. Ich hatte gehofft, mit dir zusammen alt zu werden, zu reisen, unsere Enkel zu verwöhnen, all die Dinge, über die wir einmal gesprochen haben. Wir hatten so schöne Träume für die Zukunft. Jetzt sind all diese Pläne ebenso tot wie du. Ich dachte, wir würden immer zusammen sein, aber dann musstest du gehen und alles ruinieren.«

Die Sprinkler hatten ihre Arbeit getan, und jetzt schien die Sonne und ließ den frisch bewässerten Rasen glitzern. Joan wäre Regen lieber gewesen. Das helle Sonnenlicht machte ihre schlechte Laune zunichte.

»Du hast alles durcheinandergebracht. Hast du auch nur ein Mal daran gedacht, welche Auswirkungen dein Tod auf unsere Familie haben würde? Die Jungen brauchen ihren Vater, und wo bist du?«

Joan hob das Gesicht gen Himmel und schloss die Augen. Sie dachte an Steve. Er lebte in Arizona, irgendetwas war zwischen Zoe und ihm vorgefallen, und er wollte nicht darüber reden. Und dann Nick, der so skeptisch und misstrauisch war. Auch das konnte leicht Jareds Verlust zugeschrieben werden.

Sie stellte die Vase vorne an den Grabstein, neben die

Blumen, die Steve dagelassen hatte, und trat zurück. »Das war es, Jared. Ich bin zur Vernunft gekommen, und ich lasse dich los. Ich kann mich nicht länger an dich klammern, weil es mich umbringt. Es bringt mich um«, rief sie laut. Ihr Zorn hallte über den Friedhof.

Sie wischte sich die Tränen von den Wangen. Von ihrem Ausbruch geschockt, ließ sie den Kopf sinken, trat weiter zurück und flüsterte: »Leb wohl.« Und weil sie sich wegen der wutentbrannten Worte, die ihr über die Lippen gekommen waren, schuldig fühlte, fügte sie hinzu: »Ruhe in Frieden.« Mit einem tiefen Seufzer ging sie zum Parkplatz zurück.

Vierundzwanzig Stunden später fand Joan sich in Dr. O'Briens Büro wieder. Die Therapeutin saß mit übereinandergeschlagenen Beinen in ihrem Sessel vor dem Sofa, wo Joan mit zwischen die Knie geklemmten Händen kauerte. Die Ärztin trug High Heels; der rechte war von ihrem Fuß gerutscht und baumelte an ihren Zehen. Komisch, wie so eine Kleinigkeit wie ein Schuh derart ablenkend wirken konnte.

»Ich möchte gerne hören, was Sie jetzt, wo Sie ein paar Mal da waren, von der Gruppe halten«, sagte Dr. O'Brien.

Joan würde ewig dafür dankbar sein, dass Dr. O'Brien darauf bestanden hatte, dass sie zumindest an einem Treffen teilnahm, bevor sie ihre Entscheidung traf. »Es hat mir wirklich geholfen.«

»Wie ich höre, haben Sie und Mary Lou sich schnell angefreundet.«

Joan nickte. »Sie ist einfach großartig. Sally auch.«

»Jeder in der Gruppe war an dem Punkt, an dem Sie sind, Joan. Sie wissen genau, was in Ihnen vorgeht, weil sie irgendwann einmal dasselbe durchgemacht haben.«

»Ich habe das Heft durchgearbeitet.«

»Sehr gut. Ist es hilfreich?«

Joan berichtete ihrer Therapeutin, wie sie den Friedhof besucht, Jared angebrüllt und sich im Nachhinein sowohl schuldbewusst als auch albern gefühlt hatte.

»Das ist verständlich und notwendig. Von einem großen Schritt in die richtige Richtung ganz zu schweigen.«

Joan stimmte ihr zu. Als sie wieder zu Hause gewesen war, schien ihr eine Last vom Herzen genommen zu sein. Die Wut hatte eine reinigende Funktion gehabt. Joan war klar, dass dies nur der erste Schritt war und sie sich mit vielen weiteren Problemen auseinandersetzen musste, die sich um Jareds Tod rankten. Das würde sie zu gegebener Zeit tun, und das machte ihr Mut.

»Jetzt, wo Sie sich mit Ihrem Verlust abfinden, Joan, können Sie sich dem Leben widmen, das vor Ihnen liegt. Und da gibt es zwei Wege.«

»Wie meinen Sie das?« Joan beugte sich vor, wollte unbedingt verstehen.

»Sie können so weitermachen wie bisher«, sagte Dr. O'Brien, »aber ich sehe, dass Sie das schon getan haben, so gut Sie können, und anscheinend funktioniert es nicht mehr.«

Joan erkannte, dass Dr. O'Brien recht hatte. Ihre Art, mit den Problemen umzugehen – sich im Haus zu verstecken, Puzzles zu legen und die gesamte Außenwelt zu ignorieren –, bot ihr keinerlei Trost mehr.

»Der andere Weg könnte einer der schwierigsten Aspekte der Trauer sein, dem Sie sich stellen müssen.«

Joan war nicht sicher, ob sie das verstand.

»Allem, was Sie zuletzt gesagt haben, entnehme ich, dass Sie bereit sind, nach vorne zu schauen und das Beste aus dem zu machen, was Sie haben.«

»Ja. Definitiv.«

»Und trotzdem gibt es da den Wunsch, mit Jared verbunden zu bleiben.«

Auch das traf zu. Joan konnte nicht einfach all die gemeinsamen Jahre auslöschen, alles vergessen, was sie einst geteilt hatten.

»Beides geht Hand in Hand, Joan. Vor und zurück, Seite an Seite. Den Weg weiterzugehen und doch in Verbindung zu bleiben. Ergibt das einen Sinn?«

Davon war Joan immer noch nicht ganz überzeugt. »Können Sie mir ein Beispiel nennen?«

»Natürlich. Den Weg weiterzugehen, heißt, zu den Gruppensitzungen zu kommen und in Verbindung zu bleiben, bedeutet, das Grab zu besuchen. Sie haben Jareds Kleider aus dem Schrank geräumt, das war die Art, nach vorne zu schauen. Das Fotoalbum durchzugehen, hat die Verbindung aufrechterhalten. Es ist eine schwierige Balance.«

»Allerdings«, stimmte Joan zu. Sie hatte weder Jareds Golfschläger noch seine Holzschnitzwerkzeuge entsorgt, falls einer ihrer Söhne diese Dinge später haben wollte.

»Sagen Sie mir, wie Sie sich gerade jetzt fühlen?«, fragte Dr. O'Brien.

Joan nahm sich einen Moment, um ihre Gefühle zu ordnen. »Besser, denke ich.« Es tat gut, jemandem zu erzählen, was sie getan hatte und wie wütend sie gewesen war. »Eine Untermieterin aufzunehmen, war auch ein Schritt in die richtige Richtung.«

»Es ist schwer, sich damit abzufinden, allein zu sein«, sagte die Therapeutin. »Vor allem, weil Sie und Jared rund um die Uhr zusammen waren.«

Das war der springende Punkt. Wenn sie nicht zusammengearbeitet hätten, wäre es vielleicht ein bisschen leichter gewesen, mit seinem Tod zurechtzukommen. Der Umstand, dass sie ständig zusammen gewesen waren, quasi aneinandergeklebt hatten, machte es nur noch schwieriger, sich an das Singledasein zu gewöhnen.

»Es gibt einen Unterschied zwischen Einsamkeit und Alleinsein, Joan. Während Ihr Heilungsprozess beginnt, werden Sie Wege finden, sich wieder zugehörig zu fühlen, nur wird es nicht mehr so sein wie früher. Ich bin dankbar, dass Sie der Gruppe nicht den Rücken gekehrt haben. Dort sind Menschen, die Ihnen helfen, sich aus Ihrem Schneckenhaus zu befreien, und das wird Ihnen neue Möglichkeiten eröffnen.«

Joan konnte spüren, dass das bereits der Fall war.

»Während Ihrer Ehe gab es auch Zeiten, wo Sie und Jared getrennt waren, richtig?«

»Natürlich.«

»Auch wenn Sie allein waren, waren Sie nicht wirklich einsam, weil Sie einen Partner hatten. Jemanden, mit dem Sie zusammen essen und Ideen austauschen konnten; jemanden, der Ihnen half, Entscheidungen zu treffen. Sie hatten ein gemeinsames gesellschaftliches Leben, Freunde, Ausflüge, Urlaube. Sie waren ein Paar. Ein großer Teil der Einsamkeit nach dem Tod eines Partners rührt vom Identitätsverlust her. Wenn es plötzlich und unerwartet passiert, so wie in Ihrem Fall, ist es nur natürlich, sich desorientiert und verloren zu fühlen.«

Joan hatte über diesen Aspekt von Einsamkeit noch nie nachgedacht, aber jetzt, wo sie es tat, hallte er tief in ihr wider. Ihre Identität war erschüttert worden. Sie wusste nicht länger, wer sie war. Nachdem sie all die Jahre über Ehefrau und Mitarbeiterin gewesen war, war sie abrupt keines von beidem mehr.

»Ich habe in dem Arbeitsheft weitergelesen«, gab sie zu, wobei sie fürchtete, Dr. O'Brien würde vielleicht ihren Eifer, auf ihrem Weg weiterzukommen, missbilligen. »Ist das in Ordnung?«

»Natürlich. Haben Sie eine Frage?«

Joan nickte. »Mir ist aufgefallen, dass darin steht, es könnte sich als vorteilhaft erweisen, sich für andere zu engagieren.«

»Erstaunlicherweise ja. Je mehr wir uns für andere einsetzen, desto stärker beginnen wir uns selbst zu fühlen.«

Joan ließ die Worte sacken. Maggie zu helfen, war ein großer Schritt für sie gewesen. Es war, als hätte ihr Unterbewusstsein erkannt, dass es ihr genauso guttat wie Maggie.

Dr. O'Brien sah auf die Uhr und runzelte die Stirn. »Leider ist unsere Zeit um, aber Joan, Sie machen das alles ausgesprochen gut. Ich bin stolz auf Sie.«

»Danke.«

»Ich freue mich darauf, Sie bei unserer nächsten Gruppentherapiesitzung zu sehen.«

»Ich werde da sein.«

»Gut. Bevor Sie gehen, möchte ich Ihnen ein Buch empfehlen, von dem ich glaube, dass Sie es hilfreich finden werden.«

»Gerne.«

»Es heißt *Über die Trauer*, der Autor ist C. S. Lewis.«

Joan war bereit, alles zu tun, was ihren Geist und ihr Herz befreien würde. »Ich werde es mir sofort bestellen.«

Dr. O'Brien brachte sie zur Tür, und Joan verließ den Raum. Auf dem Parkplatz stieß sie langsam den Atem aus, so dankbar dafür, dass sie diese Schritte in Richtung Heilung getan hatte. Es war schmerzhaft und traumatisch, aber dann fiel ihr ein, was ein Schmetterling alles auf sich nehmen musste, um sich aus seinem Kokon zu befreien.

Einundzwanzigstes Kapitel

Maggies Acht-Stunden-Schicht bei Starbucks ging zu Ende, und obwohl sie es sich selbst höchst ungern eingestand, war sie enttäuscht, dass Nick Sample nicht vorbeigekommen war. Sein Pech. Sie hoffte, dass ihm der Magen knurrte. In den Tagen nach dem Kinobesuch und der darauffolgenden Auseinandersetzung hatte sich ihre Einstellung ihm gegenüber leicht geändert. Er hatte das Recht, sich Sorgen um seine Mutter zu machen, aber gleichzeitig sollte er Joans Urteilsvermögen vertrauen.

Sie hatte seine Gesellschaft genossen, als sie im Kino gewesen waren. Sie hatten sich einen großen Becher Popcorn geteilt und gemeinsam gelacht. Doch sobald er erfahren hatte, dass ihr Vater in der Gegend wohnte, war Nick offen argwöhnisch geworden. Es gab viel, wofür Maggie dankbar sein musste, und sie war zutiefst erleichtert, dass Joan die Bedenken ihres Sohnes mit ihrem Vertrauen in sie beantwortet hatte.

In der kurzen Zeit, seit sie bei Joan eingezogen war, fühlte sich Maggie so zu Hause, wie sie es seit dem Tod ihrer Mutter nicht mehr getan hatte. Sie wusste, dass ihre Anwesenheit auch Joan half. Sie hatten einander gebraucht.

Maggie beabsichtigte, alles zu tun, was sie konnte, um Joan zu beweisen, wie dankbar sie war, sie als Vermieterin zu haben. Sie würde lieber auf der Straße leben, als Joan auszunutzen. Dass Nick sie überhaupt verdächtigte, seine Mutter für ihre egoistischen Zwecke zu benutzen, war eine Beleidigung.

Als sie zu der Stelle ging, wo sie ihr Auto abgestellt hatte, griff Maggie nach ihrem Telefon und checkte ihre E-Mails. Als sie die Antwort von Hurst Review sah, erstarrte sie und hielt den Atem an. Einen langen Moment lang konnte sie nichts tun, als die Überschrift anzustarren. Sie hatte sich für ein Stipendium für die Ausbildung zur Krankenschwester sowie um andere Stipendien und finanzielle Unterstützung beworben. Die größte Chance hatte sie, wie sie glaubte, bei Hurst. Deren Stipendium würde ihr Leben verändern.

Als sie die Ungewissheit nicht länger ertragen konnte, öffnete sie die Mail und überflog rasch den Inhalt. Sie musste ihn zwei Mal lesen, bevor sie glauben konnte, was da stand.

Sie hatte das Stipendium bekommen!

Die nächsten zwei Jahre würden die Ausbildungskosten übernommen werden, solange sie die in der E-Mail aufgelisteten Bedingungen erfüllte. Überwältigende Erleichterung und Glück durchfluteten sie. Sie brach an Ort und Stelle, mitten auf dem Parkplatz, in Gelächter aus und hüpfte auf und ab, während sie in wildem Triumph die Faust in die Luft stieß.

Diese Neuigkeiten waren zu gut, um sie für sich zu

behalten. Der erste Mensch, der ihr einfiel, um davon zu erzählen, war Joan, die ihr Mut gemacht hatte, als die anderen Stipendien eins nach dem anderen anderweitig vergeben worden waren. Aber dann erinnerte sie sich, dass Joan an diesem Nachmittag einen Termin bei Dr. O'Brien hatte.

Wider besseres Wissen verspürte Maggie den Drang, ihrem Vater davon zu berichten. Es war unwahrscheinlich, dass er sich für sie freuen würde, aber das machte nichts. Er sollte wissen, dass sich all ihre harte Arbeit ausgezahlt hatte.

Es verstand sich von selbst, dass ihr Vater um diese Zeit nicht zu Hause sein würde. Die meisten Nachmittage verbrachte er mit seinem Trinkkumpan Al in der hiesigen Kneipe.

Und richtig, sie fand ihn mit seinen Kumpels, einen Bierkrug in der Hand, an der Theke des *Half Pint*. Im Inneren der Kneipe war es düster, und der Geruch nach Bier und Bratfett wehte durch den Raum.

»Maggie?« Roy Herbert sprach als Erster. Überraschung schwang in seinem Gruß mit.

»Hi, Dad.«

Er runzelte die Stirn, wirkte besorgt. »Bist du okay?« Die Frage klang ängstlich, obwohl er sie mit schroffer Stimme gestellt hatte.

»Mir geht es gut«, versicherte sie ihm. »Mehr als gut, um genau zu sein.«

Er drehte sich auf seinem Barhocker um, um sie genauer zu betrachten. Auf seiner Stirn bildete sich eine tiefe senkrechte Falte, als könnte er nicht ergründen, was sie hierherführte.

»Ist das deine Tochter?«, fragte der Mann auf dem Hocker neben ihrem Vater.

Das musste sein Freund Al sein, von dem ihr Vater so oft gesprochen hatte.

»Das ist Maggie«, stellte ihr Vater sie vor.

»Sie ist hübsch.«

»Sie kommt nach ihrer Mutter.«

»Du solltest dankbar sein, dass sie nicht deine hässliche Visage geerbt hat.« Al lachte, als fände er sich selbst urkomisch.

»Halt die Klappe, Al.« Ihr Vater rutschte von seinem Hocker und führte Maggie zu einem der freien Tische hinüber, von denen es viele gab. Um diese Tageszeit herrschte im *Half Pint* offenbar wenig Betrieb.

Maggie setzte sich und schenkte ihm ein schwaches Lächeln.

»Was läuft denn so?«, fragte ihr Vater. Seine Miene verriet ihr, dass er zwischen widersprüchlichen Gefühlen hin- und hergerissen wurde. Er war immer noch wütend, weil sie ihn allein gelassen hatte, gleichzeitig machte er sich Sorgen, wollte das aber nicht zeigen.

Sie zuckte die Achseln. »Nicht viel.«

»Kommst du mit dieser verwitweten Lady klar?« Seine Augen verdunkelten sich, als wäre er überzeugt, dass seine Tochter einen furchtbaren Fehler gemacht hatte, indem sie ihn verließ.

»Es spielt sich ein.«

Er quittierte ihre Worte mit einem knappen Nicken, aber sein Gesichtsausdruck besagte, dass er nicht wusste, ob er ihr glauben sollte.

»Wie geht es dir?«, fragte sie.

Er blickte zu Boden. »Ich muss sagen, dass es ein bisschen einsam ist, seit du nicht mehr zu jeder Tages- und Nachtzeit ins Haus und wieder hinaustrampelst.«

Wow. Dass er bereit war, zuzugeben, dass er sie vermisste, war schon viel, vor allem nach der Art, wie er reagiert hatte, als sie ausgezogen war. Es klang wie ein Zugeständnis seinerseits, seine Art, ihr zu sagen, wie sehr er sein Verhalten bedauerte. Das war noch nie passiert. Doppelt wow.

»Achtest du gut auf dich?«, fragte Maggie.

Er schnaubte. »Grins schadenfroh, so viel du willst, aber das Haus kommt mir leer vor, wenn du mich nicht wegen meines Trinkens nervst und darauf bestehst, dass ich etwas esse.« Anscheinend hatte die Zeit ihrer Abwesenheit ihn etwas milder gestimmt.

»Es freut mich, das zu hören«, versicherte sie ihm, wobei sie ihre Belustigung hastig verbarg.

»Willst du deiner Tochter nicht ein Bier anbieten?«, rief Al von der Theke her.

»Nein«, erwiderte Roy. »Sie trinkt nicht.« Dann wandte er sich an Maggie. »Stimmt doch, oder?«

»Stimmt.« Sie hielt es nicht für nötig, das gelegentliche Glas Wein zu erwähnen, doch seine Frage brachte sie auf eine Idee. Sie würde eine Flasche Sekt besorgen, um sie später mit Joan zu teilen. Billigen Sekt, weil sie sich nicht mehr leisten konnte.

Ihr Vater fuhr fort, sie anzustarren, als wartete er darauf, dass sie ihm sagte, aus welchem Grund sie ihn aufgesucht hatte.

Maggie hielt den Atem an und beschloss, es ihm zu erzählen, obwohl sie nicht sicher war, wie er reagieren würde. »Ich habe vorhin eine E-Mail bekommen. Mir wurde ein zweijähriges Stipendium gewährt.«

Seine Antwort war weit entfernt von allem, was sie erwartet hatte.

Seine Augen füllten sich mit Tränen.

Er zwinkerte heftig, um sie zurückzuhalten, und schluckte hart. »Deine Mutter wäre stolz auf dich.« Seine Worte waren kaum mehr als ein Flüstern. Zuerst konnte Maggie sie nicht verstehen, doch als sie es tat, legte sie ihm die Hand auf den Arm. »Was ist mit dir, Dad?«

Er ignorierte die Frage. »Was habe ich dir gesagt, als ich dich das letzte Mal gesehen habe?«, platzte er stattdessen mit rauer Stimme heraus.

»Gesagt?« Sie erinnerte sich kaum an ihre letzte Begegnung. Kurz nachdem sie ihre Sachen geholt hatte, war sie noch einmal vorbeigekommen, und er hatte angenommen, sie wäre voller Bedauern nach Hause zurückgekehrt. »Sorry?«

Er schnaubte, als wäre das genau das, was er erwartet hatte. »Ich sagte, wenn du wieder vorbeikommst, musst du mir einen Whopper mitbringen.«

Maggie lächelte. »Sieht aus, als hätte ich dich schon wieder enttäuscht.«

»Damit habe ich gerechnet.«

»Ich achte darauf, dass es nicht noch mal passiert«, versprach sie.

Der Anflug eines Lächelns trat in seine Augen. »Tu das.«

Maggie schoss von ihrem Stuhl hoch, blieb stehen und drehte sich zu dem Trinkkumpan ihres Vaters um. »Schön, dich endlich kennengelernt zu haben, Al.«

Der Mann salutierte. »Freut mich auch, nach allem, was dein Vater von dir erzählt hat. Er sagt es vielleicht nicht, aber er ist stolz auf dich.«

»Halt die Klappe, Al«, bellte ihr Vater.

Seine Worte trafen sie unvorbereitet. Ihr Vater war stolz auf sie. Das war eine Überraschung. Al ließ es so klingen, als hätte Roy mit ihr angegeben. Hörten die Wunder denn nie auf? Sie schielte zu ihrem Vater und stellte fest, dass sich sein Gesicht rötete. Tatsächlich! Zwar tat er sein Bestes, um an ihr herumzunörgeln und ihre Ausbildung schlechtzumachen, aber tief in seinem Innern freute er sich, dass sie alles in ihrer Macht Stehende getan hatte, um die Schule zu beenden und den Beruf der Krankenschwester zu erlernen. Nur dass er sie das nie wissen lassen würde.

Maggie verließ beschwingten Schrittes die Kneipe. Auf ihrem Weg zurück zu Joan machte sie bei Safeway halt, um eine Flasche Sekt zu besorgen. Sie fand eine Marke, die für weniger als zwanzig Dollar bemerkenswert gute Bewertungen bekommen hatte. Zwanzig Dollar, die sie sich nicht wirklich leisten konnte, aber wenn es je einen Grund gegeben hatte, Geld zu verprassen, dann jetzt.

Maggie parkte an ihrem üblichen Platz, rannte die Verandastufen hoch und trat ins Haus.

»Joan«, rief sie, zu aufgeregt, um leise zu sein. Sie hielt die Sektflasche hoch, als sie zur Küche lief.

Joan kam aus dem Raum. Sie war nicht allein.

Nick war bei ihr, er hielt Edison auf dem Arm. Anscheinend hatte sie sich viel zu sehr gefreut, um seinen auf der Straße geparkten Truck zu bemerken.

Die Freude strömte noch immer aus ihr heraus wie Wasser aus einem Hydranten. Ihr Blick kreuzte sich mit dem von Nick, bis sie fast die Funken sehen konnte.

Maggie ließ die Flasche sinken. »Sorry, ich … ich wusste nicht, dass du Besuch hast.«

»Was feiern wir denn?« Joan musterte die Sektflasche.

Maggie zuckte die Achseln, als wäre das nicht weiter wichtig. »Ich habe ein Zweijahresstipendium bekommen.«

Ein breites Lächeln trat auf Joans Gesicht. »Das sind ja wundervolle Neuigkeiten.«

»Herzlichen Glückwunsch«, fügte Nick hinzu. Er sah ihr einen langen Moment in die Augen.

Maggie gab sich alle Mühe, so zu tun, als beachtete sie ihn nicht. Es fiel ihr schwer, aus ihm schlau zu werden. Er klang aufrichtig, aber sie war sich nicht sicher, ob sie ihm trauen sollte. »Ich stelle die hier in den Kühlschrank, damit sie kalt wird, und wir können sie später aufmachen.« Wenn Nick hier war, musste sie verschwinden. Es war klar, dass ihre Gegenwart nur Unbehagen auslösen würde. »Ich werde in mein Zimmer gehen.«

»Nicht nötig«, sagte Joan in dem Bemühen, sie aufzuhalten.

Maggie blieb nicht lange genug, um zu widersprechen. Stattdessen stieg sie die Treppe hoch. Sie war fast bei ihrem Zimmer angelangt, als sie merkte, dass Nick ihr gefolgt war.

»Was ist?« Sie drehte sich zu ihm um.

Er hob beide Arme, als zielte sie mit einer Pistole auf ihn. »Wenn du mir eine Minute gibst, würde ich mich gerne entschuldigen.«

»Entschuldigung angenommen. Denk dir nichts dabei.«

Er schob die Hände in die Taschen seiner Jeans. »Ich wünschte, das wäre so einfach.«

»Wie meinst du das?«

»Es ist nicht wichtig. Ich war ein Arschloch.«

Sie verschränkte die Arme vor der Brust und legte den Kopf schief. »Ich würde sagen, das trifft es auf den Punkt.«

»Hör zu, okay?«

Sie war ganz Ohr. »Okay.«

»Du erinnerst dich an Kurt? Er ist der Typ, der immer mit mir zu Starbucks kommt.«

»Ja, aber was hat der mit irgendetwas zu tun?«

»Seine Mutter hat vor einiger Zeit eine neue Hüfte bekommen. Nachdem sie aus dem Krankenhaus entlassen worden war, kam die Tochter einer Freundin zu ihr, um ihr zu helfen. Ihr Schlafzimmer war oben … na ja, das ist unwichtig. Der springende Punkt ist, dass sie diese junge Frau in ihr Haus geholt hat.«

»Was hat das mit mir zu tun?« Maggie hatte keine Ahnung, warum diese Information wichtig sein sollte, aber sie beschloss, Nick zu Ende anzuhören.

»Nichts, aber es könnte helfen, meine Reaktion zu erklären. Erst als Kurts Mom wieder Treppen steigen konnte, merkte sie, dass ein paar wertvolle Stücke aus ihrem Schmuckkasten fehlten. Kurt war wütend, dass jemand seine Mutter ausgenutzt hatte. Er stellte die junge Frau zur Rede, die heftig abstritt, etwas gestohlen zu haben. Sie war über den Verdacht empört. Es ruinierte die Beziehung zwischen seiner Mutter und ihrer besten Freundin. Kurt begann damit, mehrere Pfandleihen zu überprüfen, und stieß schließlich auf ein paar der fehlenden Stücke. Das Traurige ist, dass seine Mutter jemandem Vertrauen schenkte, der dies nicht verdiente. Ich ... ich wollte nicht, dass meiner Mutter etwas Ähnliches passiert.«

»Erzählst du mir das, weil du Angst hattest, ich könnte deine Mutter bestehlen?« Nick machte die Sache nicht besser.

Er verlagerte unbehaglich das Gewicht. »Ja, und ich habe mich geirrt. Es tut mir leid, Maggie, und ich hoffe, du bist bereit, mir eine zweite Chance zu geben.« Er hob den Kopf, um sie anzusehen. »Ich habe voreilige Schlüsse gezogen, als ich erfuhr, dass du Familie hier in der Gegend hast. Ich dachte, es gäbe keinen guten Grund für dich, bei meiner Mom zu wohnen, wenn du andere Alternativen hast.«

Sie dachte über seine Erklärung nach. Zugegebenermaßen hätte sie, wenn die Situation umgekehrt gewesen wäre, auch Bedenken gehabt. Vor allem, wenn sie gehört hätte, was der Mutter ihrer Freundin passiert wäre.

»Mom erwähnte, deine häusliche Situation wäre nicht ideal.«

Weder bestätigte Maggie dies, noch leugnete sie es.

»Nun?«, fragte er. »Glaubst du, wir können das abhaken und Freunde sein?«

Sie ließ ihn ein paar Sekunden lang schmoren, bevor sie lächelte und die Hand ausstreckte. Das Problem war: Sie mochte Nick. Sie hatte im Kino viel Spaß mit ihm gehabt. Er war witzig, und obwohl sein Misstrauen sie verletzt hatte, verstand sie, dass er zum Besten seiner Mutter handelte.

Nicks Lächeln erhellte sein Gesicht, als er nach ihrer Hand griff und sie schüttelte. Dann überraschte er sie, indem er sie in eine feste Umarmung zog. »Glückwunsch zu dem Stipendium.«

»Danke.« Sie erwiderte seine Umarmung. Wegen ihres Stipendiums war ihre Stimmung zu gut, um noch länger an ihrer Wut festzuhalten. Seine Umarmung fühlte sich schön an, und sie sog seine Wärme und aufrichtige Freude über ihren Erfolg in sich auf. Sie war glücklich, dass er im Haus gewesen war, um die Neuigkeit mit ihr und Joan zu teilen.

»Ich schätze, der Sekt ist jetzt kalt. Lass uns feiern.«

»In Ordnung«, stimmte sie zu.

Seite an Seite gingen sie die Treppe wieder hinunter.

Als hätte sie mit ihnen gerechnet, hatte Joan drei Sektflöten aus dem Schrank geholt und auf die Küchentheke gestellt.

Nick öffnete den Kühlschrank und nahm die Flasche heraus. Maggie hatte sie im Laden aus der Kühlung geholt, sodass sie vorher schon kalt gewesen war.

»Es sieht aus, als hättest du Erfahrung im Öffnen von Sektflaschen«, bemerkte Maggie angesichts des Geschicks, mit dem er mit der Flasche umging.

»Als ich in der Oberstufe der Highschool war, habe ich für einen Caterer gearbeitet«, erklärte er. »Mein Chef sagte, der Korken müsse nicht knallen, wenn die Flasche richtig geöffnet wird. Wenn ich mich recht erinnere, behauptete er, wenn ich es richtig machen würde, würde das Geräusch dem Seufzen einer zufriedenen Frau gleichen.«

Joan brach in schallendes Gelächter aus, und Maggie lächelte ebenfalls, bevor sie ihre Aufmerksamkeit auf Nicks Mutter richtete. Wenn ihr Lachen ein Anzeichen war, hatte sich auch für sie etwas zum Positiven geändert. Maggie vermutete, dass es etwas mit der verwitweten Freundin zu tun hatte, die Joan in der Selbsthilfegruppe gefunden hatte.

Nick füllte jedes Glas, bevor er erst seiner Mutter und dann Maggie eines reichte.

»Auf die zukünftige Florence Nightingale.«

Maggie verbeugte sich kurz.

Edison bellte, und alle drei lachten, bevor sie miteinander anstießen und den Sekt tranken.

Dieser Tag war von wundervollen Überraschungen erfüllt gewesen. Das Stipendium, der Besuch bei ihrem Vater und Nicks Entschuldigung. Maggie schwoll das Herz vor Glück.

Sie schloss kurz die Augen und war sicher, die Stimme ihrer Mutter hören zu können, die Maggie daran erinnerte, wie stolz sie auf sie war.

Zweiundzwanzigstes Kapitel

Am späten Mittwochnachmittag wählte Joan ihr Outfit sorgfältig aus, ehe sie sich für lohfarbene Hosen und ein blumenbedrucktes blaugrünes Shirt und einen leichten weißen Sweater entschied. Es war entschieden zu lange her, seit sie Wert auf ihr Äußeres gelegt hatte. Sie betrachtete ihr Spiegelbild und konnte den Unterschied sehen. Ihr neuer Haarschnitt hatte eindeutig geholfen. Aber es lag an mehr als nur ihrer Frisur. Es war ihre gesamte Einstellung. Sie fühlte sich fast frei, obgleich ihr klar war, dass noch ein langer Weg vor ihr lag. Dennoch hatte sie Fortschritte gemacht, und sie brannte darauf, diesen Weg weiterzugehen; brannte darauf, sich der Zukunft zu stellen, was immer diese für sie bereithielt. Sie war fertig damit, den Kopf in den Sand zu stecken und sich vor der Welt zu verstecken, weil es ihr unmöglich erschien, sich eine Zukunft ohne Jared vorzustellen.

Sie wollte gerade gehen, als Maggie die Treppe heruntergesprungen kam. Die junge Frau schien vor Leben und Licht zu strotzen. In ihrem ärmellosen, mit Gänseblümchen bedruckten gelben Sommerkleid sah sie hinreißend aus, und die riemchenlosen Sandalen stellten die perfekte Ergänzung dar. In den wenigen Wochen, die Maggie bei ihr wohnte, hatte sie kein einziges Date gehabt, jedenfalls nicht, soweit Joan wusste. Das Mädchen arbeitete entweder oder lernte oder unterrichtete, obwohl der Job in der Schule enden würde, wenn die Sommerferien begannen.

»Du siehst aus, als hättest du ein heißes Date.« Joan freute sich darüber, wie glücklich Maggie wirkte.

Maggie stieg das Blut in die Wangen. »Nick hat mich gebeten, mit ihm auszugehen. Du hast doch nichts dagegen, oder? Ich meine, er hat gesagt, ihnen würde bei ihrem Quizteam ein Mitspieler fehlen, und gefragt, ob ich diese Woche einspringen könnte. Ich …«

»Himmel, nein, warum sollte ich etwas dagegen haben?« Wenn überhaupt, war Joan von der Vorstellung, ihr Sohn könnte Interesse an Maggie zeigen, begeistert. Wenn sie eine Tochter hätte, würde Joan sich wünschen, dass sie genau so wie ihre Untermieterin wäre.

Maggie entspannte sich sichtlich. »Wie es aussieht, gehst du selbst aus.«

»Es ist Mittwoch. Ich treffe Mary Lou bei der Trauertherapiegruppe.«

»Das ist ja großartig.«

Das war es definitiv. Obwohl sie inzwischen fast jeden Tag miteinander sprachen, hatte Joan bislang noch nicht mit Mary Lou über Phils Frau gesprochen. Er war wegen der Pflege des Rasens wie vereinbart etliche Male bei ihr zu Hause gewesen. Sie hatten Höflichkeiten ausgetauscht, aber seine Frau war nie zu den Gruppensitzungen mitgekommen. Es hätte Joan interessiert, sie kennenzulernen.

Phil war ihr ans Herz gewachsen, aber nicht auf eine romantische Weise. Er war ein guter Mensch, gewissenhaft und rücksichtsvoll und mit einem Sinn für Humor. Seine Frau musste ein ganz besonderer Mensch sein, und Joan hoffte, dass sie eines Tages alle Freunde sein könnten.

Aber Phil war ihr in vieler Hinsicht ein Rätsel. Er fuhr einen teuren Tesla, und sie erinnerte sich, dass er gesagt hatte, er hätte seinen früheren Job aufgegeben, um Harrison Landscaping zu übernehmen, als sein Vater in den Ruhestand gegangen war. Joan konnte nicht umhin, zu rätseln, was er früher gemacht hatte. Sie hatte fragen wollen, es aber nicht getan, weil anscheinend nie der richtige Zeitpunkt dafür gewesen war und sie auch nicht allzu sehr nachbohren wollte.

Nick kam, um Maggie abzuholen, und Joan bemerkte, dass er sich hergerichtet hatte. Ihr Sohn hatte sich rasiert und trug ein Paar Dockers und ein durchgeknöpftes Hemd. Joan konnte sich nicht erinnern, wann ihr Sohn zuletzt solchen Wert auf sein Äußeres gelegt hatte. Selbst als er sie zum Dinner ausgeführt hatte, hatte er Jeans und Turnschuhe getragen. Das verriet Joan, dass er Maggie tiefere Gefühle entgegenbrachte. Die beiden hatten ihre Probleme, aber irgendwie hatten sie es geschafft, sich zusammenzuraufen.

Fast ohne ein Wort waren sie zur Tür hinausgelaufen. Joan registrierte, dass sie sich an den Händen hielten, was ihrer Meinung nach ein gutes Zeichen dafür war, dass sich ihre Beziehung positiv entwickelte. Was ihr das Herz wärmte.

Edison jaulte herzzerreißend, als sie ihn in seine Box setzte, und Joan griff nach ihrer Handtasche und schickte sich an, das Haus zu verlassen. Sie fühlte sich schuldig, Edison zurückzulassen, vor allem, wenn er mit seinen dunkelbraunen Augen zu ihr hochblickte. Das einzig Gute war, dass er überglücklich sein würde, wenn sie zurückkam. Er würde vor Freude Luftsprünge machen. Der Welpe hatte zusammen mit Maggie ihren Heilungsprozess beschleunigt, erkannte sie, und sie war für beide dankbar.

Nick öffnete die Beifahrertür des Trucks für Maggie. Da es ihr mit ihren eins fünfundsechzig schwerfiel, hineinzuklettern, half er ihr beim Einsteigen.

»Danke«, sagte sie, als sie so anmutig wie möglich auf ihren Platz rutschte. Männer und ihre Trucks!

Nick nahm auf dem Fahrersitz Platz und ließ den Motor an. Er schien guter Laune zu sein, ebenso wie Maggie. Sie war aufgeregt und erfreut gewesen, als Nick sie gebeten hatte, sich ihm und seinen Freunden für etwas anzuschließen, das ein lustiger Abend zu werden versprach.

»Erzähl mir von eurem Quizteam.« Sie wollte vorbereitet sein.

»Kurt kennst du ja schon.«

»Richtig.« Er war der Mann, der am Morgen jedes Werktags mit Nick vorbeikam.

»Er verfügt über viel Allgemeinwissen über Filme, Schauspieler und solche Sachen.«

Sie nickte.

»Dann ist da noch Bruce. Er ist Ingenieur und für alles zuständig, was mit Technik zu tun hat.«

»Was sind deine Stärken?«, fragte sie.

Er zuckte die Achseln. »Auf dem Gebiet der Popkultur bin ich ein hoffnungsloser Fall, aber ich lese viel, hauptsächlich über Geschichte und Wissenschaften, weswegen Kurt mich Einstein nennt.«

Maggie lächelte.

Er wandte den Blick von der Straße ab. »Amüsiert dich Kurts Spitzname für mich, weil ich mich darüber ärgere?«

»Ich lache nicht über deinen Spitznamen, sondern über deine Bescheidenheit«, sagte sie. »Vermutlich hast du mich wegen meiner medizinischen Kenntnisse eingeladen.«

»Yeah«, bestätigte er und grinste dann, als hütete er ein Geheimnis. »Die Wahrheit lautet, dass das ein guter Vorwand war, um den Abend mit dir zu verbringen.«

Maggie hegte da ihre Zweifel. »Fehlt euch wirklich ein Teammitglied?«

Er zögerte, bevor er antwortete: »Okay, Zeit für Geständnisse. Jedes Team darf vier Mitglieder haben. Drei von uns zeigen Kampfgeist und kommen jede Woche. Tyler allerdings nicht, er ist so eine Art Springer, lässt sich nur blicken, wenn ihm danach ist. Die letzten beiden Wochen hat er durch Abwesenheit geglänzt. Wir können uns nicht auf ihn verlassen, deshalb habe ich ihn früher am Tag angerufen und gesagt, wir hätten für diese Woche einen vierten Mann.«

»Das hast du nicht getan!«

»Doch«, gestand er. »Außerdem sind Kurt, Bruce und ich verloren, wenn es um irgendetwas geht, das mit Medizin zu tun hat.«

»Jetzt verstehe ich. Du hast mich wegen meines klugen Köpfchens eingeladen?«

»Glaub mir, dass mich andere Teile deines Körpers genauso interessieren.«

Maggie errötete und ließ ihm die Bemerkung durchgehen. Sie würde es nicht laut sagen, aber es gab auch Teile von ihm, die sie interessierten, und zwar andere als seine offenkundige Intelligenz.

»Dein Wissen in Bezug auf medizinische Fragen wird dem Team sicherlich helfen.« Er wandte den Blick kurz von der Straße ab und richtete ihn auf sie. »Andererseits wollte ich eine Chance haben, dich besser kennenzulernen, und das schien mir die perfekte Gelegenheit dazu zu sein. Bist du aufgeregt?«

»Genauer gesagt geschmeichelt.«

»Gut.« Er griff nach ihrer Hand und drückte sie leicht.

Nach wenigen Minuten bog Nick auf den Parkplatz eines Restaurants ein und fand eine Lücke. »Das Quiz findet in der Bar statt. Wir bestellen ein paar Vorspeisen und Bier, aber wenn du etwas anderes möchtest, sag es mir.«

»Vorspeisen und Bier klingen perfekt.«

»Kurt beharrt darauf, dass Bier seine intellektuellen Fähigkeiten schärft.«

»Dann muss ich das wohl auch ausprobieren.« Maggies gute Laune besserte sich von Minute zu Minute. Sie war seit einer Ewigkeit nicht mehr ausgegangen, um Spaß zu haben. Überhaupt konnte sie sich nicht erinnern, wann sie sich das letzte Mal so unbeschwert gefühlt hatte, ohne dass die Probleme mit ihrem Vaters auf ihr gelastet hätten. Sie hatte so lange gekämpft, und es fühlte sich himmlisch an, sich zu entspannen und mit Freunden zusammen zu sein.

Nick half ihr beim Aussteigen, hielt ihre Hand und führte sie durch das Restaurant in den hinteren Teil der Bar. Etliche hohe Tische waren vor etwas arrangiert, das wie eine kleine Tanzfläche aussah. Dort stand ein Tisch mit einem Mikrofon darauf. Leute der verschiedensten Altersklassen scharten sich darum und warteten darauf, dass der Wettbewerb begann.

Kurt entdeckte sie von der anderen Seite des Raumes aus und hob den Arm, um ihnen zu signalisieren, dass er bereits einen Tisch ergattert hatte. Nick zog Maggie dorthin und stellte sie Bruce vor.

»Arbeitest du mit Nick und Kurt zusammen?«, fragte sie, als sie auf den hohen Hocker rutschte.

»Ja, aber ich bin in der Ingenieurabteilung von Harbor View Construction.« Er griff nach dem Bierkrug auf dem Tisch und schenkte seinen Humpen voll.

Nick schnappte sich den Krug als Nächster und füllte seinen und Maggies Gläser.

»Nachos und Chicken Wings sind schon unterwegs«, meinte Kurt, als er einen Schluck Bier trank.

Ein Kellner kam zu ihnen und brachte ihnen Stifte und Papier. Ein Bogen war für die Antworten gedacht, und einige kleinere Zettel dienten wohl dazu, ihre Antworten abzustimmen, ohne dass ein anderes Team es mitbekam.

»Gibt es Preise?«, wollte Maggie wissen und war selbst erstaunt darüber, dass sie nicht früher daran gedacht hatte, danach zu fragen.

»Der erste Preis sind Blinkbecher.«

Maggie hatte keine Ahnung, dass es so etwas gab.

»Der zweite Preis sind Lotterielose des Staates Washington.«

»Willst du mir weismachen, die Blinkbecher wären mehr wert als die Lotterielose?«

»Der Spatz in der Hand.« Bruce stellte sein Bier ab.

»Und der dritte Preis ist ein Starbucks-Gutschein über fünf Dollar.«

»Yahoo.« Maggie reckte die Faust in die Luft.

»Sie arbeitet bei Starbucks«, erklärte Nick.

»Und euer Team gewinnt normalerweise?«

»Schön wär's«, knurrte Kurt. »Siehst du den Tisch da drüben?« Er deutete auf ein Team drei Tische weiter. »Die Wizards sind jede Woche vorne dabei. Wir kennen noch nicht einmal ihre Vornamen, und wir hassen sie.«

Maggie lachte.

Ein Mann mittleren Alters mit beginnender Glatze und einem über die Gürtelschnalle hängenden Bauch sprach in das Mikrofon. »Willkommen, Quizfreunde. Ich bin Darrin, euer freundlicher und fairer Quizmaster. Ist jeder für den Wettbewerb heute Abend bereit?«

Hoffnungsvolle Rufe erfüllten den Raum.

»Jetzt hebt jeder seine rechte Hand und sagt zusammen mit mir: *Es ist nur ein Spiel.*« Ein Chor von Stimmen ertönte.

Darrin nickte zustimmend. »Ich habe zehn Teams gezählt. Wir heißen unsere Stammteilnehmer willkommen.« Er zählte die Teamnamen auf. »Und nickt unserem neuesten Team zu, den Quizzie Rascals.«

»Willkommen«, riefen ein paar Leute.

»Nur noch mehr Konkurrenz«, knurrte Kurt.

Darrin, der seine Begrüßungsfloskeln abgespult hatte, fuhr fort: »Gut, dann wollen wir mal zur Sache kommen.«

»Welches Team sind wir?«, fragte Maggie flüsternd und beugte sich näher zu Nick.

»Beer Today, Gone Tomorrow«, flüsterte Nick zurück.

Maggie verdrehte die Augen.

Darrin blickte auf den Bildschirm seines iPads. »Erste Frage: Wie lautet der Titel von Bruce Springsteens Memoiren?«

Maggie hatte nicht die leiseste Ahnung. Sie wusste gar nicht, dass einer ihrer Lieblingssänger seine Memoiren geschrieben hatte. Ihr Lesestoff hatte hauptsächlich mit ihrem Studium zu tun.

»Das weiß ich.« Kurt kritzelte seine Antwort rasch auf einen der kleinen Zettel. Er drehte ihn so, dass die anderen sie lesen konnten: *Born to Run*.

Nach ein paar Minuten Getuschel im Raum fuhr Darrin fort: »Nächste Frage. Wo wurde Katharina die Große geboren?«

Maggie glaubte es zu wissen. Dank ihres eigenen deutschen Erbes mütterlicherseits erinnerte sie sich, dass Katharina die Deutschen eingeladen hatte, sich im Russischen Reich niederzulassen. Sie schrieb schnell »Deutschland« auf und sah, dass sowohl Bruce als auch Kurt ihr zustimmten.

Nick schüttelte den Kopf und drehte seinen Zettel um, um seine Antwort zu zeigen. Polen.

»Niemals«, beharrte Kurt und deutete auf seine Antwort.

Nick blieb hartnäckig. »Ich habe vor Jahren ihre Biografie gelesen. Vertraut mir.«

Während ihre Teamkameraden weiterhin skeptisch dreinblickten, schlug sich Maggie auf Nicks Seite. »Ich denke, wir sollten Nick vertrauen. Er ist der Schlaukopf, schon vergessen?«

Bruce lachte höhnisch. »Hat er dir das erzählt?«

Es wurden zehn Fragen gestellt, und obwohl sie nicht ganz davon überzeugt waren, alle korrekt beantwortet zu haben, spürte Maggie, dass sie eine gute Chance hatten, sich vorne zu platzieren.

Darrin gab den Teams ein paar Minuten, um die zehn Antworten zu überdenken. Maggie bemerkte, dass ein paar der Teams die Köpfe zusammensteckten und leise über die Fragen diskutierten.

Darrin unterbrach mit erhobener Stimme das Geflüster. »Für die Bonusfrage des Abends gibt es die doppelte Punktzahl.«

»Bei diesen Bonusfragen habe ich nie Glück«, beschwerte sich Kurt. »Die Fragen von Jeopardy liegen mir mehr.«

Maggie sah ihn an. Kurt wirkte nicht wie der Typ, der sich Jeopardy anschaute, aber es war vermutlich eine gute

Möglichkeit, Antworten auf Quizfragen zu lernen. Er nahm das Spiel offenbar ernst.

Darrin legte eine Pause ein und sprach dann weiter. »Es ist eine vierteilige Frage, und für jede richtige Antwort gibt es doppelte Punkte. Was sind die vier Hauptgewebetypen im Körper?«

Nick sah Maggie an, Kurt und Bruce ebenfalls. Sofort spürte sie den Druck. Sie griff nach ihrem Stift, biss sich auf die Unterlippe und schrieb: Muskelgewebe, Bindegewebe, Nervengewebe und … Der vierte Gewebetyp wollte ihr nicht einfallen.

»Das sind nur drei«, flüsterte Bruce. »Denk nach, Maggie, denk nach. Diese Antwort könnte uns siegen lassen.«

Sie schloss die Augen und erinnerte sich daran, dass genau diese Frage vor Kurzem in einer Prüfung gestellt worden war. Sie sollte die Antwort wissen.

»Lasst sie in Ruhe«, sagte Nick. »Sie kann nicht denken, wenn ihr sie bedrängt.«

Auf einmal kam Maggie ein Geistesblitz, und sie schrieb rasch: Epithelgewebe.

Nick kritzelte die Antworten auf den Papierbogen und war einer der letzten Teamkapitäne, die ihn bei Darrin ablieferten.

Stimmengewirr brandete auf, während Darrin die Bögen überflog. Er brauchte nicht lange, um die Gewinner zu verkünden. »Der dritte Platz geht an unseren Neuzugang, die Quizzie Rascals. Glückwunsch.«

Die Mitglieder des neuen Teams stießen einen überraschten Ruf aus und klatschten in die Hände.

Maggie hörte jemanden in der Nähe »Anfängerglück« murmeln.

Darrin reichte ihnen den Fünf-Dollar-Gutschein von Starbucks.

»Der zweite Platz geht an die Wizards.«

Ein Keuchen erfolgte.

Maggie, die nicht verstand, blickte ihr Team an.

»Sie belegen normalerweise den ersten Platz«, erklärte Nick.

Bruce wirkte begeistert. »In den letzten Monaten haben sie genug Blinkbecher gesammelt, um die Space Needle zu erleuchten. Ein bisschen Demut tut ihnen gut.«

»Ich dachte wirklich, wir würden diese Woche einen Preis holen«, murmelte Kurt entmutigt.

»Vielleicht habe ich die Bonusfrage falsch beantwortet.« Wenn dem so war, würde Maggie sich furchtbar fühlen.

»Der erste Preis«, sagte Darrin, »geht an Beer Today, Gone Tomorrow.«

Die Art, wie ihre Mitrater reagierten, hätte vermuten lassen, sie hätten im Lotto gewonnen. Bruce und Kurt klatschten sich ab, und bevor ihr bewusst wurde, was er tat, schlang Nick die Arme um ihre Taille und schwang sie in die Luft. »Das haben wir dir zu verdanken, Maggie.«

Wenn sie schon überrascht war, dass ihre Füße über dem Boden baumelten, so staunte sie noch mehr, als er sie küsste. Maggie nahm sein Gesicht zwischen die Hände und erwiderte den Kuss, dann warf sie den Kopf zurück und lachte.

»Ich rufe Tyler an«, verkündete Bruce, »und sage ihm, dass wir Ersatz für ihn haben. Maggie, willkommen im Team.«

»Danke.«

Mit Nicks Arm um ihre Taille gingen sie als stolze Besitzer von Blinkbechern zu seinem Truck zurück. Auch wenn Maggie keine Ahnung hatte, was sie mit ihrem anfangen sollte, würde sie ihn immer wie einen Schatz hüten.

Dreiundzwanzigstes Kapitel

Joan traf zur selben Zeit wie Mary Lou bei der Therapiesitzung ein. Sie bemerkte, dass Phils blauer Tesla auf dem Parkplatz stand.

Mary Lou kam mit einem ansteckenden Lächeln auf sie zu, als Joan aus ihrem Auto stieg. Die Witwe war eine zierliche Blondine mit einer Vorliebe für Hüte. Sie hatte Joan unter ihre Fittiche genommen, wofür diese ihr ewig dankbar sein würde.

»Ich hoffe, du kommst nachher noch mit uns zu *Shari's*?«, fragte Mary Lou, als sie sich nahe der Eingangstür des Gebäudes trafen.

Die meisten Gruppenteilnehmer trafen sich nach der Sitzung noch auf einen Kaffee und Kuchen. Bislang hatte Joan sich nicht dazu durchringen können. »Ich wünschte, ich könnte es.«

In Mary Lous Augen flackerte Enttäuschung auf. »Wieder wegen des Welpen?«

Joan schlang den Riemen ihrer Handtasche über die Schulter und nickte. »Maggie ist nicht da, und ich kann den armen Burschen nicht stundenlang allein lassen.«

»Edison ist in seiner Box, richtig?«

»Ja … aber …«

»Keine Ausreden mehr«, befahl Mary Lou. »Heute Abend kommst du mit. Mir bringt diese Zeit genauso viel wie die Gruppe. Du musst einfach dabei sein.«

Joans erster Impuls bestand darin, abzulehnen. Die Worte lagen ihr schon auf der Zunge, sie wollte den Welpen wie schon die Male zuvor als Vorwand benutzen. Doch dann änderte sie abrupt ihre Meinung. »Du hast recht. Edison sollte schon ein paar Stunden klarkommen. Ich komme mit.«

»Das ist der beste Weg, die anderen kennenzulernen«, erinnerte Mary Lou sie. »Die Sitzungen sind hilfreich, versteh mich nicht falsch. Aber die Hälfte der Zeit besprechen wir beim Kaffee danach, wie wir uns an unser neues Leben gewöhnen.«

Joan erinnerte sich, was Dr. O'Brien in ihrer Sitzung über den Identitätsverlust nach dem Tod eines Partners gesagt hatte. Die Gruppe würde ihr helfen, eine neue Identität zu finden, erkannte Joan. Neue Freunde, neue Erfahrungen und das Verständnis dafür, wer sie als alleinstehende Erwachsene war.

Als sie den Raum betraten, waren vier andere Teilnehmer bereits eingetroffen und hatten ihre Plätze im Kreis eingenommen. Dr. O'Brien begrüßte Joan und Mary Lou mit einem Lächeln. Joan setzte sich neben ihre Freundin, Phil nahm ihr gegenüber neben Dr. O'Brien Platz. Es dauerte nicht lange, bis jeder Stuhl besetzt war.

Das Gespräch verlief freundschaftlich, während sie von ihrer Woche erzählten. Als eine kleine Pause eintrat, stellte Joan eine Frage.

»Ich hatte kürzlich eine unangenehme Diskussion mit meinem Sohn. Er machte eine Bemerkung, die mir zu denken gegeben hat.«

Dr. O'Brien beugte sich vor. »Welche denn, Joan?«

»Etwas, woran ich bislang gar nicht gedacht hatte.« Auch wenn es ihr schwerfiel, es zuzugeben, war sie so in ihrer eigenen Trauer gefangen gewesen, dass sie die Gefühle ihrer Söhne ausgeblendet hatte. »Nick, mein jüngerer Sohn, machte sich Sorgen, dass Maggie – die junge Frau, die bei mir wohnt – mich ausnutzen könnte. Aus heiterem Himmel sagte er, wenn sein Vater noch leben würde, wäre er nicht damit einverstanden.«

»Das ist ein guter Punkt«, meinte Dr. O'Brien. »Studien belegen, dass fünfundsechzig Prozent der Söhne nach dem Tod ihres Vaters sagen, es hätte sie schwerer getroffen als jeder andere Verlust in ihrem Leben.«

»Es ist nicht nur Nick«, fügte Joan hinzu. »Mein älterer Sohn, Steve, hat sich ebenfalls von mir zurückgezogen. Ich habe das Gefühl, ihn im Stich gelassen zu haben.«

»Mein Sohn hat eine schwere Zeit durchgemacht, als sein Vater starb«, erzählte Mary Lou. Ihre Hände waren fest in ihrem Schoß verkrallt, und Joan konnte sehen, wie schmerzhaft es für ihre Freundin war, dies der Gruppe zu gestehen. »Ich wollte ihm helfen, aber ich war zu sehr in meinen eigenen Kummer verstrickt. Er begann stark zu trinken und ist am Ende unter Alkoholeinfluss gefahren.« Sie senkte den Kopf, als schämte sie sich; als hätte ihr Mangel an Aufmerksamkeit zu den Problemen ihres Sohnes geführt.

»Du kannst die Schuld für das Verhalten deines Sohnes nicht bei dir suchen«, sagte Phil.

»Phil hat recht«, bestätigte Dr. O'Brien. »Lassen Sie mich Ihnen eine Frage stellen. Wie war Mikes Beziehung zu seinem Vater vor dessen Tod?«

»Nicht so gut. Dennis war ein großartiger Vater, aber in Mikes Teenagerjahren sind die beiden wiederholt aneinandergeraten. Die letzte Zeit neigten sie dazu, sich aus dem Weg zu gehen.«

»Es ist verständlich, dass ein Sohn, der eine negative Beziehung zu seinem Vater hatte, Bedauern, Schuld und Wut empfindet – Gefühle, die jahrelang anhalten können, wenn man sie nicht verarbeitet.«

»Was kann ich für Mike tun?« Mary Lous Ton klang bittend.

»Mit ihm reden, ihn bitten, eine Therapie in Erwägung zu ziehen.«

»Das werde ich tun«, sagte Mary Lou, dann fügte sie an Joan gewandt hinzu: »Gut, dass du das mit deinem Sohn zur Sprache gebracht hast, Joan. Ich habe gezögert, Mike zu erwähnen, aber als du mir neulich geschrieben hast, wie eure Beziehungen gelitten haben, hat mir das Mut gemacht, von ihm zu sprechen.«

»Ich möchte ja nicht das Thema wechseln, aber ich habe ein Problem«, sagte Glenn. »Irgendetwas stimmt nicht mit mir.« Joan schätzte ihn auf Mitte sechzig, vielleicht Anfang siebzig. »Lucy hat immer die Einkäufe erledigt, daher ist es eine ganz neue Erfahrung für mich, Lebensmittel zu kaufen. Ich habe den Fehler gemacht, zu

Costco zu gehen, und bin mit einem Karton Sardinen und einem aufblasbaren Einhorn wieder herausgekommen.«

»Du musst eine Vorliebe für Sardinen haben«, meinte Sally.

Glenn schüttelte den Kopf. »Ich hasse sie. Lucy war diejenige, die gern Sardinen gegessen hat. Sie hat sie immer auf ihr Erdnussbuttersandwich gelegt. Ich fand das ekelhaft, und trotzdem bin ich hingegangen und habe gleich einen ganzen Karton gekauft.«

»Was glauben Sie, warum Sie das getan haben?«, fragte Dr. O'Brien.

Glenn ließ den Kopf sinken und gab ein paar schmerzliche Momente lang keine Antwort. »Vermutlich war das meine verdrehte Art, mir einzugestehen, wie sehr ich meine Frau vermisse. Ich war immer mein eigener Herr. Nach Lucy habe ich die Fassade aufrechterhalten und gedacht, der Einzige, den ich täusche, bin ich.«

Joan konnte ihn verstehen. Nach Jareds Tod hatte sie sein Lieblingsessen gekocht – Truthahnhackbraten –, obwohl sie Rind viel lieber mochte als Truthahn. Damals hatte sie gewusst, was sie tat, und war sich im Klaren darüber gewesen, dass alles vermutlich im Müll landen würde. Es war eine Verschwendung gewesen, und sie hatte es getan, weil sie so die Verbindung zu ihrem toten Mann gespürt hatte. Dumm. Lächerlich. Aber zu dieser Zeit für ihre geistige Gesundheit zwingend notwendig.

Phil beugte sich vor und lächelte. »Ich würde schon gern wissen, was dich veranlasst hat, ein aufblasbares Einhorn zu kaufen.«

Die ganze Gruppe lachte.

»Das war für die Enkel«, beharrte Glenn, der selbst lachen musste.

Kurz vor Ende der Sitzung wandte sich Sally an Joan. »Wie lange bist du schon Witwe?«

»Vier Jahre.« Obwohl es ihr länger vorkam, ein Leben lang.

»Wie kommt es, dass du so lange gebraucht hast, um dir Hilfe zu suchen?«, wollte sie wissen, als fiele es ihr schwer, Joans Zögern zu verstehen.

Joan wusste, dass Sally nur neugierig war, und nahm es nicht persönlich. »Ich glaube, wir erkennen alle, wann die Zeit reif ist, und ich vermute, bei mir hat es länger gedauert als bei den meisten. Trotzdem bin ich jetzt hier.«

Sally nickte und lächelte verständnisvoll.

Nach der Sitzung versammelte sich die Gruppe auf dem Parkplatz.

»Gehen wir ins *Shari's*?«, fragte Glenn.

»Mir gefällt es da besser als bei *McDonald's*.« Sally sah die Gruppe bestätigungsheischend an.

»Ich bin dabei«, sagte Phil.

»Ich auch«, fügte Joan hinzu.

Bevor sie in ihr Auto stieg, gab Mary Lou Joan die Adresse des Restaurants. Sie schickte Maggie eine Textnachricht, dass sie später als erwartet zurückkommen würde. Wenn sie als Erste zu Hause wäre, sollte sie Edison hinauslassen.

Als sie bei *Shari's* ankam, waren die anderen schon da. Sie hatten zwei Tische zusammengeschoben und einen

Stuhl für Joan freigelassen, was ihr das Herz wärmte. Es war eine Art, ihr zu sagen, dass sie jetzt eine von ihnen war.

Der Kellner kam mit einer Kaffeekanne und Speisekarten. Joan und Sally bestellten Tee, der Rest der Gruppe nahm Kaffee. Einige bestellen dazu noch ein Stück Pie. Die Angebotsliste war beeindruckend, und Joan geriet in Versuchung.

»Nimmst du eine Pie?«, fragte Mary Lou sie.

»Ich überlege gerade.«

»Wenn du eine bestellst, tue ich das auch.«

Mehr Ermutigung benötigte Joan nicht. Bevor ihr Bedenken kamen, fügte sie ihrer Bestellung ein Stück Sauerrahm-Rosinen-Pie hinzu.

Die Unterhaltung am Tisch war lebhaft und freundschaftlich. Ein Außenstehender wäre nie auf den Gedanken gekommen, dass sie Mitglieder einer Trauertherapiegruppe waren. Sie lachten und scherzten, und als Sally zu weinen anfing, bedachten die anderen sie mit aufmunternden Worten. Sowohl Mary Lou als auch Joan hatten ihre Söhne erwähnt, und nachdem er ein Stück Pie verzehrt hatte, sprach Glenn von seiner Tochter, die den Tod ihrer Mutter nur schwer verwunden hatte. Das führte zu einer ganz anderen Diskussion.

Bevor Joan sich versah, war eine Stunde vergangen. Es kam ihr wie fünfzehn Minuten vor. Sie war froh, dass Mary Lou sie ermutigt hatte mitzugehen. Hätte sie abgelehnt, hätte sie diese verbindende Zeit und das Lachen verpasst. Niemand schien gewillt zu sein, Glenn dieses aufblasbare Einhorn vergessen zu lassen.

Mary Lou ging mit ihr zum Parkplatz. »Ich freue mich so, dass du ein Teil der Gruppe bist. Du weißt, dass Sally sich bei der Frage, warum du so lange gebraucht hast, nichts Böses gedacht hat, oder?«

»Ich weiß. Ich habe es ihr nicht übel genommen.«

»Gut. Ist die Gruppe das, was du erwartet hast?«

»Ganz und gar nicht«, erwiderte Joan.

»Wie kommt das?«

»Nun, zum einen habe ich nicht damit gerechnet, so viel zu lachen. Ich verstehe vollkommen, was Glenn dazu veranlasst hat, Sardinen zu kaufen, aber das aufblasbare Einhorn war zu viel«, sagte sie schmunzelnd.

»Es hat Sitzungen gegeben, wo wir mehr gelacht als geweint haben. Diese Gruppe bietet einen geschützten Raum, in dem wir über unsere Gefühle sprechen können, ohne verurteilt zu werden oder es zu bereuen. Wir haben alle einen Schicksalsschlag zu verarbeiten, der uns schwach und verloren gemacht hat. Gemeinsam finden wir einen Weg zurück.«

»Das tue ich auch.«

Was Mary Lou sagte, stimmte. Es war dumm von Joan gewesen, so lange zu warten. Im Nachhinein war sie sich nicht sicher, ob etwas anderes als ihre Sturheit sie davon abgehalten hatte. In Wirklichkeit hatte sich die Gruppensitzung nicht allzu sehr von der Einzeltherapie unterschieden. Dr. O'Briens Rolle bestand hauptsächlich darin, zuzuhören und gelegentlich eine Frage zu stellen. Sie machte nur selten eine Bemerkung. Die Therapeutin war dazu da, um die Gruppe zu überwachen, aber sie überließ den Teilnehmern das Reden. Das Ziel war, dass jeder seinen eigenen Weg zur Heilung fand und anderen dabei half.

Zeit für Geständnisse. »Ich wollte an der Gruppentherapie nicht teilnehmen, weil ich Angst hatte«, gab Joan zu. »Ich fürchtete, ich würde es nicht ertragen, mir anhören zu müssen, wen andere verloren haben. Ich hatte Mühe, mit meiner eigenen Trauer umzugehen, geschweige denn mit der anderer.«

»So ist es nicht«, bemerkte Mary Lou.

Erst als sie zu der Gruppensitzung gegangen war, hatte Joan das begriffen.

Eine Minute später winkte sie ihrer Freundin nach und ging zu ihrem Auto. Ihr fiel auf, dass Phils Tesla noch auf dem jetzt größtenteils leeren Parkplatz stand.

»Hey, Joan.« Er kam auf sie zu. »Schön, dass du dich uns angeschlossen hast.«

»Danke. Ich habe die Unterhaltung genossen, von der Sauerrahm-Rosinen-Pie ganz zu schweigen.« Sie presste eine Hand auf ihren Magen. Sie konnte nur ahnen, wie viele Kalorien dieses eine Stück enthalten hatte. Aber egal, jede einzelne war es wert gewesen.

»Verrate es keinem, aber ich bin selbst süchtig nach der Kirschpastete«, sagte Phil.

»Mary Lou und ich haben darüber gesprochen, dass Sally wissen wollte, warum ich so lange gebraucht habe, um eine Therapie zu machen.«

»Sally hat damit nichts andeuten wollen«, versicherte Phil ihr.

»Ich weiß nicht, ob ich ohne Dr. O'Brien je den Mut aufgebracht hätte.«

»Im Lauf der Jahre bin ich zu dem Schluss gekommen, dass Gottes Timing perfekt ist«, meinte Phil. »Du bist genau zu der Zeit gekommen, die richtig für dich war. Als du den Termin bei Dr. O'Brien gemacht hast, warst du bereit dazu.«

»Du hast recht. Das Timing war perfekt. Ich hatte Mühe, nicht zu weinen, aber als ich sah, wie andere ihren Emotionen freien Lauf ließen, hat es mir geholfen.« Als Sherry in einer Sitzung vom Verlust ihres Sohnes gesprochen hatte, hatte Joan die Tränen nicht zurückhalten können. Er war beim Militär gewesen und bei einer Trainingsübung getötet worden.

»Keiner von uns hat Angst, seinen Schmerz zu zeigen«, sagte Phil. »Das tun wir alle irgendwann einmal. Tränen, habe ich gelernt, können reinigend und erlösend sein. Für mich waren sie der Weg, der zur Heilung geführt hat.«

Joan senkte kurz den Kopf, wie um einen Fehler zu gestehen. »Ich habe nach Jareds Tod lange Zeit nicht geweint. Versteh mich nicht falsch, ich habe in den Monaten danach Ströme von Tränen vergossen, aber nicht am Anfang.«

Phil wich ihrem Blick nicht aus. Sein Blick war warm und mitfühlend. »Das glaube ich. Vor allem, wenn ein geliebter Mensch ohne Vorwarnung im Bruchteil einer Sekunde stirbt, braucht unser Herz eine Weile, um den Schock zu verarbeiten.«

Joan stimmte zu. »Lange konnte ich nicht akzeptieren,

dass er nicht mehr wie in all unseren Ehejahren an meiner Seite war.«

»Das ist verständlich, Joan. Ich glaube, diese Erfahrung ist ziemlich weit verbreitet. Ich weiß, dass es mir ebenso ging und wir nicht alleine sind. Ich habe andere in der Gruppe immer wieder dasselbe sagen hören.«

Joan fand seine Worte tröstlich.

»Traurig, dass einige von uns nicht den Mut aufbringen, nach vorne zu schauen.«

Joan spürte die Weisheit, die in seinen Worten lag. »Kann ich dich etwas fragen?«

»Natürlich.«

»Du sprichst oft davon, nach Hause zu müssen, weil das Dinner auf dem Tisch steht, aber du hast nichts über deine Frau gesagt. Gibt es einen Grund, weswegen sie nicht mit zu den Gruppensitzungen kommt? Ich würde mich wirklich freuen, sie kennenzulernen.«

Der geschockte Ausdruck, der auf sein Gesicht trat, verblüffte Joan. »Tut mir leid, wenn ich etwas Falsches gesagt habe.«

»Meine Frau?«, wiederholte er. »Ich bin nicht verheiratet.«

»Du bist nicht … Tut mir leid, dass ich nicht gemerkt habe …« Joan wusste nicht, was sie sagen sollte. »Ist deine Frau gestorben?« Er hatte nie erzählt, wen er verloren hatte, und Joan hatte nur Spekulationen anstellen können.

»Ich fahre nicht zu meiner Frau nach Hause zurück«, erklärte Phil. »Sondern zu meinem Dad. Er lebt bei mir und übernimmt das Kochen. Amandas Mutter und ich sind seit Jahren geschieden.«

»Amanda?«

»Meine Tochter. Sie starb vor fünf Jahren bei einem Autounfall.«

Vierundzwanzigstes Kapitel

»Du hast deine Tochter verloren?«

Phil blickte in die Ferne, wie um zu zeigen, wie schwer es ihm auch jetzt noch fiel, vom Tod seiner Tochter zu sprechen.

»Oh, Phil, das tut mir so leid.« Joan konnte sich nicht vorstellen, wie schlimm es sein musste, ein Kind zu verlieren. Allein bei dem Gedanken, Steve oder Nick begraben zu müssen, bekam sie Magenschmerzen.

»Ich habe zu Katelyn, Amandas Mutter, keinen Kontakt mehr«, gestand er und erklärte dann, wie um das Thema zu wechseln: »Es ergibt Sinn, dass du angenommen hast, ich wäre verheiratet. Nach Moms Tod war Dad nie wieder der Alte. Nicht lange danach setzte er sich zur Ruhe. Er lebte allein, ich auch, also lag es nah, unsere Haushalte zusammenzulegen. Dad kocht gerne, und das gibt seinem Leben einen Sinn – neben dem Umstand, dass er mich bezüglich der Firma berät und die Buchhaltung macht. Amandas Mutter und ich haben seit Jahren nicht mehr miteinander gesprochen.«

»Oh.« Joan kam sich unglaublich dumm vor. »Das tut mir leid.«

»Muss es nicht. Unter diesen Umständen ist es verständlich. Dad war derjenige, der vorgeschlagen hat, dass ich mir Hilfe suche, nachdem ich Amanda begraben hatte. Sie zu verlieren hat mich gebrochen, Joan. Ich war in einem See aus Kummer versunken und dabei, darin zu ertrinken.«

Als sie die Qual in seiner Stimme hörte, griff Joan nach seiner Hand, schloss die Finger um seine und ließ ihn stumm wissen, dass sie ihn verstand. Sie verspürte den starken Drang, ihn zu umarmen, und zögerte, weil sie dachte, wie unangemessen es sei, jemanden auf eine so vertraute Weise zu berühren, dennoch konnte sie sich nicht zurückhalten. Sie kannte diesen Schmerz, war diesen mit Schlaglöchern übersäten Weg selbst gegangen. Also folgte sie ihrem Impuls, schlang die Arme um seine Mitte und drückte ihn sanft.

»Danke.« Er erwiderte die Umarmung kurz. Es schien, als wollte er noch mehr sagen, doch er hielt sich zurück.

»Verzeihung … ich …«

»Nein, entschuldige dich bitte nicht. Die Umarmung hat mir gutgetan.« Joan wusste kaum, was sie sagen sollte, daher schwieg sie.

»Amanda war meine ganze Welt, so wie Jared es für dich war«, sagte Phil. »Katelyn und ich ließen uns scheiden, als Amanda drei war. Sie war während unserer Collegezeit schwanger geworden, und wir heirateten. Es war nie eine gute Ehe. Katelyn fühlte sich gefangen, und das Leben als Ehefrau und Mutter desillusionierte sie rasch. Sie ging, um sich selbst zu finden, und fand stattdessen den Mann, der, wie sie sagte, ihr Seelengefährte war. Anscheinend nicht, denn sie ließen sich später wieder scheiden. Sie hat mir das alleinige Sorgerecht für Amanda überlassen, ging ihren Weg weiter und hatte kaum noch Kontakt zu unserer Tochter, so gab es immer nur uns beide. Ich war der Fußballtrainer meiner Tochter, ihr Sonntagsschullehrer und ihr Mathematiktutor. Ich saß die ganze Nacht bei ihr, als sie sich auf dem Schulgelände den Arm brach.«

Joan war bewusst, wie schwer es für ihn war, von seiner Tochter zu sprechen, und sie schloss kurz die Augen, denn sein Schmerz war deutlich zu sehen. »Du musst nicht …«

»Nein, ich möchte, dass du weißt, was passiert ist.« Phil schien etwas innere Kraft zu sammeln, bevor er fortfuhr: »Amanda war brillant und hielt bei ihrem Highschoolabschluss die Schlussrede. Ich war an dem Tag so stolz auf sie. Ich saß im Publikum, und es kam mir vor, als würden die Knöpfe von meinem Hemd springen. Sie hielt eine Rede, die mich und etliche andere zu Tränen rührte.« Seine Stimme brach, und er zögerte, bevor er weitersprach.

»Oh, Phil, das ist zu schmerzlich für dich. Es tut mir so leid.«

»Ich weiß.«

Das war eine Phrase, die Joan oft wiederholt hatte, wenn Freunde über ihre eigenen Gefühle bezüglich Jareds Tod gesprochen hatten. Sie wollte nicht, dass Phil noch mehr erzählte, weil es so schwer für ihn war.

»Nein, manchmal hilft es, darüber zu reden. Es erinnert mich daran, dass meine Tochter gelebt hat und nicht vergessen ist.«

Joan bewunderte seine Entschlossenheit, seine Seele hinsichtlich eines Verlusts zu entblößen, der ihn ganz eindeutig vernichtet hatte.

»Amanda hatte, wie du dir vorstellen kannst, die Möglichkeit, an jeder Universität ihrer Wahl zu studieren. Nach langem Überlegen wählte sie die Universität Washington mit dem Hauptcampus hier in Seattle. Wir haben Pepperdine besichtigt, meine erste Wahl für sie, aber die Entscheidung lag bei ihr. Ihr kam es letztendlich darauf an, unabhängig und gleichzeitig nah genug zu sein, um mit einer Ladung Wäsche zu Hause vorbeizukommen, wenn sie wollte. Auch ihre Mutter und ich leben ja hier, und auch wenn sie es nie sagte, glaube ich, dass das der eigentliche Grund für ihre Wahl war.«

Joan lächelte. Es war so typisch für Teenager – sie wollten selbstständig, aber doch nah genug bei ihrem Elternhaus sein, falls sie jemanden brauchten. Und in die Fußstapfen ihres Vaters oder ihrer Mutter treten.

»Amanda hat sich am College schnell mit ihrer Mitbewohnerin Julie angefreundet. Die beiden haben alles zusammen gemacht. Julie und Amanda waren ganz aufgeregt, weil sie ein Konzert im *Gorge* besuchen wollten.«

Joan wusste, dass das im Osten Washingtons gelegene *Gorge Amphitheatre* ein bekannter Auftrittsort für Bands und bekannte sowie einige aufstrebende Künstler war.

»Julie saß hinterm Steuer, und die zwei beschlossen, in der Nacht nach dem Konzert zurückzufahren. Soweit wir es beurteilen können, ist Julie am Steuer eingeschlafen. Amanda war sofort tot, während Julie kaum einen Kratzer davongetragen hat.« Er hielt lange genug inne, um tief Atem zu holen, als kostete es ihn all seine Kraft, die Geschichte zu Ende zu erzählen.

Joan schnappte vor Entsetzen nach Luft. »Oh, Phil, ihr Tod muss ja ein furchtbarer Schock für dich gewesen sein.«

Er schüttelte den Kopf, wie um ihre Worte abzutun. »Es kam nicht überraschender als Jareds Tod für dich. Zuerst fühlte es sich merkwürdig unwirklich an, als wäre es ein schrecklicher Fehler gewesen … wie ein Albtraum, aus dem ich früher oder später erwachen würde. Als man mir die Nachricht überbrachte, wollte ich es nicht glauben – bis ich ihren Leichnam sah.«

Joan hatte das alles selbst durchgemacht, als der freundliche Arzt in der Notaufnahme ihr gesagt hatte, dass sein Team nichts mehr für Jared hatte tun können. Er war tot gewesen. Sie erinnerte sich, wie sie dagestanden hatte und ihre Knie weich geworden waren, während sie den Kopf geschüttelt hatte, wie um seine Worte von sich zu weisen. Sie hatte ihm sagen wollen, dass er sich irrte, dass Jared gesund werden würde, wenn er nur die Behandlung erhielte, die er brauchte.

»Ich gebe zu, dass ich mit dem Verlust meines einzigen Kindes nicht gut umgehen konnte«, fuhr Phil fort und rieb sich mit der Hand über das Gesicht. »Ich habe verschiedene Trauerphasen durchgemacht, als erste natürlich das Leugnen. Das hat nicht lange angehalten, da ich mich ja um die Beerdigung kümmern musste. All die organisatorischen Details der Trauerfeier schrien mir die Tatsache ins Gesicht, dass ich meine Tochter begraben musste.«

Joan erinnerte sich, wie schmerzhaft diese Zeitspanne auch für sie gewesen war. Sie hatte sich stark auf ihre beiden Söhne und ihre Schwester verlassen, die sofort nach Seattle geflogen war, um ihr durch die ersten paar Wochen zu helfen, während sie die Beerdigung in die Wege geleitet und sich um die Zahnarztpraxis gekümmert hatte.

»Ich war so wütend«, sagte Phil, und Joan hörte das Bedauern aus seiner Stimme heraus. »Und ich habe diese Wut an Julie ausgelassen; ich wollte, dass sie einen Teil der Verantwortung übernahm.« Er stieß vernehmlich den Atem aus, als fiele es ihm schwer, weiterzusprechen.

Sie verstand seine Entschlossenheit, seinen Weg zur Heilung offenzulegen.

»Am Ende sah ich ein, wie unfair das war. Julie war am Boden zerstört, selbst außer sich vor Kummer. Sie brauchte ein ganzes Jahr, bevor sie sich wieder hinter das Steuer eines Autos setzen konnte. In den Jahren danach konnte ich allmählich begreifen, dass sie beide Schuld gehabt hatten und niemals noch in der Nacht nach Seattle hätten zurückfahren dürfen. In meinem Herzen wusste ich, dass Amanda nicht gewollt hätte, dass ich Julie verantwortlich machte.«

Joan bewunderte Phil für sein Mitgefühl und sein Verständnis für Amandas Freundin.

»Ich weiß nicht, ob ich das gekonnt hätte«, erwiderte

sie, um Phil wissen zu lassen, wie sehr seine Bereitschaft, die Freundin seiner Tochter von dieser furchtbaren Schuld freizusprechen, sie bewegte.

Phil hielt ihrem Blick einen Moment stand, bevor er fortfuhr. »Monate danach versank ich in Kummer und Depressionen. Meine Partner zeigten eine Zeit lang Mitgefühl, aber als die Monate vergingen, verloren sie die Geduld mit mir.«

Partner? Sie verkniff sich ihre Fragen.

»Ungefähr ein Jahr, nachdem ich Amanda begraben hatte, wachte ich aus der Depression auf und konnte wieder voll arbeiten. Dad war mir eine wertvolle Hilfe. Er ermutigte mich dazu, mich der Trauerbewältigungsgruppe anzuschließen. Diese Gruppe machte den Unterschied für mich aus. Am Anfang war ich ein hoffnungsloser Fall. Ich ließ nichts heraus, erzählte nichts. Ich brachte es gerade mal fertig, mich dort blicken zu lassen. Als die Wochen vergingen, erkannte ich, dass ich nicht alleine war. Andere hatten das Gleiche erlitten wie ich und mit Zeit und Geduld gelernt, nach vorne zu schauen und wieder zu leben. Die Gruppe wurde mein Rettungsanker, und mithilfe der anderen Mitglieder und Dr. O'Brien lernte ich, mit dem Verlust umzugehen und mich auf die Zukunft zu konzentrieren, statt in diesem schwarzen Loch aus Isolation und Trauer stecken zu bleiben.«

»Darauf hoffe ich auch so sehr«, flüsterte Joan. Der Kloß in ihrer Kehle schwoll an, während sie zuhörte. »Ich habe lange nach Ablenkungen gesucht, die mir helfen, mit allem fertigzuwerden.«

»Du bist nicht alleine. Etliche von denen, die zu der Gruppe gestoßen und wieder gegangen sind, haben dasselbe getan. Sie waren bereit, alles zu versuchen, um nicht mehr an das zu denken, was sie verloren hatten. Ich erinnere mich an eine verwitwete Frau, die das Backen als Ablenkung entdeckt hatte. Sie kam jede Woche mit hausgemachtem Gebäck, Brot, Plätzchen und Pasteten, alles, was du dir nur wünschen kannst.« Er lächelte zum ersten Mal, seit sie ihr Gespräch begonnen hatten. »Wir mussten sie bitten, damit aufzuhören, weil wir alle zunahmen.«

»Ich verstehe ihr Bedürfnis nach Ablenkung. Es hilft eine Zeit lang, aber die Realität lässt sich nicht ewig ignorieren.«

»Wie wahr.«

»Hast du zu einer Ablenkung gegriffen?«, fragte sie, da sie wegen ihres Verlusts diese Richtung eingeschlagen hatte.

»Arbeit, eine Zeit lang, aber dann habe ich das Interesse verloren und beschlossen, eine Veränderung herbeizuführen.«

»Du hast gesagt, du hättest Partner gehabt?«

»Bevor ich Harrison Lawn and Landscaping übernommen habe, war ich Partner einer bekannten Anwaltskanzlei in Seattle. Auf Familienrecht spezialisiert, was hieß, dass ich aus nächster Nähe mitbekam, wie schwierig es sein kann, dass eine Familie funktioniert. Es war mir wichtig, dass Amanda immer an erster Stelle kam, und sie wusste, dass sie für mich immer oberste Priorität hatte.«

»Willst du damit sagen, dass du während der ganzen Zeit, in der sie aufwuchs, keine ernsthafte Beziehung hattest?«

Er zuckte die Achseln. »Ich hatte ab und an Dates, aber ich habe nie zugelassen, dass eine Beziehung über Freundschaft hinausging.«

Das verriet Joan, wie ernst es ihm damit gewesen war, seine Tochter immer an erster Stelle kommen zu lassen.

»Meine Partner dachten, ich hätte den Verstand verloren, eine florierende Kanzlei aufzugeben, und ehrlich gesagt kann ich ihnen keinen Vorwurf daraus machen.«

Nach außen hin musste es lächerlich gewirkt haben, dass Phil alles hinter sich ließ, um einen Rasenmäher zu lenken.

»In gewisser Hinsicht war es vermutlich eine Ablenkung, Landschaftsgärtner zu werden. Dad brauchte mich, und ich brauchte es, gebraucht zu werden. Es dauerte nicht lange, bis ich begriff, wie gut es für meine geistige Gesundheit war, seine Firma zu übernehmen. Dad kam nicht damit zurecht, allein zu leben, er tat alles nur noch mechanisch, kümmerte sich lediglich um seine langjährigen Kunden. Als er mich in meinem eigenen Garten arbeiten, graben und pflanzen sah, fragte er, ob ich Interesse hätte, an seiner Stelle zu übernehmen. Er zählte die Vorteile auf und bot mir an, mich einzuweisen und sich um die Buchhaltung zu kümmern. Blumen zu pflanzen und mein eigenes Gemüse zu ziehen, half mir, zu mir zurückzufinden. Die Saat sterben zu lassen, um neues Leben zu produzieren. Ich fand Trost darin, die warme Erde in meinen Händen zu spüren und sie zwischen meinen Fingern hindurchrieseln zu lassen. Es war eine Verbindung mit dem Leben, gab meinem Geist Nahrung und führte mich in eine Zeit und an einen Ort zurück, wo ich den Tod meiner Tochter akzeptieren konnte. Die Verheißung von Frühling, das Wachsen der Saat und das Tragen von Früchten zeigte mir, dass ich lernen konnte, ohne Amanda zu leben. Ich habe schnell begriffen, dass es meinem Dad und mir guttun würde, für ihn einzuspringen.«

»Ich bin selbst auf der Suche«, gestand Joan. »Ich habe all die Jahre lang als Jareds Assistentin, Buchhalterin und Hausmeisterin fungiert, und jetzt tue ich wenig mehr, als den ganzen Tag Däumchen zu drehen.«

»Musst du denn arbeiten?«

»In finanzieller Hinsicht nicht. Gleichzeitig möchte ich nicht das vergeuden, was mir von meinem Leben noch bleibt. Ich würde gerne etwas finden, das von Bedeutung ist und wo ich gebraucht werde.«

»Es gibt eine Menge Ehrenämter, die du übernehmen könntest, Joan.«

Dr. O'Brien hatte dasselbe gesagt und sie ermutigt, anderen zu helfen, die diese Hilfe brauchten.

Wie verrückt es doch war, ein so bedeutsames Gespräch auf dem Parkplatz von *Shari's* zu führen. »Danke, Phil. Hättest du etwas dagegen, wenn ich dich noch einmal umarme?«

Er grinste. »Überhaupt nicht.«

Phil erwiderte ihre Umarmung. Sie war schon vorher

von ihm beeindruckt gewesen, vor allem, nachdem er Maggie geholfen hatte. Ihre Bewunderung war noch gewachsen, seit sie vom Schicksal seiner Tochter erfahren hatte.

Fünfundzwanzigstes Kapitel

Maggie nahm sich den Tag frei, was jeden bei Starbucks überraschte, da sie sonst die Erste war, die Überstunden machte oder für eine Mitarbeiterin einsprang, die einen freien Tag brauchte. Sie war bekannt dafür, gelegentlich auch Doppelschichten zu übernehmen.

»Hast du wieder ein heißes Date mit Einstein?« Leanne zog bei der Frage ihre geschwungenen Brauen hoch.

»Ich habe tatsächlich ein Date, aber nicht mit ihm. Es ist der letzte Schultag.«

Leanne runzelte die Stirn und zog die Brauen jetzt zu einem umgekehrten »V« zusammen. »Ich dachte, deine Kurse sind schon seit ein paar Wochen zu Ende.«

»Meine schon«, bestätigte Maggie. »Es ist der letzte Tag für Caleb und Victoria, die Zweitklässler, die ich unterrichte. Ich habe ihnen eine Belohnung versprochen, wenn sie ihre Lesefähigkeiten auf das Niveau der dritten Klasse steigern können, mit der sie im September beginnen. Ich gehe mit ihnen zu *Wild Waves*.«

Leanne sah sie an, als hätte sie den Verstand verloren. »Bist du verrückt? Hast du eine Ahnung, was da los ist, vor allem um diese Jahreszeit?«

»Nicht wirklich, ich war noch nie da.« Nicht, dass das

zählte. Maggie hatte die Erlaubnis der Eltern der beiden eingeholt und Calebs und Victorias Badesachen im Kofferraum ihres Wagens verstaut. Keines der beiden Kinder ahnte etwas. Sie wussten nur, dass Maggie eine Überraschung für sie geplant hatte. Sie hatten beide viel dafür getan, um ihre Lesefähigkeiten zu verbessern. Und das Beste war, dass sie jetzt gerne lasen, Bücher dutzendweise verschlangen, als könnten sie gar nicht genug bekommen. Zwischen jetzt und ihren Anfängen lagen Welten.

Leanne nahm sie zur Seite. »Mädchen, hör auf jemanden, der Bescheid weiß. *Wild Waves* ist ein Irrenhaus, mit Horden von Kids, die kreischend wie die Derwische herumrasen. Du wirst nicht einen Moment Ruhe haben. Und denk noch nicht einmal darüber nach, dich an den Strand zu legen, du wirst von außer Rand und Band geratenen Achtjährigen zertrampelt werden.«

Alles, was Maggie wusste, war das, was sie von den Kids in der Grundschule gehört hatte. Der Park verfügte über Wellenbäder, es gab Fahrgeschäfte und Buden, wo typisches Kirmesessen verkauft wurde. Maggie war ziemlich sicher, dass weder Caleb noch Victoria je dort gewesen waren, da sie beide aus alleinerziehenden, einkommensschwachen Familien stammten.

»Hast du einen Kredit aufgenommen?«, fragte Leanne als Nächstes. »Weil du wahrscheinlich einen brauchen wirst.«

»Ach … der Eintrittspreis kam mir nicht so horrend vor.« Er hatte Maggies ohnehin schon knappes Budget belastet, aber sie hatte nicht gezögert, die Tickets zu bestellen. Beide Kinder waren noch klein, und sie bekamen wegen ihres Alters eine Ermäßigung. Auf der Website stand, dass eine Tageskarte die Benutzung aller Fahrgeschäfte sowie des Wasserparks einschloss.

Maggie hatte Lunch eingepackt, in der Hoffnung, keine überteuerten Snacks kaufen zu müssen. Auf der Website hatte nichts davon gestanden, dass es verboten war, Essen mitzubringen. Was vielerorts der Fall war.

Ihre Starbucks-Kollegin schüttelte kichernd den Kopf. »Du bist ein besserer Mensch als ich.«

Maggie versprach, ihr am nächsten Morgen alles zu erzählen.

»Wenn du das überlebst, versteht sich.« Leanne klopfte ihr auf den Rücken und wünschte ihr alles Gute, als Maggie das Gebäude verließ.

Jetzt, wo ihre Schicht vorüber war, fuhr sie zur Schule. Sie hatte die Kinder angewiesen, dort auf sie zu warten. Gerade als sie davor parkte, summte ihr Telefon. Das Display verriet ihr, dass Nick der Anrufer war.

Er rief selten an, kommunizierte fast immer per Textnachrichten. Sie waren zum Dinner aus gewesen, und Maggie hatte inzwischen zwei Mal mit ihm an einem Quizabend teilgenommen. Sie hatte viel Spaß gehabt, und das nicht nur, weil sie es geschafft hatte, die Mehrheit der medizinischen Fragen zu beantworten, was sonst niemand konnte. Es war fast eine Woche her, seit sie das letzte Mal Kontakt mit Nick gehabt hatte. Das Bauprojekt stand kurz vor dem geplanten Ende, und die Vertragsnehmer mussten mit einer saftigen Geldstrafe rechnen, wenn die Arbeit nicht rechtzeitig fertig wurde. Was hieß, dass Nick einen Haufen Überstunden ableisten musste, sodass sie nicht oft miteinander reden konnten.

»Hey, was ist los?«, fragte sie, überrascht, von ihm zu hören.

»Ich habe den Nachmittag frei, und ein Freund hat mir sein Segelboot geliehen. Wie wäre es, wenn wir zum Lake Washington fahren? Der Tag ist perfekt und der Wind gut. Bist du dabei?«

Prompt stieg Bedauern in ihr auf. »Oh, Nick, ich kann nicht.«

Abruptes Schweigen folgte. »Warum denn nicht?«

Sie war ihm keine Erklärung schuldig, gab aber um des lieben Friedens willen eine ab. »Ich habe schon andere Pläne.«

»Pläne? Kannst du die nicht ändern? Das ist mein erster freier Nachmittag seit Wochen, und ich hatte gehofft, wir könnten ihn zusammen verbringen. Ich weiß, dass das sehr plötzlich kommt und all das. Eines der Unternehmen hat die Inspektion nicht bestanden, und wir können erst weiterarbeiten, wenn sie nachgebessert haben, was nicht lange dauern sollte.«

»Es tut mir leid, aber es geht nicht. Zu jeder anderen Zeit hätte ich nichts lieber getan, aber ich kann Caleb nicht enttäuschen.«

»Wer ist Caleb?« Die Frage kam wie eine Kugel auf sie zugeschossen.

Er war eifersüchtig und machte sich nicht die Mühe, es zu verbergen. Sie kamen gut miteinander aus, doch er schien mehr in die Beziehung hineinzuinterpretieren, als ihr lieb war.

»Nick.« Sie sprach betont ruhig. »Es tut mir leid, dich zu enttäuschen. Ich habe schon Pläne für den Tag gemacht, und ich werde sie nicht ändern. Mich aus heiterem Himmel zu überfallen und dann auch noch sauer zu sein, ist unfair. Ich hoffe, du hast viel Spaß.«

Caleb und Victoria traten aus der Schule und blickten sich nach Maggie um.

»Ich muss los.«

»Maggie, warte …«

»Sorry, Nick, mein Date ist da.« Wahrscheinlich sollte sie erklären, wer Caleb war, aber sie entschied sich dagegen. Zu glauben, dass er Konkurrenz hatte, konnte ihm nicht schaden, selbst wenn es egoistisch von ihr war.

Maggie stieg aus dem Auto und ging auf die Kinder zu. Beide blickten mit vor Aufregung geweiteten Augen zu ihr auf. Sie hatten ungeduldig auf die versprochene Belohnung gewartet.

»Verraten Sie uns jetzt, was unsere Belohnung ist?«, fragte Victoria. »Caleb meint, wir gehen Eis essen. Ist es das?«

»Nö.« Maggie schüttelte den Kopf. »Viel besser.«

»Was kann besser sein als Eis?« Caleb grinste und entblößte die Lücke in seinen Schneidezähnen.

»Ich glaube, ich weiß, was es ist«, behauptete Victoria. »Wir gehen in den Zoo.«

Maggie fiel es schwer, das Geheimnis für sich zu bewahren. »Gute Vermutung, aber das ist es auch nicht.« Sie scheuchte die beiden ins Auto, schnallte sie auf der Rückbank an und fuhr Richtung Süden auf den Freeway zum Enchanted Parkway und *Wild Waves*.

»Wo fahren wir hin?«, fragte Caleb und blickte aus dem Seitenfenster.

»Das wirst du schon sehen.«

»Ist es weit?« Victoria verrenkte sich den Hals, um die Landschaft zu betrachten.

Maggie nahm die Ausfahrt zum Park. Es dauerte nicht lange, bis beide Kinder das Schild von *Wild Waves* sahen.

»Ist das der Wasserpark?«, rief Caleb, der seine Begeisterung nicht verbergen konnte.

»Ich habe dir doch gesagt, es wäre etwas Besseres als Eis«, triumphierte Victoria.

Als Maggie auf den Parkplatz einbog, hüpften beide Kinder vor Aufregung auf und ab. Sie holte die Schwimmsachen sowie den Picknickkorb aus dem Kofferraum, dann liefen sie eine gefühlte Meile über den großen Parkplatz zum Eingang.

Nachdem sie ihre Badesachen angezogen hatten, stürzten sich Maggie und die zwei Kinder ins Wasser, bis sie ganz eingetaucht waren. Sowohl Maggie als auch Victoria schnappten vor Schreck über die Temperatur nach Luft. Es war kühler, als Maggie gedacht hatte, obwohl sich ihr Körper schnell daran gewöhnte.

Der Tag war perfekt, mit Temperaturen von fast siebenundzwanzig Grad und warmem Wind. Sie hatte es gehasst, Nick absagen zu müssen, und hätte die erste Segelbootfahrt ihres Lebens bestimmt genossen. Aber die Zeit mit

Caleb und Victoria war wichtiger. Maggie war überzeugt, dass sich beide noch lange an diesen Tag erinnern würden.

Die Kinder kicherten, rasten vor und zurück und sprangen in die Wellen. Ihr Lachen wehte im Wind, ihre Freude war überschäumend. Anscheinend bekamen sie gar nicht genug davon, sich in die Wellen zu werfen.

Es dauerte nicht lange, bis Caleb auf die Wasserrutsche wollte. Victoria zögerte unschlüssig, bis sie sah, wie Caleb hinuntersauste und das Wasser hoch aufspritzte. Er tauchte prustend wieder auf und reckte triumphierend die Arme in die Luft.

»Kommen Sie mit«, bat Victoria und zog Maggie am Arm.

»Ich?«

»Bitte. Wir können zusammen rutschen.«

Maggie konnte dem kleinen Mädchen, das so hart gearbeitet hatte, den Wunsch nicht abschlagen. Als sie oben auf der Rutsche angelangt waren, verlangte Victoria, dass Maggie den Anfang machte. Sie kam sich ein bisschen lächerlich vor, denn dies war die kleinste Rutsche und sie die einzige Erwachsene. Doch sie weigerte sich, sich ihre Hemmungen anmerken zu lassen, rutschte nach unten und lachte dabei die ganze Zeit. Mit einem Platschen verschwand sie unter Wasser und tauchte prustend und lachend wieder auf.

Victoria folgte ihr, landete in Maggies Armen und drückte sie fest, während sie rief: »Ich hab es geschafft! Ich hab es geschafft!«

»Das hast du allerdings«, bestätigte Maggie.

Alle drei gingen sie zu der Stelle zurück, wo sie die Handtücher und den Lunch zurückgelassen hatten. »Habt ihr zwei schon Hunger?«

Beide nickten nachdrücklich. Maggie öffnete den Korb und nahm die Sandwiches heraus. Sie sah die Enttäuschung, die beim Anblick von Erdnussbutter und Gelee in die Augen der Kinder trat. Der Hamburgerstand musste in der Nähe sein, weil der Geruch von Cheeseburgern in der Luft hing.

»Ich habe …« Sie brachte den Satz nicht zu Ende. Eine vertraute Stimme erregte ihre Aufmerksamkeit, und sie sah Nick auf sie zukommen, als wäre das die ganze Zeit sein Plan gewesen. Er trug eine Badehose und hatte sich ein Strandtuch um den Hals geschlungen.

»Nick.« Ihr Mund war trocken geworden. Sie wollte ihn fragen, was er hier im *Wild Waves* tat, brachte die Worte aber nicht über die Lippen.

»Hey«, sagte er, als hätte sie mit ihm gerechnet. Sowohl Caleb als auch Victoria starrten zu ihm hoch, als wäre er ein Actionheld aus ihrer Lieblings-TV-Serie. Maggie musste zugeben, dass er mit seinen bronzefarbenen Muskeln und dem Waschbrettbauch nicht nur die Augen der beiden Kinder auf sich zog.

Ihr blieb der Mund offen stehen, bis sie endlich die Fassung zurückgewann. »Caleb und Victoria, das ist mein Freund Nick.«

»Hi, Nick«, sagte Victoria.

Caleb fuhr fort, ihn anzustarren, als wäre er ein griechischer Gott.

»Woher wusstest du, dass ich hier bin?«, stellte Maggie die naheliegende Frage. Sie konnte kaum glauben, dass er sie in dem großen Park mit Hunderten von Gästen gefunden hatte.

»Mom«, erwiderte er, als würde das alles erklären. Dann bemerkte er, dass sie den Lunchkorb geöffnet hatte. »Was steht denn auf der Speisekarte?«

»Sieht aus wie Erdnussbutter und Gelee«, antwortete Caleb, ohne sich die Mühe zu machen, seine Enttäuschung zu verbergen.

Nick schüttelte den Kopf. »Im *Wild Waves* kannst du keine Erdnussbutter essen. Das verstößt gegen die Regeln. Ich nehme an, Ms. Herbert wusste das nicht. Wenn ihr hier seid, gibt es Hotdogs und Cheeseburger und Zuckerwatte und Eis.«

Maggie versetzte ihm einen leichten Rippenstoß. »Das kann ich mir nicht leisten«, sagte sie aus dem Mundwinkel heraus.

Nick achtete nicht auf sie. »Kommt, Kids, lasst uns etwas Richtiges zum Lunch holen. Ich brauche Hilfe, um alles zu tragen.«

Er musste nicht zwei Mal fragen, denn es boten sich sofort zwei Freiwillige an.

»Nick?«, flüsterte Maggie erneut.

»Sie geben besser Ihre Bestellung auf, Ms. Herbert«, sagte er.

Unfähig zu antworten, blinzelte Maggie ein paar Mal in die Sonne. Es würde eine Weile dauern, bis sie begriff, dass Nick einen Segeltrip auf dem Lake Washington geopfert hatte, um den Nachmittag mit ihr und zwei fremden Kindern zu verbringen.

»Also Cheeseburger«, entschied Nick für sie, nahm Victoria an die Hand und ging mit Caleb an seiner Seite in Richtung der Essensbuden.

Während er fort war, holte Maggie die Getränke heraus, breitete die Strandtücher auf der Bank des Picknicktischs aus und wartete auf ihre Rückkehr. Es dauerte eine ganze Weile, bis Caleb mit einem breiten Lächeln zurückgerannt kam.

»Nick hat uns Eis *und* Zuckerwatte gekauft.«

»Wir mussten das Eis zuerst essen, weil es angefangen hat zu schmelzen«, fügte Victoria hinzu, als sie sich zu Caleb gesellte. Sie trug den Getränkekarton und achtete darauf, ihn gut festzuhalten.

Nick trug die Burger, Hotdogs, Pommes frites, die großen Essiggurken, Plätzchen und die Zuckerwatte. Maggie war geneigt zu glauben, dass er die Läden leer gekauft hatte.

Caleb und Victoria kletterten auf die Bank, und Maggie wickelte ihre Hamburger aus und schnitt sie in zwei Hälften. Dabei fragte sie sich, ob ihre kleinen Mägen das ganze Essen verkraften würden.

Calebs Mund war voll, als er einen Hotdog hinunterschlang. »Das ist der schönste Tag meines Lebens«, sagte er, bevor er schluckte.

Maggie wollte ihm den nicht verderben, indem sie ihn an seine Manieren erinnerte.

»Meiner auch«, stimmte Victoria zu. »Ich war noch nie

vorher auf einer Wasserrutsche und hatte an einem Tag Zuckerwatte und auch noch Eis.«

Nach dem Lunch wollten die Kinder auf die Fahrgeschäfte. Maggie fürchtete, das könnte mit vollem Magen zu viel sein, aber sie beharrten darauf, dass es ihnen gut gehe.

Nach dem Riesenrad und ein paar anderen ihrer Größe und ihrem Alter angemessenen Fahrten wünschten sie sich, noch ein Mal ins Wasser zu gehen. Um fünf Uhr waren beide Kinder erschöpft, und ihre Energie war verbraucht.

Als Maggie vorschlug, dass es an der Zeit sei, nach Hause zu fahren, protestierten beide. »Noch nicht.«

»Bitte, können wir noch ein bisschen bleiben?«

»Ich möchte noch ein Mal auf die Rutsche«, bat Victoria. Ihre Augen waren groß, als sie Maggie hoffnungsvoll ansah.

Sie konnte ihnen den Wunsch nicht abschlagen. »Aber ruht euch erst ein paar Minuten aus.«

Wie sie vermutet hatte, waren beide innerhalb von Sekunden eingeschlafen. Maggie saß, die Arme um die angezogenen Knie geschlungen, neben ihnen.

Nick streckte sich neben ihr aus, stützte sich auf den Ellbogen und schlug die Knöchel übereinander.

»Du hast Joan gefragt, wo ich bin, richtig?«, erkundigte sie sich, wohl wissend, dass er genau das getan haben musste. Vielleicht hätte sie nicht so erfreut sein sollen, ihn zu sehen, aber er war wunderbar mit den beiden Kindern umgegangen. Ein Nachmittag, und sie betrachteten ihn als ihren Helden. Sie musste zugeben, dass das gekaufte Essen wesentlich appetitlicher gewesen war als der Lunch, den sie eingepackt hatte. Abgesehen davon, dass er großzügig all die Leckereien gekauft hatte, war Nick im Umgang mit den Kindern geduldig gewesen, hatte mit ihnen gelacht und gescherzt. Er hatte Victoria auf den Schultern herumgetragen, sie in den tieferen Teil des Wassers mitgenommen und war mit ihr auf seinem Rücken geschwommen; dann hatte er dasselbe mit Caleb gemacht. Er war sogar die große Rutsche hinuntergerutscht und hatte Caleb festgehalten, als sie ein Stück vom Ende der Rutsche entfernt ins Wasser geflogen waren.

»Bist du böse auf mich?«, fragte Nick Maggie.

»Sollte ich das?«, gab Maggie die Frage zurück.

Er zögerte, bevor er antwortete. »Wahrscheinlich. Als wir telefoniert haben, hast du nur verraten, dass du mit jemandem namens Caleb Pläne hättest. Das hat mich aus der Fassung gebracht. Ich habe nicht damit gerechnet, dass Caleb ein Zweitklässler ist.«

»Also hast du dich bei deiner Mutter erkundigt, ob ich einen Typen namens Caleb date.«

Nick kicherte leise. »Genau, und Mom hat mich ausgelacht und mir gesagt, ich wäre auf einen Siebenjährigen eifersüchtig.«

»Also warst du eifersüchtig?«

Er stieß vernehmlich den Atem aus und zuckte die Achseln. »Ich habe meine Gefühle nicht allzu gut verborgen, oder?«

»Nicht wirklich.«

»Ich weiß, dass wir einen schlechten Start hatten, Maggie, und dann habe ich einen weiteren Fehler gemacht. Ich mag dich, und jedes Mal, wenn ich einen Schritt nach vorne mache, weiche ich zwei zurück.«

Maggie konnte nicht abstreiten, dass das zutraf, und würde nicht widersprechen.

»Als Mom mir sagte, du wärst mit Caleb und Victoria ins *Wild Waves* gefahren, wusste ich, dass ich herkommen musste. Ich war eine ganze Stunde hier unterwegs, bevor ich dich gefunden habe.«

»So lange?«

»Vermutlich hast du nicht bemerkt, dass heute ungefähr fünfhundert Leute hier sind, oder?«

Der Park war in der Tat voll.

»Weißt du, dass es mich weit mehr gereizt hat, den Nachmittag mit dir und den Kids zu verbringen, als alleine zu segeln?«

Maggie konnte nicht verbergen, wie sehr sie sich darüber freute. »Und weißt du, dass du Calebs und Victorias Held bist?«

»Was wichtiger ist … bin ich deiner?« Er sah sie unverwandt an.

Maggie hätte ein Lächeln nicht unterdrücken können, selbst wenn sie es versucht hätte. »Das wird sich zeigen, Nick Sample.«

Sechsundzwanzigstes Kapitel

Die Gespräche über ihre Söhne während der letzten Trauertherapiesitzung waren Joan noch lange im Gedächtnis geblieben und hatten Zweifel mit sich gebracht, bis sie das Gefühl hatte, sich ihren Bedenken stellen zu müssen. Ihre Beziehung zu Steve und Nick war ihr wichtig, und sie wollte sicher sein, dass die beiden das wussten. Sie war dankbar für das Gespräch, das sie mit ihrem ältesten Sohn geführt hatte, denn es hatte ihr geholfen zu verstehen, wie negativ ihre Trauer ihn und seinen Bruder beeinflusst hatte.

In der Unterhaltung mit Steve war ihr aufgefallen, wie er es vermied, über Zoe zu sprechen. Immer wenn sie nach ihr fragte, wechselte er rasch das Thema und gab ihr zu verstehen, dass alles, was mit ihr zu tun hatte, tabu sei. Früher einmal hatte ihr Sohn mit ihr über fast alles sprechen können. Das hatte sich geändert, und es bereitete ihr Sorgen.

Sie fürchtete, dass Steve annahm, sie könnte irgendeine Art von Rückschlag erleiden, wenn sie schlechte Nachrichten hörte. Oder war es möglich, dass er selbst sich von Jareds Tod noch nicht erholt hatte? Sie konnte weit danebenliegen, aber sie musste es wissen und war entschlossen, es herauszufinden. Diese Gedanken lagen ihr auf der Seele, und sie war unsicher, wie sie das Thema am besten anschneiden sollte.

Im Haus war es still, Maggie war aus, und Edison schlief in seiner Box. Das schien der Platz zu sein, den der Welpe am meisten liebte. Joan hatte ihm eine bequeme flauschige Unterlage gekauft, die er gerne mehrmals umkreiste, bevor er sich zum Schlafen darauf zusammenrollte.

Sie nahm all ihren Mut zusammen, griff nach ihrem Telefon und hoffte, dass Steve an einem Samstagnachmittag zu Hause sei.

Ihr ältester Sohn meldete sich nach dem zweiten Klingeln. »Hey, Mom, was gibt es?«

Wie immer klang er beschäftigt. Lange Telefongespräche waren noch nie sein Fall gewesen.

»Rufe ich zu einem schlechten Zeitpunkt an?« Sie brauchte seine volle Aufmerksamkeit.

»Jetzt ist in Ordnung. Alles okay bei dir?«

»Alles bestens.«

»Freut mich zu hören. Was liegt an?«

»Ich … ich sortiere ein paar Sachen deines Vaters aus.«

»Gut.« Er klang ermutigt. »Das ist ein Schritt in die richtige Richtung.«

»Ich habe seine Kleidung der Heilsarmee gegeben, sie waren froh, sie zu bekommen. Dein Dad hatte eine ganze Reihe hochwertiger Anzüge.« Beide Jungen waren größer und muskulöser als Jared. »Du willst nichts aus seinem Schrank, oder?«

»Nein, danke.« Seine Antwort kam schnell und unmissverständlich.

»Das dachte ich mir. Spielst du immer noch Golf?«, fragte sie, weil sie dachte, Steve könnte Interesse an Jareds Schlägern haben.

»Gelegentlich. Ich arbeite viel, Mom.«

»Du brauchst auch Zeit, um dich zu entspannen.« Jeder musste sich ab und zu von seinem Job freimachen.

»Wenn ich in dieser Firma vorwärtskommen will, muss ich Schweiß hineinstecken.«

Joan ließ seine Worte einsinken. »Es gibt im Leben mehr als nur Arbeit, mein Sohn.«

Ihre Worte wurden mit gereiztem Schweigen quittiert. »Ich weiß, du meinst es gut«, sagte Steve schließlich, »aber das klingt wie eine Strafpredigt, Mom.«

»Okay, ich werde nicht mehr davon sprechen.« Früher oder später würde ihr Sohn erkennen, was im Leben am wichtigsten war, und das waren nicht sein Job oder die Frage, wie hoch er in seiner Firma aufstieg.

»Gut. Und was ist sonst noch los?«, hakte er nach.

»Wie ich schon sagte, räume ich die Sachen deines Dads aus und wollte wissen, ob es irgendetwas gibt, das du haben willst.«

Steve zögerte und gab dann zu: »Mir fällt da überhaupt nichts ein.«

»Ich war mir ganz sicher, dass du die Golfschläger deines Dads haben wolltest. Ihr zwei habt so viel Zeit auf dem Golfplatz verbracht. Der Himmel weiß, dass es in Arizona alle paar Blocks einen Golfplatz gibt.«

»Ja, da hast du recht«, stimmte Steve seufzend zu. »Ich weiß dein Angebot zu schätzen, Mom, aber ich habe keine Zeit mehr für Golf. Ich arbeite jetzt an den meisten Wochenenden. Gib Nick die Schläger.«

»Er spielt nicht Golf.« Es lag ihr auf der Zunge, eine weitere Bemerkung über die vielen Stunden zu machen, die ihr Sohn sich abrackerte. Doch wenn sie ihr momentanes Gespräch fortsetzen wollte, sollte sie besser dazu schweigen.

»Nick ist sportlich, vielleicht fängt er irgendwann damit an.«

»Was ist mit den Werkzeugen deines Vaters?«

»Die möchte Nick sicher haben.« Jetzt klang er ungeduldig, als hätte er es eilig, vom Telefon wegzukommen.

»Gibt es denn gar nichts von deinem Vater, das du gerne hättest?« Es schmerzte sie, wie vehement Steve jede ihrer Bemühungen abwehrte, ihm etwas aus den Hinterlassenschaften seines Vaters zuteilwerden zu lassen.

Steve zögerte, als würde er darüber nachdenken. »Nicht wirklich.«

»Nichts? Was ist mit einer Krawattennadel oder Manschettenknöpfen?«

»Mom«, stöhnte er, als hinkte sie der Zeit hinterher. »Niemand trägt dieses Zeug heute noch.«

Seine Weigerung, irgendetwas von Jared aufzubewahren, tat ihr weh. »Ich hatte gehofft, du hättest den Wunsch, etwas von ihm als Erinnerung zu besitzen.«

Er musste ihre Enttäuschung gehört haben, denn er zögerte erneut. »Tut mir leid, Mom. Du hast recht. Ich sollte wenigstens ein Andenken an Dad aufheben.«

Sie hoffte, dass ihre Stimme nichts von dem Kloß in

ihrer Kehle preisgab. »Ich habe immer angenommen, du hättest eine gute Beziehung zu Jared gehabt.«

»Die hatte ich auch«, versicherte er ihr hastig. »Es ist nur so, dass ich schon vor langer Zeit zu Hause ausgezogen bin. Und Dad und ich waren nun mal ziemlich verschieden. Er war ein guter Vater, und ich bin dankbar, dass er ein Teil meines Lebens gewesen ist. Ich habe viele gute Erinnerungen, und das ist wirklich das Wichtigste.«

Steve hatte recht. Auch sie hatte ihre Erinnerungen, die sie in Ehren halten würde, so wie Steve die seinen. Dann nahm sie all ihren Mut zusammen und sagte: »Kann ich dich etwas fragen, und bitte, ich brauche eine ehrliche Antwort.«

»Natürlich.«

»Habe ich dich als Mutter im Stich gelassen?« Sie schloss die Augen, weil sie sich vor seinen Worten fürchtete. Die Schuldgefühle nagten an ihr.

Er schien seine Antwort abzuwägen, als hätte er Angst, sie zu verletzen. »Auf keinen Fall. Ich wusste immer, dass ich mich auf dich verlassen konnte. Du warst eine gute Mom«, fügte er hinzu, als wäre es ihm wichtig, dass sie das wusste. »Und Dad war ein guter Vater.«

»Du meinst, ich war in der Vergangenheit eine gute Mutter«, stellte sie richtig. Ihre Worte glichen mehr einem Atemzug als einem Laut, da sie so sehr befürchtete, ihre Kinder durch ihre Trauer vernachlässigt zu haben.

»Du warst immer da, wenn es darauf ankam. Nick und ich sind keine Kinder mehr. Wir sind erwachsen, und ich hatte kein einziges Mal das Gefühl, du hättest in Bezug auf uns versagt. Ich kann nicht für Nick sprechen, aber ich glaube, er würde mir zustimmen. Wenn jemand versagt hat, dann wir beide. Du hast an so schweren Depressionen gelitten, und wir wussten nicht, wie wir dir am besten hätten helfen können. Verzeih mir das, Mom. Ich hätte größere Anstrengungen unternehmen sollen, dich zu besuchen und für dich da zu sein.«

»Es hat sich alles zum Guten gewendet«, flüsterte sie. »Eine Freundin hat mich kürzlich daran erinnert, dass alles zur vorbestimmten Zeit geschieht, und ich sollte nicht infrage stellen, dass ich so lange gewartet habe, um mir die Hilfe zu suchen, die ich brauchte. Du musst dich für nichts bei mir entschuldigen.«

Steve stieß einen Seufzer aus. »Ich schätze, das liegt halt an meiner Stimmung in der letzten Zeit.«

Das war die Vorlage, auf die Joan gewartet hatte. »Was ist denn los, Steve? Und bitte trau mir etwas Intelligenz zu. Ich spüre schon lange, dass dir etwas auf der Seele liegt, und ich schätze, es hat mit Zoe zu tun.«

»Mom, bitte. Es ist nichts. Ich habe bloß viel zu tun. Ich trage eine Menge Verantwortung, und das fordert seinen Tribut. Du würdest nicht glauben, an wie vielen Besprechungen ich pro Woche teilnehme oder wie viele Probleme ich in der Firma lösen muss. Das nimmt meine Zeit fast vollständig in Anspruch.«

Joan war nicht gewillt, sich Ausflüchte anzuhören. »Warum wechselst du jedes Mal das Thema, wenn ich Zoes Namen ins Spiel bringe?«

Die Frage landete zwischen ihnen wie eine Atombombe.

Völliges Schweigen.

»Meine Beziehung mit Zoe ist tabu«, fauchte er nach einem Moment betretenen Schweigens.

Joan hatte seine Freundin nie kennengelernt. Steve sprach selten über seine Beziehungen, daher wusste Joan, als er ihr von Zoe erzählt hatte, dass sie ihm viel bedeutete.

»Ich hatte angenommen, das mit euch beiden wäre etwas Ernstes«, sagte sie, seine Warnung ignorierend.

»Mom«, erwiderte er, als ärgerte er sich darüber, dass sie auf unerwünschtes Gebiet vordrang.

»Warum wechselst du jedes Mal, wenn ich von ihr spreche, das Thema?«

»Man sollte doch meinen, dass du den Wink verstehst.«

»Letztens hast du gesagt, ihr zwei hättet eine On-Off-Beziehung. Was sollte das heißen?«

»Mom«, stöhnte er. »Hör auf damit.«

»Das kann ich nicht, weil ich wissen will, was mit dir passiert. Ich möchte nicht, dass unser Verhältnis oberflächlich bleibt. Ich möchte, dass du mir deine Gedanken und Sorgen anvertraust und offen und ehrlich bist.«

»Schön, du willst, dass ich offen und ehrlich bin. Du zuerst! Was läuft da mit dir und diesem Landschaftsgärtner?«

Die Frage traf sie wie ein Blitz aus heiterem Himmel. »Phil? Gar nichts. Er ist in derselben Trauertherapiegruppe wie ich. Ich kenne ihn kaum.«

»Datest du irgendjemanden?«

»Nein.« Sie lachte über die Absurdität, auch nur in

diese Richtung zu denken. »Warum fragst du überhaupt?« Sie wusste die Antwort, kaum dass die Worte heraus waren. Nick musste ihn erwähnt haben. »Glaub mir, Phil ist ein Freund, nichts weiter.«

Steve schnaubte höhnisch. »Nick sagte, ihr beide wärt einen Abend lang aus gewesen.«

Joan fand das äußerst amüsant. »Ein paar von uns gehen nach jeder Sitzung noch Kaffee trinken. Phil war dabei, ich auch. Da spielt sich nichts ab, glaub mir. Ich habe erst vor Kurzem erfahren, dass er geschieden ist.«

»Also behauptest du, er wäre nur ein Freund.«

»Steve«, sagte sie langsam, um ihren Standpunkt klarzumachen. »Ich weiß, warum du mich über meinen Landschaftsgärtner ausfragst. Du lenkst von dir und Zoe ab.«

Die Antwort ihres Sohnes bestand aus einem tiefen Seufzen. »Wenn du es unbedingt wissen willst, Zoe und ich gehen getrennte Wege.«

»Tut mir leid.« Das hatte Joan schon lange vermutet.

Ein weiterer Seufzer, diesmal deutlich schmerzerfüllt. »Yeah, mir auch.«

»Ich nehme nicht an, dass du mir alles erzählen willst, aber ich hoffe, dass du es trotzdem tust.« Joan wollte nicht zu sehr nachbohren. Sie wünschte, ihr Sohn würde von sich aus erklären wollen, was mit seiner vielversprechenden Beziehung passiert war.

Er zögerte, wie sie angenommen hatte, dass er es tun würde. »Zoe möchte heiraten.«

Joan verstand nicht, warum das ein Problem sein sollte, wenn sie sich liebten.

»Wir waren zwei Jahre lang zusammen«, fuhr Steve fort, »und auf einmal übt sie Druck auf mich aus, sie zu heiraten.«

»Liebst du sie?«, fragte Joan, obwohl sie meinte, die Antwort zu kennen.

»Ja … das tue ich.«

Wie sie es vermutet hatte. »Könntest du dir vorstellen, den Rest deines Lebens mit ihr zu verbringen?«

»Ja«, erwiderte er diesmal etwas überzeugender.

»Wo liegt denn das Problem?« Es musste mehr dahinterstecken als Steves mangelnde Bereitschaft, sich fest zu binden.

Seine Stimme wurde weicher, als gäbe er seine Abwehrhaltung auf. »Sie möchte eine Familie gründen.«

»Und du nicht?«

»Schon, aber noch nicht so bald. Vielleicht in den nächsten sieben oder zehn Jahren. Ich meine, der Zeitpunkt muss richtig sein. Du setzt kein Kind in die Welt, bevor du nicht ein Haus mit einem eingezäunten Garten, ein ausreichendes Einkommen und eine gesicherte Zukunft hast. Das gilt auch für das Heiraten.«

»Du willst ein Haus, bevor du heiratest?« Es fiel Joan schwer, einen Sinn in den Dingen zu sehen, die Steve für notwendig erachtete.

»Ja.«

»Himmel, Steve, wenn dein Vater und ich all diese Bedingungen gestellt hätten, wären du und Nick vielleicht nie geboren worden.«

»Die Zeiten waren damals anders«, fuhr er auf.

»Wirklich?«

»Ja, Mom, wirklich«, beharrte er.

»Und du findest, Zoe ist unvernünftig, weil sie nicht warten will, bis das Sonnensystem mit deiner Liste von allem Erforderlichen im Einklang ist?« Sie wollte nicht sarkastisch klingen, aber wenn hier jemand unvernünftig war, dann ihr Sohn.

»Ja«, schnappte er. »Ich wollte sie nicht verlieren, daher habe ich sie gebeten, mich zu heiraten. Ich habe ihr sogar einen Ring besorgt, weil sie einen wollte. Aber als ich mich weigerte, einen Hochzeitstermin festzusetzen, hat sie einen Anfall bekommen.«

»Du meinst, sie hat sich aufgeregt.«

»Sie sagte, sie wäre nicht bereit, fünf Jahre zu warten, bis ich das Gefühl hätte, alles erreicht zu haben, um der Ehemann zu sein, der ich sein will. Verurteile mich dafür, wenn du willst, aber so denke ich eben. Ich bin zielstrebig, und jetzt oder in naher Zukunft eine Ehefrau zu haben, passt nicht in meine Pläne. Später werde ich das richtige Einkommen haben, vielleicht schon früher, aber noch nicht einmal dafür gibt es eine Garantie. Ich werde vielleicht im nächsten Jahr zum Manager befördert, aber das ist erst der erste Schritt in meinem Fünf-Jahres-Karriereplan.«

Joan konnte es Zoe nicht verübeln, dass sie nicht so lange warten wollte. Würde sich Steve wirklich an sie gebunden fühlen, würde er sie vom Fleck weg heiraten.

»Sie sagte, sie glaube nicht daran, dass ich in fünf Jahren dazu bereit sein würde«, murmelte er. »Sie hat es so aussehen lassen, als würde ich ihr etwas vormachen, und meine Liste von Gründen sei nur ein Vorwand, um sie hinzuhalten.«

»Das klingt, als hätte sie dir ein Ultimatum gestellt.«

»Sie sagte, wenn ich nicht mit einer Hochzeit innerhalb eines Jahres einverstanden wäre, dann wäre es aus zwischen uns.«

»Du glaubst ihr nicht?«

»Ich … ich mochte den Druck nicht, und ich fand, sie hatte nicht genug Verständnis für meine Ziele.«

Joan konnte sich vorstellen, wie stur ihr Sohn war, wenn man ihm die Pistole auf die Brust setzte. »Was ist passiert?«

»Als ich ihr sagte, ich wäre in einem Jahr noch nicht so weit, gab sie mir den Ring zurück.« Anscheinend fiel es ihm auch jetzt noch schwer zu glauben, dass sie ihn verlassen hatte.

Der Schock darüber schwang in seiner Stimme mit. Schock, Enttäuschung, Schmerz.

»Das tut mir leid, Steve.«

»Tja, anscheinend orientiert sie sich anderweitig. Ich habe bei Facebook einen Post von ihr und einem anderen Typen gesehen.«

»Das hat bestimmt wehgetan.«

Er kicherte. »Sie hat wirklich nicht lange gebraucht, um einen anderen zu finden.«

»Klingt für mich, als hätte sie ihren Standpunkt klargemacht«, murmelte Joan.

»Tatsache ist, wenn sie heute zu mir zurückkäme und

sagen würde, sie hätte ihre Meinung geändert, würde ich lachen und ihr klarmachen, dass sie zu spät kommt.«

»Oh, Steve, das ist nicht nur stur, sondern auch dumm. Wir wissen beide, dass dein verletzter Stolz aus dir spricht.«

»Schon«, gab er widerstrebend zu. »Ich vermisse sie. Sie hat alles für mich besser gemacht. Zoe war der beste Freund, den ich je hatte. Ich … fühle mich leer ohne sie. Es gab nichts, was ich ihr nicht erzählen konnte. Sie ist klug, scharfsinnig, schön und weise. Ohne sie fühlt sich nichts richtig an.«

Für Joan klang das nach Liebe. »Dann sag ihr, was du empfindest.«

»Das kann ich nicht, sie wird mir nicht zuhören.«

»Sei da nicht so sicher. Ihr zwei wart lange zusammen. Sie wird dich auch vermissen. Du musst darüber nachdenken, wie dein Leben ohne sie aussehen wird. Warum hast du Angst, sie zu heiraten?«

»Ich … ich weiß nicht«, gestand er. Traurigkeit schlich sich in seine Stimme.

»Könnte es etwas damit zu tun haben, dass du deinen Dad verloren hast?«, fragte Joan in der Hoffnung, dass dem nicht so war.

»Ich wüsste nicht, inwiefern.«

»Denk mal darüber nach.«

»Danke, dass du mir wegen der Sache mit Zoe keine Ruhe gelassen hast. Jetzt, nachdem ich mit dir geredet habe, fühle ich mich besser. Ich werde über das nachdenken, was du gesagt hast, und dich wissen lassen, wie ich mich entscheide.«

»Gut. Ich bin jederzeit für dich da, wenn du reden willst, Steve.«

»Ich weiß.«

»Lass uns bald wieder telefonieren. Okay?«

»Klar doch.« Sie wollte das Gespräch gerade beenden, als die Tür aufging und Maggie von ihrer Schicht bei Starbucks zurückkam.

Joan und Steve verabschiedeten sich, und Joan richtete ihre Aufmerksamkeit auf ihre Untermieterin. »Ich hoffe, du hattest einen guten Tag.«

»Einen langen. Unser Ofen ist kaputt, und es wird eine Woche dauern, bis er repariert werden kann. Die Kunden waren gar nicht glücklich.«

Joan musste lächeln. Die Vorstellung, ohne Eiermuffins auskommen zu müssen, war ein Horror.

Maggies Telefon klingelte, und sie stöhnte, als sie sich meldete. Augenblicklich wurden ihre Augen groß, und jegliche Farbe wich aus ihrem Gesicht.

»Was ist?«, fragte Joan, sowie Maggie aufgelegt hatte.

»Das war das Krankenhaus. Dad ist in seiner Stammkneipe zusammengebrochen und mit einem Notarztwagen eingeliefert worden.«

Siebenundzwanzigstes Kapitel

Maggie stürmte in das Swedish Hospital, in welches der Rettungswagen ihren Vater gebracht hatte, und steuerte schnurstracks auf die Informationstheke zu. »Ich bin Maggie Herbert. Mein Vater ist in die Notaufnahme gebracht worden. Kann ich ihn bitte sehen?«

Die Frau an der Information erklärte Maggie, dass sie zu dem Fenster mit dem Schild *Sicherheit* hinübergehen müsse. Als der Mann dort sie nach ihrem Namen fragte, zeigte sie ihren Ausweis vor, bekam ein Namensschild und hastete in die Notaufnahme. Eine Krankenschwester zeigte ihr den Weg zu dem Raum, in dem ihr Vater auf einer Trage lag.

»Dad«, rief sie, als sie an seine Seite eilte.

»Maggie.« Er richtete sich halb auf einem Ellbogen auf und streckte den anderen Arm aus, um nach ihr zu greifen. Als er ihre Hand packte, war sein Griff so eisern, dass sie beinahe vor Schmerz aufgeschrien hätte.

»Ich bin hier«, sagte sie überflüssigerweise. »Was ist passiert?«

Ihr Vater schüttelte den Kopf. »Weiß ich nicht. Ich habe mich nicht gut gefühlt, schon seit einiger Zeit nicht mehr. Ich war im *Half Pint* und Al hat losgeschnattert, was er so macht. Der Mann hält keine Sekunde den Mund. Das Nächste, was ich wusste, war, dass sich irgendein Typ über mich beugte, ich auf dem Rücken auf dem Boden lag und Al zum Himmel hochblickte, laut betete und Gott bat, mich zu verschonen. Schätze, er dachte, ich sterbe. Der Rettungssanitäter von der Feuerwehr sagte, ich hätte das Bewusstsein verloren.«

»Oh, Dad, du musst besser auf dich achten.« Das war genau das, was Maggie befürchtet hatte. Seine Trinkerei war ihm letztendlich zum Verhängnis geworden. Weder ihre wiederholten Bitten noch ihr Auszug hatten geholfen.

»Maggie«, flüsterte er mit einem verzweifelten Ausdruck in den Augen. »Du musst mich hier rausholen.«

Sie drückte tröstend seine Hand. »Noch nicht. Wir müssen erst herausfinden, was dir fehlt.«

Er schüttelte nachdrücklich den Kopf und blickte sie flehend an. »Hol mich hier raus. Hier drinnen sterben die Leute.«

Maggie musste unwillkürlich grinsen. »Lass mich erst einmal mit dem Arzt reden.«

»Sie werden mich umbringen. Denk an meine Worte, Maggie, sie behalten mich hier, und in einer Woche bin ich tot.« Seine Angst war nahezu greifbar. Er glaubte wirklich, dass für ihn keine Hoffnung mehr bestünde, wenn das Krankenhaus ihn stationär behandeln müsste und erst mal dabehielt.

Der Arzt trat mit einer Krankenakte in der Hand in das Zimmer. Ihr Vater umklammerte Maggies Hand noch fester. Sie hielt sich dicht an seiner Seite, um ihm zu verstehen zu geben, dass sie ihn nicht allein lassen würde.

Das Namensschild des Arztes wies ihn als Dr. Lael aus. Als er von der Krankenakte aufblickte, wanderte sein Blick von Roy zu Maggie und wieder zu ihrem Vater.

»Mr. Herbert, ich bin Dr. Lael.«

Maggies Vater funkelte ihn finster an. »Ich kann lesen, wissen Sie? Auf dem Schild steht Ihr Name. Lael. Komischer Name. Was sind Ihre Leute eigentlich? Totengräber?«

»Dad«, protestierte Maggie. Sie sah den Arzt entschuldigungsheischend an und fügte hinzu: »Nehmen Sie es meinem Vater nicht übel, er steht Krankenhäusern misstrauisch gegenüber. Ich bin Maggie Herbert, seine Tochter.«

Dr. Lael wirkte sichtlich belustigt. »Tut mir leid, Sie zu enttäuschen, Mr. Herbert, aber in meiner Familie gibt es keinen einzigen Totengräber.«

Roy Herbert gab ein abfälliges Schnauben von sich, als würde er ihm keine Sekunde lang glauben.

Der Arzt blickte auf seine Papiere hinunter und wandte sich an Maggie. »Das Blutbild zeigt, dass die Leber Ihres Vaters schwer geschädigt ist.«

Maggie hatte schon vermutet, dass das Problem dort zu suchen war. Ihr Vater ernährte sich hauptsächlich von Bier, und das seit Jahren. Dr. Lael gab ihr weitere Informationen, die zu seiner Schlussfolgerung geführt hatten. Ein Blick in die gelb verfärbten Augen ihres Vaters hatte schon bei ihr einen diesbezüglichen Verdacht erhärtet. Selbst seine Haut wirkte gelblich, und ihr waren auch etliche blaue Flecken auf seinen Armen aufgefallen.

»Mr. Herbert«, wandte sich Dr. Lael mit ernster Miene an ihren Vater, »Sie müssen den Alkohol ganz weglassen.«

Ihr Vater reagierte mit einem Schnauben. »Ich rühre das Zeug kaum an.«

»Dad«, widersprach Maggie. »Du trinkst jeden Tag. Du warst in einer Kneipe, als du ohnmächtig geworden bist.«

»Ich trinke Bier. Fast nie harte Sachen.«

»Dad«, sagte sie so sanft, wie sie konnte. »Bier kann im Übermaß genauso schaden wie Hochprozentiges.«

Die in Roys Gesicht verbliebene Farbe verschwand rasch. »Ich darf kein Bier mehr trinken?«

»Ja, Dad. Wenn du am Leben bleiben willst, musst du dem Alkohol ganz abschwören.«

Roy wirkte tief in Gedanken versunken, dann schüttelte er den Kopf. Als er sprach, klang seine Stimme entschieden. »Da wäre ich lieber tot.«

»Dad!« Maggies Schultern sanken entmutigt nach unten.

»Hab sonst nichts, wofür es sich zu leben lohnt«, erwiderte ihr Vater. »Deine Mutter ist tot, und du hast mich verlassen. Der einzige Freund, den ich habe, ist Al, und der ist ein geschwätziger Trottel. Die einzigen Freuden in meinem Leben sind Bier und Wheel of Fortune.«

»Du hast Spaß an Jeopardy.« Maggie wusste, dass das Quiz eines der beiden Fernsehprogramme waren, die sich ihr Vater regelmäßig anschaute.

»Stimmt«, bestätigte er. »Nur dass mir die Antworten nicht mehr so schnell einfallen wie früher.«

»Ich entlasse Ihren Vater«, sagte Dr. Lael, während er

ein Rezept ausschrieb und es Maggie reichte. »Achten Sie darauf, dass er das hier jeden Tag nimmt. Es wird etwas helfen. Wenn er weiter trinkt, wird er höchstwahrscheinlich eine Leberzirrhose bekommen.«

Maggie spürte, wie sich ein Kloß in ihrer Kehle bildete. »Ich werde mein Bestes tun.«

Sie wartete mit ihrem Vater auf seine Entlassungspapiere.

»Das heißt, ich kann nach Hause?«

»Ja, aber du darfst nicht vergessen, was Dr. Lael gesagt hat. Du musst die Finger vom Bier lassen, Dad. Aber dabei wirst du Hilfe brauchen.«

»Mir wird es schon gut gehen, mach dir keine Sorgen. Ausgezeichnet sogar.«

»Sicher nicht«, beharrte sie. »Ich werde nach Kliniken suchen, wo du die Hilfe bekommst, die du brauchst. Du musst einen Entzug machen.«

Roy verschränkte die Arme, wie um zu sagen, dass er sein letztes Wort zu diesem Thema gesagt hatte. Maggie kämpfte gegen ihren Frust an. Sie konnte ihn weder dazu zwingen, mit dem Trinken aufzuhören, noch, sich Hilfe zu holen und dauerhaft nüchtern zu bleiben.

Roy Herbert war störrisch wie ein Maulesel. Schon immer gewesen, und er würde es wahrscheinlich auch immer bleiben. Es gab wenig, was sie tun konnte, um ihn zu ändern.

Die Schwester half ihrem Vater von der Trage und in einen Rollstuhl und reichte Maggie die Entlassungspapiere sowie das Rezept von Dr. Lael. Er hatte eine Liste einiger

Rehakliniken im Bezirk von Seattle hinzugefügt. Es war klar, dass diese Kliniken weitaus teurer waren, als Maggie oder Roy es sich leisten konnten.

Als sie in das Wartezimmer der Notaufnahme kamen, stand Al mit seiner am Rand ausgefransten Baseballkappe in der Hand dort.

»Al«, sagte Maggie, die ihn wiedererkannte.

»Ich bin gekommen, so schnell ich konnte. War schon hier, als du kamst, aber du hast mich nicht gesehen, und sie haben dich direkt reingeschoben. Ich hab versucht, zu dir zu kommen, aber sie haben gesagt, ich könnte nur rein, wenn ich ein Familienangehöriger wäre.«

»Du hättest lügen können«, knurrte ihr Vater. »Wenn du nachgedacht hättest, hättest du gesagt, du wärst mein Bruder.«

»Ich bin schwarz, Mann«, erinnerte Al ihn.

»Ach ja, richtig«, sagte Roy.

Der Wortwechsel amüsierte Maggie, sie lächelte zum ersten Mal, seit sie das Krankenhaus betreten hatte. »Ich bringe Dad nach Hause. Willst du mitfahren, Al?«

»Wenn es nicht zu viel Mühe macht, gerne.« Er setzte die Kappe auf und folgte ihnen nach draußen.

»Es macht keine Mühe. Hast du etwas dagegen, bei Dad zu bleiben, während ich seine Medikamente hole?«

»Mache ich gerne.«

»Er wird mir ein Ohr abkauen«, grollte ihr Vater. »Ich könnte sterben, und ich möchte nicht, dass das Letzte, was ich höre, Als Gerede von seiner Zeit bei der Eisenbahn ist.«

»Du stirbst sicher, Dad, aber nicht heute, also solltest du dankbar sein, dass du einen Freund wie Al hast.«

»Sie hat recht.« Al nickte heftig. »Hör auf deine Tochter.«

Maggie hatte noch eine Bitte an den einzigen Freund ihres Vaters. »Und während ich weg bin, achte darauf, dass er kein Bier trinkt.«

Ihr Vater schnaubte, als käme es gar nicht infrage, dass Al ihn davon abhielt.

»Dad, ich warne dich …«

»Oder was?«, giftete er. »Ziehst du dann aus und überlässt mich meinem Schicksal? Das hast du doch schon getan, und ich bin dich Gott sei Dank los.«

»Er meint es nicht so«, sagte Al leise. »Er vermisst dich sehr. Sagt mir jeden Tag, wie sehr es ihm leidtut, dass du weg bist.«

»Sag mir nicht, was ich meine oder nicht meine«, schnappte Roy und funkelte Al an.

Maggie ließ ihren Vater in Als Obhut zurück, während sie ihr Auto holte. Sie fuhr zu einem Bereich, wo sie ihn abholen konnte, stieg aus und öffnete die Beifahrertür, während ihr Vater weiter vor sich hin schimpfte. Weil er etwas benommen war, legte sie ihm den Arm um die Taille und stützte ihn, so gut sie konnte. Er erhob keine Einwände, was ihr verriet, dass es ihm schlechter ging, als sie gedacht hatte. Diese Diagnose war ernst. Entweder änderte ihr Vater seine Trinkgewohnheiten, oder er würde seiner Krankheit zum Opfer fallen. Wenn er diesen Weg weiterging, würde er sein Todesurteil unterschreiben. Es stimmte, dass Maggie und er ihre Differenzen gehabt hatten, aber er war ihr Vater, ihr einziger lebender Verwandter.

»Ich bin kein Invalide«, beschwerte er sich, »egal was der Arzt gesagt hat. Ich kann in ein Auto einsteigen, ohne dass ihr zwei so ein Theater macht. Ein Mann kann nicht atmen, wenn Leute wie ihr in der Nähe seid.«

Maggie überließ es ihm, die Autotür selbst zu schließen. Vor Anstrengung wäre er beinahe vom Sitz und auf den Bürgersteig gerutscht. Al setzte sich auf die Rückbank. Der dichte Verkehr von Seattle machte das Fahren nicht einfacher. Fast dreißig Minuten später hielt Maggie vor dem Haus ihrer Familie und stieß einen erleichterten Seufzer aus. Ihr Vater hatte während der gesamten Fahrt genörgelt und behauptet, sie hätte absichtlich die falsche Route gewählt. Maggie stritt nicht mit ihm, verdrehte aber die Augen, wohl wissend, dass sie, wenn sie auf seinen Rat gehört hätte, eine geschlagene Stunde bis nach Hause gebraucht hätten.

Sie hütete sich wohlweislich, ihm aus dem Auto zu helfen, sondern wartete, bis er ausgestiegen war, bevor sie den Arm um seinen Ellbogen schlang und ihren Vater ins Haus führte. Als Roy in seinen Sessel sank, stieß er vernehmlich den Atem aus, als wäre dies sein angestammter Platz, und alle anderen könnten jetzt gehen. Ganz offensichtlich wollte er ihnen weismachen, dass er ausgezeichnet ohne sie zurechtkäme.

Al nahm auf dem Sofa Platz.

»Ich bin so schnell wieder da, wie ich kann«, sagte Maggie zum Freund ihres Vaters.

»Wo willst du hin?«, wollte Roy wissen.

»Deine Medikamente holen. Es wird nicht lange dauern.«

»Komm nicht ohne einen Whopper zurück«, rief er ihr nach, als sie zu ihrem Auto ging.

In der Apotheke musste Maggie warten, bis sie der Frau hinter der Theke das Rezept geben konnte.

»Können Sie mir sagen, wie viel das kosten wird?« Fast hatte sie Angst davor, es herauszufinden.

»Da muss ich den Apotheker fragen.«

Die Frau verschwand, kam nach ein paar Momenten wieder und nannte eine Summe, bei der Maggie blass wurde.

»Gibt es dafür kein Generikum?« Diese Tabletten sollten billiger sein.

»Das ist der Preis für das günstigste Medikament mit demselben Wirkstoff.«

»Oh.« Sie schluckte hart.

»Möchten Sie es trotzdem nehmen?«

Da ihr keine andere Wahl blieb, nickte Maggie. »Bitte.«

»Es wird ein paar Minuten dauern. Sie können gerne im Wartebereich rechts von Ihnen Platz nehmen.«

Mit schwerem Herzen ließ sich Maggie auf einen Stuhl sinken, schloss die Augen und betete. So schwer es ihr auch fiel, das zuzugeben, ihr Vater brauchte sie. Er würde es nie schaffen, mit dem Trinken aufzuhören, wenn sie nicht da war, um ihm Mut zu machen. Zwar hasste sie den Gedanken, wieder bei ihm einzuziehen, aber es schien ihr die einzige mögliche Lösung zu sein. Sobald ihr Vater wieder ganz nüchtern wäre, musste er begreifen, dass er sich vom Alkohol fernhalten musste. Wenn er entschlossen war, weiter zu trinken, gab es nichts, was sie für ihn tun konnte. Sie hatte nicht die Absicht, zu bleiben und zuzusehen, wie er einen langsamen, qualvollen Tod starb, nur weil er zu störrisch war, zuzugeben, dass er ein Problem hatte.

Mit einem gefassten Entschluss im Kopf wartete sie, bis ihr Name aufgerufen wurde. Sie bezahlte und fuhr nach Hause. Als sie vor dem Haus parkte, konnte sie sich an keine Einzelheit der Fahrt erinnern, weil sie sich nur mit den Folgen der Krankheit ihres Vaters beschäftigt hatte.

Als sie das Haus betrat, bemerkte sie als Erstes, dass ihr Vater mit einem Bier in der Hand vor dem Fernseher saß.

»Al«, rief sie. »Du solltest doch darauf achten, dass Dad nichts trinkt.«

Al hob geschlagen beide Arme. »Ich konnte ihn nicht daran hindern.«

Ein halsstarriger Ausdruck trat auf das Gesicht ihres Vaters. »Ich habe dir doch gesagt, ich verzichte nicht auf mein Bier.«

»Ja, das hast du.« Tränen der Wut traten in Maggies Augen. »Ich habe gerade eben über siebenhundert Dollar für dieses Rezept lockergemacht. Das war mein gesamter Lohnscheck, und jetzt habe ich gar nichts mehr. Ich habe schwer für dieses Geld gearbeitet, und ich lasse nicht zu, dass du es verschwendest.«

»Wie viel?« Seine Augen verrieten Bestürzung.

»Du hast mich genau verstanden.«

Sein Gesicht verzerrte sich, und seine Augen füllten sich mit Tränen. »Warum hast du das getan?«

»Warum?«, rief sie. »Weil du mein Vater bist, darum!«

Er blinzelte ein paar Mal und schien sich in sich selbst zurückzuziehen. »Ich ... ich weiß nicht, ob ich aufhören kann.«

»Du kannst, und du musst. Es gibt Einrichtungen und Leute, die dir helfen können. Wenn du versprichst, dir wirklich Mühe zu geben, werde ich versuchen, dich in einer Klinik unterzubringen. Alleine kannst du das nicht schaffen, Dad, du wirst Hilfe brauchen. Ich werde alles tun, was in meiner Macht steht, um dich zu unterstützen.«

»Ich bin kein Alkoholiker«, beharrte ihr Vater.

Maggie schüttelte den Kopf. »Streite es ab, so viel du willst, aber deine Leber sagt etwas anderes.«

Er senkte den Blick zu der Bierdose, die er in der Hand hielt. »Ich ... ich kann nicht, Maggie, schon gar nicht ohne deine Mutter und jetzt auch noch ohne dich ...«

Er brachte nicht zu Ende, was er sagen wollte. Das musste er auch nicht, Maggie wusste es bereits. »Ich werde wieder nach Hause ziehen«, sagte sie, da sie wusste, dass es das Einzige war, was sie anbieten konnte, um ihren Vater davon zu überzeugen, mit dem Trinken aufzuhören.

Sein Kopf fuhr mit einem Ruck hoch. »Wirklich?«

Maggie hasste den Gedanken, Joan zu verlassen, mehr als alles andere, aber sie sah keine andere Möglichkeit.

Eine Träne rann über seine Wange. »Wenn du das tust ... wieder hier einziehen, meine ich ... dann werde ich ernsthaft darüber nachdenken.«

»Ich werde auch helfen«, erbot sich Al.

»Wie willst du mir denn helfen?«, höhnte Roy.

Al stand vom Sofa auf, nahm seine schäbige Baseballkappe ab und sprach so, als legte er einen feierlichen Eid ab. »Ich verspreche, in deiner Gegenwart nicht zu trinken.«

Ihr Vater schnaubte. »Das wird ja viel nützen.«

»Dad«, tadelte Maggie. »Al ist dein Freund, und wenn ich das richtig verstanden habe, hast du mir erzählt, er wäre dein einziger Freund.«

»Das habe ich nie gesagt«, log ihr Vater.

Maggie blickte Al an und flüsterte: »Doch, hat er.«

Roy schüttelte den Kopf. »Und ich habe noch nicht entschieden, ob deine Rückkehr nach Hause es wert ist, die einzige Freude in meinem Leben aufzugeben. Du bist zu sehr wie deine Mutter.«

»Das betrachte ich als Kompliment.«

»Das solltest du auch«, schnappte er und grübelte dann über seine Entscheidung nach.

Al grinste, und Maggie fiel auf, dass er einen goldenen Schneidezahn hatte. »Danke, dass du meinem Dad ein so guter Freund bist. Er wird einen brauchen, wenn er sein Versprechen halten will.«

»Heult mir ruhig die Ohren voll«, fauchte ihr Vater. »Und jetzt lasst mich allein, alle beide. Ich muss gründlich über alles nachdenken.« Al machte Anstalten, zur Vordertür hinauszugehen, aber Roy hielt Maggie zurück. »Hast du das ernst gemeint? Du ziehst wieder hier ein?«

»Wenn du in eine Klinik gehst. Und wenn dein Körper

sich daran gewöhnt hat, ohne Alkohol auszukommen. Wenn ich dich mit einem Bier oder einem anderen alkoholischen Getränk erwische oder auch nur etwas rieche, bin ich sofort wieder weg.«

Er seufzte und verdeutlichte damit, dass dies eine schwere Entscheidung war.

»Und wenn ich deine Medikamente bezahle, zahle ich dir keine Miete.«

Er nickte zum Zeichen dafür, dass das geklärt war.

Dann sah er ihr in die Augen und nickte erneut. »Okay, abgemacht. Wann gedenkst du wieder hier aufzuschlagen?«

»Bald, Dad.«

»Gut, und wenn du zurückkommst, bring mir einen Whopper mit. Und jetzt raus mit euch, alle beide. Ich bin ein kranker Mann und brauche meine Ruhe.«

Achtundzwanzigstes Kapitel

Joan war zu aufgeregt, um klar denken zu können.

Maggie war aus dem Krankenhaus zurückgekommen und die Treppe hochgestiegen, bevor Joan fragen konnte, was passiert war.

»Mein Dad ist krank und braucht mich. Ich hasse es, aber ich kann ihn jetzt nicht im Stich lassen. Ich muss wieder nach Hause ziehen.«

Joan folgte ihr und versuchte sich einen Reim darauf zu machen, was gerade geschehen war. »Das kommt ziemlich plötzlich. Hast du dir das gut überlegt?«

»Es ist nicht das, was ich will, Joan. Ich liebe es, bei dir zu wohnen, aber ich kann meinen Vater nicht allein lassen, wenn er mich braucht.« Maggie zog ihren Koffer unter dem Bett hervor und begann, Schubladen zu öffnen und zu schließen, um ihre Kleider in ihr einziges Gepäckstück zu packen. »Er muss aufhören zu trinken, oder es bringt ihn um. Ich habe es ihm viel zu lange möglich gemacht. Ich wusste genau, dass er, wenn ich ihm Geld gebe, es in Alkohol umsetzt. Ich hätte ihm die Stirn bieten müssen. Ich muss einen Platz finden, wo er einen Entzug machen kann, alleine schafft er das nie.«

»Ach, Maggie, gib doch nicht dir die Schuld.«

»Das tue ich nicht. Dad ist derjenige, der beschlossen hat zu trinken, nicht ich. Ich kenne ihn gut genug, um zu wissen, dass er meine Unterstützung und Ermutigung brauchen wird, wenn er je wieder gesund werden soll.« Eine Reha würde helfen und die Anonymen Alkoholiker auch, aber sie war sein einziges Kind, und er würde sie an seiner Seite brauchen, so oft es ging.

»Lädst du dir nicht sein Problem auf?«, fragte Joan.

Die Tränen rannen ungehindert über Maggies Wangen. »Es ist ja nicht für immer, Joan. Ich werde ihm Grenzen setzen, damit er versteht, und dafür sorgen, dass er die Konsequenzen akzeptiert. Ich werde auch da sein, um auf seine Diät zu achten. Du kannst mir glauben, wenn ich dir sage, dass ich dich nur äußerst ungern verlasse. Bei dir zu wohnen, hat mein Leben verändert. Ich kann dir gar nicht genug für alles danken, was du getan hast.«

Edison stand in der Tür und bellte, als wäre er ebenfalls betrübt.

Maggie hob den Welpen hoch und küsste ihn auf den Kopf. »Ihr werdet mir beide so sehr fehlen.«

Joan war selbst nach Weinen zumute. Maggie hatte ihre ganze Welt verändert. Sie konnte sich nicht vorstellen, dass die junge Frau in das verfallene Haus und zu ihrem alkoholkranken Vater zurückkehrte. Maggie mochte das Gefühl haben, es wäre ihre Pflicht, doch Joan fürchtete, es könnte alles umsonst sein. Sie zum Zurückkommen zu bewegen, war genau das, was Roy wollte, und er würde jedes verfügbare Mittel einsetzen, um dafür zu sorgen, dass sie blieb. Allein bei dem Gedanken an Roys Nötigungstaktik wurde ihr das Herz schwer.

Maggie wischte sich die Tränen vom Gesicht. »Ich … ich habe ihm gesagt, ich würde wieder nach Hause ziehen, um ihm zu helfen, aber sofort gehen, wenn er wieder trinkt.«

»Maggie, siehst du denn nicht, dass er dich manipuliert? Dein Vater würde alles sagen, um dich zu überreden, zurückzukommen.«

Maggie hielt mit dem Packen inne. »Wieder nach Hause zu ziehen, war nicht sein Vorschlag, Joan, sondern meiner.«

»Deiner?«

»Meine Beziehung zu Dad war seit Moms Tod nicht die beste. Es war gut, dass ich gegangen bin, und jetzt haben wir die Gelegenheit, sie etwas zu verbessern.«

Joan würde gern glauben, dass Roy Herbert seine Tochter nach ihrem Auszug wirklich mehr zu würdigen wusste und sie vermisste. Diese plötzliche Einsichtigkeit kam ihr seltsam vor. Es mochte egoistisches Denken von ihrer Seite aus sein, aber Joan traute dem Mann nicht.

»Dad wird teure Medikamente brauchen, und ich muss darauf achten, dass er sie richtig einnimmt.«

»Machst du dir Sorgen wegen der Miete?«, fragte Joan. Sie würde Maggie mit Freuden umsonst bei sich wohnen lassen.

»Nein, gar nicht«, versicherte Maggie ihr, während sie fortfuhr, ihre Sachen zu packen.

»Was ist mit Medicaid? Du hast einmal gesagt, dass

dein Vater Schwerbehindertenrente bezieht. Er könnte Hilfe bekommen.«

»Ich werde sie beantragen, aber ich kenne die Regierung, es wird ein paar Monate dauern, bis finanzielle Unterstützung fließt, vielleicht sogar noch länger.« Mit gesenktem Kopf trat Maggie zu ihrem Schrank.

»Du kannst nicht in dem Haus wohnen, Maggie. Ich habe gesehen, in welchem Zustand es sich befindet.«

»Ich weiß«, erwiderte sie seufzend. »Ich gebe zu, es ist scheußlich, aber welche andere Wahl habe ich denn?«

»Es gibt doch sicher einen anderen Weg?«

»Ich wünschte, es wäre so.« Eine Handvoll Shirts und Kleider über den Arm gelegt, drehte sie sich zu Joan um. »Ich habe auf dem Weg hierher Nick angerufen … Er versteht mich nicht, er sagte, ich wäre naiv und dumm.«

»Stimmt das denn nicht?« Joans Gedanken spiegelten die Worte ihres Sohnes wider.

»Er ist mein Vater«, wiederholte Maggie. »Ich bin der einzige Mensch, den er noch hat.«

»Er verdient dich nicht.« Das hätte Joan wahrscheinlich nicht sagen sollen. Die Worte waren heraus, bevor sie ihre Zunge im Zaum halten konnte.

»Vielleicht … Vor ein paar Monaten hätte ich dem zugestimmt. Aber wie ich schon sagte, die Dinge zwischen mir und Dad haben begonnen, sich zu ändern. Das möchte ich nicht verlieren. Zum ersten Mal seit dem Tod meiner Mutter habe ich das Gefühl, einen Blick in sein Herz zu erhaschen. Zum ersten Mal hoffe ich auf eine echte Vater-Tochter-Beziehung.«

»Ach, Maggie.« Der Kloß in Joans Kehle wurde mit jedem Moment dicker. Der jungen Frau war anscheinend nicht klar, dass Joan sie gleichfalls brauchte.

Die Vordertür wurde geöffnet. »Maggie?«

Es war Nick.

»Hier oben«, rief Joan.

Er bewältigte die Treppe in Rekordzeit. »Du kannst das nicht durchziehen«, erklärte er, als er ins Zimmer stürmte.

»Nick, bitte«, stöhnte Maggie. »Deine Mom zu verlassen, ist schwer genug, mach es nicht noch schwieriger.«

Sie standen sich gegenüber, als wüsste keiner, was er als Nächstes sagen sollte. Erneut traten Tränen in Maggies Augen, bevor sie die Kleidungsstücke auf das Bett fallen ließ. Die junge Frau warf sich Nick in die Arme und drückte ihn an sich. Ihr leises Weinen klang gedämpft, als sie das Gesicht an seiner Brust vergrub.

Nick umarmte sie fester und ballte hinter ihrem Kreuz die Fäuste. »Ich kann nicht zulassen, dass du das tust.«

»Glaubst du denn, ich möchte gehen?«

»Deinem Dad ist es egal, was dieser Umzug dich kostet. Du gehörst hierher. Siehst du denn nicht, was er tut? Er hat sich das alles selbst zuzuschreiben, er sollte die Konsequenzen tragen, nicht du.«

Joan wusste, dass die beiden sich öfter getroffen hatten und anscheinend gut miteinander auskamen. Die Gefühle, die sie jetzt zeigten, verrieten ihr, dass ihre Beziehung viel inniger geworden war, als sie vermutet hatte.

»Du musst hier nicht ausziehen, um deinem Dad zu helfen«, beharrte Nick. »Du weißt, was für ein Mensch er ist. Er wird dich bei jeder sich ihm bietenden Gelegenheit ausnutzen. Du musst dir Zeit geben. Triff keine übereilte Entscheidung, die du später bereust.«

»Nein.« Maggie schüttelte den Kopf. »Ich weiß, was ich tue. Mein Entschluss steht fest. Ich muss das tun, Nick. Bitte versuch das zu verstehen.«

Nick hob den Kopf und schuf Abstand zwischen ihnen. »Du denkst nicht logisch, du reagierst emotional. Ich lasse nicht zu, dass dein Vater dich auf diese Weise benutzt.«

»Mich wie benutzt …«

Nick schnitt ihr das Wort ab. »Du weißt, dass er dich benutzt, und dem werde ich einen Riegel vorschieben.«

»Dem wirst du einen Riegel vorschieben?«, fuhr Maggie auf. Ihre Augen wurden groß. »Du hast in meinem Leben kein Mitspracherecht, Nick Sample. Ich weiß nicht, wie du auf die Idee kommst …«

»Mir liegt etwas an dir«, schoss er zurück. Wut flammte in seinen Augen auf und ebbte ab, als er hinzufügte: »Sehr viel sogar.«

Maggie öffnete und schloss den Mund, als hätte sie noch mehr zu sagen, besann sich dann aber eines Besseren. »Mir liegt auch viel an dir. Es tut mir leid.« Sie schielte zu Joan. »Ich muss Dad eine Chance geben, sein Leben zu ändern. Er braucht mich. Ich kenne meinen Vater, er wird eine Menge emotionaler Unterstützung nötig haben, wenn er von seiner Sucht loskommen soll.«

»Was ist mit den Anonymen Alkoholikern?«, fragte Joan, der nicht gefiel, dass Maggie diese Aufgabe allein übernehmen wollte.

»Ich habe schon nach Treffen in dieser Gegend gesucht. Er wird sie mit Sicherheit brauchen, wenn er aus der Reha entlassen wird.«

»Hat dein Vater eingewilligt, in eine Klinik zu gehen?«, fragte Joan.

»Entweder er geht, oder ich ziehe wieder hier ein. Das heißt, wenn du mich nimmst.« Sie zögerte, als hätte sie nicht bedacht, dass sie vielleicht nicht willkommen sein könnte.

»Du kannst jederzeit wiederkommen«, versicherte Joan ihr. Genau wie Nick wollte sie keinesfalls, dass Maggie in das Haus ihres Vaters zurückkehrte. Die Atmosphäre dort und das Haus selbst waren Gift für sie.

»Die Entscheidung liegt bei meinem Vater. Er weiß, was für Konsequenzen es hat, wenn er wieder anfängt zu trinken. Ich habe klargestellt, dass er entweder die Hilfe annimmt, die er braucht, und die Finger vom Alkohol lässt, oder ich weg bin.«

»Manipulation funktioniert nicht, Maggie«, erinnerte Joan sie sanft.

»Ich kann es nicht fassen, dass ich das wirklich tue. Aber meiner Meinung nach ist es seine einzige Chance.«

Edison bellte, wie um ihren Worten Nachdruck zu verleihen.

»Mir gefällt es trotzdem nicht«, verdeutlichte Nick seinen Standpunkt.

»Gut, dass du das nicht zu entscheiden hast«, erwiderte Maggie.

Nick sah Joan flehend an. »Mom, sag etwas.«

So schwer es ihr auch fiel, Maggie gehen zu lassen, hatte Joan das Gefühl, keine Wahl zu haben. Während sich ihre Kehle zuschnürte, schenkte sie ihrem Sohn ein schwaches Lächeln und wandte sich an Maggie. »Ich helfe dir, die Sachen, die du gepackt hast, zum Auto zu bringen.«

»Das musst du nicht tun«, protestierte Maggie.

»Nein, das muss sie nicht«, bestätigte Nick tonlos. Er hatte die Fäuste an den Seiten geballt. »Du machst einen Fehler, Maggie, einen großen Fehler.«

»Mag sein, aber dann ist es mein Fehler.«

Nick war immer noch aufgewühlt. »Wir wissen beide, dass dein Vater es nicht in sich hat, mit dem Trinken aufzuhören. Er ist schwach.«

Maggie funkelte ihn mit in die Seiten gestemmten Händen böse an. »Du hast meinen Vater nie kennengelernt.«

»Ich …«

»Wie kannst du ihn so schnell verurteilen? Er mag so sein, wie du behauptest, aber weißt du was? Er ist mein Vater, und ich weigere mich, ihn im Stich zu lassen.«

Nick schob die Hände in die Hosentaschen und trat einen Schritt zurück, wie um emotionalen Abstand zwischen sich und Maggie zu schaffen. »Ich kann nicht tatenlos danebenstehen und zusehen, wie du das tust. Ich … ich ertrage es nicht, zu sehen, wie du dein Leben einem Mann opferst, der nichts getan hat, um das zu verdienen. Dein Vater ist Alkoholiker. Er wird weitertrinken, weil er trotz all deiner Bemühungen nicht imstande sein wird, damit aufzuhören. Mir liegt zu viel an dir, um das zuzulassen.«

Maggie erstarrte einen langen Moment, als müsste sie Nicks Worte verarbeiten. Sie schluckte hart. Tränen schimmerten in ihren Augen, als sie langsam nickte. »Mir liegt auch viel an dir, und ich denke, das, was wir hatten, war vielversprechend, aber ich kann nicht meinen einzigen noch lebenden Angehörigen einfach im Stich lassen, egal was du denkst oder sagst.«

»Und ich kann nicht einfach zusehen, wie jemand dich ausnutzt. Ich kann es nicht, Maggie. Ich kann es einfach nicht.«

Sie runzelte die Stirn, als hätte sie Probleme, zu verstehen, was er sagte. »Was soll das heißen?«

»Es heißt, dass wir miteinander fertig sind, wenn du dich entscheidest, wieder zu deinem Vater zu ziehen.«

Joan, die wusste, dass Nick aus einem Impuls heraus sprach und seine Worte bald bereuen würde, hätte am liebsten laut aufgestöhnt.

Maggie zwinkerte ein paar Mal, straffte die Schultern und nickte dann. »Du musst tun, was du für das Beste hältst, Nick. Ich … ich verstehe. Ich vermute, das ist dann ein Abschied.«

»Ja. Leb wohl, Maggie«, murmelte er und verließ so eilig den Raum, als würde er aus einem brennenden Gebäude fliehen.

Joan folgte ihrem Sohn die Treppe hinunter. »Nick, warte …«

»Nicht jetzt, Mom«, rief er über seine Schulter, als er zur Tür hinausstürmte.

Bevor Joan ihn aufhalten konnte, war ihr Sohn verschwunden. Sie hörte, wie der Motor des Trucks aufheulte, als er davonfuhr.

Keine zehn Minuten später begann Maggie ihr Auto zu beladen. Als sie fertig war, ging sie zum Haus zurück, wo Joan wartete.

»Mir fehlen die Worte, um dir für all das zu danken, was du für mich getan hast«, flüsterte sie mit brechender Stimme.

Joan umarmte sie. »Ich wollte dasselbe sagen. Du kannst jederzeit zurückkommen. Ein Wort, und ich hole dich ab, wenn es nötig ist.«

Bevor sie losfuhr, nahm Maggie Edison auf den Arm. »Ich werde dich vermissen, Kleiner.«

»Sag mir bitte, dass du oft zu Besuch kommst«, drängte Joan. Es war ihr wichtig, dass Maggie begriff, wie sehr sie ihr ans Herz gewachsen war.

Tränen glitzerten in Maggies Augen, als sie nickte und Joan erneut umarmte. »Das mache ich. Versprochen.«

Als Maggie fort war, kam Joan das Haus leer und still vor.

Der Kuchen, den sie an diesem Nachmittag gebacken hatte, stand einsam auf dem Herd. Joan verspürte nicht das Bedürfnis, ein Stück zu probieren. Am besten fror sie ihn ein.

Ihre Hände zitterten, als sie sich damit abmühte, den Kuchen in Folie einzuwickeln. Endlich verlor sie die Nerven, warf die Schachtel auf die Theke und barg das Gesicht in den Händen.

Gerade als sie die Fassung zurückgewann, klingelte ihr

Telefon. Ein Blick auf das Display verriet ihr, dass es Mary Lou war.

»Hallo.« Sie tat ihr Bestes, um ihre Stimme ganz normal klingen zu lassen.

»Joan? Alles in Ordnung?«

»Zum größten Teil ja. Warum fragst du?« Obwohl sie sich frustriert, ausgebrannt und elend fühlte, wollte sie keine Einzelheiten preisgeben. Je eher sie das Gespräch beendete, desto besser. Sie wollte Mary Lou nicht in ihre Probleme mit hineinziehen.

»Du warst heute Abend nicht bei dem Gruppentreffen.«

Joan blickte auf die Uhr und bekam einen Schreck. Aufgrund der Sommerzeit wurde es nicht vor neun Uhr dunkel. »Ich … ich habe es vergessen.« Sie presste eine Hand auf die Stirn. Sie hatte sich auf die Sitzung diese Woche gefreut. Jede Diskussion in der Gruppe hatte ihr geholfen, verschiedene Aspekte ihres Lebens in einem neuen Licht zu sehen, und sie hatte jedes Mitglied schätzen gelernt. Dass sie das Treffen völlig vergessen hatte, bewies ihr, dass sie aufgewühlter war, als sie gedacht hatte.

»Heute ist Mittwoch, nicht wahr?«

Mary Lou kicherte. »Als ich letztes Mal nachgeschaut habe, ja.«

»Tut mir leid, dass ich gefehlt habe … Nächste Woche bin ich sicher dabei.«

»Jeder hat nach dir gefragt.«

Das zu hören hätte ihr das Herz wärmen sollen. Stattdessen regte es sie nur noch mehr auf. Sie hätte dieses

Treffen und die Freunde, die sie dort gewonnen hatte, wirklich brauchen können, um mit Maggies Auszug fertigzuwerden.

»Es tut gut, vermisst zu werden.« Irgendwie schaffte sie es, die Worte hervorzustoßen.

Eine kurze Pause folgte, als wüsste Mary Lou nicht, ob sie etwas sagen sollte oder nicht. »Du meintest, du hättest das Treffen vergessen?«

»Ja …« Wegen des Kloßes in ihrer Kehle war sie nicht in der Lage, mehr zu sagen.

Wieder ein kurzes Zögern. »Okay, meine Freundin, was ist los?«

Als Joan mit ihrer Schwester gesprochen hatte, war es ihr gelungen, ihre Gefühle unter Kontrolle zu halten. Bei ihrer Freundin verhielt es sich genau umgekehrt. Sie spürte, wie sich die Emotionen in ihr aufbauten, bis sie ein Schluchzen kaum unterdrücken konnte.

»Tut mir leid«, platzte sie heraus. Die Worte strömten ihr über die Lippen. »Es ist wegen Maggie … Sie ist wieder zu ihrem Vater gezogen, um ihm zu helfen. Sorry, Mary Lou, ich kann … jetzt nicht darüber sprechen.« Sie brach das Gespräch ab, obwohl sie wusste, dass sie das nicht hätte tun sollen. Aber die Unterhaltung fortzusetzen war mehr, als sie ertragen konnte.

Sie sank auf den Küchenstuhl und versuchte sich einzureden, dass sie egoistisch war und Maggie für sich allein haben wollte. Dann griff sie nach einem Taschentuch und mahnte sich, dass sie eine starke Frau war. Dies war nur ein kleiner Rückschlag auf dem Weg ihres Lebens. Es war ja nicht so, als würde sie Maggie nie wiedersehen. Und was Maggie und Nick betraf … Die beiden würden die Dinge irgendwann untereinander klären.

Es klingelte an der Tür, und Joan stöhnte innerlich. Sie war nicht in der Stimmung dafür, dass die Nachbarskinder Edison besuchen wollten.

Hätte sie klar denken können, wäre Joan bewusst geworden, dass es während der Schulzeit zu spät für die beiden war, um noch vorbeizukommen.

Stattdessen stand Phil vor der Tür, als sie öffnete. Joans Augen weiteten sich überrascht.

»Du warst heute Abend nicht bei der Gruppe. Ist alles in Ordnung?«

Tränen stiegen ihr in die Augen, und da sie nicht sprechen konnte, schüttelte sie stumm den Kopf.

Phil maß sie mit einem wissenden Blick. »Das dachte ich mir. Komm, ich mache dir eine Tasse Tee, und du kannst mir erzählen, was dich so aus der Fassung gebracht hat.«

Neunundzwanzigstes Kapitel

Maggie suchte eine geschlagene Woche nach einer geeigneten Klinik für ihren Vater. Es war die Hölle, da er aufgehört hatte zu trinken, wie sie es verlangt hatte. Er fühlte sich jedoch krank und elend und litt unter Entzugserscheinungen. Sie hatte gebeten und gebettelt, darauf verwiesen, wie dringend ihr Vater Hilfe brauchte, aber für die ersten qualvollen Tage war nirgends ein Platz verfügbar.

Sie vermisste Nick und Joan furchtbar, hatte gehofft, Nick würde es bereuen, mit ihr Schluss gemacht zu haben, sowie sein Zorn verraucht war. Aber offenbar war dem nicht so, denn sie hatte kein Wort von ihm gehört. Ein Dutzend Mal am Tag hatte sie sich davon abhalten müssen, ihm eine Nachricht zu schicken. Vielleicht wäre sie schwach geworden, wenn ihr Vater nicht ständig ihre Aufmerksamkeit beansprucht hätte.

Nachdem Roy Herbert einmal beschlossen hatte, nüchtern zu bleiben, gab er sich alle Mühe und rührte keinen Alkohol mehr an. Maggie verbrachte auf der Suche nach einer Klinik unzählige Stunden am Telefon. Als sie endlich eine ausfindig machte, erfuhr sie, dass dort astronomische Gebühren verlangt wurden, die weit über das hinausgingen, was Roy und Maggie sich je würden leisten können.

»Ich weiß nicht, was ich tun soll.« Völlig überwältigt weinte sich Maggie am Telefon bei Joan aus. Sie stand auf dem Rasen vor dem Haus oder besser gesagt dem, was davon übrig geblieben war, während sie die Informationen weitergab, die sie erhalten hatte.

Joan war der Rettungsanker gewesen, den Maggie so dringend gebraucht hatte. Sie sprachen jeden Tag miteinander, oft mehr als einmal, und Joan war beim Haus vorbeigekommen, um Maggie zu entlasten, als diese arbeiten musste.

»Was hat die Bank denn bezüglich eines Kredits gesagt?«, fragte Joan.

Die Kosten für die Reha-Einrichtung waren dermaßen hoch, dass Maggie sie nur aufbringen konnte, wenn sie eine Hypothek auf das Haus aufnahm. Der Vorschlag war von Joan gekommen. Da der Wert von Immobilien in der Gegend von Seattle ständig stieg, war das die einzige realisierbare Möglichkeit.

»Das Haus ist unbelastet, wie ich gehofft hatte. Das ist ein Segen, aber ich fürchte, wenn die Bank den Zustand sieht, denkt sie noch nicht einmal über ein Darlehen nach.«

Wenn sie sich nicht um ihren Vater kümmerte, verbrachte Maggie jede Minute damit, zu tun, was sie konnte, um das Haus wieder bewohnbar zu machen. Sie hatte nach Kräften geschrubbt und geputzt. Nach drei Fahrten zur Müllkippe war das Innere im besten Zustand seit dem

Tod ihrer Mutter. Was jedoch nicht annähernd genug war. Nicht mit einem undichten Dach, einem dringend benötigten Anstrich, zerbröckelnden Stufen und einer Vielzahl anderer Probleme.

»Die Dinge haben eine Art, sich selbst zu regeln«, sagte Joan zu ihr. »Verlier nicht den Mut.«

»Ich versuche es.« Aber es war schwer. Ihr Vater blieb nüchtern, das war ein Schritt in die richtige Richtung. Maggie würde alles verlieren, wenn er wieder trank. Sie war nicht sicher, ob er sich voll und ganz bewusst war, was es für sie bedeutete, diesen Kredit zu bekommen.

»Hast du von Nick gehört?«, erkundigte sich Joan.

Maggie schluckte ihre Enttäuschung hinunter. Sie hoffte mit jeder Faser ihres Herzens, dass er seine Meinung ändern würde. Doch er hatte ganz eindeutig gemeint, was er gesagt hatte, und ihre Beziehung war am Ende. Zwar hatte sie versucht, ihn aus ihren Gedanken zu verdrängen, aber das erwies sich als unmöglich. Inzwischen hatte sie die Hoffnung aufgegeben, von ihm zu hören, und fragte sich, wie das Quizteam wohl ohne sie zurechtkam. Dass er sie so einfach aus seinem Leben streichen konnte, sagte ihr alles, was sie wissen musste. Sie war todunglücklich, aber sie hatte momentan ganz andere Probleme als eine gescheiterte Romanze. Nick ging ihr aus dem Weg. Er kam nicht mehr zu Starbucks. Es war, als hätte er sie komplett aus seinem Leben verbannt. Dass er sich so mühelos von ihr trennen konnte, bewies ihr, dass seine Gefühle für sie nicht annähernd so stark gewesen waren wie ihre für ihn.

»Maggie?«, riss Joan sie aus ihren Grübeleien.

»Nein, nichts«, erwiderte sie, wobei sie sich bemühte, sich ihre Verletztheit nicht anmerken zu lassen. »Du denn?« Maggie hatte es widerstrebt, Joan zu fragen, sie wollte ihre Freundin nicht in die Zwistigkeiten zwischen ihr und Nick hineinziehen.

»Keinen Ton.« Traurigkeit schwang in Joans Worten mit. »Ich hatte gedacht, eine von uns hätte inzwischen etwas gehört. Aber gib die Hoffnung nicht auf. Mein Sohn kann so störrisch sein wie ein Maulesel, wenn du mir das Klischee nicht übel nimmst. Ich glaube, dass er mit der Zeit wieder zur Vernunft kommt. Er mag dich sehr.«

Maggie wollte das nur zu gern glauben, aber sie hegte ernsthafte Zweifel.

»Wie geht es deinem Dad heute?«, fragte Joan, wohl um vom Thema Nick abzulenken.

»Besser, denke ich. Er fühlt sich elend und ist schlecht gelaunt und gereizt.« Ihr Vater schimpfte, bis er keine Luft mehr bekam und kaum atmen konnte, um die Welt im Allgemeinen und die gesamte Schöpfung herunterzuputzen.

Man musste ihm aber zugutehalten, dass er trotz seines Gemütszustands und seiner körperlichen Beschwerden entschlossen war, nüchtern zu bleiben. Maggie konnte nur beten, dass diese Entschlossenheit ihn durch jeden Tag seines restlichen Lebens tragen würde. Mit seinen Stimmungsumschwüngen konnte sie umgehen. Letzte Woche hatte er zwei Mal ihre Hand genommen, sie mit

Tränen in den Augen angesehen und »Danke« geflüstert. Beide Male hatte Maggie ihre eigenen Tränen zurückhalten müssen.

Seinem Wort getreu, war Roy jeden Tag zu einem Treffen der Anonymen Alkoholiker gegangen, auch wenn er behauptete, sie stellten nicht die geringste Hilfe dar, er wolle immer noch trinken. Trotzdem hatte er einen Paten, der seit fünfzehn Jahren abstinent war. Maggie hatte ihn kennengelernt und mochte ihn. Wie ihr Vater war Lyle suchtkrank gewesen und hätte fast seine Familie verloren. Lyle war ein Mutmacher und hatte sein Bestes getan, um Maggie mit der Reha-Einrichtung in Kontakt zu bringen, die sein Leben verändert hatte. Er hatte sogar selbst dort angerufen, um den Weg zu ebnen.

»Ich muss gehen.« Maggie zögerte, das Gespräch zu beenden. Auch wenn sie ihrem Vater half, so gut es ging, brauchte sie ihren Job. Die Managerin von Starbucks hatte ihr jede Schicht gegeben, um die sie gebeten hatte, und sich verständnisvoll gezeigt. Dafür war Maggie dankbar.

»Soll ich bei deinem Dad bleiben?«, fragte Joan. Sie war letzte Woche zwei Mal gekommen, hatte Maggie eine dringend benötigte Pause verschafft, ihr mit Roy geholfen, gekocht und Maggie Mut zugesprochen. Joan war nicht der Mensch, der sich Roys Benehmen gefallen ließ, sie hatte ihn in seine Schranken gewiesen und ihn daran erinnert, welche Opfer Maggie ihm zuliebe brachte.

»Al ist schon hier«, entgegnete Maggie. »Er war Soldat, und er hat sein Wort gehalten. Er trinkt in Dads

Gegenwart nichts, und auch wenn er mir nichts erzählt hat, habe ich den Verdacht, dass er ihn zu einigen Treffen der Anonymen Alkoholiker begleitet hat.«

»Gut für ihn. Dein Vater braucht seine Freunde jetzt mehr denn je. Ich komme vielleicht trotzdem vorbei, um die Lage zu checken, wenn du nichts dagegen hast.«

»Natürlich nicht. Du bist jederzeit willkommen.«

Nachdem sie das Gespräch beendet hatte, ging Maggie zum Haus zurück, wo Al mit ihrem Vater saß. Als sie durch die Tür kam, hörte sie die beiden Männer reden und bekam den Rest ihres Gesprächs mit.

»Maggie nimmt einen Kredit auf das Haus auf, um diese Nobelklinik bezahlen zu können, die ich ihrer Meinung nach brauche. Jedes Mal, wenn ich den Drang verspüre, zu trinken, wird mir klar, dass ich, wenn ich dem nachgebe, Gefahr laufe, sowohl sie als auch mein Heim zu verlieren. Und ich habe schon so viel verloren.«

Roy war erst seit einer Woche nüchtern und schon ein besserer Vater, als Maggie es von ihrer gesamten Kindheit her in Erinnerung hatte. Sie wollte gern glauben, dass er es ernst meinte und mithilfe der Anonymen Alkoholiker die Kraft fand, sein Leben zu ändern.

»Was tust du da?«, wollte ihr Vater wissen, gefolgt von ein paar bissigen Bemerkungen über Leute, die die Gespräche anderer belauschten.

Maggie ignorierte ihn und suchte zusammen, was sie für die Arbeit brauchte. Ihr Vater mochte nüchtern sein, aber er war nicht der wunderbare Mr. Rogers aus dem Kinderfernsehen.

»Ich mache mich für die Arbeit fertig«, erwiderte sie, küsste ihn auf die Wange, lächelte Al dankbar zu und ging zur Tür hinaus.

Phils Vater blickte von dem Buch auf, das er gerade las. Er saß mit übereinandergeschlagenen Beinen in seinem Sessel und wirkte wesentlich entspannter, als Phil sich fühlte.

»Liegt dir etwas auf der Seele, mein Sohn?«, fragte er.

Phil hielt damit inne, rastlos auf und ab zu tigern. »Nein, warum?«

Sein Dad legte den Roman beiseite und musterte ihn forschend. »Seit du vom Zahnarzt zurück bist, verbreitest du Hektik im Haus. Hat Dr. Shaffer dir mit einer Wurzelbehandlung gedroht?«

Phil grinste. »Nein, mit meinen Zähnen ist alles in Ordnung.«

Sein Vater kannte ihn entschieden zu gut, um die Zeichen für seine Ruhelosigkeit nicht zu erkennen. Er konnte also genauso gut mit dem herausrücken, was ihn bedrückte. »Ich war heute auf Joans Grundstück.«

»Joan? Ach richtig, das ist das Muss-Blumen-lieben-Mädchen, das du ein oder zwei Mal erwähnt hast.«

»Genau. Sie möchte Maggie und ihrem Vater helfen und hat vor, alleine dort hinzufahren.«

Sein Vater nickte, als wüsste er genau, was Phil meinte. Dabei war er sicher, seinem Vater gegenüber nicht von Maggies Problemen gesprochen zu haben.

»Ich weiß nicht, was Joan vorhat, und ehrlich gesagt

gefällt mir die Vorstellung nicht, dass sie alleine zum Haus der Herberts hinüberfährt.« Außerdem hatte er so eine Ahnung, dass es nicht das erste Mal war. Joan überschlug sich förmlich, um dem Mädchen und seinem Vater zu helfen.

Sein Dad legte den Kopf schief und runzelte die Stirn. »Da scheint sich eine einfache Lösung anzubieten. Fahr mit ihr.«

Phil war schon einmal zwischen Maggie und ihren Vater getreten, das stimmte, aber jetzt, wo Roy darum kämpfte, nüchtern zu bleiben, sah die Sache anders aus. Phil hatte keine Ahnung, in welcher Stimmung sich der Mann befand, und befürchtete, Joan könnte in ein Wespennest stechen.

Er äußerte seine Bedenken. »Was ist mit …«

Sein Vater schnitt ihm das Wort ab. »Mach dir wegen des Dinners keine Gedanken, das kann warten. Geh, hilf deiner Freundin, damit du wieder zur Ruhe kommst. Dass du alle paar Minuten aufspringst und dich wieder setzt, fängt an, mir auf die Nerven zu gehen.«

Phil brauchte nicht lange, um einzusehen, dass sein Vater recht hatte. Er griff nach den Schlüsseln seines Trucks und ging zur Hintertür. »Ich weiß nicht, wann ich zurück sein werde.«

Sein Vater schüttelte den Kopf. »Geh einfach.«

»Schon gut, schon gut.« In sich hineinlächelnd, verließ Phil das Haus.

Kaum zehn Minuten später parkte er vor Joans Haus und war dankbar dafür, sie im vorderen Garten zu sehen, wo sie Pfingstrosen pflanzte. Er entspannte sich, weil er wusste, dass er sie abgefangen hatte, bevor sie losfuhr.

Bei seinem Anblick hielt sie mit der Arbeit inne, und Überraschung zeichnete sich auf ihrem Gesicht ab. Sie waren jetzt schon eine Weile befreundet, und Phil genoss ihre Gesellschaft. Sie hatte eine freundliche, umgängliche Art, lachte schnell und brachte andere zum Lachen. Und sie nahm sich selbst nicht so ernst. Er hatte sich selten mit einer Frau wohler gefühlt als mit Joan.

»Phil«, sagte sie zur Begrüßung. »Hast du etwas vergessen?«

Er war schon früher an diesem Tag auf einen Kaffee spontan vorbeigekommen. Sie hatten nach seinem Zahnarztbesuch mit Edison auf der Veranda gesessen und sich fast eine Stunde lang unterhalten. Dabei hatte sie von ihrer tiefen Sorge und davon erzählt, wie die junge Frau unter maximalem Stress litt, weil sie nicht wusste, wie sie ihrem Vater am besten helfen sollte. Die unerschwinglichen Kosten für die Reha-Einrichtung hatten bewirkt, dass Maggie nach ihrem Gespräch mit der Bank fix und fertig gewesen war.

Phil war nicht sicher, wie er seinen Besuch erklären sollte. Er schob die Fingerspitzen nervös in die hinteren Taschen seiner Levi's und kam über den Gehweg auf sie zu.

Sie zögerte, wartete darauf, dass er etwas sagte.

»Willst du zum Haus der Herberts fahren?«, fragte er.

»Ja, obwohl ich nicht genau weiß, was ich alleine dort ausrichten kann. Ich bin in puncto handwerklicher

Arbeiten nicht sehr geschickt und würde nicht einmal den Versuch erwägen, die vorderen Stufen zu reparieren. Das Einzige, was ich tun kann, ist, die Blumenbeete vom Unkraut zu befreien und den Garten freundlicher zu gestalten.«

Phil war froh, dass Joan nicht beschlossen hatte, irgendetwas im Haus in Angriff zu nehmen, weil das bedeutet hätte, sich mit Roy Herbert auseinandersetzen zu müssen.

»Hast du etwas dagegen, wenn ich dich begleite?«, erkundigte er sich.

Joans Augen weiteten sich erstaunt. »Du willst mitkommen?« Und dann fragte sie: »Warum?«

Er zuckte die Achseln, gab sich Mühe, es ihr zu erklären. »Die Blumenbeete sind ein guter Anfang, aber wir beide wissen, dass der Rasen eine Katastrophe ist. Wir können zusammenarbeiten. Ich bringe einen Teil des Gartens wieder in Ordnung, während du jätest und pflanzt.«

»Das würdest du tun?« Sogar nach seiner Erklärung wirkte Joan verwundert.

»Yup. Ich würde mich besser fühlen, wenn du mit Roy Herbert nicht alleine wärst«, enthüllte er ihr seine Besorgnis. »Außerdem möchte ich auch Maggie helfen. Diese junge Frau kann alle Unterstützung gebrauchen, die sie bekommen kann.«

»Oh, Phil, das ist ja so nett von dir.« Einen Moment sah sie so aus, als wollte sie ihn umarmen. Sie tat es nicht, obwohl er nichts dagegen gehabt hätte.

»Dann komm. Du kannst mit mir mitfahren, und wir

halten unterwegs bei der Gärtnerei. Da besorge ich, was wir brauchen.« Phil ging voraus zu seinem Truck und öffnete ihr die Beifahrertür. Er fühlte sich schon besser, und die Angst, die an ihm genagt hatte, seit Joan ihm von ihren Plänen erzählt hatte, ließ nach.

Sowie sie auf der Straße waren, sagte Joan: »Ich glaube nicht, dass du dir wegen Roy Gedanken machen musst. Ich war schon ein paar Mal im Haus, und er hat zwar nicht gerade den roten Teppich ausgerollt, aber er hat sich anständig benommen.«

»Aber da war Maggie bei dir, richtig?«

Sie verzog den Mund zu einer Seite, dann zur anderen, bevor sie die Wahrheit gestand. »Nicht immer.« Sie zögerte, bevor sie die Hand auf seine legte. »Danke.«

»Kein Problem.« Die Wärme, die ihre sachte Berührung in ihm auslöste, überraschte ihn.

Nachdem sie in der hiesigen Gärtnerei, in der Phil regelmäßig einkaufte, alles Nötige zusammengesucht hatten, fuhren sie direkt zu Maggies Haus. Phil hätte Joan beim Aussteigen geholfen, aber sie kletterte hinaus, bevor er um den Wagen herum zu ihr gelangte.

Als er auf dem Bürgersteig vor dem Haus stand, erkannte Phil erneut, was alles repariert und getan werden musste, bevor irgendeine Bank in der Stadt Maggie einen Kredit bewilligen würde.

Er holte den Rasenmäher aus dem Truck, während Joan die Blumenpalette zur Veranda trug.

Die Vordertür wurde geöffnet, und Roy Herbert trat heraus und ließ die Fliegengittertür hinter sich zufallen.

Dann stemmte er nicht übermäßig einladend die Hände in die Hüften und sah sie beide mit zusammengekniffenen Augen an.

»Was wollt ihr zwei hier?«, bellte er.

»Selber hallo, Roy«, erwiderte Joan mit so kühler, gefasster Stimme, als hätte Roy sie gefragt, ob sie eine Tasse Kaffee wolle. »Sie erinnern sich doch an Phil Harrison, oder?«

Roy richtete seine Aufmerksamkeit auf Phil und antwortete mit einem barschen Schnauben und einer abweisenden Geste. »Ich weiß immer noch nicht, warum ihr auf meinem Grund und Boden steht, als würde er euch gehören.«

»Wir sind hier, um zu helfen«, erklärte Joan.

»Brauche keine Hilfe«, beharrte Roy.

»Oh doch, wenn Maggie den Kredit bekommen soll«, gab Joan ohne den Anflug eines Vorwurfs zurück.

»Ich brauche keine Hilfe, und ich brauche keinen Kredit. Und jetzt verschwindet, bevor ich die Polizei rufe.«

Phil fand die Drohung geradezu komisch. »Sie würden die Polizei mit einem Anruf behelligen, weil zwei Freiwillige Ihren Garten in Ordnung bringen?«, fragte er in einem scherzhaften Tonfall. »Ich möchte nicht sarkastisch klingen, aber ich schätze, die würden sich über Sie totlachen.«

Roy fuhr fort, sie beide finster anzustarren, als würde er seine Möglichkeiten abwägen. Nach einer Minute schnaubte er vernehmlich und schüttelte den Kopf, wie um seine Niederlage einzugestehen. »Dann nur zu, schuftet euch ab.«

»Danke sehr«, sagte Joan großzügig.

Roy ging ins Haus zurück und schlug die Fliegengittertür hinter sich zu. Das Drahtgeflecht war zerrissen und flatterte unter der Wucht.

Während Phil den Garten inspizierte, um Müll und leere Bierdosen zu entsorgen, begann Joan damit, die Blumenbeete zu säubern, was sich als ehrgeiziges Projekt erwies. Nach jahrelanger Vernachlässigung war es schwierig, zu erkennen, wo der Rasen aufhörte und die Beete begannen.

»Brauchst du Hilfe?«, fragte Phil.

Bevor sie antworten konnte, wurde die Vordertür geöffnet, und ein älterer Mann kam heraus. Er blieb auf der Veranda stehen, nahm seine Kappe ab und hielt sie höflich vor sich.

»Roy wird es nicht zugeben, also sage ich es. Er ist dankbar für das, was Sie tun. Er weiß, dass es nicht für ihn, sondern für Maggie ist, und deswegen lässt er Sie bleiben.« Er nickte ein Mal, setzte seine Baseballkappe wieder auf und ging ins Haus zurück.

»Das war nett«, meinte Joan.

Phil stimmte ihr zu. Er stand neben Joan und bemerkte einen Schmutzfleck auf ihrer Wange. Sie musste ihr Gesicht berührt haben, nachdem sie die Blumen auf die Verandastufen gestellt hatte. Ohne groß nachzudenken, zog er seinen Handschuh aus und wischte die Erde weg.

Joan blinzelte überrascht.

»Du hattest Schmutz im Gesicht.«

Verlegen hob Joan die Hand an ihre Wange und

wischte für den Fall, dass etwas übrig geblieben war, noch mal darüber. Als sie merkte, dass er sie beobachtete, fragte sie: »Habe ich etwas übersehen?«

»Nein«, erwiderte er und wandte den Blick ab, als wäre es ihm unangenehm, dabei ertappt worden zu sein, dass er sie anstarrte.

Joan versetzte ihm grinsend einen Rippenstoß. »Hör auf zu schwatzen und geh an die Arbeit.«

In sich hineinlachend, griff Phil nach dem Rasenmäher.

Als Maggie von der Arbeit kam, bemerkte sie Phils Truck vor dem Haus. Sie parkte dahinter und sah Phil und Joan eifrig im vorderen Garten arbeiten.

»Joan? Phil?« Sie blickten auf, als sie näher kam, und grinsten beide.

Roy Herbert stand hinter der zerrissenen Fliegengittertür und schimpfte wie ein Rohrspatz.

»Dad«, rief Maggie. »Halt den Mund.«

Die Augen ihres Vaters weiteten sich vor Schock, bevor er sie ansah, als würde sie alles verraten, was gut und teuer war. Maggie ignorierte ihn, wie sie es so oft tun musste, wenn sie nicht den Verstand verlieren wollte.

»Was macht ihr zwei denn da?«, fragte Maggie ihre Freunde, obwohl es offensichtlich war, dass sie stundenlang im Garten gearbeitet hatten. Phil hatte gemäht, was an Rasen da war, während Joan das in Angriff genommen hatte, was einmal Blumenbeete gewesen waren. Die Schubkarre war bis obenhin mit Grünschnitt gefüllt, der von der Sonne verbrannte Rasen mit etwas behandelt worden, das wie ein grünes Spray aussah.

»Was glaubst du denn, was wir tun?« Joan stützte sich auf eine Harke. »Wenn du diesen Kredit bekommen willst, müssen wir das Haus in Ordnung bringen.«

»Ich habe den Rasen gemäht«, sagte Phil, »und welchen ausgesät, weswegen er diesen grünen Farbstich hat. Ich wollte ihn gerade bewässern. Wenn die Saat aufgeht, wird dein Dad ihn jeden Morgen und jeden Abend gießen müssen.«

»Ich jäte die Beete.« Joan deutete mit ihrer behandschuhten Hand auf die Blumenrabatten, die sie zu beiden Seiten der Veranda angelegt hatte. Ihren verschwitzten Ponyfransen nach zu urteilen, hatte sie lange und hart gearbeitet. Blumen waren immer Joans Schwäche gewesen. Ihrer Meinung nach war kein Heim ohne Blumenbeete vollständig. Sie hatte Maggie einmal erzählt, dass Blumen alles über ein Haus und seine Bewohner aussagten.

»Wo hast du den Schlauch her?«, fragte Maggie, wohl wissend, dass ihr Vater keinen besaß.

Phil antwortete ihr. »Der lag bei mir herum und hat nur Platz weggenommen.«

Maggie war überwältigt. Den Garten in Ordnung zu bringen, war ein kleiner Teil der Arbeiten, die erledigt werden mussten, aber es war ein Anfang. Sie war tief gerührt und dankbar, selbst wenn ihr Vater es nicht war.

»Ich weiß nicht, was ich getan habe, um so wundervolle Freunde zu verdienen«, flüsterte sie den Tränen nahe.

Joan stellte die Harke weg und umarmte Maggie. »Wir

lieben dich«, wisperte sie. »Wenn ich eine Tochter hätte, hätte ich gewollt, dass sie genauso ist wie du.«

Das war alles, was Maggie brauchte, um in Tränen auszubrechen. Es war eine höllische Woche mit ihrem Dad gewesen. Sie vermisste Nick und lebte in der ständigen Furcht, alles, was sie geopfert hatte, wäre vergebens, wenn ihr Vater wieder der Verlockung des Alkohols erlag.

»Danke«, flüsterte sie zurück, kaum imstande, die Worte hervorzubringen.

Samstag hatte Maggie frei. Sie erwachte von dem Stöhnen ihres Vaters, der sich über die Toilette beugte und den gesamten Inhalt seines Magens von sich gab. Gott sei Dank würde der Platz in der Reha bald zur Verfügung stehen. Als sie zu ihm ging, fluchte er und wies sie an, ihn allein zu lassen. Wie schon die Tage zuvor achtete sie nicht auf seine Worte, holte einen frischen Waschlappen und gab ihn ihm, damit er sich das Gesicht waschen konnte.

Eine Stunde später saß er blass und elend aussehend vor dem Fernseher. Maggie hatte ihn dazu gebracht, eine Scheibe Toast und eine Banane zu essen. Seit er keinen Alkohol mehr anrührte, hatte er überhaupt keinen Appetit mehr. Es war ein Triumph, dass er beides aß.

»Zeit, den Rasen zu bewässern«, sagte sie zu ihm, als sie den Fernseher ausschaltete.

Er sah sie an, als hätte sie den Verstand verloren. »Was soll ich tun?«

Sie würde diese Einstellung nicht dulden und auch

nicht mit ihm streiten. »Meine Freunde haben neuen Rasen ausgesät, und der muss bewässert werden. Ich tue alles, was ich kann, um uns über Wasser zu halten, Dad, und ich weigere mich, es alleine zu tun. Du musst deinen Teil beitragen, du bist ja nicht hilflos.«

»Ich … ich habe einen schlimmen Rücken.«

»Du hast eine schlimme Einstellung. Jetzt beweg deinen Hintern nach draußen und gieß diesen Garten.« Es sah aus, als wollte er widersprechen, brachte aber nur ein paar relativ harmlose Worte heraus, während er eine große Schau abzog, sich aus dem Sessel zu hieven. Doch zu ihrem Erstaunen tat er, was sie wollte.

Als er fertig war, sah er sie böse an. »Bist du jetzt glücklich?«

Maggie überprüfte seine Arbeit und lächelte. »Gut gemacht, Dad.«

Er knurrte etwas vor sich hin und fiel in seinen Sessel, als hätte er sich vollkommen verausgabt.

Maggie ging wieder zu ihrem Laptop und suchte online nach Anleitungen, wie Herdplatten repariert werden konnten. Nur eine war verfügbar. Der Ofen funktionierte seit Jahren nicht. Hoffentlich ließ sich der Schaden leicht beheben.

»Was zur Hölle!«, brüllte ihr Vater. »Maggie, Maggie, tu etwas. Dieser Lärm soll aufhören.«

Maggie war so in die Anweisungen in ihrem Computer vertieft gewesen, dass sie nichts gehört hatte, bis ihr Vater nach ihr zu rufen begann. Es klang, als würde jemand draußen hämmern.

Sie verließ die Küche und ging zum vorderen Teil des Hauses. Zu ihrem Schrecken sah sie Nick die Verandastufen wegschlagen, die kurz davor standen, in sich zusammenzustürzen.

»Nick«, flüsterte sie seinen Namen, traute ihren Augen kaum.

Er musste sie gehört haben, weil er aufblickte und dann ohne ein Wort weiterarbeitete. Maggie öffnete die Fliegengittertür und trat ins Freie.

Nick schien nicht bewusst zu sein, dass sie kaum einen halben Meter von ihm entfernt stand. Was sie jedoch nicht aufhielt. »Nick Sample, sieh mich an.«

Er blickte auf, und bevor er ein Wort sagen konnte, stürmte sie von der Veranda und warf sich in seine Arme. Die Wucht des Zusammenpralls ließ ihn das Gleichgewicht verlieren, und fast wäre er gestürzt. Er ließ den Hammer fallen, fasste Maggie um die Taille und hob sie vom Boden hoch.

»Was zum …«

Maggie gab ihm keine Chance, weiterzusprechen. Sie schlang die Beine um seine Taille und küsste ihn innig, mit jeder Faser ihres Herzens. Zuerst leistete er Widerstand, aber er brauchte nicht lange, um mit derselben Leidenschaft zu reagieren. Sie presste den Mund auf seinen und küsste ihn, bis für sie beide nur noch der andere existierte.

»Du bist gekommen, um zu helfen!« Maggie konnte es kaum fassen. Nick zu sehen, bedeutete alles für sie. Immer noch böse auf ihn, gab sie ihm einen Klaps auf die Schulter.

»Hey«, protestierte er. »Okay, okay, ich bin ein Idiot, genau wie Kurt gesagt hat.«

»Ja, das bist du allerdings. Erst bist du stinksauer, weil ich bei deiner Mom eingezogen bin, und willst mich loswerden, und wenn ich dann gehe, bist du wieder stinksauer.«

Nick wurde rot, als er die Wahrheit hörte. »Du hast recht. Ich kann ein Riesentrottel sein, aber es spricht zu meinen Gunsten, dass ich bereit bin, zu meinen Fehlern zu stehen. Ich war todunglücklich ohne dich und hoffe, dass du ein versöhnliches Naturell hast.«

Um ihm genau das zu beweisen, küsste Maggie ihn erneut, und sie waren schnell so ineinander versunken, dass sie ihren Vater erst hörten, als er zu brüllen begann. »Was zur Hölle treibt ihr da?«.

»Dad.« Maggie rutschte an Nicks Körper herunter. »Das ist Nick.«

Ihr Vater funkelte Nick mit schmalen Augen an. »Nutzt du etwa meine Tochter aus?«

Nick erstarrte und sah ihren Vater direkt an. »Tun Sie das?«

»Ich habe zuerst gefragt.« Die beiden Männer starrten sich an wie die Revolverhelden bei der legendären Schießerei am O.K. Corral.

»Ich hoffe, Ihre Tochter in bestimmter Hinsicht schamlos auszunutzen, wenn der Zeitpunkt richtig ist«, gab Nick zu.

Maggie brach in Gelächter aus. »Wenn ich dich nicht vorher schamlos ausnutze.«

Ihr Vater war jedoch noch nicht mit ihm fertig. »Was zum Teufel fällt dir ein, mein Haus abzureißen?«

»Ich repariere diese Stufen, alter Mann, und dafür sollten Sie mir dankbar sein. Tatsache ist, dass ich ein bisschen Hilfe gebrauchen könnte, also kommen Sie raus.«

»Einen Teufel werde ich tun.«

Das Wortgefecht ging weiter.

»Dann gehe ich, und Sie haben nur noch eine halbe Veranda.«

»Typisch.«

»Dad«, rief Maggie, dabei durchbohrte sie ihren Vater mit Blicken.

Gott und die Welt verfluchend, öffnete Roy die Fliegengittertür und kam nach draußen. Nick gab ihm einen Hammer und sagte ihm, was er tun musste. Während ihr Vater damit beschäftigt war, die Stufen zu zerlegen, machte Nick sich daran, das Fliegengitter zu reparieren.

Maggie hatte ein Dutzend Fragen, die sie ihm stellen wollte. Sie stand auf der anderen Seite der Tür, durch das Gitter getrennt, und sah ihm beim Arbeiten zu.

»Nick.« Sie sprach seinen Namen aus wie ein Gebet. »Ich habe dich jede Minute des Tages vermisst.«

Er zuckte die Achseln, wie um zu sagen, dass er gut ohne sie klargekommen sei.

Maggie lächelte in sich hinein. Die Art, wie er ihren Kuss erwidert hatte, hatte ihr verraten, dass er dasselbe für sie empfand wie sie für ihn.

»Du hast meinem Dad gesagt, du wolltest mich ausnutzen«, erinnerte sie ihn.

Er hob erneut die Schultern. »Das ist es, was dein Dad tut.«

»Wenn du das glaubst, warum bist du dann hier?«

Er blickte auf und seufzte. »Weil ich nicht wegbleiben konnte. Gott weiß, dass ich es versucht habe. Dann erzählte Mom mir, was du machst und dass du einen Kredit brauchst. Sie sagte, bei dem Zustand, in dem das Haus jetzt ist, wäre es mehr als unwahrscheinlich, dass du ihn bekommst.« Er sah sie an. »Ich dachte, du könntest einen Zimmermann brauchen, und deshalb bin ich hier.«

»Dieser alte Kasten benötigt mehr als nur ein paar neue Stufen.« Sie fühlte sich ziemlich überwältigt.

»Das kannst du laut sagen.« Nick blickte sich um.

Er hatte recht. Es kam ihr alles so hoffnungslos vor. »Ich habe um einen Kostenvoranschlag gebeten, um zu sehen, mit wie viel ich rechnen muss, wenn ich das Haus streichen lasse, und es waren Tausende Dollar.«

»Kannst du dir die Farbe leisten?«

»Ich ... ich weiß nicht.« Sie war nicht sicher, warum er fragte.

»Wie es aussieht, könnten du, dein Dad, meine Mom und ich es selbst streichen. Phil würde wahrscheinlich auch helfen.«

Maggie biss sich auf die Unterlippe und nickte. »Das könnte gehen.«

»Ich kann die Frau, in die ich mich verliebe, nicht alles alleine machen lassen.« Ihre Blicke kreuzten sich durch das Fliegengitter hindurch.

Maggie legte eine Hand auf ihr Herz und dann auf das

Gitter. Nick grinste und tat es ihr nach, sodass sich ihre Hände berührten.

Im Hintergrund hörte Maggie ihren Vater weiter schimpfen und fluchen. Sie hatte Mühe, nicht laut zu lachen.

Dreißigstes Kapitel

Joan fühlte sich erschöpft und zugleich belebt. Sie hatte den ganzen Tag damit verbracht, zusammen mit Nick und Phil Maggie und Roy Herbert zu helfen. Sie arbeiteten jetzt seit zwei Wochen am Haus und hatten große Fortschritte gemacht – genug, um die Bank dazu zu bewegen, einen Kredit zu bewilligen. Roy war in der Reha, hielt sich an sein festes Programm und war entschlossen, nüchtern zu bleiben.

Nick und ein paar seiner Kollegen von der Baustelle hatten das undichte Dach repariert, die Fassade frisch gestrichen, und sie hatten kürzlich begonnen, sich das Innere vorzunehmen und auch dort zu streichen. Fast alle neuen Möbelstücke stammten von der Heilsarmee. Die Küche war das Projekt gewesen, das Maggie in Angriff genommen hatte – frisch gestrichene Schränke und ein fast neuer Tisch nebst Stühlen. Sie hatte die Herdplatten ersetzen können, nachdem sie vergeblich versucht hatte, sie zu reparieren, und Nick hatte bei eBay einen Toaster für weniger als zehn Dollar gefunden.

Die beste Nachricht lautete, dass Roy sich stationär in das *Turning Point Treatment Center* begeben hatte. Besser noch, Maggie hatte beschlossen, wieder zu Joan zu ziehen.

Diese Neuigkeit hatte Joans Tag gerettet. Sie hatte sie vermisst.

Die Entscheidung hatte Maggie nach Lyles Rat getroffen, Roys Pate bei den Anonymen Alkoholikern. Lyle hatte vorgeschlagen, dass Roys Tochter sich an Al-Anon wandte, eine Hilfegruppe für diejenigen, die Alkoholikern sehr nahestanden. Schon nach ein paar Treffen beschloss Maggie, zu einer Krücke für Roy zu werden, aber nicht mehr. Sie hatte alles getan, was in ihrer Macht stand, um ihn auf den richtigen Weg zu bringen. Der Rest lag bei ihm. Im Moment war er fest entschlossen – und so stur, wie Joan ihn kannte, glaubte sie, dass es ihm gelingen würde, nüchtern zu bleiben.

Maggie fühlte sich verpflichtet, ihren Vater zu lieben und zu unterstützen, aber nicht, wenn das bedeutete, ihre Zukunftspläne bezüglich ihrer Ausbildung zu opfern. Sie hatte ihr eigenes Leben, ihre eigenen Ziele. Da sie ihren Vater kannte, war Maggie klar, dass er jede Gelegenheit nutzen würde, sie an sich zu binden. Überzeugt, dass sie alles für ihn getan hatte, was sie konnte, wusste sie, dass Roy früher oder später auf eigenen Beinen würde stehen müssen.

Als Joan jetzt mit einem Glas Eistee in der Hand und Edison zu ihren Füßen in ihrer Küche saß, grübelte sie darüber nach, wie sehr sich ihr Leben seit ihrem Geburtstag verändert hatte. Sie war glücklich, obwohl sie vor gar nicht so langer Zeit überzeugt gewesen war, dass das nie wieder möglich sein würde. Ihr Leben war erfüllt. Sie hatte neue Freundschaften geschlossen.

Die Trauertherapiegruppe hatte entscheidend dazu beigetragen, dass sie positiv in die Zukunft blicken konnte. Mary Lou war zu einer guten Freundin geworden. Sie hatten viel gemeinsam und trafen sich oft außerhalb der Gruppe zum Lunch oder einem gelegentlichen Kinobesuch. Ihre Freundschaft mit Phil hatte sich ebenfalls vertieft, da sowohl er als auch sein Vater bei der Instandsetzung von Maggies Haus geholfen hatten.

Als Joans Telefon piepte, brachte sie kaum die Energie auf, sich zu melden. Sie sah, dass sie es auf der Küchentheke liegen gelassen hatte, nah genug, um es ohne große Anstrengung zu erreichen, und griff danach.

»Hallo.«

»Hey, Mom, ich bin es, Steve.«

Sie lächelte beim Klang seiner Stimme. »Selber hey. Was gibt es?« Sie sprachen dieser Tage häufiger miteinander, und das freute sie. Die sich vertiefende Beziehung zu ihren Kindern war auch etwas, das sich seit Mai zum Guten gewendet hatte.

»Was machst du am fünfzehnten Dezember?«

Sie lächelte über die Frage, weil sie glaubte, dass er vorhatte, ihr ein Weihnachtsgeschenk zu schicken. Wahrscheinlich Karten für eine Show oder etwas anderes, von dem er wusste, dass sie sich darüber freuen würde.

»Ich habe überhaupt nichts vor.«

»Gut. Wie wäre es, wenn du zu einer Hochzeit nach Phoenix fliegst?«

Joan blieb fast das Herz stehen. »Eine Hochzeit?« In der Frage schwang hoffnungsvolle Vorfreude mit.

»Ja, ich habe Zoe noch einmal gefragt, ob sie mich heiraten will, und sie hat Ja gesagt. Wir haben beschlossen, direkt das Datum festzulegen.«

»Oh, Steve, das sind ja fantastische Neuigkeiten.« Die freudige Erregung in der Stimme ihres Sohnes verriet ihr, wie froh und glücklich er war. Sie schluckte hart, weil sich ein Kloß in ihrer Kehle gebildet hatte. Ihr Sohn war zur Vernunft gekommen. Er liebte Zoe und war bereit, sein Leben mit ihr zu verbringen.

»Nick hat eingewilligt, mein Trauzeuge zu sein, und Zoe hat schon ihr Brautkleid ausgesucht. Natürlich durfte ich es noch nicht sehen. Sie möchte, dass ich bis zur Hochzeit warte, und das ist in Ordnung. Wir haben die Anzahlung für eine Location geleistet und verhandeln nächste Woche mit einem Cateringservice.«

»Oh, Steve, ich bin so glücklich, ich könnte weinen.«

»Sei nicht albern. Du solltest wissen, dass ich viel über das nachgedacht habe, was du in den vergangenen Monaten gesagt hast. Ich wusste, dass ich Zoe liebe, ich weiß auch nicht, warum ich mich wie ein Idiot benommen habe. Stolz, schätze ich. Als ich hörte, dass sie einen anderen datet, ist mir fast übel geworden. Ich habe mich elend und einsam gefühlt und eingesehen, dass das, was du gesagt hast, stimmt. Es wird dich freuen zu hören, dass ich diese Liste zerrissen habe.«

»Ich bin so froh.« Joan fiel es schwer, ihre Aufregung zu zügeln.

»Ich habe nicht lange gebraucht, um zu begreifen, dass es nicht zählt, wie viel Geld ich auf der Bank habe oder wie meine Karriereziele aussehen, wenn es niemanden gibt, mit dem ich mein Leben teilen kann. Danke, Mom. Ich weiß nicht, was dich veranlasst hat, mich an dem Tag anzurufen, aber ich werde dir dafür ewig dankbar sein.«

Das Gespräch endete ein paar Minuten später damit, dass Joan so breit lächelte, dass ihr Mund schmerzte.

Ihr blieb kaum Zeit, die Neuigkeiten zu verarbeiten, als die Vordertür geöffnet wurde und Nick und Maggie hereinkamen.

Nick trug Maggies Koffer zum Schlafzimmer hoch, während sie verkündete, dass sie da waren.

»Es tut gut, dich wiederzuhaben.« Joan umarmte sie. Da sie seit Maggies Auszug praktisch jeden Tag zusammen gewesen waren, schien es so, als wären sie überhaupt nie getrennt gewesen.

»Es ist schön, wieder hier zu sein.«

Joan wurde klar, was für ein großer Tag dies für Maggie und ihren Vater war. »Wie ist es gelaufen?«, fragte sie. Die Rehaklinik hatte Maggie um ein Treffen mit ihrem Vater gebeten, und sie hatte den Morgen mit ihm verbracht.

Maggie wirkte zufrieden. »Ich habe Dad zum ersten Mal gesehen, seit er dort ist, und nach dem Treffen habe ich ihm versprochen, dass er für weitere Familiensitzungen immer auf mich zählen kann. Er ist jetzt so lange nüchtern geblieben.« Sie sagte es mit einer Mischung aus Stolz und Überraschung. »Ich kann nur hoffen, er lernt, dass das auch weiterhin so bleibt.«

Das hoffte Joan auch. Sie hatte in den drei Wochen, seit er zuletzt getrunken hatte, schon eine Veränderung bei Roy wahrgenommen. Er hatte bei der Arbeit am Haus geholfen, so gut er konnte. Sie erwartete nicht, dass er sich all denen gegenüber, die ihm beigesprungen waren, dankbar zeigte. Doch zu ihrer Verwunderung hatte Roy ihnen, kurz bevor er sich in die Reha begeben hatte, mit Tränen in den Augen gedankt. Die meiste Zeit hatte er sich lautstark beschwert und ihnen dann Eistee gemacht. Maggie hatte ihr versichert, dass dies die Art ihres Vaters sei, seine Dankbarkeit auszudrücken.

Was Joan am meisten freute, war Roys veränderte Haltung Maggie gegenüber. Er zeigte seiner Tochter tatsächlich etwas Zuneigung, zwar auf ein flüchtiges Lächeln oder ein Nicken in ihre Richtung beschränkt, aber immerhin. Joan war es aufgefallen und Maggie auch, da war sie zuversichtlich.

»Ich habe nichts zum Dinner vorbereitet.« Joan bedauerte, an diesem Morgen nicht weit genug vorausgedacht zu haben, bevor sie losgefahren war, um an Roys Haus zu arbeiten.

»Kein Problem, Nick und ich gehen Pizza essen.«

Ihr jüngerer Sohn kam in die Küche. »Willst du mitkommen, Mom?«

»Nein danke, ich treffe heute Abend meine Gruppe.« Obwohl sie todmüde war, wollte Joan kein weiteres Treffen verpassen. Jede Woche kam sie mit neuen Einblicken und sich vertiefenden Freundschaften zurück. Das gemeinsame, oft von Pie begleitete Kaffeetrinken danach war eine Therapiesitzung ganz eigener Art. Es war die Zeit, wo enge Freundschaften entstanden.

»Ich habe vergessen, dass heute Mittwoch ist«, sagte Maggie. Kein Wunder nach all den Stunden, die die junge Frau im Haus ihres Vaters geschuftet hatte. Joan war an den meisten Tagen da, und Nick kam nach der Arbeit und an den Wochenenden vorbei und brachte oft ein paar Freunde mit, die ihm einen Gefallen schuldig waren.

Nick hatte den Arm um Maggies Taille gelegt. Es war sonnenklar, dass die beiden sich ineinander verliebt hatten.

»Ich habe übrigens von Steve gehört«, sagte Joan. »Anscheinend hat er dir vor mir von seinen Hochzeitsplänen erzählt.«

Nick grinste verlegen. »Yeah, er war ziemlich zufrieden mit sich. Ich kenne Zoe noch nicht, aber ich mag sie jetzt schon.«

»Ich auch.«

»Sie kommen am Labor Day in die Stadt, damit wir sie alle kennenlernen können.«

Das war Joan neu. Vor Aufregung hatte Steve wohl vergessen, es während ihres Gesprächs zu erwähnen.

Nick fügte hinzu: »Steve, Zoe und Maggie haben vor, zusammen zu *Bumbershoot* zu gehen.«

Bumbershoot war ein jährlich stattfindendes Kunst- und Musikfestival, das am Labor-Day-Wochenende gefeiert wurde. Sie war früher mehrmals mit Jared dort gewesen. *Bumbershoot* … Das Wort war ein umgangssprachlicher Begriff für Regenschirm, den Joan für die Bewohner des verregneten Pazifischen Nordwestens überaus passend fand. Demnach wurde jeder, der einen Regenschirm aufspannte, sofort als Tourist eingestuft. Diejenigen, die in der Gegend lebten, störten sich selten daran, da der größte Teil des Regens in Form von leichtem Geniesel fiel.

»Oh je.«

»Was ist denn?«

»Nichts. Nur dass ich meine Selbsthilfegruppe am Samstag zum Barbecue eingeladen habe.« Sie hatte die Einladung bei ihrer letzten Sitzung ausgesprochen. Ihr kleiner Freundeskreis hatte erfreut und aufgeregt darauf reagiert, den schönen Garten zu sehen, von dem Joan so oft gesprochen und wegen dem sie Phil mehrmals gelobt hatte.

Nick wischte ihre Bedenken rasch beiseite. »Kein Problem, Mom. Wir werden den ganzen Tag weg sein. Hab deinen Spaß mit deinen Freunden.«

Nachdem sie Maggies Auto ausgeladen hatten, gingen die zwei Pizza essen. Ihr Lachen hallte durch das Haus, als sie sich auf den Weg machten.

Vor dem Treffen duschte Joan und zog sich um. Sie freute sich darauf, ihre Freunde zu sehen. Als sie bei dem Therapiezentrum ankam, wartete Phil auf dem Parkplatz auf sie.

In Bezug auf Maggie und Roy war er wundervoll gewesen, hatte bei viel mehr als nur der Gartenarbeit geholfen und sogar seinen Vater mitgebracht. Phil hatte sein Wochenende geopfert, um das Haus von außen zu streichen. Er hatte Seite an Seite mit Roy gearbeitet, und die beiden hatten sich anscheinend angeregt unterhalten. Besser noch, während dieser Zeit hatte Joan Maggies

Vater kein einziges Mal nörgeln gehört. Was an ein kleines Wunder grenzte.

»Ist bei Maggies Treffen mit Roy alles glattgegangen?«, fragte Phil.

»Sie scheint das zu glauben. Ich habe das Gefühl, die Sitzung hat ihr ebenso geholfen wie Roy.«

Phil öffnete ihr die Tür. »Das sind gute Neuigkeiten. Ich hoffe, du übernimmst dich nicht.«

»Mir geht es gut.« Joans Tage waren jetzt ausgefüllt. »Ich habe mit der Schulbehörde darüber gesprochen, freiwillig zu unterrichten.« Die Inspiration dazu war von Maggie und den Nachbarskindern Ellie und Todd gekommen, die sie häufig besuchten. Sie nutzten Edison als Vorwand, aber Joan wusste, dass die Plätzchen, die sie ihnen anbot, ein genauso großer Anreiz waren wie ihre Zuneigung zu dem Hund.

»Also hast du das durchgezogen.«

Sie lächelte, weil es so klang, als hätte er an ihr gezweifelt. Sie hatte beim letzten Treffen davon gesprochen, Lehrerin werden zu wollen. An diesem Abend hoffte sie, allen von ihren neuesten Verpflichtungen berichten zu können. Sie hatte auch beim hiesigen Pflegeheim vorbeigeschaut und vereinbart, jede Woche mit Edison vorbeizukommen, um die Lebensgeister der dort untergebrachten Senioren zu wecken.

Als sie in den Raum kamen, registrierte Joan, dass Mary Lou den Stuhl neben ihrem freigehalten hatte. Doug saß zu ihrer anderen Seite, und auch Sally war schon früh da. Ihnen mangelte es nicht an Gesprächsstoff, bevor drei andere Teilnehmer mit Dr. O'Brien zu ihnen stießen.

Die Stunde verging schnell, so wie jede Woche. Zeit schien nicht zu existieren. Mary Lou und Joan liefen zusammen zum Parkplatz, nachdem sie den anderen versichert hatten, sie bei *Shari's* zu Kaffee und Pie zu treffen.

»Ist dir aufgefallen, dass Doug darauf achtet, jede Woche neben dir zu sitzen?«, fragte sie ihre Freundin, als sie zu ihren nebeneinander geparkten Autos gingen. »Ich glaube, er könnte Interesse an dir haben.«

»Was?« Mary Lou schüttelte nachdrücklich den Kopf. »Das bildest du dir ein.«

»Vielleicht, vielleicht auch nicht.« Sie wackelte mit den Augenbrauen und weidete sich an Mary Lous verwirrtem Gesichtsausdruck.

Nicht bereit, sich geschlagen zu geben, entgegnete Mary Lou: »Wo wir gerade von interessierten Männern sprechen … Hast du bemerkt, wie Phil dich in letzter Zeit anschaut?«

»Phil? Nein. Er sieht mich nicht anders an als damals, als ich das erste Mal an den Sitzungen teilgenommen habe.«

Mary Lou schüttelte langsam den Kopf. »Niemand ist so blind wie der, der nicht sehen will. Sagt man nicht so? Warum sonst sollte er wohl seine Wochenenden opfern, um bei dem Haus zu helfen? Er verbringt nicht Maggie zuliebe Stunden damit, es zu streichen. Er tut es deinetwegen.«

»Meinst du?« Darüber musste Joan eingehender nachdenken. Phil hatte nach außen hin keine Anzeichen von Zuneigung gezeigt, aber er war der Erste gewesen, der sich freiwillig angeboten hatte, und hatte mit dem Rasen angefangen. Sie war angenehm überrascht gewesen. Und da so viel getan werden musste, waren Maggie und Joan für jede Hilfe dankbar, die sie bekommen konnten.

Die Parkplätze bei *Shari's* waren oft belegt, daher fuhren Mary Lou und Joan zusammen. Sie sprachen nicht viel. Joan grübelte über Mary Lous Scharfblick in Bezug auf Phil nach. Sie musste sich fragen, ob Phil tatsächlich interessiert war, und, wichtiger noch, ob sie dafür bereit wäre.

In ein paar Wochen würde Jareds Tod sich zum fünften Mal jähren. Wie Emmie so treffend bemerkt hatte, lag noch ein gutes Stück Leben vor Joan. Eines wusste sie mit Sicherheit: Wenn sie je wieder über eine neue Beziehung nachdenken würde, dann würde sie mit Phil zusammen sein wollen.

Von dem her, was er ihr erzählt hatte, wusste Joan, dass Phil nach dem Verlust seiner Tochter keine romantische Beziehung mehr gehabt hatte. Das Thema war vor ein paar Wochen erneut zur Sprache gekommen, als ein neueres Gruppenmitglied kurz nach dem Tod seiner Frau wieder zu daten begonnen hatte. Phil hatte sich dagegen ausgesprochen, allzu bald eine neue Beziehung einzugehen, und gesagt, er müsste sich erst wieder emotional gesund fühlen, bevor er eine Verabredung in Erwägung ziehen würde.

»Du bist auf einmal so still«, bemerkte Mary Lou, als sie ihr Ziel erreichten.

»Das sind wir beide.«

»Richtig«, stimmte Mary Lou zu. »Ich habe mich weitgehend an das Witwendasein gewöhnt. Es ist jetzt über drei Jahre her, aber nach all dieser Zeit kommt es mir immer noch so vor wie gestern. Die Gruppe hat mir enorm geholfen, genau wie die Freundschaft mit den anderen.«

Joan empfand es ebenso. Ihr Leben sah inzwischen weit besser aus als zu jeder anderen Zeit seit Jareds Tod.

Und das alles hatte mit einem unangenehmen Schreiben ihrer Hauseigentümergemeinschaft begonnen.

Einunddreißigstes Kapitel

Das Wetter am Labor Day hätte nicht perfekter sein können. Die Sonne schien, und ein warmer Wind milderte die vorhergesagten achtundzwanzig Grad.

Joan hatte alles für das Barbecue mit ihren Freunden vorbereitet. Denn das waren sie innerhalb weniger Monate geworden – enge, geschätzte Freunde. Sie waren es, die ihr den Weg zu neuen Möglichkeiten und der Verheißung einer Zukunft aufgezeigt hatten.

Ihre Söhne waren zusammen mit Maggie und Zoe früher am Nachmittag zum *Bumbershoot*-Festival im *Seattle Center* aufgebrochen, wo eine Reihe von Events stattfinden sollte. Joan konnte sich nicht erinnern, Steve und Nick je so glücklich gesehen zu haben. Ihre Söhne machten sich in den von ihnen gewählten Berufen gut, aber was wichtiger war, sie hatten ein erfülltes Privatleben, und das war alles, was sie sich je für sie gewünscht hatte. In den Jahren seit dem Verlust ihres Vaters war das Band zwischen ihnen enger geworden, zum Teil aufgrund ihrer Sorge um ihre Mutter. Joan genoss das Geplänkel zwischen ihnen, die Insiderwitze, das Frotzeln und Lachen. Ihre Beziehung hatte sich vertieft, und sie waren nicht mehr nur Brüder, sondern auch beste Freunde.

Zoe kennenzulernen, war das Highlight des Wochenendes. Joan hatte Steves Verlobte sofort ins Herz geschlossen. Sie brauchte nicht lange, um zu erkennen, dass die junge Frau eine gute Partnerin für ihren von Ehrgeiz getriebenen Sohn war. Zoe brachte Balance in die Beziehung. Sie war intelligent und warmherzig, genau die Frau, die er brauchte, um auch die vergnüglichen Seiten des Lebens zu sehen.

In den letzten vier Monaten, seit sie den Weg zu Akzeptanz und Heilung eingeschlagen hatte, hatten sie und ihre Söhne eine tiefere, liebevollere Beziehung aufgebaut. Auch Maggie hatte ihr Leben zum Besseren verändert. Joan hegte eine tiefe Zuneigung zu ihrer Untermieterin. Sie waren verwandte Seelen. Joan betrachtete Maggie als die Tochter ihres Herzens.

Roy Herbert hatte seine Behandlung abgeschlossen und machte Maggie zufolge große Fortschritte. Er blieb nörglerisch und kleinlich und hatte nicht viel Gutes über das Personal, das Essen und seine Mitpatienten zu sagen. Aber nichts davon zählte, solange er sich an sein Programm hielt und nüchtern blieb.

Als die vier das Haus verließen und in ein Auto kletterten, stand Joan auf der Veranda und schaute ihnen nach. Das Geräusch ihres Lachens wärmte ihr das Herz. Sie blieb noch lange, nachdem sie abgefahren waren, dort stehen und dachte über die Veränderungen nach, die seit Mai eingetreten waren. Jared würde sich freuen, wenn er wüsste, dass sie sich alle, jeder auf seine Weise, mit seinem Tod abgefunden hatten.

Joans Freunde fanden sich am frühen Nachmittag zum Barbecue ein. Edison stand zur Begrüßung parat, bellte freudig und wedelte dann mit dem Schwanz, bis jeder Neuankömmling ihm die Aufmerksamkeit zuteilwerden ließ, die er verlangte.

Alles war bereit. Der Picknicktisch war mit einer rot karierten Tischdecke gedeckt. Früher am Tag hatte Joan einen großen Strauß mit Blumen aus ihrem eigenen Garten arrangiert. Die große Vase schmückte die Mitte des Tisches, quoll vor weißen Rosen, Chrysanthemen und Schwarzäugigen Susannen förmlich über. Die Korbgartenmöbel, die im Schuppen gestanden hatten, waren zum ersten Mal seit der Pandemie abgestaubt und draußen aufgestellt worden.

Mary Lou kam mit einer großen Schüssel ihres berühmten Kartoffelsalats, von dem Joan schwören könnte, dass er ausreichte, um fünfzig Leute satt zu bekommen. Phil hatte sich erboten, sich an den Grill zu stellen, und Schweinerippchen als Ergänzung zu Joans Hamburgern mitgebracht. Sie hatte den Morgen damit verbracht, Fruchtpastete mit Balsamico zu backen, und gleich zwei gemacht, damit genug für die Kinder da war, wenn sie zurückkamen.

Dougs Beitrag bestand in einer Auswahl verschiedener Getränke – Sodas, Bier, Spritz und Mineralwasser –, Sallys in einem Bohnendip, von dem sie schwor, dass jeder ihn lieben würde. Sherry hatte die Lieblings-Baked-Beans ihrer Familie zubereitet, Dr. O'Brien brachte fünf verschiedene Sorten Chips mit.

Die Neuen in der Gruppe, Patty und Ely, die beide ihre Partner verloren hatten, kamen vorbei, blieben aber nicht lange. Sie unterhielten sich eine Weile, aßen und gingen kurz darauf wieder, weil sie sich noch sichtlich unwohl fühlten. An diesem Punkt war Joan selbst vor gar nicht langer Zeit gewesen. Die beiden waren neu und befanden sich in verschiedenen Phasen der Trauer und des Verlustschmerzes. Sie wussten die Einladung zu schätzen und nutzten die Gelegenheit, unter Leute zu kommen, gleichzeitig fühlten sie sich fehl am Platz, da sie es gewohnt waren, mit ihren Partnern zusammen aufzutreten und nicht als Alleinstehende. Es war nicht leicht, sich an all das Fremde zu gewöhnen. Joan verstand das.

Doug saß neben Mary Lou auf den Gartenmöbeln, Sally und Dr. O'Brien waren in ein Gespräch vertieft, sodass Joan und Phil übrig blieben. Sie saßen in gepolsterten Korbstühlen, die auf Schemeln ruhenden Füße übereinandergeschlagen, im Schatten des Erdbeerbaums der Nachbarn und hielten jeweils einen kühlen Drink in der Hand.

»Die Rippchen waren eine großartige Idee«, sagte sie, dankbar dafür, dass er daran gedacht hatte, zusätzlich etwas beizutragen. Er hatte sie über Nacht mariniert und teilweise vorgebacken, ehe er die langen dünnen Fleischstücke auf den Grill legte, um Röst- und Räucheraromen hinzuzufügen.

»Amanda hat meine Rippchen geliebt«, erwiderte er. »Es war ihr Lieblingsessen, sie hat mich jedes Jahr gebeten, sie zu ihrem Geburtstagsdinner zuzubereiten. Mein Gott, du hättest sehen sollen, wie sie bei diesen Rippchen zugelangt hat. Dann war ihr Gesicht mit Sauce verschmiert, und sie strahlte von einem Ohr zum anderen. Es ist eine meiner glücklichsten Erinnerungen mit ihr.« Er seufzte lächelnd. »Seit ihrem Tod habe ich kein einziges Mal mehr gegrillt.«

Auf Joans Gesicht musste sich Überraschung widergespiegelt haben, denn Phil fügte hinzu: »Aus keinem besonderen Grund, außer dem, dass Dad es vorzieht, das Kochen allein zu übernehmen.«

Joan war froh, dass er diese Erinnerung mit ihr teilte. »Dies ist das erste Mal, seit Jared gestorben ist, dass ich draußen ein Barbecue veranstalte. Es war zu viel Arbeit für mich alleine.«

Joan registrierte, dass sie den Punkt erreicht hatte, wo sie über Jared sprechen konnte, ohne augenblicklich vom scharfen Schmerz des Verlusts durchzuckt zu werden. Das war eine positive Entwicklung, entschied sie.

»Wir machen Fortschritte, nicht wahr?«, ließ sie ihn an dieser Erkenntnis teilhaben.

»Das tun wir«, stimmte er zu. Er stellte seinen Drink ab und nickte zu Doug und Mary Lou hinüber. »Ich glaube, Doug ist ganz hingerissen von ihr.«

Joan lächelte und pflichtete ihm insgeheim bei. Mary Lou fühlte sich von Dougs Aufmerksamkeit geschmeichelt und leicht in Verlegenheit gebracht. Von sich aus hatte Joans Freundin zugegeben, vielleicht für eine neue Beziehung bereit zu sein.

Dr. O'Brien ging als Erste, sie hatte für später am Nachmittag Pläne mit der Familie.

Joan stand auf und brachte die Therapeutin zur Tür. »Ich freue mich, dass Sie kommen konnten.«

»Es war sehr schön.« Dr. O'Brien umarmte Joan kurz. »Ich möchte, dass Sie wissen, wie stolz ich auf Sie bin, Joan. Als wir uns kennenlernten, waren Sie in einer schlechten Verfassung und so unsicher. Es war eine Freude, zu beobachten, wie Sie innere Kraft gefunden haben. Sie haben in kurzer Zeit einen langen Weg zurückgelegt.«

»Die Gruppe hat enorm geholfen. Im Rückblick kann ich kaum glauben, wie halsstarrig es von mir war, darauf zu beharren, dass diese Sitzungen nichts für mich wären.« Längst war es ihr peinlich, und sie würde der Therapeutin ewig dankbar dafür sein, dass sie sie ermutigt hatte, wenigstens an einer Sitzung teilzunehmen, bevor sie ihre endgültige Entscheidung traf.

Dr. O'Brien drückte Joans Unterarm. »Aber Sie haben nicht lange gebraucht, um die Vorteile geteilter Erfahrungen zu erkennen.«

»Tagebuch zu führen hat auch geholfen, und natürlich das Arbeitsheft.« Joan hatte pflichtbewusst die Notizen für jede Woche gelesen und sich die Worte zu Herzen genommen. Es wäre einfach gewesen, nur das Heft zu lesen, da jedes Kapitel in ihr widergehallt hatte. Grundlegend für ihre Fortschritte war es jedoch gewesen, die am Ende vorgeschlagenen Aufgaben zu erfüllen.

»Ihr kleiner Edison ist ein goldiger Hund. Wie alt ist er?«

»Soweit ich das beurteilen kann, sechs Monate.« Sie hob ihn hoch, woraufhin er ihr prompt das Gesicht leckte.

Dr. O'Brien öffnete die Fliegengittertür.

»Danke, dass Sie gekommen sind.« Joan wusste, dass die Therapeutin immer sehr beschäftigt war. Dass sie bereit gewesen war, einen Teil ihres Feiertags mit der Gruppe zu verbringen, war ein Kompliment, das Joan nicht auf die leichte Schulter nahm.

»Noch einmal danke«, sagte Dr. O'Brien, als sie die Stufen hinunterstieg.

Als Joan in den hinteren Garten zurückkam, packte Sally den Rest ihres Bohnendips ein und schickte sich zum Gehen an.

»Hast du keine Zeit mehr für das Dessert?« Joan war ein bisschen überrascht, dass Sally sich so schnell verabschieden wollte.

»Hast du mitgezählt, wie viele Rippchen ich gegessen habe?«, gab sie zurück, dabei legte sie eine Hand auf ihren Magen. »Ich hätte aber nichts dagegen, ein Stück mitzunehmen.«

»Kriegst du.«

Doug und Mary Lou beschlossen ebenfalls, dass es Zeit sei, zu gehen. Joan wickelte drei Portionen Früchtepastete in Folie, gab sie ihren Freunden mit und brachte sie zur Tür.

Somit blieb sie mit Phil alleine.

»Ich helfe beim Aufräumen und Abwaschen«, sagte er, als sie zurückkam.

»Nicht nötig, Phil. Es gibt nicht viel zu tun.«

»Unsinn, ich lasse dich nicht alles alleine machen.« Er fing an, das übrig gebliebene Essen, wovon es nicht viel gab, ins Haus zu tragen. Die Rippchen waren in Windeseile verschwunden, geblieben waren nur ein paar Hamburger und Brötchen.

Mary Lou hatte Joan den Kartoffelsalat dagelassen, weil sie überzeugt war, Steve und Nick würden kurzen Prozess damit machen, womit sie gewiss recht behielt. Joan schaffte im Kühlschrank für die Schüssel Platz. Doug hatte wenig Lust gehabt, die restlichen Getränke mitzunehmen, also brachte Phil sie ins Haus. Er stand neben Joan und verstaute Dosen auf dem untersten Regalbrett.

Joan, die im selben Moment den Kopf drehte, verlor das Gleichgewicht und wäre fast gestolpert. Phil packte sie bei den Schultern. Sie wollte gerade einen Scherz über ihren Mangel an Anmut machen, als sich ihre Blicke trafen. In diesem Moment schien die Welt stillzustehen. Alle Geräusche verhallten, als etwas Unausgesprochenes zwischen ihnen hin und her floss. Joan wusste nicht, wann das passiert war, sie war sich nur dieses unglaublichen Gefühls bewusst, das sie überkam und das nichts glich, was sie je erlebt hatte. Sie waren Freunde geworden, und langsam war mehr daraus entstanden. Der Abend, an dem er vorbeigekommen war, als sie ein Treffen verpasst hatte, und später, als sie Seite an Seite gearbeitet und Maggie mit dem Haus geholfen hatten. Ihre Beziehung hatte eine Wende beschrieben. Joan ertappte sich dabei, dass sie immer häufiger an ihn dachte und die Zeit genoss, die sie miteinander verbrachten.

Keiner sagte etwas. Phil hob die Hand und strich ihr das Haar aus dem Gesicht.

Sie legte ihre Hand über seine, schloss die Augen und schmiegte das Gesicht in seine Handfläche.

»Du sagtest, Mary Lou und Doug könnten für eine Beziehung bereit sein.«

»Ja«, flüsterte sie. Ihre Stimme wollte ihr kaum gehorchen.

»Was ist mit dir? Bist du bereit?«

Sie nickte und schenkte ihm ein sanftes Lächeln. »Ich glaube schon.«

»Gut«, sagte er. Seine Stimme klang schroff vor Emotionen. Er ließ die Hand sinken und beugte sich vor, um sie zu küssen.

Joan hatte sich oft gefragt, wie sie auf die Berührung eines anderen Mannes reagieren würde. Als sich Phils Mund auf ihren legte, verflogen augenblicklich jegliche Zweifel, die sie gehegt hatte. Sie beide versanken in dem Kuss, bis sie außer Atem waren.

Die Stirnen aneinandergelegt, lächelte Joan, und Phil ebenfalls. »Bist du bereit für den Rest deines Lebens, Joan Sample?«

»Absolut.«

»Ich auch«, flüsterte er.

Epilog

Joan lehnte sich auf den Knien zurück und wischte sich den Schweiß von der Stirn. Edison döste neben ihr auf dem Rasen, zufrieden damit, in der Sonne ein Nickerchen zu halten. Joan hatte gearbeitet, die Blumenbeete gesäubert und für das Pflanzen von Akelei und Ringelblumen vorbereitet, zwei ihrer Lieblingsblumen. Es war schwer zu glauben, dass sie letztes Jahr um dieselbe Zeit kaum imstande gewesen war, zu ihrer Vordertür hinauszugehen, geschweige denn, im Garten zu arbeiten.

Was für einen Unterschied ein Jahr ausmachen konnte! Sie vermisste Jared und ihr gemeinsames Leben immer noch, aber sie war zu der Einsicht gelangt, dass sie, während sie ihr gesamtes Leben ihm und seiner Karriere gewidmet hatte, ihre eigentlichen Ziele aus den Augen verloren hatte. Damals hatte sie das nicht gestört. Sie waren Partner gewesen, beste Freunde, Seelengefährten. Ohne ihn hatte sie sich leer, verloren und so furchtbar allein gefühlt.

Aber jetzt nicht mehr. Mithilfe ihrer Trauertherapiegruppe hatte sie die Kraft gefunden, nach vorne zu schauen und ihr Leben in den Griff zu bekommen. Ein Leben, das in mancher Hinsicht besser war als das, das sie hinter sich gelassen hatte. Mary Lou war eine enge Freundin geworden, Sally ebenfalls. Mary Lou hatte sich eine kurze Zeit mit Doug getroffen, aber nicht lange gebraucht, um zu erkennen, dass es ihnen nicht bestimmt war, mehr als Freunde zu sein.

Steve und Zoe hatten im Dezember geheiratet. Ihr Sohn rief sie pflichtbewusst jeden Sonntagnachmittag an, und ihre Gespräche waren oft nicht lang, aber immer bedeutsam, da sie offen verschiedene Einzelheiten aus ihrem Leben austauschten. Mehr als einmal hatte er zu ihr gesagt, er wüsste nicht, warum er so lange gewartet hatte, Zoe zu heiraten. Die beiden bauten sich ein gutes gemeinsames Leben auf. Zoe sprühte vor Lebensfreude und Lachen, sie war spontan und lebhaft. Allein das Glück in der Stimme ihres Sohnes zu hören, begeisterte Joan. Er hatte *Dick's Sporting Goods* im Gebiet von Phoenix als Manager übernommen, und obwohl er lange Arbeitszeiten hatte, achtete er darauf, jeden Abend zum Dinner zu Hause zu sein, und verbrachte viel Zeit mit seiner Frau.

Auch Nicks und Maggies Beziehung vertiefte sich, was Joan freute. Es war ein schwerer Schlag für Maggie gewesen, als ihr Vater drei Monate, nachdem er die Reha-Klinik verlassen hatte, plötzlich an einem Herzinfarkt gestorben war. Maggie hatte Mühe, seinen Tod zu verkraften, weil er ihr einziger lebender Verwandter gewesen war. Zum Glück hatte Roy Herbert die ganze Zeit keinen Schluck Alkohol getrunken. Positiv war auch die liebevolle Beziehung, die sich zwischen Maggie und ihrem

Vater vor dessen Tod entwickelt hatte. Er war immer noch kein Traumprinz gewesen und hatte seine Worte oft mit Murren und Fluchen gespickt, aber er hatte seine Liebe zu Maggie auf ein Dutzend andere Arten gezeigt. Vor seinem plötzlichen Tod hatte Maggie Joan anvertraut, dass sie zum ersten Mal, seit ihre Mutter gestorben war, das Gefühl hatte, eine gute Beziehung zu ihrem Vater zu haben.

Maggie hatte sein Haus geerbt und es mit Nicks Hilfe und dem restlichen Kredit geschafft, es in das Prunkstück der Nachbarschaft zu verwandeln. Joan und Phil hatten so viel geholfen, wie sie konnten. Die Verwandlung des Vordergartens erfüllte Joan mit Stolz, da die Blumenbeete üppig blühten. Maggie hatte kürzlich erwähnt, dass oft Leute stehen blieben und Bemerkungen darüber machten, wie schön der Garten sei. Einige hatten ihre Eltern gekannt und gesagt, wie sehr es sie freue, zu sehen, dass das Haus wieder zum Leben erwachte.

Joan verstand genau, was Maggies Nachbarn gemeint hatten. Wie die Blumenbeete in Maggies und ihrem eigenen Garten hatte auch sie zu einem neuen Leben gefunden. Und es war ein gutes Leben, von Glück und Vorfreude erfüllt. Joan Sample hatte sich selbst gefunden. Die Tage hatten einen Sinn bekommen, und sie hatte das Gefühl, anderen etwas zu geben, statt sich hinter verschlossenen Türen zu verstecken und sich vor allem zu fürchten, was auf der anderen Seite lauern mochte.

Joan rechnete fest damit, dass Nick und Maggie heiraten würden, sobald sie ihren Abschluss in der Tasche hatte. Nick war früher in der Woche vorbeigekommen, um zu fragen, was Joan von einem Diamanten hielt, was ihr verriet, dass er darauf brannte, Maggie einen Ring an den Finger zu stecken.

Zufrieden, die Gartenarbeit für diesen Tag erledigt zu haben, stand Joan auf, zog ihre Handschuhe aus und klopfte sich die Knie ab. Als er Phils Truck hörte, bellte Edison zur Begrüßung, Joan drehte sich um und sah zu, wie er vor ihrem Haus parkte.

Bei seinem Anblick trat ein Lächeln auf ihr Gesicht, und ein leichtes, glückliches Gefühl durchflutete sie. Phil war ein Mensch von entscheidender Wichtigkeit in ihrem Leben. Sie hatten beide einen schweren Verlust erlitten und die Kraft gefunden, einen Weg durch den Schmerz zu finden.

»Hey«, sagte er, als sie ihn auf halber Strecke des Gehwegs traf.

»Selber hey.« Er drückte einen raschen Kuss auf ihre Lippen. »Wie ich sehe, warst du fleißig.«

»Ich kann es kaum erwarten, alles zu pflanzen.« Der Nachmittag war perfekt, und Joan wollte den Sonnenschein nicht ungenutzt verstreichen lassen.

»Ich weiß nicht, ob ich dir je von dem ersten Mal erzählt habe, wo wir uns kennengelernt haben.«

»Mir was erzählt?« Sie legte den Arm um seine Taille.

Edison forderte Aufmerksamkeit, und Phil bückte sich, um seinen Kopf zu streicheln. Zufrieden jagte der Hund einem Schmetterling hinterher.

»Deine Nachricht auf dem Anrufbeantworter, als du

mich gebeten hast, wegen eines Kostenvoranschlags vorbeizukommen.«

Sogar jetzt noch war ihr dieser Anruf peinlich. Sie spürte bereits, wie ihr die Hitze in die Wangen stieg. »Was ist damit?«

»Du sagtest, ich müsse Blumen lieben.«

»Erinnere mich nicht daran«, stöhnte sie. »Ich will mir gar nicht vorstellen, was du dir gedacht hast. Ich war so unsicher, so durcheinander, dass es mir schwerfiel, einen einfachen Anruf zu tätigen.«

»Was du nicht weißt, Joan, mein Liebling, ist, dass mein Herz in diesem Moment Bescheid wusste.«

»Bescheid?«

»Ich weiß, dass es verrückt klingt. Ich hatte keine Ahnung, ob du jung oder alt, verheiratet oder Single warst, aber trotzdem wusste ich, dass ich mich in dich verlieben würde.«

»Das hast du frei erfunden.« Sie versetzte ihm einen spielerischen Rippenstoß.

Das schelmische Funkeln in seinen Augen erlosch, und er wurde ernst. »Es ist die Wahrheit, Joan Sample. Jedes Wort.«

»Wirklich?«

»Ehrlich«, bestätigte er.

»Das ist …« Joan fand keine Worte.

Phil drehte sie in seinen Armen und küsste sie erneut. »Ich wusste es damals, und ich weiß es jetzt. Ich liebe dich, Joan. Ich habe gewartet, bis ich dachte, dass du bereit bist, bevor ich etwas habe durchblicken lassen. Tatsache ist, dass dir seit unserer ersten Begegnung mein Herz gehört.«

Joan lehnte den Kopf gegen seine Schulter und seufzte. »Und dir meines.«

»Ich weiß«, gab er zurück.

Sie hob den Kopf und schnaubte leise. »Das wusstest du nicht.«

Er grinste, und statt zu widersprechen, küsste er sie erneut. Kein flüchtiges Berühren der Lippen, sondern ein inniger Kuss. Einer, den Joan von Kopf bis Fuß spürte. Sie schloss die Arme fester um ihn und reagierte ebenso leidenschaftlich, bis sie durch den Nebel des Verlangens den Schulbus in der Ferne hörten.

»Die Kinder«, flüsterte sie.

Er küsste sie auf den Scheitel. »Du bringst mich dazu, den Kopf zu verlieren und mich wieder wie ein Teenager zu fühlen«, gestand er mit einem leisen Lachen.

Phil löste dieselben Gefühle in ihr aus.

Er nahm ihre Hand und fragte: »Bist du bereit?«

Sie wusste nicht, was er meinte, aber was immer es war, sie brannte darauf, es herauszufinden.